大道朝天

九 千秋岁

猫腻 著

羊城晚报出版社
·广州·

图书在版编目（CIP）数据

大道朝天. 九, 千秋岁 / 猫腻著. — 广州 : 羊城晚报出版社, 2023.11
ISBN 978-7-5543-1251-3

Ⅰ. ①大… Ⅱ. ①猫… Ⅲ. ①长篇小说－中国－当代
Ⅳ. ①I247.5

中国国家版本馆CIP数据核字(2023)第203300号

大道朝天 九 千秋岁

DADAO CHAOTIAN JIU QIANQIU SUI

责任编辑 黄初镇　张灵舒
特约编辑 方剑虹　韩明慧　岳弯弯
责任技编 张广生
出版发行 羊城晚报出版社
（广州市天河区黄埔大道中309号羊城创意产业园3-13B　邮编：510665）
发行部电话：（020）87133824
出 版 人 陶　勇
经　　销 广东新华发行集团股份有限公司
印　　刷 恒美印务（广州）有限公司
规　　格 889毫米×1240毫米　1/32　印张 9.25　字数 340千
版　　次 2023年11月第1版　2023年11月第1次印刷
书　　号 ISBN 978-7-5543-1251-3
定　　价 49.00元

卷首词

千秋岁·为金陵史致道留守寿

塞垣秋草，又报平安好。尊俎上，英雄表。
金汤生气象，珠玉霏谭笑。春近也，梅花得似人难老。
莫惜金尊倒。凤诏看看到。留不住，江东小。
从容帷幄去，整顿乾坤了。千百岁，从今尽是中书考。

辛弃疾

目录

CONTENTS

第一章

剑不及人请闭嘴

CHAPTER 01

天地之间有大物，即便遁法再如何高明，也无法隐于无形，至少在靠近青山宗大阵的时候是如此。两道极其强大、凌厉至极的剑光先后自青山宗深处飞来，方景天与自西海归来的广元真人，分隔两百余里的距离，守住天空两侧。一场风雪以难以想象的速度靠近，三尺剑自风雪里出现。元骑鲸站在剑上，望向东方。

青山宗最强三人尽数出迎，自然不是真的欢迎，也不是表示尊重。

高天云散，露出谈真人的身影。

元骑鲸面无表情说道："谈真人不请自来，这是要与青山宗开战吗？"

谈真人说道："这里不是青山宗，虽然离得有些近。"

元骑鲸说道："近便是问题。"

谈真人说道："朝歌城与云梦山也很近，你们去朝歌城从未征求过我的同意。"

元骑鲸沉默片刻，问道："真人前来何事？"

谈真人说道："见个人。"

谈真人落在云集镇，去那间酒楼吃了顿著名的火锅。他没能品尝出锅外的意味，也没有感受到什么，便起身向镇外去。

镇外有条道路，通往那片终年被云雾遮掩的山崖。

很多修行者已经离开，意志最坚定的修行者也因为青山宗的警告不敢靠近那片云雾，只敢在镇里远望着那边，就如痴女一般。看着谈真人向着云雾而去，修行者心想这个灰衣老者莫不是个白痴？

雾气浓淡不匀，就如花树与溪中锦鲤的颜色，此等风景自然不会让谈真人有片刻驻足，他继续向雾里走去。雾气渐散，花树随风轻摆，有的锦鲤恐惧散开，更多的锦鲤随着他的脚步而移动，就像是追随者。逆溪水而上，谈真人见到了一片庭院。

镇子里的修行者看到这幕画面，震惊得无法言语。更令他们感到震惊的是，庭院的正门居然打开了！继玄天宗的那对师徒之后，景园再次迎来了一位客人，而且赵腊月等人竟亲自出门迎客！这名灰衣老者究竟是谁？

庭院里的风景更是美丽，但对谈真人来说，却远不如身边这几个年轻人悦目。

尤其是赵腊月与卓如岁，在他的眼里便是世间最好看的事物。这是青山宗的未来，又何尝不是朝天大陆的未来？如果他们能变成中州派的未来，岂不是世间最妙的事情？

赵腊月等人不知道谈真人在想什么，觉得这位大人物的眼神有些怪异，如临大敌。中州派掌门真人是何等样的身份，居然会亲自来云集镇，他究竟想做什么？

不要说年轻的青山宗弟子，就连井九都表现出足够的尊重，他提前从竹椅里站起来。

谈真人把禅子的信递了过去，开门见山说道："我来提亲。"

很明显，他想表现得温和些，更像期盼女儿获得幸福的老父亲，但木讷的性情让他笑不出来，表情便有些怪异。卓如岁、顾清与元曲的表情更加怪异，像刚生吞了三千道剑，下意识看了赵腊月一眼。

赵腊月的反应超出了所有人的想象，她直接问道："什么条件？"

谈真人有些欣赏地看了她一眼，对井九说道："你若过来，我把早儿嫁给你，把掌门也让给你。"

赵腊月想了想，对井九说道："我觉得不错。"

谈真人居然要井九去云梦山做中州派掌门？这哪里是提亲，这明显是在和青山宗抢人，而且修行界的历史上从来没有过这等条件！

中州派表现出了十足的诚意与决心，换作别的修行者就算不幸福地昏过去，也必然会答应，至少应该认真地思考一番。

井九却是想都未想便拒绝了，说道："我是青山宗掌门，谢谢。"

这个理由真的很强大，青山宗掌门又不比中州派掌门差，为什么要去中州派？可问题是除了井九自己，还有谁认为他是青山宗掌门？

"太平真人会想办法杀了你，青山宗里的某些人也不会想让你活着。"谈真人说道，"而且你修行方面有很难解决的问题，元骑鲸走后你怎么办？"

听到这句话，赵腊月等人望向井九，有些担心。谈真人是朝天大陆修行界最了不起的人物，他说井九的修行有问题，那便是真的有问题。

"你若答应我的提议，我们可以提供一张仙箓，应该勉强够你用了。"谈真人说道，"当然，肯定不会是你在问道大会拿到的那种仙箓。"

井九依然没做任何思考，说道："我现在很好。"

谈真人说道："我说的也不是现在的事，如果以后你改主意，随时告诉我。"

说完这句话，他离开了庭院，轻点花树，来到高空之中。站在云端，他向青山宗方向点头致意，转身向北方而去，很快便变成天地间的一个小黑点。

高空里的风雪渐渐消失，元骑鲸踏着三尺剑回到了上德峰。方景天与广元真人会合到了一处，看着那个小黑点渐渐不见，才松了口气。

“说来就来，说走就走，真是视我青山如无物吗？”方景天说道，“我去那边看看。”

广元真人提醒道：“云集镇是峰主禁地。”

方景天说道：“中州派掌门居然来青山与那个妖物见面，难道不值得警惕？”

广元真人盯着他的眼睛说道：“大师兄说了，谁都不准动那边。”

方景天银眉微飘，眼神漠然道：“白鬼在那边，我动得了他吗？”

广元真人叹了口气，心想师兄你现在动不了井九，难道还动不了别人吗？

谈真人来了，然后他走了，就说了几句话。那几句话里有提亲，有太平真人，有中州派掌门。惊雷总是隐藏在这样平淡的日常里，顾清与元曲过了很长时间都没有反应过来。

“谈真人确实是中州派掌门，但整个朝天大陆都知道，云梦山是白家人说了算。”卓如岁说道，“我觉得谈真人不想中州派永远姓白，才会来借师叔祖破局。”

赵腊月犹豫了会儿，说道：“我觉得这件事情应该是白早的主意。”

她很清楚，那个柔弱的女子看似淡然，实则对井九用情极深。不管谈真人的邀请里隐藏着怎样的算计，但里面必然有一分是白早替井九算的。

井九不想理会这件事情，自然不会去推算，但见他们如此用心，便说道：“去问问童颜。”

要说谁对中州派的内部局面最了解，自然是童颜。

“把那个冥界的小孩子接出来，问完童颜后，看他要不要也出来。”他对元曲说道。

元曲应了声是，又想到另外一件事情，问道：“小师弟还在剑峰里，要不要通知他一声？”

井九说道：“等他自己醒来。”

顾清说道：“我这边也有些小事，需要出去处理一下。”

井九知道他说的是什么事，说道：“办完就回来。”

景园的阵法是井九亲自布置，顾清亲手实施，谈真人可以无视，他们自己出去却有些麻烦。

来到溪畔某块青石上，顾清准备解阵，赵腊月忽然问道：“你一个人能搞定吗？”

顾清在她面前自然不会掩饰，有些担心说道：“可能有些麻烦。”

赵腊月望向卓如岁说道：“你去帮他。”

卓如岁知道那件事情有些麻烦，不乐意说道：“凭什么啊？我是天光峰弟子，又不是神末峰的人。”

赵腊月说道：“你现在是景园的人。”

谈真人说他要谈的不是现在的事情，意味着他很清楚，景园不可能一直像现在这般平静地存在下去。

这便是预言。

未来的到来总是比所有人想象得更快。

一场风雨毫无征兆地来临了。

青山宗在最初的慌乱无措之后，渐渐回复了平静。元骑鲸在上德峰里，如往年一般执掌着门规戒律。井九留下的那些规矩，则已经被方景天改了很多。

两忘峰弟子们可以随意进出青山宗，简如云以及那些曾经激烈反对井九就任青山宗掌门的年轻弟子也被从剑狱里放了出来，只是白如镜双臂被断，经脉被弗思剑意封闭，无法修复，成了一个无用的废人。

最受影响的是有着神末峰背景的那些家族，比如顾家以及宝树居。

顾清与卓如岁离开云集镇后，直接驭剑去了南河州，落在了朝南城那座土黄色的建筑最上层。

宝树居东家跪在二人的身前，把最近十余天来发生的事情用最快的速度讲述了一遍。

按照井九当初与阿大的协议，宝树居由神末峰与碧湖峰一家一半，当然碧湖峰只有分红与收益，没有话语权。神末峰众人离开青山宗后，碧湖峰方面倒是没有生事，反而是其余诸峰提出了明确的要求，宝树居的所有产出以及自世间搜罗的珍药宝物，都不准再直接交给神末峰，而是要交由九峰再行分配。

“明天会确定各家的份额，也是山里给我定的最后期限。”短短十余日，宝树居东家便已经瘦得快要脱了人形，声音微哑道，“我现在只有死路一条。”

通往青山宗有很多条道路，但对他们这些依附青山宗的家族、商贾来说，如果不答应青山宗的要求，那就只有一条死路。

但宝树居东家不可能答应青山宗的要求，那样的话，景园会赐他一死——顾清或许还能体谅一下他的苦衷，但他曾经服侍过赵腊月，知道她是怎样可怕的人物。现在就看神末峰能不能帮他撑过这一关。

顾清知道明日要确定的份额，事实上便是青山宗那些外家的资源分配。他必须替宝树居把场面撑住，因为那些外家里有一家姓顾。

很多家族通过向青山宗运送各种资源，挣取了数量难以想象的财富，过往数百年里，地位最高、挣钱最多的是方家。乐浪郡的元家负责海中珍物，与蓬莱关系极好，但从不涉足天南陆上的生意。柳家则是根本没有听说过。这些年最风光的家族要算是顾家，顾家现在承受的压力自然也最大。

青山宗的外家不是外人，来的也不是闲杂人等，各家族长尽数到齐，地位最差的也是位三代供奉。众人相互之间都认识，只是现在的气氛如此紧张，安静的楼厅里，听不到任何寒暄的声音，只有偶尔响起的几声极轻微的议论声。

“那位是澄乡的承才？马家不是早就废了吗？”

“人没有死绝，就谈不上废……马华仙师毕竟是两忘峰的智囊，地位不低，你没看那边简家的人都重新出山了？简仙师已经出了剑狱，据说颇受云行峰峰主看重。”

“三千年浊水易道，这人世间的事，还真是说不准。”

“顾家风光了这些年，也算是够了，只是想着竟然要被马家和简家顶掉，还是有些不舒服。”

无论过去还是现在，马家与简家都是青山宗外家里最不起眼的存在，现在眼看着要得到一笔极大的好处，自然有很多家族不服。只是想着最近半年青山宗里的局势，那些家族即便族内也有青山宗仙师，此时也不愿意站出来说些什么。

帷幔轻动，两忘峰尤思落带着数名同门走了进来。各家族的族长与供奉赶紧起身，恭谨行礼。尤思落微笑示意各位族长不必多礼，各自归座，自己也往台上走去。

在宝树居一楼平日拍卖的平台上，立着一扇屏风，屏风后有桌椅，是今天特意为青山宗仙师准备的主位。

马华没有过去，依然站在楼间，望向侧手方某个包房，眯着眼睛笑了起来。

顾家族长弓着身子，保持着行礼的姿势，不要说归座，便是连直身都不敢，看着极为可怜。简如云面无表情地看着此人，没有说话让他起身，似乎准备让他就这样一直弯着腰。

顾家族长想着这些日子的风雨飘摇，脸色更加苍白，身体摇摇欲坠。

看着此人，简如云眼底的神色越来越冷。这几年里，简家与马家受到顾家的打压，虽然谈不上家破人亡，却也是惨淡至极。

马华笑着说道：“该死的人，你回去之后就安排他们自己死一死，难道还想脏了我们的手?”

听到这句话，尤思落停下脚步，回头看了一眼，但是没有说什么。

顾家族长头更加低了，说道:“这些天，家里诸事不顺，已经走了七个人……听闻仙师与寒少爷向来关系极好，还请仙师垂怜。”

马华伸手拍了拍他的肩头，说道:“这些都是师长的意思，顾寒师兄与我也不好说什么，我劝你们也是为了你们好，自己死干净了，总比让师长生气来得强。”

顾家族长的头快低到地了，但这次没有说话，因为这种事情没法应，也没法硬抗。放在凡间，顾家是极了不起的望族，家里养着好些位供奉，有散修还有从青山宗退出来的执事，但依然没有与马华谈判的资格。马华现在只是两忘峰的一名普通弟子，但他代表了青山宗里某些大人物的意志。

“不知道是哪位师长的脾气这么不好。”

楼厅角落里传来一道平静而温和的声音。听到这道声音，顾家族长的身体慢慢地直了起来，神情也松快了些许。

马华望向那边的阴暗角落，似笑非笑，没有说话。

顾清从阴影里走了出来，看着他继续问道:“白如镜长老?他两只手臂被斩，今生修行再无望，火气大些倒也正常。”

马华算到顾清肯定会出现，并不意外，微笑说道:“你这两句话算不算是目无师长?”

顾清平静说道:“目无师长是死罪，但我是景阳真人的亲传弟子，现在的青山宗谁有资格做我的师长?”

马华像看白痴一样看着他，说道:“他就是个剑妖，你就算想骗自己，别人也不会接受。”

“你们难道又要辩论一场?很烦的好不，这么一点小破事，能不能快点?”

一道懒洋洋的声音响了起来，谁都听得出来是谁的声音，只是不知为何，今日有些口齿不清。

人们的视线转向声音起处，发现正是台上。台上的屏风不知何时撤了，露出了后面的桌椅。桌上搁着好些菜，卓如岁坐在椅子上，右手拿着筷子正在不停地吃着，嘴里一边嚼着，还没有忘记说话。

局势至此明了，离开青山宗的神末峰一脉，与代表现在青山宗的两忘峰，就这样对上了。

尤思落知道小师弟的性情，摇了摇头，没有说什么，也没有上台。

简如云面无表情看着卓如岁说道:“卓师弟，你确定要与那个剑妖狼狈为奸?”

“我说过，不要辩论，哪这么麻烦，打一架好了。”卓如岁用左手抓起湿毛巾擦了擦嘴，发现温度刚好，向宝树居东家投予一个赞赏的眼神，望向简如云，“你以前在两忘峰排名第几来着？”

简如云说道：“第四。”

“那你不是我的对手，换一个。”卓如岁望向尤思落，“师兄你排行第二，要不然你来？”

尤思落没好气道：“大师兄打得过你吗？”

卓如岁说道：“我出关之前，他是打得过的，出关之后，他就打不过了。”

尤思落说道：“那两忘峰还有谁能打得过你？”

卓如岁放下手里的湿毛巾，拿起筷子说道：“既然没人打得过我，你们还留在这里做什么？准备请我吃饭吗？”

卓如岁是柳词真人的关门弟子，在青山宗年轻一代里境界最高、实力最强，真可谓是打遍九峰无敌手。如果要用打架来判断今日的胜负，那自然不可能有别的结果。

“南山师兄让你跟着那人去景园，是让你看着那边的情形，可不是让你与宗门作对，与两忘峰作对。”马华看着卓如岁认真说道，没有避着顾清的意思，是故意讲给顾清听的。

从卓如岁在台上出现开始，这场所谓的事关青山宗份额的拍卖会便已结束了，包括方家在内的各大家族代表纷纷离开了宝树居，不敢窥视青山宗仙师们的争斗。

“你们好像都忘记了一件事，我从来都不是两忘峰的人。”卓如岁一边夹着菜，一边说道，“所以不要拿你们两忘峰那套仁义道德规矩来规束我，也不要试着在我面前耍这些心机手段，我不妨告诉你，顾清这个人看着老实，实际上比你机灵多了。”

马华的脸色微沉，说道：“你到底想做什么？”

卓如岁抬起头来，看了他一眼，说道：“你管得着吗？”

马华说道：“总有师长能管你。”

卓如岁说道：“我是青山宗弟子，但青山宗现在没有掌门，我是天光峰的人，天光峰没有峰主，谁来管我？”

简如云面无表情说道：“既然你是青山宗弟子，青山宗门规便能管你。”

卓如岁同情地看了他一眼，说道：“剑狱的日子很难熬？可惜我与上德峰关系好，想进去体验一下都很难。”

说完这句话，他便收回了视线，继续在桌上寻找自己最爱吃的泡椒鱼肚里的青花椒。

话语至此，自然再没什么好说的。

简如云看着坐在台上就像在自己家里一般的卓如岁，眼底生起一抹怨念极深的野火。自从亲弟死后，简如云的性情大变，此时并不理会尤思落的眼神，右手捏出一个剑诀，便施出苍鸟剑法里最强的一式，向着台上斩了过去！

明亮的剑光在楼厅里时隐时现，如鸟儿穿梭于云中，倏忽来到台前。这一剑的痕迹极难捉摸，自然极难拦截，但剑意之决然，却不因灵动而消失，若一剑斩实，便是破海境强者也要身受重伤。

卓如岁头也未抬，右手的筷子离开泡椒鱼肚，带着些许汤汁，斜斜指向空中某处。嚓的一声轻响，台前出现一道亮丽的火花，是两道飞剑相遇的痕迹。

简如云沉哼一声，便要驱使飞剑再次斩落。卓如岁哪里会给他机会，筷尖在空中乱点一气，吞舟剑化作一道灰色的剑影，瞬间杀至简如云的身前。简如云双手虚抱成意剑，以最快的速度召回飞剑挡在面前。

轰的一声巨响，两剑相遇。

简如云斜斜向后飞出，双脚在地面拖出一道极深的沟壑，重重地撞到墙壁上。宝树居没有窗子，墙壁上还有防御阵法，极为坚固。饶是如此，屋子也是剧烈地摇晃起来，竟似有坍塌的征兆。

简如云的情形很惨，脸色苍白如纸，胸前尽是喷出的精血，停在身前的飞剑微微颤动，剑身上出现了一道极大的豁口。青山剑修，最重要的便是自己的飞剑。飞剑受到如此重创，他的剑丸想必也已经出现了裂口，想要恢复至少需要苦修十余年。

吞舟剑停在简如云的身前，隔着数尺的距离，剑尖微垂，像是一条没有睡醒的鱼，很没精神。但谁都感受到了吞舟剑散发出来的杀机，随时可以再次发出雷霆一击，把简如云斩于剑下。

宝树居里一片安静。

包括马华在内的几名两忘峰弟子都知道卓如岁很强，但没有想到他居然强到了这种程度，对上两忘峰排名第四的简如云，他竟是眼皮都没有抬一下，便轻松胜之。尤思落知道卓师弟甚至还手下留情了，先前那一剑，他可以直接斩断简如云的飞剑。

简如云盯着卓如岁，眼里满是怨毒，说道："你杀了我好了，我看你准备怎么向青山宗列祖列宗交代。"

"我最讨厌拿祖宗出来说话，青山宗弟子用剑说话。"卓如岁抬起头来，拿着筷子指着他以及几名两忘峰弟子，"如果剑不如人，就要学会闭嘴。"

学会闭嘴，还有一个意思就是学会住手。不管是顾家还是宝树居，只要是与神末峰相关的一切，其余各峰都要学会不再伸手，否则他们的手就会像今天简如云的剑一样，被卓如岁斩断。

尤思落看着台上的卓如岁叹了口气，说道："就算你不认为自己是两忘峰的人，但你也不是神末峰弟子。"

既然不是神末峰的人，为何要用如此激烈的方式替他们出头？

卓如岁放下筷子，拿起湿毛巾擦了擦嘴，发现毛巾有些凉了，幽幽看了宝树居东家一眼，然后说道："南山师兄让我跟着景阳师叔祖去的时候，便知道我会怎么做。"

马华脸色阴晴不定说道："就算今天被你们挡回去了，师长出面怎么办？"

"如果真有那天，我们也只好请白鬼大人出面了，大家好好商量一下。"

能把威胁的话说得如此平易近人，言者自然是顾清。

马华等两忘峰弟子再次沉默。那样的话，青山宗除非能请动夜哮大人出面，可问题是谁能请得动？能让青山镇守真的看家护院，甚至当成打手来用的……也只有神末峰这些人了。

简如云站起来擦掉脸侧的血水，收回受损严重的飞剑，盯着卓如岁说道："总有一天，我会杀死那个剑妖。"

卓如岁同情道："祝你成功。"

宝树居外忽然一阵骚动，似乎有人跪在了楼前，喊了几句什么。马华侧耳静听片刻，神情骤变，霍然转身望向顾清与卓如岁。

就在今天晚上，简家与马家各自死了七位重要人物，那些人有的是供奉，有的是族中大人物。这些年简家与马家被打压得极惨，元气大伤，最近好不容易迎来转机，正在艰难复苏的过程里，这些人都极为重要，忽然遇此一劫，如何是好？

马华深吸了一口气，强作镇定说道："你们居然直接杀人，这太过分了！"

简如云也知道发生了何事，眼神变得极其愤怒。

顾清平静说道："这些天，顾家死了七个人，你们每家也死七个，很公平。"

卓如岁走下台来，站在他的身边，建议道："如果你们觉得不公平，可以在乐浪郡元家里挑七个杀了。"

元曲是乐浪郡元家子弟，又是神末峰弟子，如此安排确实公平。问题是，元骑鲸也姓元。

“你们过线了。”尤思落看着他们二人神情沉重说道，“不管是谁做的，师长们肯定会要一个交代。”

“不是我们，也不是景园里的任何人，更不是白鬼大人，因为我们不会做这种事情，刚才说的都是气话。”卓如岁走上前去，拍了拍马华的肩头，“可能是哪位别家宗派的前辈，看不下去你们做的这些腌臜事。”

看着走出宝树居的卓如岁与顾清，一名两忘峰弟子再也控制不住，问道：“就让他们这么走了？”

马华对尤思落说道：“查到了一些线索，我想去看看。”

尤思落明白他的意思，提醒道：“只能针对那个凶手，别的不要涉及。”

摘星楼是商州城最出名的景点，是最高的楼台，是游客必至的地方。井九与赵腊月当年也曾来过，只不过那时候他们不是来看摘星楼，而是站在摘星楼楼顶，看着不远处的一间灯火通明的酒楼。这间酒楼是家青楼，时隔三十多年，生意依然兴旺，想来后台背景必然不简单。

一个戴着笠帽的男子走进青楼，用一片金叶子轻易地收获了好感，甚至引来了老鸨亲自接待。笠帽客进了房间，却不急着要姑娘与美食好酒，说肚子有些饿，直接要了三十个雪白的大馒头。

青楼这种地方，什么奇怪的人物老鸨都见过，只要笠帽客出手大方，不要说看着他吃三十个大馒头，就算是看着他用四十天时间写本小说也没问题，老鸨自然依言做了安排。笠帽客出手大方，食量也是极为惊人，不过片刻工夫，便有五个大馒头进了腹中，还外加半壶浓茶。

这位老鸨与别家青楼的老鸨明显不同，因为着实有些老了，纵使涂着厚厚的脂粉，也掩不住极深的皱纹，偏生这样还能操持着这家青楼，自然有些很出色的手段。她看着笠帽客沉默地吃着馒头，眼里流露出很有分寸感的同情，替他添了茶，又自作主张让丫鬟端了三荤五素八个小碟。

笠帽客看小碟里都是些不值钱的小菜，有些意外，又有些欣赏，对老鸨说道：“这红油腐乳看着不错。”

老鸨笑着说道：“据说是益州城南边的土货，很多人都觉得好，我口淡却是吃不出来，给您多来两份如何？”

笠帽客点点头，又随意抓出一把金叶子，说道：“吃好后，我先睡会儿，养足精神再来扰你。”

老鸨毫无烟火气地收起金叶子，起身说道：“您且歇着。”

没过多长时间，红油腐乳便送了上来，搁在盛鱼的大盘里，堆得极高，就像是火焰山一般。笠帽客就着腐乳，慢慢吃着馒头，越吃越香，很自然地想起当年在宝通禅院里的日子。

桐庐早就死了。何霑在白城打雪怪，也不知道哪天会横死。童颜销声匿迹多年，说不定早就被神末峰的人玩死了。那自己什么时候会被神末峰的人玩死？

红油腐乳堆成的火焰山塌了一半，三十个大馒头消失得风轻云淡。

笠帽客灌了半壶温茶，除掉靴子，摘掉笠帽，取下面具，躺到软绵绵的床上，闭着眼睛开始休息。昏黄的灯光照在一张青色的脸上，显得异常诡异。

杀死简家与马家的十四个人很简单，唯一麻烦的是阵法，可对他这个邪道天才来说也不是太难的事。

苏子叶睁开眼睛，看着屋顶叹了口气。堂堂玄阴宗少主，曾经雄心勃勃，想要打出一片天下，与正道争锋，至少也要为玄阴宗谋一条灵脉，摆脱数千年来的困境……结果现在成了青山宗养着的杀手、邮差、做脏活的。

好吧，他不是被青山宗养着的，也不是被神末峰养着的，而是被那个人养着的。如果说以前他还有些不满意，现在则是非常愿意，甚至有些骄傲——那可是景阳真人啊！

童颜曾经说过，早有井九在上头。现在想来，都是废话。景阳真人不在最上头，那谁在？

苏子叶从怀里取出几张纸，看着上面依然没能完全参透的语句，心里生出无限希望——就像在无尽的黑暗里忽然看到了一抹晨光。

纸上写的那些语句，是井九……不，是景阳真人给他的解丹毒方子，对他确实有帮助，而且见效奇快。藏在骨髓、内脏里的丹毒竟被慢慢逼了出来，然后转化成类似天地灵气的气息，逐渐扩散到身体各处。现在他丹毒发作的间隔越来越长，魔轮则是渐渐圆满，实力境界突飞猛进，他相信不管是卓如岁还是柳十岁，现在都不是自己的对手。

想着这些事情，苏子叶很快便恢复了精神，起身戴好面具与笠帽，抬手唤来了老鸨。

老鸨看着他微笑说道：“您喜好玩些什么乐子？”

不问姑娘而直接问乐子，是因为她看出来这名笠帽客绝对不是普通人。

苏子叶看着她微笑说道：“我很喜欢你，所以不想杀你。”

老鸨笑容渐敛，右手在袖中握紧示警的法器，脸上却没有流露出惧意，淡然说道：“客人的意思不怎么好懂。”

苏子叶说道："不要误会，我只是想问你一些事情，然后做一些事情，却不想这些事情被别人知道。"

老鸨神情微冷，说道："能说的我自然会说，不然也只好请您离开。"

"大概三十几年前这家青楼出了件命案，几个护卫被一道血色飞剑断头……"苏子叶看了老鸨一眼，"看你的年龄，如果一直在这里做，应该听说过此事。"

老鸨盯着苏子叶的眼睛，沉默了很长时间，问道："您为什么知道这件事情？您又想做什么事情？"

苏子叶说道："我受人之托，来这里杀一些人……楼子既然还是以前的楼子，东家应该就还是当年的东家？"

老鸨视线微低，说道："不错，而且很巧的是，东家今天刚好在楼子里。"

苏子叶静静地看着她的眼睛，说道："那我可不可以理解为，你很清楚我应该要杀哪些人？"

老鸨抬起头来，轻轻理了一下鬓畔的发丝，仿佛还是少女时那样，平静说道："请随我来。"

苏子叶开始杀人，他从三楼杀到一楼，从前楼杀到后院。除了妓女还有一些杂役，几乎所有的护卫与管事都被他杀了。老鸨一直跟在他的身后，当青楼的东家被苏子叶杀死后，老鸨终于放松下来，险些跌坐在地，扶着院子里的一棵青树才站住了。

老鸨捂着胸口，眼里含着泪花。苏子叶看了她一眼，知道这不是悲伤，而是解脱，问道："为什么？"

老鸨反问道："您为什么要做这些事？"

苏子叶说道："我不知道，这是别人的要求。"

老鸨的眼睛忽然变得明亮起来，说道："我能知道那人是谁吗？"

苏子叶说道："不能。"

老鸨眼里的光渐渐淡了下去，但没有变成死灰一片，只是静如深井。

苏子叶说道："很多人都看到你一直跟着我，我一会儿把你送去别个地方，好生藏着，过些天再拿今天收的钱换个地方生活，下半生好好过。"

老鸨转身望向燃烧的青楼，悠悠说道："我也是年近半百的人了，一辈子就在这里，哪还有什么下半生呢？"

三日后，商州城解除了封城令，清天司的搜查方向转向了城外，同时加强了对邪道残余势力的清剿。傍晚时分，苏子叶戴着笠帽慢悠悠地从城里走了出来，商州城门在他身后缓缓关闭。

夜色渐渐笼罩原野，苏子叶乘着最后的渡船越过了清春江，来到了春意更盛的群山之间。

前半夜的群山，在灰暗的天穹背景前，就像无数个巨人。巨人的手里牵着数百根无形的绳索，拦住了苏子叶所有的去路。数道剑光照亮山崖，隐藏在山崖里的阵法现出了痕迹。

“自我介绍一下，青山宗弟子马华，两忘峰五十年来所有战斗，都是我的手笔。”马华眯着眼睛看着苏子叶微笑，“你看我今天为你准备的阵法如何？”

苏子叶望向四周的山峰，说道：“围三放一在兵法里可以成立，但你怎么留我？”

“如果是完整的青山剑阵，怎么能骗你走进来？”马华说道，“我用来留你的是一个人。”

话音落下，山崖间垂下一道剑索，剑索下端绑着一个妇人，正是那名商州城老鸨。老鸨脸色苍白，眼神惊恐至极，正准备呼救，忽见山下戴着笠帽的男子，又强行闭上了嘴，因为用力甚急，她竟咬破了嘴唇。

苏子叶明白了马华的意思，忍不住笑出声来，问道：“你知道我是谁吗？”

如果马华知道他是曾经的玄阴宗少主，赫赫有名的邪道妖人，又怎么会用一个妓女来威胁他？

“我不知道你是谁，但我知道，这个老鸨对你肯定很重要，不然你怎么会为了她做出这样的滔天恶事？”马华微笑说道，“当然，如果你肯告诉我你是谁，说出你与神末峰之间的勾当，我可以放她离开，也可以留你一命。”

苏子叶很是无语，笑着摇了摇头，转身便向清春江走去。

一道剑鸣响起，紧接着便是一声闷哼。老鸨的身上出现了一个血洞，她痛得无以复加，汗水打湿了额前的头发。

苏子叶停下脚步，望向马华说道：“她就是个普通的妓女，与我没有关系。”

马华说道：“也许这是真相，但我总要试到极致，稍后我会用飞剑割下她的肉来，你说能割多少片？”

苏子叶说道：“都说我们是邪道妖人，现在看来，你们这些青山宗弟子比我邪多了。”

马华说道：“但行正道，莫问其心。如果能用她的命，抓住你这个邪道妖人，她死得其所。”

几名年轻的两忘峰弟子闻此言，心想师兄此言有理，若要斩妖除恶，自当无所不用其极。

尤思落站在一座峰上，闻言皱眉，心想此言差矣，只是这名笠帽客实力境界太强，他不好出言阻止。

苏子叶不想理这些白痴，再次转身向清春江走去。

马华神情微异，心想难道自己真的算错了？他的眼里闪过一抹厉色，飞剑再次破空而起，斩向山崖前的老鸨。

一道淡蓝色的剑光从高空飞来，准确无比地斩中飞剑。

过南山落在了山崖前。尤思落与其余几名两忘峰弟子看着大师兄现身，很是吃惊，纷纷驭剑来见。

过南山挥手斩断剑索，用蓝海剑把老鸨接至地面，望向马华说道："行大事者当不拘小节，但这不是小节。"

马华与过南山同门多年，知道他的性情，知道他是动了真怒，不由冷汗浃背，跪到地上说道："师弟知错。"

"回青山宗后自去上德峰领受惩戒，在剑狱里好生反省几年。"

过南山转身望向已经掠至远方的一道身影，微微挑眉，心想这名笠帽客究竟是谁，身法竟是如此诡异神速。

马华心中惊悚，却是神情不变，对着几名年轻的两忘峰弟子看了过去，眼神变得有些阴冷。

没有任何事情发生。

马华阴冷的眼神忽然变得温暖起来，因为一抹艳红的剑光刚好经过，他的头颅从颈上落下，在地上骨碌碌滚出去极远。

一只极淡的剑鬼从断口处飘出，神情有些惘然，然后很快便将残留的剑意撕成了碎流。

过南山回身望向地面身首两处的尸体，沉默不语。

那道血色的剑光，穿过黑暗的群峰，向着东南方向飞去。老鸨跪在地上，对着血色剑光双手合十，早已泪流满面。

第二章 血观音

CHAPTER 02

顾清有自己要做的事，赵腊月有自己要杀的人，苏子叶负责执行。元曲要做的事情更重要，但他只能自己去做，好在他要去的地方是青山宗，应该不会有什么问题或者麻烦。他没有想到，自己还没有进青山宗，在南松亭的山门外便被拦了下来。

“这是什么情况？”元曲看着明国兴问道。他有些后悔，不该嫌麻烦不去找掌门师叔拿令牌，不然直接飞过青山大阵，哪会有现在这些破事儿。

明国兴揉了揉花白的头发，一脸无辜道：“现在管得严了，所有人进出青山宗都必须由昔来峰验明身份。”

元曲看着他又揉头发，又是一脸无辜，便更加恼火，心想怎么谁都来和神末峰学？他哪里耐烦在这里等着，挥手斥开明国兴，便往山门里走去。

山道上的空气中忽然出现了数道裂缝，中间还有几道转折，痕迹极为诡异，直接拦在了元曲身前。如果元曲不是对这种剑法极为熟悉，身法亦是奇快，只怕会受些伤。

数名昔来峰弟子落在了山道上，看着元曲喝道：“居然敢擅闯我派山门，拿下！”

元曲觉得臭名其妙，指着自己的脸问道：“你们不认识我？”

神末峰最孤，在里面生活的人向来只喜欢闭关修行，很少与别峰打交道，唯独元曲的情形稍有不同，因为他需要去上德峰，还需要去很多地方跑腿。

一名昔来峰弟子面无表情说道：“我们当然识得你，你是剑妖一脉，既然已经被逐离青山宗，自然算不得青山宗弟子，赶紧束手就擒！”

元曲气极反笑，问道：“你们把我拿下之后要送去哪里？”

昔来峰弟子说道：“自然是送往上德峰，关进剑狱。”

元曲大怒，骂道：“小爷本就是要去上德峰的！”

昔来峰弟子哪里会管他说些什么，唤出飞剑便向他攻了过去。

昔来峰的真剑是七梅剑诀，剑招奇陡，难以判断，其间更是隐着玄门道法的妙义，很难招架。但元曲进入神末峰后，一直学的便是七梅剑诀，井九更是给他挑了一把极适合七梅剑诀的好剑。更不要忘了，井九给他赐的名字里面就有一个“曲”字。境界这些暂且不论，要说到对七梅剑诀的掌握与天赋，昔来峰里又有几个人能比他更强？

淡灰色的剑光照亮南山门，剑身上的冰晶散发出寒冷的光线，生出蜡梅傲雪的意象。元曲的七梅剑诀要比那些昔来峰弟子更陡、更险、更玄！

只听得数声闷哼，昔来峰弟子身上便出现了数道血口，纷纷跌倒在山道旁。如果元曲动用七梅剑诀里的杀招，这些昔来峰弟子只怕当场就要死了。

昔来峰弟子看着元曲，感到无比震惊，甚至有些恐惧。都说元曲是神末峰里天赋最差的，为何剑道却是如此之强？而且他不是神末峰弟子吗，怎么会我昔来峰的不传秘剑?！那把浅灰色的飞剑为何会如此厉害？难道这竟又是一把仙阶飞剑吗?！

有名昔来峰弟子被身上的鲜血弄得有些神思恍惚，下意识里把心中所想问了出来：“这是什么剑?”

元曲怔住了，心想回云集镇后得请师父或者掌门师叔赶紧赐个剑名。

南山门处的剑战很快便惊动了群峰里的师长们，一位昔来峰长老与迟宴等人驭剑而至。

昔来峰弟子大喜，心想本峰长老自然不会偏向元曲，而上德峰的迟宴师伯也是公认的严厉公正。

迟宴看着昔来峰弟子问道：“怎么回事?”

昔来峰弟子正准备说些什么，迟宴却是冷哼了一声，说道：“真是乱七八糟。”

随着这声冷哼，一道极为寒冷的剑意顺着山道向两侧散播而去，空中顿时落下雪粒。雪流剑法的名字听着温柔，实则杀伤力极强，威势极猛，那些昔来峰弟子气息微滞，再也说不出话来。

迟宴望向昔来峰长老，说道：“方师兄想做什么我不管，但像这么愚蠢的弟子，最好留在昔来峰多教两年。”

昔来峰长老的脸色很难看，但也知道今天是己方理亏，说道：“回去后我会好好教育他们。”

昔来峰弟子说不出话来，闻言不由好生委屈，心想自己哪里错了？

昔来峰长老看了这些弟子一眼，叹了口气，转身就走了。

如果今天景园回山的人是顾清，或者卓如岁甚至赵腊月，昔来峰都可以找到理由把对方拦在外面，元曲却是最特殊的那个。青山宗的诸峰长老都是聪明人，这么多年了，谁还不知道元曲与上德峰的关系？方景天需要得到元骑鲸的支持，怎么会在这种时候得罪上德峰？

迟宴转身望向元曲，脸色柔和了很多，语气也很温和，说道："你让人传个话，我派人来接你便是。"

元曲瞪圆眼睛说道："师叔，我是青山宗弟子，回山难道还需要别人批准吗？"

迟宴抬起手来，摸了摸他的头，说道："说的也是。"

元曲去了上德峰，趁着爬山的那段时间，与玉山师妹好好地说了会儿话，把云集镇外的事情拣重要的说了一遍，说得玉山是好生向往。当她听到谈真人居然亲自去了云集镇，还要邀请井九去中州派做掌门，更是惊呼连连。

来到峰顶那座寒冷至极的洞府里，元曲老老实实跪下给元骑鲸磕了好多个头，又细致地回答了一番元骑鲸的问话，才站起身来，揉了揉腰，跳进了那口井里。

踏着曲折的飞剑，伴着天光落在地底，他又跪在地上给尸狗磕了好多个头，才向剑狱深处走去。来到天蓝如瓷、如虚幻一般美丽的隐峰里，元曲路过了漫山遍野的花，找到了童颜的洞府。

"外面有个阵法，但应该很久之前就失效了，你怎么不出去？不过你还在这里就好，我总担心掌门师叔算错了，万一你被阿飘害死了怎么办。"元曲说道，"我可不想一进来看到的是一具白骨，怕倒不是很怕，只是想着是熟人，感觉有些不舒服。"

童颜睁开眼睛，静静看了他一会儿，说道："听闻以前柳十岁是个话痨。"

元曲说道："我可不是学十岁师兄，你是不知道，其实我们几个人都是话痨，包括卓如岁也是，只不过掌门师叔与师父都不喜欢说话，所以大家一直强忍着……"

童颜举手示意他不用再说，问道："我在养伤，有什么事？"

元曲说道："掌门师叔问你要不要出去。"

童颜说道："这里很安静，不用。"

元曲接着说道："掌门师叔还有很多关于中州派的事情想问你，你认真想想再写，过些天我再来拿。"

说完这句话，他从怀里取出几张纸递了过去。每张纸上都有两三个问题，问题之间隔着空白，应该是留给童颜写答案的。

"居然还要考试？"

童颜接过纸张，生出与苏子叶相似的感慨，像我这样的人……怎么就变成神末峰的帮闲了呢？与苏子叶不同的是，他到现在都还不知道青山宗掌门大典上发生了什么，也不知道井九有可能就是景阳真人，更加无语。

离开上德峰，元曲先去了云行峰。

作为神末峰排行倒数第二的弟子，他只有一个师弟，所以很久之前他就想过，一定要对师弟好些。结果小师弟被大家忘在了青山宗里，过了好些天才被想起来，这让他有些内疚。

云行峰里到处都是云在行走，云里都是剑意，不像云集镇里的云那般温柔。

元曲的境界已经不低，但往峰顶去，还是觉得有些辛苦，主要是眼睛被剑意刺着，总是想要流泪。越爬越高，泪水越多，眼睛越红，他对小师弟的歉疚也渐渐变成了牢骚。你没事儿爬这么高做什么？

峰顶已经不远，铁鹰在空中盘旋，元曲揉了揉眼睛，终于找到了小师弟。

平咏佳坐在挖出来的崖洞里，睡得正香。很明显他不是在修行而是在睡觉，因为他盘着的双膝早已散了，他斜靠在崖石上，闭着眼睛，睫毛不动，脸色红润，隐隐发出呼噜声。

在如此凌厉而可怕的剑意天地里，居然还能睡得如此安稳，元曲看着师弟的脸，又是羡慕又是佩服。

平咏佳既然没有事，按照井九的吩咐，就等他自己醒来。

元曲走下云行峰，去了神末峰。神末峰禁制已开，他没有弗思剑也上不去，就在山脚下与猿猴们打了个招呼，“啊啊啊啊”了几句，确认峰间没什么事，便踏上了归途。

回到云集镇的时候，初夏的风吹蔫了树上的花，溪水也变得沉闷了很多，景园却还是那般清凉怡人。因为庭院间现在多了一个非常大的蓝色冰块，散发出刺骨的寒意。

阿飘被冻在冰块里，睁着大大的眼睛，看着冰块外因为光线折射而变形的脸与景物，心想早知道还是要回来这里，当初何必离开？

往年，青山大会很难凑齐所有峰主，今年更是人少得可怜。元骑鲸如往常一样不出现，天光峰没有人，南忘号称闭关，可怜的成由天因为白鬼被方景天再次打发去了西海，赵腊月在云集镇。昔来峰前的大殿里只站了四个人，其中迟宴还是作为上德峰的代表列席。

云行峰主伏望说道：“顾家与宝树居到底准备怎么处理？”

广元真人神情木讷，与中州派掌门谈真人还真有些相似，说的话也没有什么情绪起伏：“我觉得不合适。”

适越峰在名义上统领着青山宗修行资源的分配，如果广元真人坚持自己的看法，青山宗想要对宝树居与顾家做什么，还确实有些名不正、言不顺。

伏望说道："现在的问题是，神末峰那边做事实在太过分，必须给予惩戒。"

方景天看了迟宴一眼，说道："上德峰有什么意见？"

"简如云坚持认为，他家与马家死的人，都是云集镇那边动的手。"迟宴面无表情，"但是查无实据，我让他不要再纠缠此事。"

"查无实据？"伏望是云行峰峰主，自然要护着出身云行峰的简如云，盯着迟宴的眼睛，"商州城外，那个邪道高手眼看着便要被抓，为何赵腊月的弗思剑会出现？"

迟宴毫不退缩，冷冷地看着他说道："过南山已经说得很清楚，赵腊月是与他一道过去的，还有什么问题？"

广元真人示意他们不要再继续争执，望向方景天说道："现在最关键的，还是谈真人到访云集镇的事。"

方景天淡然说道："难道你还真以为他会投云梦山？不过是挟敌自重的把戏。"

广元真人说道："如果他真去了呢？你们把他逐出青山宗，这可算不上是叛出山门。"

方景天明白他的意思，面无表情说道："那就到此为止，只要那些人安分，便不会再有事。"

转眼间，井九等人离开青山宗已经一年。

寒冬飘雪，年节将至，云集镇如往常一般热闹，那片雾外没有一个人影。

有些不死心的修行者留在镇子里，远远地、痴痴地看着那片雾。他们对年节这种事情没有太多关心，也不需要回去陪伴家人，所以酒楼的火锅生意还是很好。

修行者不关心年节，不代表不过年。各宗派之间的来往，与人间家族之间的来往并没有本质上的区别，都需要走动以及送礼来维持关系。

青山宗作为正道领袖宗派，自然是收礼的一方。按照往年惯例，各宗派的年礼陆续送进青山宗，天南宗派更是由重要人物亲自带队，当然他们不会在青山宗多作停留，只是在昔来峰略坐一坐便会离开。

有意思的是，今年这些宗派并没有直接离开，在回程途中都在云集镇稍作停留，不管顺不顺路。

终年盛开的花树前堆满了箱笼与名帖，人们这才知道，原来各宗派竟是专门留了一份年礼给景园里的那位。尤其是悬铃宗、镜宗、大泽等宗派留给景园的礼物极重，半点不输给青山本宗的分量。紧接着，朝歌城又传来一个令人震惊的消息——清天司把青山宗明年资源份额的三分之一拿给了景园，而且会一直持续到四年后的梅会。朝廷与这些宗派的态度非常明显，青山宗里某些人对顾家、宝树居的打压被挡了回来。

景园在人们心中的地位越发不一般。

云梦山里也有云，而且风景较诸景园更好。崖间高台边，一棵大树向外探去，树叶四季金黄，美丽而神奇。

“青山宗还是清醒的。”谈真人走到崖边，望向南方的云海。

白真人走到他的身边，说道：“不管他是景阳还是万物一剑，如果能来云梦山，当然是最好的事情，然而你我很早就清楚，那是不可能的事情，他自退不是为了自保，是为了青山宗不生内乱，想来太平也是一样的想法，方景天才会收兵。”

谈真人神情木然道：“而且元骑鲸还活着。”

现在修行界的局势很清楚，柳词真人的位置始终无人能够顶上，方景天刚入通天，与他们这些最巅峰的大物还有一段距离，与中州派相比，青山宗始终还是显得弱势了些。

“如果这些想法无法实现，我们与青山宗便只能正面战上一场，人间美好而脆弱，我担心禁受不住。”谈真人望向朝歌城的方向，带着怜悯的情绪说道。

白真人望向他的侧脸，问道：“后山那几位如何说？”

谈真人说道：“那些老人或者心如止水，或者心如枯井，哪里还愿意理会世事，只有寇青童大概有些意愿。”

听到寇青童这个名字，白真人脸上的雾气微散，双眉微蹙，明显连她都觉得有些麻烦。

谈真人平静说道：“血魔教被灭，他入云梦山已经千年，凶顽之性早已磨灭，如果想人间少受些苦，朝歌城一役必须快胜，需要他出手的时候，不可犹豫。”

白真人说道：“如果他能把太平与景阳都杀了，自然要用。”

谈真人说道：“这对师兄弟智谋无双，现在境界却是太低，我担心的是禅子的态度，还有白城那位。”

白真人望向北方的云海，说道：“如果真是那样，只好都杀了。”

他们说的是禅子与刀圣曹园，即便是中州派也很难做到把这两位都杀了，可白真人的言语好似在说这是轻而易举的事情。

谈真人沉默了会儿，没有继续这个话题，说道：“每年这个时候，早儿都会给我们做一桌饭菜。”

这里并非云梦山的主谷，而是白早的洞府。

白真人的声音没有变得柔和，还是那般淡漠："她做的菜不好吃，不如童颜。"

谈真人说道："走吧，去看看她。"

云海缓缓上浮，漫过金黄色的大树，掩盖了整座高台。

谈真人与白真人来到云梦大阵里。

这里深在地底，四周一片黑暗，只有灵脉不时显露出淡青色的光泽，如同叶脉。除了灵脉的光线，黑暗里还有一对深黄色的巨眼，那是麒麟的眼睛。麒麟正在注视着远方，眼神里带着紧张的情绪，即便是它也觉得压力极大。

在云梦大阵的最深处有一座石台，无数灵气汇聚至此，白早闭目坐在石台上，手里捧着一张仙箓，白色的缎带无风而舞。

去年深冬的时候，井九带着年轻人离开了青山宗，住进云集镇外的庭院，一切都有些混乱，所以只是随便过了个年，吃了顿火锅，只有赵腊月很认真地抱了抱他。

今年景园很平静，大家修行很顺利，麻烦的事也解决得很干净，所以大家准备认真地过一下，只有井九还是躺在竹椅上发呆，也不知道在想什么。

顾清、卓如岁与元曲来到雨廊前，对着竹椅跪下，磕了个头便起身离开，准备继续修行。这一年他们真的在很勤奋地修行，因为他们知道，景园现在看似宁静平和美好，未来却极凶险。

众人快要走出院子的时候，卓如岁忍不住了，停下脚步，望向井九问道："师叔祖，我们连头都磕了，不发红包就算了，你到底啥时候才开始修行啊？"

此言一出，顾清与元曲，包括阿大与它头上的寒蝉都望了过去，目光充满了期待与渴望。

井九问道："聚灵阵不好用吗？"

卓如岁承认景园的阵法是他见过最了不起的聚灵阵，在没有灵脉的云集镇居然能够引来与天光峰差不多浓度的灵气。问题是就算这阵法再好用，也不如您自己好用啊。

赵腊月知道他们在想什么，反对道："动静太大，而且引来的灵气太狂暴，会伤到我们。"井九的境界越来越高，一旦开始吸收天地灵气，便会像个漩涡般，引来难以想象的体量，这对他没有用处。

卓如岁与顾清、元曲才知道是这个原因，有些遗憾地走了出去。阿大却很幽怨地看了井九一眼，心想他们受不了，我可以啊！你就是懒！

夜色初上时，赵腊月回到院子里，依旧例贺了一下新年。井九摸了摸她的头，便算是道了平安。

第二天便是新年的头一天，已经清静了很长时间的雾外，忽然生出了动静。顾清眉头微挑，心想发生了何事，抱着宇宙锋便走了出去。卓如岁打着呵欠跟在他的身后，吞舟剑有气无力地跟着。

二人来到园前一看，发现根本不是那么回事，来的人也都认识。

雷一惊与幺松杉跪在地下，对着景园拜下去，说道："弟子给师叔祖请安。"

顾清与卓如岁赶紧让开，雷一惊与幺松杉起身，又对他们行了一礼。

过去一年时间，没有一名青山宗弟子来景园。他们是第一批，顶着青山宗师长的压力来到这里，也许回去之后迎接他们的便是门规惩罚。

顾清知道这样做需要多大的勇气，认真说道："请进来喝杯茶。"

雷一惊与幺松杉笑着说道："不用了，只是来看看师叔祖，我们先走了。"

说完这句话，他们便驭剑离开了云集镇。

"希望不会有事。"顾清看着消失在群峰间的两道剑光，有些担心。

"法不责众，应该没问题。"卓如岁指着天空说道。

又有数道剑光破空而来，来的是以林英良为首的数名青山宗弟子，这些青山弟子就像雷一惊与幺松杉那样，对着景园磕了几个头，便转身离开。

没过多长时间，又有一名顾清与卓如岁都不认识的年轻青山宗弟子驭剑而至。这名青山弟子应该是最近几年才入的内门，看着顾清与卓如岁都有些脸红，对着景园磕头时，更是激动得浑身颤抖。

紧接着，又有剑光照亮天空。应该是发现没有师长阻止，越来越多的年轻青山宗弟子驭剑而至，云集镇的天空里剑光不绝，不时有飞剑落在雾外。短短半日时间，竟至少有百余名青山宗弟子来给井九请安。

"一百六十四个人。"顾清对井九说道，"名字我都记住了。"

卓如岁在旁听着，感到极大的压力，他也暗中数了，确实是一百六十四个，但还需要把名字也记下来吗？

元曲没压力，反正他又不想当掌门，只是心想自己是不是应该去上德峰给老祖宗磕个头，顺便与玉山师妹说说话。

赵腊月望向竹椅上的井九，心想总有些事情是值得的。

井九望向天空说道："今天天气不错。"

卓如岁的视线随之而去，发现天空依然云雾不散，美还是美的，但怎么也说不上天气好吧？

井九接着说道:“可以吃顿火锅。”

这下所有人都清楚了，原来不是天气好，而是心情好。

没用多长时间，一个极大的鸳鸯锅便出现在花树溪畔。适越峰不可能再给他们送鲜切牛羊肉，但顾家与宝树居也极擅长做这些事情，

赵腊月给井九盛了碗骨汤，井九端起来学着普通人那样与大家碰了一下，把所有人都惊呆了。井九吃了两根青菜，便去檐下继续躺着。

溪水汩汩流淌，在某个弯处积成小潭，锦鲤在其间慢慢游动，看着与岸边花树的颜色很是相似。

井九躺在椅上，看着锦鲤，想起了冷山地底的火鲤大王，然后想起了青天鉴，继而想起了青儿。她是天宝真灵，却没有什么战力，而且还是个小孩子，很容易被人骗走，当年她不就被柳词骗到异大陆去玩了三年?

想起柳词，自然便想起元骑鲸以及朝歌城里的皇帝。井九睫毛轻颤，又想起了冥皇，他的朋友不多，冥皇算一个。

井九忽然问道:“他怎么样了?”

元曲正盯着卓如岁的肩头，准备与他抢食，听着这话赶紧放下手里的筷子与碗，应道:“还在犯倔。”

井九“嗯”了一声，说道:“摆出来。”

“摆”这个字一般是用在物件、器皿、古董上，而不会用在人上，不过那人冻在一块蓝色冰块里。蓝色冰块被摆在庭院正中央，离开上德峰已有段时间，却没有完全融化，而是从上方整齐地融化了三分之一，刚好露出阿飘的头。能够做到如此精确，自然是寒蝉的本事。

阿飘的小脸露在冰外，黑发下缘在冰里，随着转头时松时紧，看着有些滑稽，也有几分可爱。

“我确实想要冥皇之玺，但我绝对不会背叛老师的!”他盯着竹椅上的井九，恨恨说道,“不管你再如何羞辱我，诱惑我，我也不会答应拜你为师!”

顾清等人看着井九，发现他没有理会这个冥界小孩儿的意思，于是重新望向火锅。

“师父，肉熟了。”元曲对赵腊月恭敬说道。

赵腊月拿起筷子夹了些肉，说道:“吃吧。”

话音方落，庭院间便起剑意，微风拂动花树与溪水，其间隐有剑鸣。阿飘发现没有人理自己，觉得好生诡异，转头望向热闹处，便看到了火锅及吃火锅的人。

卓如岁筷落如风，肉起如林。顾清运筷极稳，从不落空。元曲手里的筷了仿

佛出现了曲折，总能在另外两双筷子中间找到缝隙，插入锅中。

看着三双筷子带出来的残影，阿飘惊呆了，心想这剑法真是好生犀利！青山宗弟子居然吃饭的时候都在练剑，难怪会强成这样！

这个时候，赵腊月吃完了碟子里的肉，举起筷子伸向锅里。筷影、剑鸣尽数消失，卓如岁三人拿着筷子，安静地等着她先夹。

阿飘醒过神来，望向井九继续说道："一日为师，终身为父，我欣赏你对我的欣赏，但是想我叛师另投，那是不行的。"

听着这话，卓如岁"啧啧"了几声，对元曲说道："这个小家伙还真就天生该是你们家，看看这脸皮厚度。"

元曲笑着说道："论起脸皮厚度……除了师……不，谁能比得过你？"

卓如岁用筷子敲了敲元曲的筷子，说道："佩服，敢想，还差点说了出来。"

顾清微笑说道："现在都是一家人，何必分什么你我。"

井九听着阿飘的话，说道："我很擅长说服你老师的学生背叛他。"

这句话当年他曾经跟冥师说过，阿飘没听过，也不知道三百多年前他带着太平真人最了不起的元、柳两大弟子反杀的故事，不由怔住了。

阿飘忽然闻着一股香味，再次望向火锅，看着铜锅里沸腾的汤汁，看着奇形怪状的食材，小脸里的光线隐隐流动起来，颤声道："这难道是传说中的益州火锅？"

顾清夹着一块黑毛肚在红汤里缓缓荡着，动作慢条斯理，气质温文尔雅，声音清柔如琴："不错，是九香居的。"

阿飘听着他的话，盯着他的筷子，忽然脸色大变，说道："……十六下了！"

作为冥界皇族子弟，他的脸色变化实在是太过明显，就像心情一样，根本无法掩饰。

顾清夹起黑毛肚，放到元曲的碗里，看着他微笑说道："要不要试试？"

阿飘被冻在冰块里，手都无法举起来，怎么涮火锅？想要从冰块里出来，他就必须答应井九的条件。

"哼！你们休想诱惑我！连冥皇之玺我都可以不要，更何况区区一个火锅！"

阿飘愤怒地背过脸去，决心再也不看火锅一眼，头却不受控制地慢慢转了回来。顾清笑了笑，没有再说什么，众人继续吃火锅。

阿飘看着他们吃完了毛肚与黄喉，牛羊肉眼看也没了，眼神渐渐变得幽怨起来，有些痛苦地咽了几口口水，悲愤交加喊道："住手！我降！"

说降就降，降的诚意便不可少，阿飘很清楚，自己必须要答应井九的条件，立下冥河血誓。冥河血誓立下之后，他便再也无法抵抗井九的命令，除非选择死亡，或者承受无尽的痛苦，把身体里的所有血液都换成冥河的圣水。

想着今后惨淡的未来，阿飘虽然决定降了，但还是犹豫了会儿才闭上眼睛，嘴唇微微颤抖，显得很是害怕。

井九握着右拳，伸出食指点中阿飘的眉心。冥皇之玺在他的手里，散发着黑金两道光芒，给人一种极其肃杀却又神圣的感觉。

阿飘的刘海无风而起，露出眉心的一道小缝，一缕魂火飘了出来，顺着井九的食指进入手心，最后与冥皇之玺融为一体。

重新收回冥皇之玺后，井九左手在冰块表面抚过，坚硬而寒冷至极的冰块瞬间裂成数百个小块，被剑火烧成云雾，与火锅里的雾气、溪面的雾气融为一体。

阿飘躺在地面上，脸色苍白，浑身湿透，显得极为虚弱。他身上的宝蓝色衣衫裂开了很多道口子，露出如玉般的肌肤。

“挺白啊。”元曲端着盘子，一边往嘴里扒着虾滑，一边说道。

卓如岁同时嚼着辣椒圈与腊肉，说道：“冥界没有太阳，能不白吗？”

赵腊月发现有些不对劲，神情微怔，上前抓住阿飘的后颈，掠向后院。阿大蹲在井九肩头，正想看看冥皇之玺究竟是什么样子，忽然看到赵腊月提人的动作，不由后颈一紧。

没过多长时间，赵腊月便带着阿飘回到了场间。阿飘洗了一个澡，换了身干净衣裳，还梳了个小鬏鬏，配着清秀的眉眼，着实有些可爱。

卓如岁大吃一惊，说道：“怎么变成个小姑娘了？”

顾清与元曲也非常诧异。

阿飘委屈地嘟着小嘴，说道：“我本来就是女孩子！”

井九看着阿飘头上的小鬏鬏，觉得有些眼熟。他想了想才记起来，当年初上神末峰的时候，自己曾经给赵腊月扎过。阿飘的小鬏鬏，想来应该是她的手笔。

赵腊月看起来很满意自己的手艺，用手指弹了弹小鬏鬏。

井九说道：“我给你扎得好看些。”

这句话里带着些遗憾，赵腊月自然懂，说道：“我不喜欢。”

人生总是有很多不得已，求不得，爱别离，比如火锅里的白汤总是先干，赵腊月不肯留长发，每个人都会离开。

井九想开了，当初神皇把这颗卵交给他保管，就是托孤的意思，还有几年时间，应该抓紧了。井九抬起头来，看着还有吃火锅的那几个人，说道：“今天上课。”

阿飘刚兴致勃勃拿着筷子冲到桌边便听到了这句话，不由悲郁莫名。

“青山宗以剑拟万物，才有万物一的说法。”

听到井九开篇的第一句话，庭院里的弟子们便感觉有些怪异。不是说这个道理如何，顾清与元曲以前就受过类似的指点，问题是万物一除了是剑道，是境界，同样也是一把剑。而万物一剑现在就在他们眼前说话，不提还好，提到了谁忍得住不去想？

井九自然不会在意他们在想什么，说道：“各修行宗派的阵法、雷法、符道、道门玄功都能以剑法拟之，这便是九峰真剑的由来，大道千万最后总能相通，那些你们理解不了，弄清楚剑道的本意就好。”

庭院里的弟子们收敛心神，认真听着。

世间有几个人有机会听到景阳真人亲自讲解剑道？这一世之前，只有禅子有过这样的机缘。

“剑是用来切东西的，不管是黄瓜还是人头，总之它的作用是把原本一体的事物，切断成两段或者更多段。”井九说道，“要弄清楚剑道的本意，便是要学会如何切断。”

这道理很是简单，甚至有些俗气，但众人还是听得无比认真。

“万物皆有缝隙，那就是光能照进来的地方。”井九走到庭院间，指着一个瓷瓶，“就像这个瓶子。”

众人都怔住了，心想这个瓷瓶如此光滑紧密，怎么可能有缝？顾清更是知道这个瓶子是顾家专门从名窑里买来的珍贵瓷器，按理来说不可能有什么瑕疵。

“举高些。”

井九走到瓷瓶后面，伸出右手，无声无息间，他的指尖仿佛长出了一个太阳，散发出无穷的光毫。

众人毫无准备，险些被照瞎了眼睛，片刻后才醒过神来，走到瓷瓶的另外一边，只见原先看着浑然一体的瓷瓶表面，竟然多出了很多道极细的裂纹——所谓的裂纹其实是光明与黑暗的交界，并非真正的缝隙。

“光能进的地方，剑就能进，明暗交汇，亦是剑道。”井九说道，“剑道至简，没有那么多讲究。”

卓如岁想着入门后读的剑典，学的那些繁复至极的剑诀，皱眉说道：“按这般说法，境界岂不是毫不重要？”

井九说道：“境界的差别只在于你的剑能飞多远，速度有多快，准确度有多高。”

顾清若有所思道：“这样的差别其实并不重要。”

数十年前他第一次参加青山宗承剑大会时的境界还在井九之上，结果却惨败在井九剑下，那天的事情他当然不会忘记。

“只要飞剑无法及身，破海巅峰与破海初境本就无区别。”井九说道，“你们如果境界不够，便尽量拉短与对方之间的距离，若是对方已经通天自当别论。”

还是这般简单。真这般简单？

“那为什么你可以杀死泰炉真人？”

阿飘的声音从下方飘了起来，原来她竟是一直跪在地上，双手举着瓷瓶，就像画师对面的花架。挺清美可爱的一个小姑娘，就这样跪在地上，高举着双手，着实有些可怜，明显这是惩罚。

阿大趴在竹椅上，看着这幕画面，心里啧啧称奇。对冥界妖人它自然没有什么同情，都是一口一个的对象，问题是它没想到景园里的这些青山宗后辈也都如此冷酷。

井九看着阿飘说道：“因为我是我。”

阿飘这辈子就没见过这么自恋无耻的人，却不敢有任何怨言，哪怕腹诽也不敢有。冥河血誓的可怕她没有见过，但自幼听族里人说过无数次。

“先生，我又不能修行青山宗剑道，听这些没用，您当我老师，总要教我些什么吧？”

阿飘仰着小脸，可怜兮兮地看着井九。按照以往的惯例——准确来说是太平真人收冥师的惯例——她称井九为先生而不是师父。

井九说道：“三年之后我会教你魂火之御。”

阿飘不依了，说道：“当年皇叔祖把冥皇之玺给你，你肯定就答应了他要教我，为什么要等三年？”

井九说道：“我答应的是替他选个继承人，然后教继承人魂火之御。”

这句话的意思非常清楚，他可以不选阿飘做下代冥皇，那自然就可以不用教她魂火之御。

阿飘觉得生活好难，哭兮兮说道：“好吧，那这三年里我做些什么？就等着您考验还是服侍您的生活起居？”

井九心想这方面你比十岁和顾清差远了，说道：“我会教你帝王之术。”

阿飘怔了怔，问道：“什么？”

井九解释道：“就是教你如何做皇帝。”

所有人包括赵腊月的视线都落在他的身上，满是诧异与惘然。做皇帝是件极麻烦的事，不管是人间的神皇还是下界的冥皇都极辛苦，极操心，你这个世界上最懒的人居然要教人怎么做皇帝？

井九感觉到众人眼神里的不信任，有些不解，说道："我做过皇帝，做得还不错。"

除了阿飘，在场的人都知道，他说的是在青天鉴幻境里做了几十年楚国皇帝。在青天鉴幻境里，赵秦两国极为强势，楚人性柔，楚国能在这样的险恶环境下撑了几十年，而且过得还不错，不得不承认楚国的统治者治国有方。但那是你的功劳吗？靠的全都是人家张大学士！

尤其是卓如岁，跟着他在楚国皇宫里生活了好些年，哪里不知道这些事情，赶紧给阿飘连使眼色。阿飘哪里知道这些，听井九说自己做过皇帝，且做得还不错，又见卓如岁使眼色，会错了意，傻乎乎地点了点头。

赵腊月转过身去，顾清捂额，元曲低头，都有些不忍看到这个画面。

深夜时分，群星被云雾隔绝在天空的高处，庭院里一片黑暗，只能听到潺潺水声。这样的夜晚，最适合观看微弱的光，比如萤火虫，又比如阿飘的魂火。井九静静看着眼前的那朵幽冷小火焰，不知道在想什么。

阿飘的脸色有些苍白，魂火离体对她来说不难，在体外维持一段时间也不难，但要让魂火停留在井九眼前，却让她太过紧张，于是消耗也有些大。

不知道过了多长时间，井九示意她把魂火收回去，说道："有时间记得提醒我给你讲讲镇魔狱里的故事。"

与冥皇在镇魔狱里的时光，对他来说也是很有意思的回忆，他希望冥界能知道，然后尽可能地流传更长时间。

阿飘连连点头，又问道："先生，帝王之术很难吗？"

"做皇帝很简单，首先是识人，然后是用人，最后也是最重要的是，不要妄动。"井九看着她平静说道，"因为你是皇帝，不管你的想法是不是正确的，天下人都必须跟随，而这不合道理。"

就像当年的太平真人，一手打造梅会，开创千年太平，是举世公认的正道领袖，从某种意义上来说，他才是朝天大陆的君主。

井九望向夜空，挥了挥衣袖，满天云雾散开，露出灿烂的繁星。星光照着云集镇，也照着朝天大陆的每一处，想必也正照着那个人。

羽化成功的你，现在又在做什么？

第三章

剑法自然

CHAPTER 03

青天鉴幻境里的世界早已醒来。

秦国白皇帝暴毙，天下动乱不安，数年时间后才重回太平。齐国与赵国复国成功，秦国退回到原先的疆域。楚国的情形同以往差不多，只是先皇没有留下血脉，最终经由大臣与学子们共同商议，决意奉赵太后为主。

赵太后对故楚之地极为宽仁，故楚国的世家与大臣依然享有着极高的地位。前张大学士的大公子，就是这些人当中的一位。

出于各种各样的原因，张大公子在这些世家大臣心中的地位极高，但他不肯搬离故地，依然留在乡间。他没有养望的意图，声望却越来越高，不停有人前来拜访，赵太后甚至颁下数道旨意，想请他去赵都会面。

张大公子谁都不见，也没有理会赵太后，依然带着全家人在乡下种菜。只是现在终究不像以前，相邻的宅院与田地都被朝廷征收，送给他家，那一大片山头有了个名字，叫作张园。

张大公子每天都会去旁边曾经是他的邻居的院子里逛逛。院子里有口井，张大公子每天都会背着双手，看着井底，不停自言自语：“鱼儿啊鱼儿，你究竟去哪里了呢？”

鱼没有回来，鸟来了。一只青鸟落在枝头，看着打着赤膊、浑身干瘦的张大公子，摇了摇头。

青天鉴里的时间流速正在与青天鉴外趋同，表明此间世界越来越真实，她对此很满意，对张大公子却很不满意。

青鸟化作一道电光，划破苍穹，在世间各处巡游一番，发现海上的海盗居然在筹备起兵反攻赵国，很是无语，又摇了摇头，挥翅扇动了一场飓风，阻了海盗几年。

越真实的世界，越是容易陷入无趣的重复，就像变成人一样。青鸟带着一丝倦意离开了青天鉴，落在了又一道枝头。

天空里忽然传来声音，一只通体殷红的鸟儿落在它的身边。青鸟转过头去，乌溜溜的黑眼珠，对上了。

青天鉴里的时间流速与真实世界不同，朝天大陆的时间流速可能与外面世界也不同，但时间流动的方向永远都不会改变，总是无趣而冷酷地向前，就在某个平常无奇的日子里，平咏佳终于在剑峰顶上醒了过来。时光让他的身上满是灰土，他却是无甚感觉，只觉得这一觉睡得好生香甜，浑身舒泰，下意识伸了个懒腰。只听得他身体里发出“啪啪”的轻微爆音，紧接着四周的山崖间也响起了如骤雨般的爆音。

啪啪啪啪！

无数道无形的剑意随着他张开的双手散开，落在坚硬的崖石上，割出了无数道痕迹，落石簌簌而下，瞬间便在地面堆了一层。

平咏佳从崖洞跳了出来，看着崖壁上清晰而深刻的剑痕，吃惊望向自己的双手，心想这是怎么了？想了半晌也想不明白，他也懒得再想，在山间随意走动起来，想看看能不能拾到一把合眼缘的剑。

只听得峰间传来无数响动，石砾翻滚，剑意渐生，数十把飞剑与剑胚从地底与石缝里飞出。说来也是奇怪，当年他来剑峰寻剑时，剑峰里的这些剑也都是自己飞了出来。但今天有些不同，当平咏佳伸手想要拿下一把有些顺眼的剑看看时，那把剑却是向后退去，避开了他的手。

平咏佳怔了怔，伸手想要握住另外一把剑，结果那把剑在地上翻了几个圈，竟也是避了开去。

如果你们不想被我拿到，那何必出来见我？平咏佳很是不解，向着前方走去，那些飞剑果然随着他的脚步让开，就像潮水分开一般。

他就这样在剑峰里走着，至少有数百把飞剑出现迎接，然后又避开。他隐约明白了，这些剑不是不想随他走，而是有些敬畏与自卑。

“我说这到底是怎么回事？”平咏佳站在一块大石头上，看着峰间数百把飞剑，神情无辜，“我不嫌弃你们了不行吗？”

飞剑微微低头，不知道是表示臣服，还是不相信。云雾高处传来铁鹰的叫声，仿佛是在回应平咏佳。

平咏佳没办法，灰头土脸地向云行峰下走去，心想还是没拿到剑，真给师父丢脸啊。

来到云行峰下，遇着几名青山宗弟子，他很自然地喊了声师兄。那些青山宗弟子以为他是新来的内门弟子，不以为意，“嗯”了一声便继续向前行走，说话都没有停。

“今年去景园叩头的又多了十几个人，前些天小满的时候居然也有人去，真是……”

“那些同门都疯了吗？明明是个妖物，居然当祖宗一样供着！”

“这种话不要随意乱说，谁都没有证据，没看现在连昔来峰都不说这话了？”

“如果他不是剑妖，那年为何不敢把承天剑拿出来？还什么先天无形剑体……就是一把剑！也只有疯子都会信他。”

“疯子？神末峰的人且不提，卓如岁师兄难道也是疯子？”

平咏佳已经走出去数十丈远，听到这些对话，尤其是后面那几句，不由怔在了原地。

微风起，他转身来到那几名青山宗弟子身后，问道：“师兄，你们在说啥？”

那几名青山宗弟子对视一眼，觉得好生奇怪，心想这件事情青山宗无人不知，无人不晓，怎么还有人在问。

没有谁有耐心对新来的内门弟子说太多话，平咏佳也没耐心听完整个故事，当他大概知道现在距离青山宗掌门大典已经过去了四年多时间，而大典上发生了什么事情之后，便转身向神末峰跑去，脸色苍白得像纸一样。

一道尘龙卷起无数草屑，他以难以想象的速度从云行峰到了神末峰峰底。

神末峰禁制已开，山间到处都是剑意，隔绝了上山的通道。站在山道入口，平咏佳清楚地感受到了禁制的强大与可怕。

听说当年师父与师叔都险些没能上去，自己怎能行？可是想着先前几名师兄说的话，他实在是没办法就这样站在峰外。

师父居然是个妖怪？这怎么可能！

神末峰禁制开启，这是他老人家与师叔、两位师兄都被囚禁起来了吗？卓师兄也被关起来了吗？他们现在怎么样？

强烈的担心与不安还有愧疚心理，让他生出了极大的勇气，咬牙便往山道上跑去。

啪的一声轻响。

平咏佳刚冲上山道一步，便停了下来。他低头望向自己的右腿，发现膝盖下方出现一道伤口，笔直如线，鲜血慢慢溢出，伤口渐渐绽开，隐见白骨。他怔了怔才醒过神来，剧烈的痛楚让眉眼都挤在了一处，他张着嘴，半晌喊不出声音来。

前方不知何处隐约传来猿猴的叫声，平咏佳稍微清醒了些，赶紧撕掉一截衣袖，认真地包扎起伤口。做完这些事情，他的脸色已经苍白如纸，用微哑的声音不停喊道：“痛痛痛痛痛！”

猿猴的叫声再次响起，似乎带着几分嘲弄。平咏佳懒得理那些家伙，坐到地上，对着伤口不停吹气，同时不停自言自语："不痛不痛不痛不痛……"

不知道用了多长时间，痛楚终于渐渐消退了些，他再望向那条看似安静的山道时，眼里便多了很多惧意。但再如何害怕，终究是要上去的。

平咏佳忽然闭上了眼睛，神情渐渐平静，甚至如睡着了一般，就像在剑峰里那样。没过多长时间，他慢慢站起身来，就这样闭着眼睛，向着山道走去，明明身前没有任何事物，他却忽然抬起了右脚，跨过一道不存在的障碍，然后右转……

接下来，平咏佳仿佛变成了一个被无形的绳索牵引的木偶，在山道上或进或退，或转或退。说来奇怪，就这样走着，他却再没有被剑意所伤，只是身上的衣服不时会被削落几个角，才显现出凶险来。

半个时辰后，他终于来到了神末峰的中段，脸上多了几道极细的血痕，身上的衣服更是破烂不堪。在这里他似乎遇到了什么麻烦，停了很长时间。

平咏佳忽然骂了一句脏话，勇敢地睁开眼睛，深深地吸了一口气，向着前面跳了过去。

"我跳！我跳！我跳跳跳！"

于是木偶变成了兔子，就这样在山道上蹦着一路向前。不知道过了多长时间，他居然就这样跳到了峰顶。

神末峰顶冷清无人，洞府石门紧闭，道殿上落着枯叶，看着极为萧索。洞府是睡觉的地方，道殿是看雪的地方，崖边是踏云的地方。现在云海如昨，想必冬天也会落雪，那些人却不在了，那把他曾经偷偷躺过的竹椅也不见了。

看着眼前熟悉却又陌生的风景，平咏佳觉得好生孤寂，不由悲从心来。师父被奸人背叛，没有被囚于神末峰，看来竟是被逐出了青山宗，只怕命不久矣……

哪怕是可以视为家的地方，没有人也没甚意思，平咏佳失魂落魄地向山下走去。不知道是神末峰的禁制特殊，还是满山剑意已经知道了他是谁，他下山没有遇到任何剑意攻击。

没过多时，他便到了崖下的小木屋。小木屋已经很久无人居住，台阶上的灰尘上满是猴子的脚印，黑茶被翻得到处都是，绿茶却好好地在罐子里。

那些猿猴知道顾清这些年喝的都是绿茶，自然不会祸害。平咏佳看着罐子里的绿茶，鼻头一酸，心想顾清师兄又在哪里呢，还能回来喝茶吗？

离开小木屋，他又去了溪边，他经常在这里拣师叔用弗思剑斩碎的石头，偶尔也会骑一下那匹马。那匹马又去了何处呢？

平咏佳环视山溪四周，忽然发现了一个微微隆起的石头堆，眼里剑芒闪动，便看清楚了里面的事物。

那匹马已经死了，原来已经过去了这么多年。平咏佳走到那个石头堆前，用手轻轻摸了摸石头，擦了擦眼睛，没有说什么。

猿猴们的叫声近了，树梢微弯，野风骤起，猿猴们从林子里跳出来，围在他的身前，小心翼翼地拍着他的背与手，表示安慰。

“谢谢，谢谢。”

平咏佳红着眼睛，真情实意说道，再不觉得这些猿猴烦人。他感谢这些猿猴安慰自己，更感谢它们把那匹马安葬得很好。

前一刻溪边的气氛还很低沉，下一刻平咏佳的情绪便崩了，他对着峰下愤怒地喊道：“我一剑砍死你们这帮王八蛋!”

愤怒的喊声回荡在山间，与溪水声相和，向着峰下流去。猿猴们静静地看着他，大多数视线都落在他的右手上。青山宗剑修到无彰境后，便可以飞剑合一，手中无剑，不代表真的就没有剑，但这些猿猴的意思非常清楚。

——你的剑呢?

平咏佳很是无辜，说道：“这个事情说起来有些复杂，不是我拿不到剑，关键是那些剑……”

不等他说完，一只老猿猴忽然走了过来。很明显这只老猿在猿猴群里的地位极高，所有猿猴都停止了聒噪，极其敬畏地看着它。

老猿走到平咏佳身前，慢慢牵起他的手，向着山溪边的山崖走去。平咏佳先是怔了怔，接着便想起小时候看的那些故事，不由生出狂喜。猿猴们静静地看着老猿带着平咏佳过了山溪，消失在野林的那头，依然未散。

野林那边是陡峭的山崖，崖间生着很多青藤，青藤最密的地方藏着一座洞府。

景阳真人当年不知道在神末峰里留下了多少宝贝，有些甚至连他自己都忘记了。不过他还记得的东西就足以保证赵腊月等人的修行所需，所以这几十年里，神末峰的几名弟子从来没有担心过丹药之类的问题。但当平咏佳推开洞府的石门，看到架子上的飞剑与丹药之后，依然忍不住激动起来。

一只纯色的青玉瓶，用一茅斋的符纸封印住，没有半点气息外溢，可以想见里面的丹药何其珍贵。几把飞剑也绝非凡品，只是让平咏佳有些无奈的是，当他走到飞剑前时，再次感受到了对方的敬畏与自卑。

既然这些剑不能用，那就吃些药吧。

平咏佳自然知道丹药不能随便乱吃，但他现在急着提升境界，又想着是老猿带自己过来的，应该不会出什么问题。在话本故事里，你见过哪个男主角跳下山崖找到宝藏却被奇遇害死的?

奇遇从来不会出问题！

想着神末峰峰顶的孤清，想着那几名青山宗弟子的议论，他的脸上闪过一抹狠色，拿起青玉瓶，撕下符纸，毫不犹豫地举到嘴边便倒了进去！

看着这幕画面，那只老猿不由呆了。

“挺脆啊，有些像黄喉……”平咏佳把丹药像嚼豆子一般嚼了，看着老猿的神情，“啊，抱歉，忘了给你留一颗。”

老猿忽然发出一声怪叫，头也不回地便跑出洞府，还没忘记把石门关上。平咏佳心想这是怎么个意思，正准备追上去问几句，忽然觉得肚子一阵绞痛，脸色骤变。

老猿以最快的速度离开洞府，穿过溪水，浑身湿漉漉地回到猴群里，发出尖厉的叫声，示意众猴赶紧避回树林里。猿猴们不知发生了何事，惊慌失措地向树林逃窜，直到退到数里外，才稍微安心了些。

老猿爬到树梢上，望向洞府的方向，眼里满是担忧与恼火的神情。

那瓶丹药的药力极其强大，即便是冲击游野境，一颗也足矣，而且至少需要闭关散化一年。平咏佳竟是不管不顾吃了一瓶，肯定会直接爆体而亡，甚至那片山崖都可能会被震塌。

老猿正想着这件事情，树梢忽然晃动起来。树林里的猿猴们惊叫连连，东倒西歪，有些小猴子甚至从母亲的身上摔了下来。

溪水生起无数浪花，地面生起无数道尘烟，竟是地震了！

轰！一道仿佛闷雷般的声响从山崖传来。紧接着，又有一声雷鸣响起，山崖再次震动，溪水再次不安。地震还没有结束，雷鸣不停响起，大地不停震动，直到很久之后才恢复平静。

树林里的猿猴们这才冷静下来，看着山崖，满是好奇与不安。老猿也看着那边，苍老的眼眸里满是同情与伤感。

青山宗已经很多年没出过这样天真或者说白痴的孩子了。

神末峰的禁制是当年景阳亲自布置，强大至极又玄妙非常，人不能进，视线亦不能进，风雨却能进。

初冬时节，一场落雪应期而至，落在峰顶，道殿的窗子开着，窗边却无人相看。雪也落在山崖下方的树林里，猿猴们盯着某个地方一动不动，头顶覆着积雪，看着很是可爱。

老猿接过子孙们递来的一颗果子，随意啃了一口，便扔给了树下最小的那个崽子，继续看着已经塌了的山崖。那座洞府被埋在了里面，那个天真的白痴肯定死了，问题是猿猴们却始终无法靠近山崖。那其中隐约有一道极其强大的力量，隔绝了山崖与外界。

老猿有些警惕，让子孙们盯着那边。

接下来的日子里，冬雪又落了数场，便到了初春，又是一年。

某天清晨，老猿忽然被惊醒，望向山崖，发现坍塌的岩石微微隆起，破开了一个洞。在晨光的照耀下，一个人从里面走了出来，正是平咏佳。

看着这幕画面，老猿与猿猴们都震惊异常，明明已经死了的人，怎么又活了过来？

老猿带着猿猴们越过溪水，向平咏佳迎了过去，然而还没能靠近，便眼神剧变，尖叫着逃走。

平咏佳浑身灰土，头发蓬乱至极，看着就像个乞丐，身上的味道则是比乞丐还不如。他捂着鼻子，看着四处逃散的猿猴，眼里满是抱歉，跳进了溪水里。

明明雪花落在溪水上便化了，水却极寒，他毫不在意，仔细地搓洗着身体，不时还会用剑火去除一下顽固的污垢。不知道用了多长时间，他终于觉得身上没了味道，对着下游溪面飘着的死鱼说了声抱歉，走了出来。

就在他准备拾起衣衫穿上时，再次闻到了那股恶臭，不由一阵干呕，赶紧用最快的速度把衣衫烧成青烟。青烟飘荡在溪边，依然带着臭味，他的眼里也依然留有余悸。

一年前他把丹药尽数嚼了，强大的药力直接开始改造他的道树，顺便把他的身躯也洗炼了一遍。他身体里的所有杂质与污物都被药力逼了出来，他连续放了几十个屁，也就是那天猿猴们听到的雷鸣。

那些屁恶臭至极，偏生那座洞府的阵法隔绝太好，空气完全无法流通，只有灵气循环，竟是半点没有外泄。平咏佳在这般恶臭的环境里被迫闭关了一年，险些成为第一个被自己的屁熏死的可怜人。

至于为什么他没有因为丹药吃多而爆体死去？

无人知晓答案。他自己更是毫无概念，以为这是理所当然之事。

还是那句话，奇遇怎么会出事呢？

过了些时间，青烟终于消散在天地间，老猿带着猿猴们掩着口鼻，小心翼翼地靠近过来。

平咏佳对着那只老猿挥了挥手，他刚结束闭关，还不能控制好，剑意外溢，随着他的挥手，一道剑意便落在了溪水里。

溪水流动忽然停滞，横截出一道裂缝，从侧面看就像是透明的玉石。抽刀断水，本就是极难的事情，哪怕对于最擅长切断的青山宗剑修也是如此。

看到这幕画面，平咏佳怔了怔，望向那些猿猴问道："我现在境界怎么样？"

他拜入青山宗后，在洗剑阁只学了一段时间便被井九指名带进了神末峰。在神末峰的这些年里，他除了学习清容峰的无端剑法，什么事情都没做过，没有见识，更没有与别的修行者较量的经验，难免有些不自信。

猿猴们犹豫了会儿，纷纷拍起巴掌，表示那是相当可以。它们之所以犹豫，不是觉得平咏佳不行，而是因为拍巴掌需要把捂在口鼻上的手掌放下来。

平咏佳有些不自然地问道："那你们觉得我什么时候才能破海？"

猿猴们这次毫不犹豫地摇了摇头，动作很是整齐，画面看着很有趣。

这是不可能破海的意思？还是要自己安心修行，不要好高骛远？平咏佳有些茫然，他没想到猿猴们是说他已经破海了。

"师父说不破海不能出山，那我怎么才能出去找他们呢？"

他有些苦恼，紧接着想到自己境界总算是有些突破，又高兴起来，去了林间小屋，给自己泡了杯绿茶喝。绿茶放了几年，自然不可能是新茶，喝着有些苦，却让他精神一振，想到了某个方法。

他从柜子里取出一件淡青色的剑衫换上，又取了一顶笠帽，便向峰下走去。某年之后，神末峰便一直常备着笠帽，帽檐极宽，只要戴在头顶，便很难被人看到容颜。

来到峰下，平咏佳直接去了洗剑溪，想要寻自己认识的梅里师叔，问问她这次的梅会什么时候开始，如果照常举行的话，是不是只要在试剑大会上拿了前十，便能拿到参加梅会的资格，从而出山。

没想到他在洗剑阁里只看到了一些像他以前那样懒散，趴在桌子上睡觉的新入门弟子，却没有看到一位师长。他抓住一位执事问了问，才知道原来今天就是青山宗试剑大会的日子，即将决出参加梅会的人选。

听到这个答案，平咏佳忍不住望向如银缎般的洗剑溪，出了会儿神。自己想要提升境界为师父报仇，便有老猿带着去了一间洞府，吃了一瓶丹药；想要去参加梅会，下峰便是试剑大会……这么好的运气，想来那位传说中的何霑也不过如此吧。

青山宗试剑大会如往年一样，在天光峰的剑林举行。

平咏佳没有剑，自然无法驭剑，只能用跑。一道尘龙带着草屑离开洗剑溪，他很快便来到天光峰，却被人拦了下来。

天光峰弟子抹掉脸上的草屑，又往地上啐了几口，看着平咏佳恼火问道："你是哪座峰的？"

平咏佳没有说话，十余道剑弦自指间生出，织成一道无形的剑网。

这名天光峰弟子怔了怔，说道："原来是清容峰的师姐，请进。"

天光峰是青山宗主峰，但现在已经是没娘的孩子，并不敢太过得罪其余诸峰，更何况这位是清容峰的师姐。整座青山宗都知道，南忘峰主号称闭关，喝的酒却比往年更多，明显心情非常不好，而且已经持续了好几年。

剑林由数百根石柱组成，每根石柱都高逾百丈，细长如剑，半入云里，杀机十足。在剑林对面的崖壁间有九座石台，是九峰长老的座位，普通青山宗弟子的位置则是散布在剑林四周。

平咏佳低着头走到清容峰师姐们身后，后面不远处是适越峰弟子，如果他退一步便会被人认为是适越峰弟子，进一步便会被认为是清容峰的弟子，真可谓是进退随意。至于为何那名天光峰弟子与别人会把他错认为女子，则是因为他在剑峰睡了几年，又在洞府里闭关一年，滴水未进，身材瘦小，而且还戴着笠帽。

他觉得自己的选择极妙，正在得意的时候，忽然发现一双脚出现在自己视线里，同时一道平静而温和的声音响了起来："你在这里做什么？"

那声音他有些年没听到了，却很容易便听出来是清容峰的梅里师叔。他不由暗自叫苦，心想您不在石台上坐着，来我们这些普通弟子的地方做什么？

就在他准备开口说自己是适越峰弟子的时候，忽然听着梅里说道："既然来看就好好看。"

说完这句话，梅里从他的身前离开，却也没有去高台上，而是站在清容峰弟子前方。平咏佳怔了怔，也没有多想，因为这时候试剑大会已经开始了。

一道极其冷厉的剑光，在云雾之中穿过，追击前方的飞剑。那道飞剑威势不弱，所过之处惊雷阵阵，却拿后面的剑光没有任何办法。数次擦身之后，两道飞剑终于在石林上空相遇，只听得咔嚓一声，仿佛有闪电生出，云雾里的石柱被照亮，看着极其可怕。

一道身影从数里外的一根石柱上跌落下来，被师长接住，鲜血连喷，明显受伤极重。

"雷一惊师兄这些年境界提升颇快，居然不是对方的一剑之敌？"

"你也不看看他的对手是谁，短短几年时间，便把飞剑养好，这等天赋……只怕将来的两忘峰便要以其为首了。"

听着那些青山宗弟子的议论声，平咏佳才知道那位败者是雷一惊。这个名字他记得很清楚，顾清专门对他和元曲解说过青山宗各峰弟子对师父的态度，雷一惊、幺松杉、林英良都是师父的坚定支持者。

雷一惊浑身是血，被同峰师弟扶着，看着云雾上方，眼里满是不甘的情绪。

云雾渐散，一道剑光落在石林下方。

简如云收起飞剑，走到雷一惊的身前。当年他便是两忘峰最强的弟子之一，这几年他在云行峰苦心修行，不止修好了被卓如岁斩坏的飞剑，修复了体内的伤势，更是一举破境，现在已经是游野中境的弟子。有青山宗弟子甚至在议论，他与过南山究竟谁更强些。

简如云看着雷一惊冷漠地说道："每年去磕头，有用吗？"

这说的是从第二年开始，雷一惊等青山宗弟子去景园给井九磕头的事。

雷一惊知道自己技不如人，与对方争吵只是自取其辱，甚至会让景园难看，沉默不语地擦掉身上的血水，没有说一句话。

他没有说话，他的师父则是有些不悦，心想简如云的境界实力远在自己徒儿之上，出手却如此之重，沉声说道："修行不是一时事，只要剑在心间，总会有用。"

简如云摇了摇头，面无表情道："你们想奉剑妖为正朔，那便是走上了邪路，越修行会越糟糕，能有什么用呢？难道你们还真以为世间有什么先天无形剑体？"

剑林四周的青山宗弟子听到这句话都沉默了。平咏佳抬起头来，微微掀起笠帽，看了此人一眼。

雷一惊被扶了下去，幺松杉，包括心向景园的年轻弟子都自认不是简如云的对手，只能沉默。简如云也没有再说什么，收剑走回云行峰。不知道什么原因，他没有去两忘峰弟子所在的高台。

现在心向景园的年轻青山宗弟子越来越多，但在青山宗九峰里却是没有人提起此事，因为这可能会涉及青山宗分庭，而这是所有青山宗弟子都不愿意看到的事情。

雷一惊与简如云没有继续对峙下去，很多人包括长老在内都松了口气，没想到一道有些傲然、有些冷漠的声音响了起来："简师兄所言甚是。"

一名神情冷傲的年轻弟子走到场间，众人知道他叫作方星外，是昔来峰弟子，据说是方家子弟，天赋颇佳，入门时间不是很长，却已经是无彰上境，破境入游野有望。

方星外环视青山宗弟子，说道："歪门邪道是行不通的，谁来战我？"

就算他真的是方景天的什么人，也不可能吓住所有青山宗弟子。更何况他这句话，明显是在嘲弄雷一惊与心向景园的弟子，场间哗然一片，好些人准备上场。

幺松杉本想着自己参加过梅会，不准备再上场，但听着这话哪里忍得住，却忘了先前雷一惊也是被相同的局面逼出来的。

平咏佳听清容峰师姐们的议论，知道了此人的身份，望向他的眼光便变得有些不善。

去年从云行峰下来的时候，他便听几名同门说过掌门大典上发生的事情，知道昔来峰峰主方景天已经通天，而此人也正是把师父等人囚禁在神末峰……不，逐出青山宗的元凶！

这个人是昔来峰弟子，更是方家子弟，他当然想要出去把对方弄一顿，而且他想借着参加梅会的名义离开青山宗，不管先后，总是要找机会出手的。问题是他没有剑，而且没有打过架，根本不知道怎么打架，真的有些心虚。

就在平咏佳犹豫不决的时候，幺松杉等十余名弟子已经站了出来，准备挑战方星外。看着这幕画面，方星外非但不惧，双眉反而挑得更高，极为自信。

就在这个时候，梅里忽然说道："这一局就让给我们清容峰吧。"

梅里是清容峰长老，几十年来一直在洗剑阁里教导新入门的弟子，与林无知一样，很受同门尊敬，见到是她说话，幺松杉等人不敢相争，纷纷退了回去，只是有些意外。无数道视线落在梅里身后的清容峰女弟子身上，猜测接下来出战的会是谁。

梅里转身望向站在人群最后的戴着笠帽的弟子，说道："那个谁……就你吧。"

平咏佳紧张极了，他真的从来没有打过架，更不要说用飞剑战斗，而且他也没剑啊！站在高高的石柱顶端，看着远处的对手，他觉得嘴唇有些发干，双手微微颤抖。

方星外看这位师妹手中无剑，知道对方已经晋入无彰境界，只是看来没有什么经验，而且吓得不轻，不由心生怜意，说道："师妹，你先出剑吧。"

平咏佳心想我没剑，怎么出，只好摇了摇头。

方星外心情微异，却也没有多想，说道："那就得罪了。"

话音落处，一道明亮的剑光照亮石柱上方的薄雾，伴着凄厉的破空声，飞剑瞬间越过百余丈的距离，来到平咏佳身前，向他的笠帽斩去。

青山宗弟子再如何讲究风度，剑争的时候也绝不会相让，这是对自己与对手的尊重，方星外也是如此，出手便是七梅剑诀里最难防御的一式剑法，只是落剑处的选择明显仁慈了些。

飞剑去势极疾，剑路诡异难测，昔来峰的高台上，方景天沉默不语，其余几位长老则是面露微笑，颇为满意，不远处的云行峰高台上，伏望更是称赞了一声。

平咏佳哪里反应得过来，稍一愣神，便发现对方的飞剑来到了自己的眼前。他没有被吓得从石柱上跌落，这还要归功于在神末峰时的经历——那时候他已经顶替了元曲的角色，守在溪边，一面与老马说话，一面等着赵腊月出剑斩石。

血色剑光他不知看了多少次，如果说弗思剑的剑光如同红色宝珠，方星外的这一剑就是米粒。

但平咏佳不知道该如何应对这一剑，无端剑法他早已经学会了，问题是他没有剑啊！他忽然想起顾清师兄曾经说过的一段往事，下意识便举起双手抓向那把飞剑。

看着这幕画面，很多人以为他是乱了分寸，忘了出剑，不由发出一阵惊呼，以为下一刻便会看到断手飙血，那些清容峰师姐更是担心地喊出声来。

谁也没有想到，随着平咏佳看似慌乱地伸出双手，方星外的飞剑停在了笠帽之前，再没办法前进一寸，就连明亮的剑光都变得黯淡了很多！

所有人都感觉到了，平咏佳手指间散发出来的剑意。

“锁清秋？”

一名昔来峰长老吃惊地站了起来，看着石柱上方说道。

当年那次青山宗试剑大会的时候，顾寒就曾经试图用锁清秋锁死井九的宇宙锋，只是没有成功。这名清容峰的女弟子难道也会锁清秋？

无数道视线落在了梅里的身上，梅里平静说道：“这是我清容峰的剑网术。”

是的，很多人已经发现了，平咏佳手指间散发出的剑意非常细柔，像是一道道无形的剑弦，以一种极其繁复的方法编织在一起，构成了一张网。不管方星外的飞剑是一道曲折前行的梅枝，还是别的什么，落在那张网里，就像落在蛛网里的昆虫，如何还能飞走？

众人议论的时候，方星外也感觉到了飞剑处传回来的沼泽般黏滞的感觉，生出强烈的不安，知道必须立刻夺回控制权。他顾不得愤怒于这位“师妹”故意装作可怜的手段，剑元疾运，便要夺回飞剑，同时右手中食二指一并，捏了个剑诀，准备紧接着施出七梅剑诀里威力最大的杀招！

平咏佳这时候发现自己居然真的抓住了对方的飞剑，正在高兴，忽然感觉到从被网住的飞剑里传来一道巨力，而且飞剑剧烈地颤抖起来，隐隐散发出一道杀意。他怔了怔，然后不惊反喜，心想这个我熟啊！

在神末峰的时候，他没有办法练剑，很是无聊。元曲师兄那时候也没有真正的剑，非但没有同情他，反而经常嘲弄他，在他面前施展七梅剑诀气他。这招剑法他没见过一百遍，几十遍也是见过的。

问题是，怎么解决这招杀意极足的剑法呢？

平咏佳还在想的时候，双手已经本能地动了起来。他的手指在薄雾间高速弹动，看似慌乱而没有任何规律，实则却是连续施出了十余招无端剑法！

啪啪啪啪啪啪！一阵密集的清脆撞击声里，正在试图脱离控制的飞剑，被平咏佳的手指连续击中！

就像是暴雨里的蜻蜓，每次想要起飞，却次次被硕大无比的雨珠砸中，根本无法离开，最终只能颓然无力地倒下，透明的翅膀与轻薄的虫身在漫天暴雨里崩解，变成碎片。飞剑竟然就真的这样碎成了数十段，就像是被人用钳子剪下来的铁皮般，向石柱下方飘去。

方星外飞剑被毁，剑丸受到反噬，喷出一口鲜血，向后倒去，随之跌落，一道剑光闪过，接住了他。那些飞剑碎片却无人去管，落到了地面，发出“啪啪啪”一阵清脆的响声。

所有人都惊呆了，就连梅里也是如此，她抬头看向石柱上的瘦削身影，脸上满是意外的神情——你胜了方星外是理所当然的事情，但你怎么会清容峰的无端剑法？

清容峰的女弟子们也很吃惊，纷纷询问梅里此人是谁，梅里没有说话。

有些人觉得眼前这幕画面有些眼熟，才想起来，很多年前井九也是用自己的双手折断了过南山的剑。当时的过南山要比现在的方星外强多了，可井九的手也流了血，哪里像这名清容峰女弟子这般随意淡然。

有人下意识看了过南山一眼，过南山则是看着那名戴着笠帽的清容峰弟子，觉得有些古怪。当然，像他这种境界的弟子自然与师长们一样，能够看出那名清容峰弟子用的确实是最正宗的无端剑法，而且学得极好，造诣极高，非数十年苦功不能致。难道这名清容峰弟子是南忘师叔私下收的弟子？

过南山清声说道：“这位师妹，请下来吧。”

平咏佳还沉浸在此生第一次剑战获胜的惘然与喜悦之中，怔怔地看着自己的双手，心想师叔的剑道法门居然这么强吗？

他这时候想的师叔自然不是南忘，而是赵腊月。

那年吃火锅的时候，赵腊月与卓如岁讨论过几句剑意入体的法门，刚好被他听到了，所以他才会在剑峰上睡了好几年。

平咏佳忽然生出难以想象的勇气与自信，指着剑林下方的简如云说道：“不，我要挑战你！”

剑林四周轰的一下乱了起来，不是因为他居然有勇气挑战两忘峰最强者之一的简如云，而是他的声音明显是一个男子！清容峰上次出现男弟子都是什么时候的事了？

一名昔来峰长老沉声喝道："摘下你的笠帽，表明身份！"

平咏佳自然不在意，摘下笠帽，露出自己的脸。对绝大多数青山宗弟子来说，这张脸都是陌生的，但有些人对这张脸的印象则极深。

林无知看了梅里一眼，梅里平静无语，他便知道她早就知晓了那人是平咏佳，不由微微一笑。

有些人曾经在天光峰峰顶看见过平咏佳，不由震惊无语。

那名昔来峰长老脸色阴沉喝道："好大的胆子，居然敢冒充清容峰弟子！"

平咏佳一脸无辜说道："我可没有承认过我是清容峰的人。"

林无知见梅里不说话，笑容更盛，问道："那么你到底是谁呢？"

"神末峰弟子平咏佳。"他的视线在各峰师长与青山宗弟子们处划过，最后落在简如云的脸上，"家师井九。"

听到平咏佳的话，剑林四周变得异常安静，没有一点声音。

很多青山宗弟子这时候才想起来，神末峰似乎是有个很不起眼的弟子，他居然没有去云集镇，而是一直留在青山宗吗？

那位昔来峰长老还没有来得及说什么，云行峰的时明轩长老阴沉的声音便响了起来："在青山宗里，谁都不准提剑妖的名字！你也没有资格参加试剑大会！"

时明轩是简如云的授业恩师，他虽然相信简如云肯定要比这个入青山宗时间不长的平咏佳更强，但平咏佳明显有些古怪，而且毕竟是井九的关门弟子，所以他要阻止这场剑争。

平咏佳理都没有理这个人，只是盯着简如云的眼睛。其实很多人都清楚，在平咏佳说出家师井九这四个字后，这场剑争便再难避免。

简如云神情不变，唤出飞剑踏了上去，数息后便来到了天空里，衣袂随风飘摇，如一只大鸟。

"就算你学了清容峰的无端剑法，也不是我的对手，因为你根本看不到我的剑。"简如云看着平咏佳面无表情道，就像看着一个死人。

云行峰用的是苍鸟剑法，讲究的是苍鸟在天，云影相映，剑法灵动至极，颇有一套玄门道法，甚至有着中州派天地遁法的意味。如果平咏佳连飞剑的真实轨迹都捕捉不到，又如何能够像先前战胜方星外那般困住简如云的剑？

简如云轻挥衣袖，一道飞剑自袖里飞出。他的动作看似随意，那道飞剑却是瞬间来到平咏佳的身前，比先前方星外的飞剑不知快了多少倍！

“太快了！”

平咏佳的脑子里冒出这个念头时，简如云的飞剑还没有从袖子里飞出来。准确地说，那时候简如云的肩头才刚刚动了一下，他就自然生出对方的剑太快了这种概念。

如此快的飞剑，他没有自信能够用无端剑法困住对方，那么便只剩下两个选择——或者用飞剑拦截，或者避开。因为他没有剑，所以其实只有一个选择。

问题在于，对方的飞剑如此之快，他凭身法闪避怎么可能来得及？

就在平咏佳想着这个问题的时候，他的身体已经提前做出了反应。他抬起右脚重重地踩在石柱表面，喀喇一声，石柱顶端出现一个豁口，碎石簌簌落下，借着强大的反震力，他整个人向天空飞去，瞬间消失无踪。没有人注意到，在他消失之前，有数十道极淡的剑光从他的领口、衣袖、鞋底、发丝间飘了出来。

简如云微微一怔，以为平咏佳用的是剑遁术，挑眉寒声道：“找死！”

剑遁术不管再如何了得，又如何能避开苍鸟的眼睛，哪里可能比真的飞剑飞得更快？

简如云衣袖微卷，飞剑随之破空而回，他踏到飞剑上，向着天空上方追去，剑光顿时大盛！

薄雾笼罩着石林，却遮不住剑光，青山宗弟子发出一阵惊呼。

这不是驭剑，而是真正的御剑。只有掌握剑道真义的剑修，才能通过御剑的手段，把苍鸟剑法的威力发挥至最大。谁都没有想到，简如云沉寂数年，竟然已经把剑道修为提升到这种程度！

苍鸟剑法讲究一击则走，出剑必杀，以简如云此时展现出来的实力，平咏佳只怕要受重伤，甚至被直接杀死！

很多人都想到了这种可能，过南山非常担心，想要出声阻止这场剑争，却发现不管是上德峰的迟宴长老，还是时明轩长老都没有说话，也没有动，只是盯着高空的云层后面，神情异常凝重。

第四章 出山

CHAPTER 04

薄雾渐浓，普通的青山宗弟子已经看不到高空的画面，只能隐约看到那道剑光正在不断向上！忽然一阵极其密集的剑鸣在高空响起，再传到地面时已经极为轻微，就像一场温柔的春雨。

人们都以为是简如云看破了平咏佳的剑遁术，正在向其发起连绵不绝的攻击。听着那些密集的剑鸣，众人很是震惊，心想在如此短的时间里居然出了这么多剑，简如云的境界究竟高到了什么程度？

云雾忽然散开了些，露出一条通道，平咏佳从高空落下，刚好落在原先的石柱上。他的落势太猛，双腿根本无法站稳，左膝一软便跪了下来，重重地砸在石柱表面。只听得喀喇声再起，那根本就有所缺损的石柱落下了更多碎石，摇晃起来，极有可能倒塌。

看着这幕画面，青山宗弟子又是一阵惊呼。雷一惊与幺松杉等人激动想着，不愧是师叔祖的关门弟子，居然这样都没死。只是简如云呢？为何他还没有现身？要知道平咏佳明显已经没有再战之力，他不需要杀死对方便可以获得胜利，难道还心有不甘？

就在人们想着这些事情的时候，云雾再次散开露出一条通道，一道黑影从高空里坠落下来！

过南山神情微变，喝道："救人！"

不待他说话，云行峰长老时明轩已经飞离了高台，以奇快无比的速度掠至石柱之下，险之又险地接住简如云。只见简如云已经昏迷，身上到处都是剑痕，鲜血正在不断溢出，明显是受了极重的伤。

场间一片哗然，所有人的视线都望向依然跪在石柱顶端的平咏佳，震惊地想着，难道高空里的对剑竟是此人赢了？

就连梅里与林无知都露出了不可思议的神情。

要知道简如云可是两忘峰的真正强者，就算与过南山比起来，也差不了多少，怎么可能输在一个入门才十来年的弟子手下？

平咏佳艰难地站起来，还没来得及说什么，便是一口鲜血喷了出来，引来一片惊呼。不过所有人都看得出来，他的伤势要比简如云轻很多。

有微风吹来，拂动云海以及他的衣袂，这时候很多人注意到了，有数十道剑光正随着微风敛入他的身体里。

这是什么剑法？很多青山宗弟子茫然想着。曾经参与过那次青山宗试剑大会的各峰长老们则是神情各异，有的凝重至极，有的满脸欣慰。

平咏佳抬起衣袖擦掉脸上的血水，看了眼昏迷中的简如云，然后望向昔来峰所在的高台，看着银眉飘舞的通天境大物，平静而充满挑衅意味地问道："这就是先天无形剑体，你们看懂了吗？"

简如云刻意重伤雷一惊后，曾经说过一句话——难道你们还真以为世间有什么先天无形剑体？

那些认为井九是剑妖的人都是这样想的，井九可以做到那些难以想象的事情，只不过因为他是一把剑而已。谁能想到，没过多长时间，平咏佳便重伤了简如云，而且按照他的说法，他用的就是无形剑体！连他都学会了无形剑体，凭什么说他的师父井九不会？难道要说平咏佳也是剑妖？

可是世间只有一把万物一剑。

剑林下传来时明轩的暴喝声："拿下这个妖人！"

简如云身受重伤，而且有些经脉明显已经被斩断了，还能不能修行都要另说。他是简如云的师父，愤怒到了极点，恨不得当场便把平咏佳杀死。

然而回应这位云行峰长老的是一片安静，没有人接他的话，更没有人按照他的要求把平咏佳拿下，甚至没有人看他一眼。

天光峰这时候的气氛极其怪异，所有人的视线都落在崖间的某座高台上，也就是平咏佳说话时看着的地方。

方景天就坐在那里，广元真人、迟宴与墨池等人静静地看着他。

——你说井九是剑妖，那么今天发生的这一切该怎么解释呢？

梅里带着平咏佳来到云集镇，没有急着去景园，而是带着他在镇里逛了逛。

"有没有发现什么？"她轻声问道。

平咏佳看着酒楼里、茶馆里的人，微微皱眉说道："好多修行者。"

梅里微笑说道："他们都是想来见景阳真人的，虽然被赶过一次，但谁会真的死心呢？修行者的岁月长，几十年只是等闲事，也许他们还以为这是真人对自己的考验。"

平咏佳说道："我知道您是劝我从长计议，放心吧，我不会乱来的。"

其实他心里想的是，方景天都已经通天了，就算他不给神末峰一个解释，自己又能拿他怎么办？平咏佳忽然想到一件事情，问道：“师叔，您为什么如此坚定地认为我师父就是景阳真人？”

梅里在洗剑阁里教了几十年书，青山宗弟子都习惯称她师叔，而不是准确的辈分。

听到平咏佳的问题，梅里微微一笑，没有解释。掌门大典之后，南忘消失了一天时间，回来后便开始喝酒，烂醉至今，她哪里想不到发生了什么事，知道南忘喜欢景阳真人的人不多，她刚好是一个。

离开云集镇，来到浓雾前，梅里说道：“这些年，你师父和他们就住在这里。”

说完这句话，她便踏剑离开，她相信景园里住着的就是景阳真人，但因为南忘她不便留在这里，更不便进去。

平咏佳对着向青山宗群峰而去的剑光认真行礼，神情很是严肃。待他直起身子顿时变了一个人，向浓雾冲了过去，兴高采烈喊道：“师父！师叔！师兄们！我来了！”

云集镇里的修行者早就注意到他与梅里的动静，一直盯着这边，看着他向雾里冲去，不由露出冷笑，心想是哪里来的白痴，这不是找死吗？但下一刻，他们唇角的冷笑便僵住了，因为那个人真的冲进了雾里！

平咏佳根本不知道那片浓雾是座阵法，就算知道他也不会在意，师父知道是自己来了，难道还会把自己拦在外面？

秉持着这个想法，他直接冲进雾里，来到景园的门前。看着眼前这片极大的庭院，他怔了怔，整理了一下衣衫，抬步走上石阶，推开紧闭的院门走进庭院，却没有看到一个人。

花树下没有人，溪边没有人，雨廊下也没有人。

平咏佳的脸色有些苍白，用最快的速度把景园找了几遍，发现这里不只没有人，也没有猫，也听不到寒蝉的声音。他看着无人的庭院，心里生出极多悔意，举起右手轻轻抽了自己的脸一下，说道：“你真是个白痴！那天捺着性子多听别人说几句话，不就知道师父他们已经离开了青山宗？何至于你在山里留着？或者你和顾清师兄多学学猴子话也好啊！”

下一刻他想到师父曾经交代过没有破海不能出山，心情稍微好了些，摸了摸有些微痛的脸颊，接着说道：“不过师父不来接你，你也没办法出青山宗不是？你现在靠自己的本事出山，这是好事，而且，你表现得很棒啊！”

想着自己在青山宗试剑大会上胜了昔来峰的谁谁谁还有简如云，他的脸上露出傻笑，终于有心情欣赏一下景园里的风景。

花树无人照料，依然盛放而不杂乱，溪水无人去看，锦鲤自在游动。

想着顾清师兄他们这几年看的就是这些花树与溪水，平咏佳脸上的笑容更傻了。接着他注意到雨廊下的地板上有六个极淡的印子，猜到是竹躺椅的椅脚磨出来的，眼珠子微微一转，小心翼翼地坐上去，挪了挪屁股，露出得意的笑容。

天光转移，景园里的画面也随之改变，平咏佳脸上的笑容也渐渐消失，只余下难过。

你们究竟去哪里了呢?

平咏佳没有在景园停留太长时间。他是以参加梅会的名义出的青山宗，那么梅会总是要参加的，而且师父的家不就在朝歌城吗? 想着这些事情，他离开那片浓雾，回到云集镇，在那些修行者震惊、羡慕的目光注视下，找到一家并不起眼的商行。

在神末峰的时候，顾清对元曲与平咏佳交代过很多事情，比如修行界的形势、神末峰的敌与友，当然也包括一些在他看来应该记住的重要信息，比如这家商行是顾家的，有事情可以交代他们办。

“我是平咏佳。”他看着那位商行老板说，“不知道你有没有听说过我?”

元曲与他可能记不住顾清交代的事情，但顾家从上到下的每个人，绝对会把神末峰所有人的名字、相貌、习性背得滚瓜烂熟。商行老板恭谨无比地行礼，说道：“请仙师吩咐。”

平咏佳说道：“你知道我师兄去哪儿了吗?”

青山宗试剑大会上发生的事情还没有在修行界传开，却瞒不过顾家的人。商行老板知道这位仙师在青山宗里闭关多年，不知晓后来发生的事，说道：“我们也没有收到任何消息，但大概二十余日前景园便再没有要过火锅了。”

平咏佳心想那就是才走二十几天，想了想说道：“我要去朝歌城。”

商行老板怔了怔，心想那您就飞啊? 忽然他想到井九，才醒过神来，看来这对师徒都有相同的怪癖。他带着平咏佳来到商行后面的院子里，指着已经多年未用，却依然崭新如昨的马车，恭敬说道：“这是掌门真人当年最喜欢的马车。”

平咏佳靠在榻上，看着天窗外的风景，吃着最新鲜的当季水果，觉得师父真是太会享受了。

天窗外的云层忽然变得暗了些，他微微眯眼，发现是一个巨大事物的阴影，问道：“前方有事?”

赶车人恭敬回答道:"前方就是朝歌城。"

最近这段时间，朝歌城的戒备非常森严，巡查的飞辇在天空里就没有落下过，进出城门的所有车队都要接受极严苛的搜查。

顾家的马车没有受到任何盘查，越过长长的队伍，很轻松地进了朝歌城。不是说顾家的势力已经大到这种地步，而是顾家提前就做了安排，知会了朝歌城里的相关方面，告诉了对方车里坐的是谁。一个普通的青山宗三代弟子当然没有这么大的面子，但如果他是景阳真人的关门弟子，则要另当别论。

马车进了朝歌城，未作停留，继续向西而去，最终来到群山之前。这片山延绵不绝，却还是在朝歌城的范围内，由此可见朝歌城究竟有多大。

平咏佳下了马车，与车夫点头致意，沿着青石铺成的山道向山里走去。

这片山如青山以及云梦山一般，都被终年不散的雾气笼罩着，凡人根本无法一睹其容颜。

平咏佳没走多远，便被清天司的官员拦下，带到了山后的宅院里。

青山宗今年带队参加梅会的是云行峰峰主伏望，他看到平咏佳很是吃惊，问道:"你来做什么?"

平咏佳莫名其妙道:"当然是参加梅会。"

伏望挑眉说道:"你有什么资格参加梅会?"

平咏佳说道:"因为我赢了简如云师兄，我赢了，赢了。"

后面的两声"赢了"不是群山的回音，而是他自行加戏。

伏望的脸色变得异常难看，想到离开青山宗前的决议，强行压制住怒意，挥手示意他去休息。

今年的梅会与往年并无不同，依然是琴棋书画道这五项。青山宗的表现也与往年差不多，前面四项都没怎么报名，只是当看客。

高耸入云的石台上站满了各宗派的修行者，盛开的梅花就像繁星一样点缀着风景。琴声悠扬，书画似乎也很好看，却无法吸引平咏佳半点注意力，直到十余日后，各宗派修行者汇聚棋盘山，开始准备进行棋战，他才终于看到了自己想要找的人。

镜宗雀娘很久没参加过梅会棋战了，今年是被朝廷以裁判的名义请了过来。

这天清晨，她在山间随意行走，检查在雨亭、溪畔等地布置好的棋盘，确保对弈双方的公平。看着熟悉的景物，她自然想起了第一次参加梅会时的场景，想起了先生与童颜公子的惊天一战，不由露出一抹笑容。正在这时，她忽然听到侧前方的树林里传来了一道声音:“这边!这边!”

她转身望去,只见一棵大树后站着个陌生的年轻人,不由微微一怔。

年轻人从树后跳了出来,挥着手说道:“师姐,我是平咏佳啊。”

雀娘听到这个名字与师姐的称呼才想起来,神情微异说道:“你是小平?你怎么在这里?”

平咏佳说道:“师父他们不见了,我来朝歌城找他们。”

雀娘有些吃惊,说道:“先生他们不是在云集镇外的景园吗?”

平咏佳说道:“景园现在一个人都没有。”

听到这话,雀娘不禁紧张起来,顾不得棋战的事情,带着平咏佳下了棋盘山。在朝歌城里,他们去了井宅,又去了赵园,没有任何发现,也没有任何线索。雀娘越发紧张,却不敢对镜宗的师长说,毕竟井九的身份太过特殊,万一这件事情传出去,谁知道会引发怎样的风波。

“道战就要开始了,你先去白城,注意保护好自己,平安回来就好。”她摸了摸平咏佳的脑袋,“现在就我们两个人,这边的事情留给我来查,你不要太担心。”

平咏佳感动说道:“师姐,我一定不会给你丢脸。”

参加梅会道战的年轻修行者们去了白城,在冰天雪地里重复前辈曾经做过的事情,可能会遇到凶险,可能有新的造化,可能会认识到人性的丑陋与善良,但首先他们需要认识的是生死两个字。

西山仙居的雨廊下,再次摆出了数十张画,画上的梅枝光秃秃的,等待着被点上殷红的血梅。

谁都没有想到,这次梅会道战结束得如此之快,竟比当年井九那次还要更快一些。道战刚刚开始三天时间,有一幅画中的梅枝上便开满了花。

密密麻麻的红梅快要占据整个画面,较井九当年的花数要少些,但已经是梅会历史上第二多,必然会拿到今次道战的首名。

这幅血梅图自然是平咏佳的。

又过了些天,在无数道震惊的目光迎接下,平咏佳回到朝歌城的西山仙居。直到此时,他的真实身份才被众人知晓,想到他是井九的关门弟子,震惊变成了理所当然。

当天夜里,平咏佳与雀娘在棋盘山上见面。雀娘听到身后的脚步声,收回望向朝歌城的视线,转身望向他,带着歉意摇了摇头。

平咏佳不解说道:“他们为什么要离开景园?是受到什么威胁吗?可世间又

有哪里比青山宗更安全呢?"

雀娘安慰他说道:"也有可能是我们想多了，以先生那般随性的仙人做派，可能只是偶尔兴起，带着大家出去逛逛。"

平咏佳摇头说道:"师父不是随性，是懒，如果没事，他肯定不愿意出门。"

雀娘说道:"如果真有事，我们又如何能找到先生？你还是先回青山宗等着，说不定明日先生便回了。"

平咏佳心想也只能如此了，点了点头。

雀娘说道:"你那幅梅画被神皇陛下要去了宫里，明日你要进宫面圣。"

平咏佳听顾清师兄说过，师父当年的梅画现在还珍藏在宫里，自己的梅画被神皇收藏，他当然也很高兴，说道:"我会认真谢谢陛下的。"

他还是从顾清师兄那里听说过，神皇陛下与师父的关系非常好，好到可以完全信任，是自己人，就像禅子那样。

雀娘看着他眉飞色舞的样子，提醒说道:"你进宫最好小心点，最近朝歌城有些不太平。"

太平这个词，对所有的青山宗弟子来说都是个忌讳，尤其现在平咏佳知道自己的师父是景阳真人，更是极为敏感，说道:"放心吧师姐。"

二人分手之后，雀娘没有回镜宗的仙居，而是直接下山去了朝歌城。她让平咏佳在梅会结束之后便回青山宗，是担心他的安全，自己却是要继续查的，不查清楚先生究竟出了什么事，她如何能够安心?

她准备再去井宅看看，走到离太常寺不远的地方，却看到一道矮胖的身影消失在了一片金光里。

平咏佳根本不知道雀娘失踪了，第二天便离开西山仙居，被清天司的官员带到了皇宫，然后被一名老太监带了进去。如果是普通官员入宫面圣，当然会很紧张，但他是此次梅会道战第一的青山宗弟子，自然颇受礼遇，而他想着不能给师父丢脸，也刻意扮演得风轻云淡。

皇宫确实很大，光是走过正殿之前的广场便用了好长时间。平咏佳有些不耐，心想如果自己用跑的，只需要数息时间就够了。正腹诽着凡间规矩，他忽然看到宫墙后面隐隐可见的神弩，不由有些吃惊。

要知道神弩上附着一茅斋先生们刻着的阵图，威力极其巨大，甚至堪比飞剑，如果集体发射，便是极强的修行者也会当场死亡。问题是，这种威力强大的神弩，怎么可能放在最讲究规矩的皇宫里面?

接着他便感觉到，皇宫里的气氛确实有些不对，就像雀娘昨夜提醒的那般，戒备很是森严，不知道是怎么回事。

在正殿里，平咏佳终于见到了神皇陛下。

陛下看起来很正常，神情很温和，赞扬他的时候，用词也很讲究。其实那是因为他不知道神皇以前是什么模样，不然一定会注意到，神皇鬓角的白发较往年多了很多。同样，他也没有注意到陪在神皇陛下身边的胡贵妃还有景尧太子眼里的那抹哀意。

梅会道战上发生的事情，实在是乏善可陈，平咏佳就是不停地杀，几句话就说完了，他不知道该说些什么，眼巴巴地看着神皇，心想快点让我走吧。

神皇看着他这模样，忍不住笑了起来，挥手便让他走了，转头对胡贵妃说道："当年我就说过，妖比人更有趣。"

胡贵妃吓了一跳，心想这不是当年二人的私密话吗，这种话怎么也敢在孩子面前说。她脸顿时红了，不着痕迹地拧了神皇一下，悲意却是减退了很多。

平咏佳向皇宫外走去，没一会儿便发现了问题。那位带他进皇宫的老太监不知道什么时候消失了，而且自己现在走的明显不是进宫的道路。只见身周的参天古树洒下阴影，园子里的花树全无盛春的杂乱，排列之间自有一种美感，竟像是某种阵法一般。

他有些警惕地望向四周，暗自调动剑元，随时准备施出无端剑法。

就在这个时候，一个矮胖的男子从一株参天古树后面缓缓走出来。盛春时节，天气颇为暖和，这名矮胖男子却依然披着一件大氅，也不知道他为何不嫌热。有风从宫墙吹来，穿过如阵般的花树，带着淡淡香味，掀起大氅一角，显现出一片金光。

平咏佳微微眯眼，背在身后的手指微微颤抖，是准备出剑的征兆，同时也是害怕。矮胖男子的境界实在有些深不可测，要比简如云高出无数倍，他实在是没有半点信心能战胜对方，甚至连从对方手下逃走都做不到。

"我不想自杀，但如果你真要对我动手，我也只好死一死。"平咏佳盯着矮胖男子，声音微颤道，"我只是个小人物，但我的师父是景阳真人，你应该很清楚，杀了我意味着什么。"

矮胖男子笑了起来，不知什么缘故退回了树后，就此消失不见。平咏佳看着那棵参天古树，愣了很长时间，他可不相信对方会因为自己的一句威胁便离开。

随着时间流逝，那个矮胖男子始终没有出现，他终于相信一切已经过去，不由松了口气，汗水顿时从身体里涌出，打湿了剑衫。

那个矮胖男子实在可怕，他觉得自己从来没有离死亡如此近过。这个时候，一道声音在他的侧后方响起。

“如果他真的杀了你，你觉得我会为你做什么？”

平咏佳转首望去，只见花树中间，站着一个白衣男子。

春风轻拂，白衣飘飘，那男子的容颜，夺去了所有花树的颜色。

平咏佳如遭雷击，半晌后才醒过神来，向花树冲过去，跪倒在白衣男子身前，抱着他的大腿就哭起来。

白衣男子自然便是失踪的井九。

井九看着痛哭不止的平咏佳，微微皱眉，问道：“哭什么呢？”

平咏佳想着神末峰上的孤寂、景园里的孤寂、顾家马车上的孤寂、雪原里的孤寂，难过至极，抽泣着说道：“师父，咱们家的马死了。”

元曲从洞府石门处走了回来，接过顾清递过来的一碗清水喝了口，又看着剩下的半碗水出了会儿神，说道：“不知道小师弟在云行峰醒来后，发现我们都不在青山宗了，会有怎样的反应。”

卓如岁躺在石榻上，跷着腿，闭着眼睛打盹，闻言说道：“如果他去了云集镇，发现我们都不在景园，那才有趣。”

顾清没有说话，神情很是凝重，不知道是在担心平咏佳还是别的什么事。

这里是一间幽静的洞府，里面很是宽敞，有石榻，有引来的山泉，还有一张石桌。

石桌边的人回过头来，极淡的双眉里满是不解与困惑，对顾清问道：“你是说几年前就确认了，他就是景阳真人？”

他是童颜，那么这里自然就是青山宗隐峰的那间洞府。只是不知道为什么顾清、卓如岁等人会离开景园，然后出现在这里。

顾清没有理会童颜，说道：“师父把我们关在这里，到底是要做什么？”

卓如岁说道：“顾家能把火锅送到这里来吗？”

元曲说道：“你们说小师弟到底什么时候才会醒，然后发现我们不在？”

童颜说道：“他真是景阳真人？那很多问题便有了解释。”

每个人都在说着自己的话，没有理会别人，因为大家都很紧张。

数十天前的一个夜晚，井九看了整整一夜星空，然后忽然说要回青山宗。他带着顾清等人回到青山宗，没有引起任何人注意，通过剑狱来到隐峰，走进童颜所在的洞府，然后自己就走了。

顾清等人变成了隐峰里的囚徒。

洞府深处传来有些杂乱的脚步声，是赵腊月，凌乱的短发与衣服上到处都是尘土，手里紧紧握着的弗思剑也是如此。她盯着洞府紧闭的石门，面无表情说道：“这么多年，我听你的一直忍着不惹事，因为你说活着就好，结果现在你去做什么了呢？”

所有人都知道她这句话是说给井九听的，而且所有人都知道井九必然是要去办一件大事，心里没底，才会把众人关进青山宗隐峰——在井九看来，青山宗隐峰是世间最安全的地方。

问题是井九究竟要办什么事情，居然连他都觉得没底？那件事情不用想便知道极大，而且极凶险。

顾清走到赵腊月身前，递过去一块手帕，用眼神询问了一番。赵腊月摇了摇头，表示洞府外的山崖里也有极强的阵法，弗思剑无法破开。

他们尝试了很多次破开洞府的石门，但不管是卓如岁最擅长的承天剑解阵，还是童颜的中州派道门玄功，都没有任何效果，因为洞府外的阵法是井九亲自布置的。

“他真是景阳真人？”童颜自言自语道，仿佛遇到了世间最费解的事。

卓如岁睁开眼睛，斜了他一眼，带着些嘲弄说道：“我说你就消停点儿吧，能不能说点别的？”

童颜微笑说道：“比如什么？”

赵腊月回身盯着他的眼睛说道：“比如他去做什么事了。”

“很简单，即便青山宗有事，太平真人回来，他也不必如此警惕，果成寺那边，也不会出什么大事，至于白城那边……你们也知道他大概是不会再去的。”童颜说道，“那就只有一种可能，他要与云梦山对上。”

洞府里再次安静下来，青山宗与中州派已经对峙了好些年，但井九现在已经被逐出青山宗，为何……

“朝歌城。”赵腊月沉默了会儿，“……神皇要死了。”

话音方落，洞府石门忽然开启，把元曲吓了一跳。正在石榻上闭着眼睛犯困的卓如岁，忽然睁开眼睛，化作一道剑光，便要向洞府外冲去。赵腊月的反应与速度也不比他慢，只见血色剑光照亮石壁，已经到了洞府之外。

“啪啪啪”三声闷响，赵腊月与卓如岁被震飞回来，落在了地上。紧接着，又有一个人落在地上。

洞府外究竟是谁？赵腊月与卓如岁都是游野上境，竟是毫无还手之力！

洞府石门缓缓关闭，众人隐约看到一大片黑色的影子缓缓滑过。

“夜哮大人？”元曲震惊喊道。

听到这句话，赵腊月的脸色更加苍白，顾清也绝望了。如果是青山宗镇守尸狗亲自看着他们，那他们还怎么逃得出去？

“你怎么来这里了？”

童颜看着被扔进来的人，双眉微蹙，觉得最近费解的事情实在太多。

那人是雀娘，她看着洞府里的人们，也觉得好生茫然，说道：“我在朝歌城找你们，然后遇到了一个会发金光的矮胖高手。”

童颜说道：“那是皇宫供奉金明城。”

雀娘接着说道：“我被他制服，然后就被送到了这里……对了，这是哪里？你们为何会在这里？先生呢？”

赵腊月与顾清对视一眼，知道大家都猜对了。

童颜看着雀娘问道：“你先说说，朝歌城现在是什么情形？”

雀娘已经冷静下来，知道事情有古怪，说道：“看似平静，却有暗流涌动，似乎要出大事。”

童颜望向赵腊月说道：“看来你推算的没有错，陛下要走了。”

赵腊月沉默了会儿，问道：“中州派会去哪些人？”

她问的不是谈白二位真人与越千门这些闻名于世的长老，而是云梦后山里的那些隐藏强者。

“那些老人应该不会出手。”童颜视线微垂，片刻后说道，“除了有个叫寇青童的凶人，现在只能希望他不会在朝歌城出现。”

元曲说道：“就算中州派去抢皇位，掌门师叔何至于如此谨慎，提前就把我们关起来？”

童颜说道：“因为他很清楚，这一次中州派不会玩弄任何计谋手段，而是要与青山宗堂堂正正斗上一场，局面很是凶险。”

元曲很是不服，说道：“难道我青山宗就不如中州派？你到底是哪边的？”

童颜说道：“在此之前，我肯定会认为青山宗必输无疑。”

洞府里更加安静，因为众人知道他说的是实话。如果青山宗与中州派真的正面开战，最巅峰的战力始终有所不足。柳词真人的离去，直到现在也无法弥补。

但童颜的话明显还有后文。

“不过太平真人好像还没有死。”童颜把棋盘上的棋子拨到一旁，“现在又知道他就是景阳真人，胜负就难言了。”

雀娘走到他的对面，拾起一颗黑子，看似随意，实则非常郑重地落了下去。

朝歌城皇宫里，平咏佳正在随井九散步，他很少与自己的师父有如此亲近、长时间的接触，尤其是看到师父白衣上的泪痕，更是紧张得不行，经常走成同手同脚的模样。

穿过一片花树，行经几方池塘，来到一座幽静的宫殿，井九掀起白衣长襟，在椅上坐下。平咏佳得到他的眼神示意，方敢坐在下首。

神末峰的人都很敬重井九，但要说亲近，除了赵腊月便要算平咏佳了，虽然他与井九接触的次数最少。当年他只是个洗剑阁里的普通弟子，如果不是被井九选去了神末峰，怎么会有现在的造化，因为这件事情，他对井九都会感激一辈子。

“梅会结束了，坐会儿就回青山宗吧。”井九说道。

平咏佳好不容易才找到自己的师父，哪里肯就这么离开，而且他这时候已经反应过来，师父藏在皇宫里，肯定是要办大事，这种时候做弟子的怎么能走？他把头摇得像寒蝉的甲肢似的。

井九看了他一眼，说道：“你的师兄们都走了，你留下做什么？”

平咏佳说道：“师兄们才不会走，肯定是有别的原因。”

井九说道：“不想走就不走。”

说服这些孩子是很麻烦的事，不然他也不会直接把赵腊月他们骗去青山宗隐峰。只是他算到了很多，却唯独没算到平咏佳会在剑峰里醒来，会去神末峰吃丹药，会去参加试剑大会，会来到朝歌城。世间万物自有其理，既然平咏佳醒了而且来了，那么自然有来的意义。

平咏佳见师父同意自己留下来，很是高兴，不料紧接着又听到了另一句话。

“过些天会有些小事发生，到时候我让你跑，你就跑回青山宗，把看到的告诉童颜，以后的事情让他安排。”

听到井九的这句话，平咏佳感到莫大的压力与强烈的不安，然而他还没有来得及说些什么，一道声音便从殿后飘了出来。

“那我呢？先生！”

随着声音飘出来的是一个小女孩，穿着宝蓝色的衣裳，眉眼如画，额前黑发如叶，梳着一个小辫，看着可爱极了，如果不去注意她的脚始终离地面有一尺距离的话。

平咏佳吓了一跳，指着她的脚，声音颤抖着喊道：“鬼……鬼……鬼啊！”

阿飘有些轻蔑地看了他一眼，也不理他，牵着井九衣袖苦苦哀求：“先生，你把师兄们都弄走了，为啥要把我留在这里啊，到时候也让他带着我跑好不好？人家好怕的。”

平咏佳看出来了这个小姑娘应该不是鬼，而且与自家有什么关系，带着警惕问道：“你谁啊？”

他身为神末峰的小师弟，可谓占尽了便宜，不要说顾清与元曲对他的照顾，只说这次在棋盘山遇到雀娘，她都会宠溺地摸摸他的头，如果再来个更小的……

阿飘仰着小脸，得意说道：“我是先生的关门弟子阿飘，你又是谁？”

听着关门弟子四个字，平咏佳顿时便急了，心想凭什么啊，我这个关门弟子才做了几年，怎么又来了一个？

不待他扑过去抱井九大腿说委屈，阿飘便委屈兮兮地说道：“我是个女孩子，你和我争什么争？”

平咏佳一怔，心想是这个道理，将来自己还是青山宗的小师叔，怕什么呢？

阿飘见解决了他，继续开始说服井九，仰着小脸，可怜兮兮地说道：“先生，你就放人家走嘛，我境界低微，又帮不到你什么。”

井九水火不侵，哪里会在意这磨人的软剑，说道：“你既然要跟着我学帝王术，这些天便是最好的时机。”

阿飘真的要崩溃了，她亲眼看着先生把顾清那些人骗回青山宗关进洞府，自然能猜到接下来肯定要发生大事。这种崩溃感，直到她随井九来到皇宫正殿，看到传说中的人间神皇时，依然没有任何减退。

神皇看了她一眼，对井九问道：“这就是你给下界选的冥皇？”

井九“嗯”了一声，说道：“带她来向你学习一下。”

神皇哂然一笑，说道：“我这辈子当皇帝，就胜在一个稳字，有甚好学的？”

井九说道：“稳就不容易。”

前任神皇假死遁入果成寺，太平真人掀起那么多的风雨，中州派在旁冷眼相观，景氏皇朝却能平稳运转三百年，人间未遭战祸，无论怎么看都是大功德，甚至是伟业。

神皇走到殿前的石阶上，望向仿佛无垠的广场，忽然说道：“既然稳了这么多年，我希望今后也能稳下去。”

井九说道：“我答应你，今次的事情只在朝歌城，想来谈真人也是这个意见。”

神皇得到了他的承诺，面露满足的微笑，说道：“最后这段日子，您能过来陪着，我已经知足。”

井九说道：“每思及此，便令我不愉快。”

这是非常罕见的直抒胸臆。

神皇有些意外，转身看着他问道："您见惯世间生离死别，亦不能淡然？"

井九说道："无法淡然。"

神皇静静看着他的眼睛，认真问道："为何？"

井九说道："因为我怕死，也怕你们死。"

神皇忽然笑了起来，像个孩子一样，笑得非常开心。井九也笑了起来，伸手拍了拍他的肩，转身离开宫殿。

阿飘跟在他的身后，脸上写满了惘然，心想你们究竟说了些什么？

回到幽静的偏殿里，平咏佳向阿飘使了个眼色，阿飘回了个脸色，表示自己什么都不知道。

井九走到窗前，神情平静地望向远处，平咏佳与阿飘跟着望向他。窗里只有他一个人的身影，有些孤单，看着便令人难过。

水月庵的圆窗里出现了一个人，这位老人穿着灰色的衣衫，额头宽广得仿佛能把窗外的湖水全部盛进去。

水月庵主与庵里的高手们，站在湖畔的青石道上，看着灰衣老者，眼神复杂。

水月庵的大阵竟拦不住此人，中州派掌门谈真人果然不愧是朝天大陆的最强者之一。只是他这等行为何其无礼，如果圆窗里的那位现在还醒着，水月庵怎会任人如此羞辱？

谈真人收回望向窗内的视线，对着庵主与一干人等微微欠身，说道："抱歉，只是势在必行，还望庵主见谅。"

以他的身份主动道歉，虽然水月庵方面还是无法原谅他的无礼，但众人的脸色终是好了些。

庵主缓缓向前走了两步，来到窗前，望向谈真人问道："陛下要殡天了吗？"

谁都能猜到谈真人的来意。水月庵向来清心修行，只管与果成寺共同镇守通天井，除了沉睡中的那位，极少理会修行界的事务。即便这些年水月庵出于某些原因偏向了青山宗，与中州派之间也没有任何恩怨，甚至连瓜葛都没有。谈真人忽然出现，以难以想象的境界震慑全场，当然是为了带那位皇子离开。

"妖狐的儿子怎么能成为人族的神皇呢？"谈真人没有直接回答庵主的问题，说完这句话后，便向湖水边走去。

湖边有座孤独的庵堂，景辛皇子被幽禁在那里已经很多年了。

随着谈真人离那座庵堂越来越近，湖畔的气氛越来越紧张。水月庵里的人们面露焦虑之色，纷纷望向庵主，等着她做最后的决定。

当初神皇准备让景辛皇子在果成寺落发为僧，但因为太平真人、禅子极为不满青山宗，拒绝了这个要求，于是景辛皇子才会来到水月庵。谈真人要带景辛皇子离开，明显是要让他继承神皇之位，那现在的太子景尧怎么办？如果出了事，水月庵怎么向青山宗交代？

庵主的视线一直在谈真人处。

谈真人的脚步看似随意寻常，实则带着某种玄妙至极的节奏，与天地仿佛合为一体，湖水无波，水月庵的阵法竟是没有生出丝毫感应。这便是道门的最高境界吗？

庵主知道自己远不是谈真人的对手，即便发动大阵，再加上水月庵里的所有强者，也无法让对方停下脚步。可难道就这样眼睁睁看着他把人从水月庵带走？

庵主忽然想起前几年来闹事的那个青山宗疯女人，眼里闪过一抹坚毅，准备出手。就在这个时候，湖水忽生微澜，她微微一怔，眼神渐渐恢复平静。

谈真人不知感应到了什么，转身望向湖面，静思片刻，没有得出答案，便继续抬步。在水月庵众人的注视下，他来到湖对岸，走进庵堂。

景辛皇子穿着一身素色布衣，早就在门槛后等候。

谈真人的视线落在他的身上，发现他的掌侧与布衣上染了些墨渍，便知道此子并非像他表现出来的这般平静。

“见过掌门真人。”

景辛皇子对着谈真人深深一礼。谈真人静静地看着他，没有说话，也没有让他起身。

微风拂着湖面，微澜再起，那些稀疏的树枝微微颤抖，时间缓慢地流逝。

景辛皇子保持着长揖及地的姿势，身体也微微颤抖起来。他明白谈真人的意思，他的母妃是中州派的人，按辈分来说，就算对谈真人行跪拜之礼亦无妨。但他很清楚，这时候跪下去意味着什么。

意味着延续了六百多年的梅会体制将会就此终结。

谈真人没有散发出一丝气息，更没有强压的意思，平静地等景辛做出决定。

不知道过了多长时间，景辛终于支撑不住了，双腿一软便跪到了地上，膝盖与地面接触，发出“啪”的一声闷响。

谈真人叹息了一声，挥手破掉门槛上的阵法。他回首望了眼圆窗，带着景辛飞离水月庵，向朝歌城而去。

微风再起，湖面再生轻波，水月庵里一片安静。

庵主收回望向天边的视线，面无表情走进禅室，看着跪在地板上的女子说道："你应该知道她是谁。"

女子穿着寻常的衣服，露在外面的手腕上系着一圈银铃，容颜柔媚而不失清美，正是当年不老林的刺客南筝。南筝被南忘派到水月庵来打探连三月的消息，很快便被水月庵识破了来意。

"南忘让我过来盯着的时候，我就有所怀疑。"南筝看着沉睡中的女子，"很多年前我见过她，我知道她是多么了不起的人，如果我还猜不到她的身份，那就太笨了。"

庵主走了过去，伸手从过冬的颊畔拈去一道软败的丝絮，说道："可惜的是她再也醒不过来了，不然……"

她没有说完这句话，对南筝说道："去朝歌城告诉宫里，景辛走了，我就饶你一命。"

南筝抬起头来，有些不解地望向庵主，心想如此重要的事情，为何让自己去，难道自己还能比谈真人更快？

庵主说道："你坐青帘小轿过去，能赶到前面。"

第五章

最后一夜

CHAPTER 05

朝歌城落了一场小雨，把春末刚刚生起的热气浇灭了。城门处的搜查依然很严，城里的街巷依然热闹。

一名红衣少年带着一个青衣小姑娘在街上走着，小姑娘看着各样街景，本应充满兴趣的眼睛里，却满是警惕。

即便是在东易道，除了成亲的时候，也很少有人会穿红衣服，但配着少年干净可亲的面容，那件红衣非但不刺眼，反而让人觉得很舒服，吸引了很多妇人的视线。

“不用这么担心。”红衣少年对青衣小姑娘笑着说道，“这几年里我们也时常见面，经常出游，我何时算计过你什么？”

青衣小姑娘看了他一眼，露出不信任的神情，说道：“男人哪……怎么能信？”

“这话说得倒是越来越像普通人了。”红衣少年笑了起来，“你有青天鉴，随时可以退回去，不管是哪个男人都骗不了你。”

青衣小姑娘说道：“我可不觉得自己有这么厉害。”

红衣少年说道：“天宝真灵，生而藏天下，你的境界是朝天大陆最高的，虽然不会打架，自保却没问题。”

青衣小姑娘自然是青天鉴的鉴灵青儿，红衣少年又是谁呢？难道是当年落在枝头的那只红鸟？

青儿问道：“你带我来朝歌城做什么？”

少年说道：“看戏。”

青儿问道：“你的手下呢？那只山鸡去哪里了？”

少年脸上露出一抹无奈的神情，说道：“是阴凤。”

青儿仰起小脸哼了一声，说道：“我最多只能把它看成锦鸡。”

“它是阴凤。”少年的语气平静而坚定，“现在还在养伤。”

青儿知道那只鸟对他来说与众不同，好奇问道：“是不是觉得你们都姓阴，所以是一家人？”

“我以前不是这个姓氏，不过当初取这个名字的时候，也许还真是想到了它。”

是的，红衣少年便是羽化成功的太平真人，也是离开青山宗的阴三。

青儿不再逗他，问道："那个秃头呢？"

阴三说道："这里离云梦山太近，玄阴子不能来朝歌城，不然麒麟闻到他的味道，肯定会很生气。"

青儿又侧头看了他一眼，说道："那你呢？世间的人都在生你的气，你怎么敢来朝歌城，难道你不怕死？"

阴三说道："像我们这样的人，想死也是很难的事情。"

听到我们两个字，青儿沉默了会儿，问道："到底要看什么戏？"

阴三望向远方的皇城，带着些感慨的意味说道："神皇要死了，争皇位当然是一出大戏。"

青儿第一次知道这件事情，很是吃惊，说道："会发生什么事情？"

"世间事从不新鲜。"阴三看着街道上络绎不绝的马车与行人，"各家都会入朝歌城，中州派肯定会把景辛带回来抢皇位。水月庵现在没个能打的，只能沉默旁观。一茅斋看似公正，实则只会和稀泥。果成寺为了防我，定下寺规不得干涉朝政，也不好打自己的脸，至于其余的那些宗派，最多也只能来做个见证，没有什么用。"

青儿下意识觉得他说的这些都会变成现实，问道："神皇不是已经立了太子？肯定也会有遗诏啊。"

"遗诏向来是最没有用的东西，没有谁比我们青山宗更清楚了。"阴三指着街上驻足摊前的小姑娘、携手同行的书生，"过不了多久，这些人都会死。"

青儿看着他厌憎道："你真残忍。"

阴三摇头说道："当年梅会之后，朝廷便成了凡间与修行界的桥梁，随着时间流逝，在修行者与凡间的双重供养下越发强大，最终成了一座要塞，没有宗派会放弃，如果想要不争，那就只能不要这个朝廷。"

青儿睁大眼睛，有些担心说道："那岂不是天下大乱？"

阴三说道："大乱之后才能大治。"

青儿知道他的邪恶想法，警惕说道："你还是想把所有凡人都害死？"

阴三微笑说道："在乱世里活不下去的人，也许本就不应该活着。"

青儿下意识离他远了些，说道："你真是个疯子！你到底为什么要这样做啊？"

阴三平静说道："只有这样人族才能变强。"

青儿觉得和这个疯子完全无法沟通，问道："为什么一定要变强？"

阴三淡然说道："如果人族无法变强，那么总有一天会被灭绝。"

青儿怔了怔，想要继续问些什么，忽然感应到西北方的天空里传来一阵熟悉的气息波动。

朝歌城里起了一场大风，云海被拂向四野，十余艘极大的云船缓缓驶来，在大地上照出巨大的阴影。

在很短的时间里，中州派的云船便来到朝歌城外，遮住日头。街巷顿时变得黑暗一片，民众们惊恐地看着天空，紧接着便有尖叫声响起，混乱即将来临。

朝廷对此明显早有准备，伴着密集如暴雨的蹄声，神卫军全体出动，开始与官府一道维持秩序，同时向城外疏散人群。

城墙与各幢建筑里传出吱呀的响声，檐开顶启，至少有数百座神弩露出身形，如手臂般粗细的弩箭对准天空，在幽暗的光线里，弩箭上面镌刻的阵图闪闪发亮，像是提前来到人间的星星。但想要靠神弩箭抵御中州派的十余艘云船，基本上是不可能的事情。

青儿的脸上满是忧色，望向南方的天空说道："青山宗剑舟在哪里？"

阴三说道："青山宗不参与皇朝政事，这也是梅会的规矩，派剑舟前来，未免有些过分。"

青儿很是吃惊，问道："难道青山宗不会来人？"

阴三微微一笑，说道："我不是已经来了吗？"

一根手指在神弩箭上缓缓移过，经过那些阵图的时候，会稍微停一下。顾盼收回手指，望向天空里的云船，眼里的情绪有些复杂。他现在是朝歌城神卫军副统领，与当年的职位听着似乎一样，实则提升了好几级，称得上位高权重。但他毕竟是中州派外门出身，现在却担负起防御中州派云船入侵的重责，怎么看都是很荒唐的事。只是在朝廷、军队里像他这样的人太多，朝廷不可能因为忌惮中州派就把他们尽数去职。

在更高些的城门楼里，清天司指挥使张遗爱也在看着天空，微微眯着的眼睛里没有任何多余的情绪。他也是中州派出身，只是当年镇魔狱事变之后便已经与云梦山渐行渐远，成为神皇最忠诚的大臣。

十余艘巨大的云船为朝歌城带来了巨大的阴影，也在所有人心间落下极大的阴影。

很明显中州派就是要以势压人。朝歌城的防御再强大也不可能抵挡得住这样的阵势，更何况朝廷里有太多心向云梦山的人，谁知道清天司、神卫军、部衙里有多少官员会在最关键的时刻倒戈一击？

张遗爱沉默不语，已经做好了战死的准备。他与别的大臣、将领不同，已经没有回到云梦山的可能。但即便战死，他也要让朝歌城多撑一段时间，撑到一茅斋的先生们出来主持公道，撑到青山宗的剑舟出现在南方的天际，撑到神皇陛下安然离去。

问题是中州派如此大的阵仗根本瞒不过任何人，他们也没有想着要瞒住天下人。朝廷三天前便知道了，为何青山宗始终没有来人？

他收回视线，望向城墙，看到了神弩旁的顾盼，沉默片刻后对身边的副指挥使交代了几句。

对于这种局面，景氏皇朝早有准备，神卫军与清天司这些年不知道进行了多少次演练，当年镇魔狱事变时便做过一次。在重骑与飞辇的镇压下，朝歌城的混乱局面很快得到了控制，居民们开始有序地向着城外疏散，尤其是皇城附近的深宅大院很快便人去楼空。

在太常寺与顾家护卫的帮助下，井家人顺利地离开了朝歌城，来到了城外的赵园。现在整个朝天大陆都知道，井九或者是万物一剑妖，或者是景阳真人转世，与朝歌城里的井宅没有任何关系，但也没有人敢为难他们。

赵爵爷满头白发，精神却是极佳，对着井老太爷行了个晚辈礼，然后携着井商走到池塘边，望向天空里的云船，面带忧色说道："估计朝歌城守不住，你们暂歇一阵，还得继续往南走。"

井商的鬓角也添了很多白发，精神也是不错，听着这话有些吃惊，说道："伯父您难道不走？"

青山宗是井赵两家的根基，井家继续往南便是要去青山宗。

"如果朝歌城落在中州派的手里，退到青山宗又有什么意义？"赵爵爷的眼里闪过一抹狠色，"我就不信了，青山宗会眼睁睁看着他们如此嚣张！"

井商沉默了会儿，说道："那我把父亲他们送到涿州，然后再回来与您一道看看。"

顾盼结束了对神弩的检查，顺着城墙侧面的窄梯向下走了十余丈，向右一转便进了一道暗门。

暗门里有一条地道，通往城墙下，那里有一处极大的空间，里面布置着各种法器，墙壁上刻着阵图，经由冷银绘制的线条，源源不断地输入到城墙里。这座大阵连绵十余里，并非给朝歌城的城墙提供坚不可摧的法力，而是为城墙上的神弩提供元气。

如果有人对这里进行破坏，朝歌城里的神弩击发不了几次便会变成一堆破铜烂铁。按道理来说，顾盼即便是神卫军统领，但毕竟有中州派的背景，在现在这种关键时刻本不该被允许进入到这里，只能说神皇真的很信任他。

按照规矩，没有人能单独进入此地，必须同时凑齐三名有资格的大臣才能进入。与顾盼同行的还有两个人，其中一个是清天司的副指挥使，还有一名是掌着禁阵小印的礼部侍郎。

站在高高的石台上，顾盼看着下方的禁阵，他的视线随着那些冷银线条渐渐向上，仿佛要看穿城墙，看到神弩。

没有人知道他在想些什么。清天司副指挥使看了他一眼，没有说什么。礼部侍郎的脸色有些苍白，看起来有些紧张。

禁阵忽然生出感应，清光弥散间，能够清楚地看到一个很小的黑点，正以难以想象的速度从南方而来。

以大小来看，黑点不可能是青山宗剑舟，难道是元骑鲸或者方景天单剑而来？又或者是别的什么人？

顾盼微微挑眉，举起右手准备命令神卫军加强防御。

清天司副指挥使意味难明地看了他一眼，说道：“是水月庵的太上长老，不用紧张。”

顾盼的右手从空中收回，落在栏杆上，指节微微发白。

从南方而来的是一顶青帘小轿。城墙上的神弩没有发射，皇城大阵开启了一条通道，任由青帘小轿像落叶般停在皇宫正殿之前。无数道视线从殿里、从宫墙下、从廊柱后望过来。

青帘小轿帘布微动，人们有些好奇，心想那位从不见人的太上长老，难道今天要露出真容？她是为何而来，因为中州派的云船还是别的什么大事？

南筝从青帘小轿里走出来，脸色有些苍白，手腕上的银铃发出清脆的声音。人们知道她肯定不是水月庵的太上长老，因为她的境界与年龄都很低，不由更加吃惊。

南筝来到殿前跪倒，说道：“景辛被谈真人带走了，应该正在往朝歌城来。”

听到这话，殿里的大臣与将领们一片哗然，纷纷望向最高处。神皇静静看着远处，表情没有任何变化，仿佛早就已经算到了此事。

皇城大阵已经开启，即便是中州派的云船，也很难攻进来。

殿里的大臣们还算平静，但依然不可能像神皇陛下那般平静。他们的视线随神皇一道望向远方，穿过无比宽阔的广场，穿过无形的阵法屏障，落在皇城外一座极高的飞檐高楼上。

那座高楼是城南的应天门。

晴朗无云的天空里，中州派的云船是云，应天门上也有一朵云。

云里隐隐约约有个人影，白裙偶尔飘出云来，带出几抹丝絮，正是中州派的白真人。

“今日朝会就到这里了，诸位爱卿回吧。”神皇收回望向远处的视线，看着殿里的人们微笑说道。

景氏皇朝里有很多派系，大殿里的高官们自然也有各自立场，有的支持景尧太子，有的依然对景辛皇子念念不忘，有的出身中州派，有的则在一茅斋读了好些年书。但听到这句话，不管是什么立场，官员们都感到了浓郁的悲伤。

这应该是陛下最后一次朝会了。

岑宰相缓缓走出队列，缓缓跪下，对着神皇陛下行了一个大礼，白发如雪。紧接着，列位国公与朝中大臣还有神卫军的将领们依次出列，对着皇椅跪下，无论是何派系，都是真情实意。

神皇似是没有想到这出，微微一怔，朗声笑起来，说道：“被拘在这宫里三百多年，如今看来，也算不亏。”

说完这句话，他起身离开皇椅，来到臣子们当中，先扶起岑老宰相，然后慢慢扶起其余的大臣。当他扶起还算年轻的北神卫军副指挥使时，这位在北疆杀人不眨眼的武将已然泪流满面，难以站稳。

在臣子们的视线注视下，神皇走到了殿外，看着远处问道：“这就开始了吗？”

他的声音像是春天的阳光，温暖又无远弗届，飘荡在宏大的皇城里，传到了十余里外的应天门上。

白真人站在应天门上，身周的云雾渐渐散开，露出一张难言真实的脸。她淡然说道：“陛下，中州派向来尊重您，所以在您离开之前，什么都不会开始。”

神皇负手于后，黄袍轻飘，笑着说道：“朕走之后，中州派又能做些什么呢？”

“陛下何必如此？我们都知道会发生什么。”白真人说道，“满朝文武，各大宗派，从商人到百姓，谁会接受一个狐妖之子成为人族的神皇？”

在正殿侧方的房间里，胡贵妃与景尧太子正在窗边听着这场相隔十余里的对话，听到白真人的声音，胡贵妃的脸上现出一抹怒意，景尧却很平静，反手握住了母亲的手。胡贵妃神情微霁，紧接着眼底又生出一抹浓浓的悲伤。

殿里的大臣们也没有太多反应，谁都知道中州派的诉求是什么，有着中州派背景的官员们保持着沉默，那些持相反看法的官员也只能沉默。

白真人接着说道："我们不会逼着陛下改遗诏、废太子，总之什么都不会做，您平静地归去吧。"

听着这句话，皇宫里死寂一片。她说到了归去，说到了遗诏与废太子，那就是什么都说明了。

岑老宰相来到大殿门前，任由风吹乱着白发，看着应天门方向沉声喝道："难道中州派如此行事就能服众吗！"

看到先站出来的是宰相大人，众人有些吃惊，要知道一茅斋这些年虽然保持着中立，但毕竟与中州派是盟友关系。

随着这句掷地有声的话语响起，天空里响起一道极其强劲的风声，东面的天空出现了一道阴影，一茅斋的苦舟以难以想象的速度从高空落下，稳稳地停在皇城的侧上方。如果中州派的云船想要闯进皇城，便必须与一茅斋的苦舟遇上。

苦舟上站着好些位书生，神情肃穆至极。

白真人神情不变，看着舟首的布秋霄说道："布斋主当年被青山宗以小人手段逼着退让，倒也罢了，难道现在还要回护那个妖狐之子？"

布秋霄说道："当年有两名青山宗弟子对云儿说过一句话，叫做有教无类，我仔细想过这四个字，觉得颇有道理。"

他身后的奚一云平静无语，柳十岁则有些好奇，心想这么好听的话肯定是公子说的，那传话的是顾清和谁呢？——如果这时候卓如岁在场，必然要高喊一声，是我是我。

白真人说道："先前宰相说我中州派不能服众，我也很好奇，布斋主愿奉妖狐之子为皇，难道斋里的先生们都同意？"

听到这句话，奚一云与柳十岁神情微变，苦舟上有十余名中年书生则是微微皱眉。很明显，一茅斋内部对此事有不同看法，只是被布秋霄强行镇压了下来。如果布秋霄要为了景尧与中州派对上，一茅斋内部的裂痕便很可能加深，甚至当场出事。

布秋霄早已做出了决断，看着白真人说道："神皇继位之事不管，但我不能眼看着你们中州派如此行事，真人有没有想过，你们与青山宗一旦开战，苍生如何？"

这便是一茅斋持奉万年的理念，君为轻，黎民为重。

白真人似乎早就算到一茅斋的要求，说道："我答应你，今天发生的一切都只在朝歌城里。"

"不行！"布秋霄断然说道，声音就像石砚敲击一般清脆而有力，"朝歌城里的百姓来不及撤走，会死太多人。"

白真人望向城墙的方向沉默了会儿，忽然笑着说道："好，我答应你，就在皇城。"

布秋霄没有想到中州派居然会答应自己的要求，不解之余又有些无奈。

皇城大阵的强大，各大派都很清楚，因为这本来就是各派用了最强的法宝与力量建造的。中州派再强大，想要破掉皇城大阵也需要消耗极多的资源甚至人命，到时候再来面对朝廷与青山宗的力量……白真人哪里来的自信？

白真人用谁都没能想到的承诺，换来了一茅斋的暂时中立，岑宰相与很多文官也只能再次沉默。

真是令人发笑。神皇笑了起来，伸出右手指向远方的应天门，说道："请。"

这便是邀白真人一战。

白真人却是没有应战的意思，平静说道："吾派对陛下始终尊敬，陛下辛苦了三百余年，已然最后一天，何必还要这般辛苦？"

神皇沉默了会儿，说道："似乎也有道理。"

说完这句话，他便离开大殿，走进偏殿里。胡贵妃与景尧迎了上来。

两杯清茶。

神皇与胡贵妃没有相对无言，随意说着从前，说着以后，就像平时每个夜晚一样。当年是如何相遇的，又是如何相爱的，中间又是如何分离的，最后又是如何重聚的。

景尧站在一旁，有些手足无措，觉得应该离开，却又不舍离开。

偏殿深处有间静室，井九坐在窗边，看着后宫乏善可陈的花草树木，手里端着一杯清茶，没有喝一口。

阿飘则与平咏佳站在门口，偷偷听着神皇与胡贵妃的对话，听得很是认真。

不知道过了多长时间，阿飘回过头来，看着平咏佳不解地说道："都是些情情爱爱、家长里短，这算什么帝王之术？"

平咏佳很无辜，说道："你问我，难道我要问师父去？"

阿飘用力地点了点头，说道："就是这个意思。"

平咏佳自然不可能真的去问井九，哪怕他以前表现得有些憨直，终究不是白痴——明知道师父今天心情不好，去触那个霉头做什么？

井九心情不好的原因他和阿飘也都清楚，事实上，现在整座朝歌城乃至整个朝天大陆都要知道了。

夕阳已经落到遥远的西海西边，夜色占据了天穹，满天繁星被黑色的云船遮住了很多，看着有些可怕。城墙上的神弩对准夜空，不知道是想把星星射下来，还是要做什么。

朝会已经结束了很长时间，大臣们却依然没有离开，因为这可能是陛下的最后一夜，也可能是因为很多人的府里现在已经没人了，回去做啥？

朝歌城内的疏散还在持续，街道上满是吵闹的声音，至于有没有被踩踏至死的可怜人，暂时还顾及不到。

十余艘云船静静地悬停在星光里，没有进攻的意思，安静地等待着。

整个世界都在等待着，但在等待的过程里，发生了一些事情。看似死寂一片的深宅大院里，渐渐出现了一些人影，不知道是夜晚还是阴谋即将醒来。

礼部尚书的大宅子里，便出现了两个人，红衣少年与青衣少女。

“尚书府里的东西还不错，哪怕这种时候，糕点都是当天做的。”

阴三端着两盘精致的点心放到桌上，示意青儿尝两口。青儿这时候哪里有吃东西的兴致，看着星空里的巨大阴影，眼里满是担心。

城墙下的禁阵里，顾盼与清天司副指挥使还有礼部侍郎已经站了整整五个时辰，粒米未进，滴水未沾。负责维持禁阵运行的官员们，隔一会儿就忍不住看一眼那方石台，总觉得那里的气氛甚至要比皇宫里更加紧张。

时间缓慢地流走，夜空的星越来越盛，直至某一刻，忽然集体发光，让朝歌城仿佛来到白昼。与这些晨光一道到来的，还有深宫里的钟声。

“陛下走了。”清天司副指挥使干裂的嘴唇微微翕动，很受震撼的样子。

礼部侍郎脸色苍白，喃喃说道：“朝歌城里的人也撤完了。”

顾盼面无表情说道：“陛下是一直撑到所有人撤完才走的。”

晨光渐渐退去，世界重新归于黑夜。

皇宫里一片哭声，所有人都跪在地下，对着偏殿痛哭流涕。哪怕是中州派背景的官员，在这一刻的悲伤也是如此真情实意。

神皇陛下在位的三百年，是朝天大陆最太平的三百年。这段安静而美好的时光，便是他对这个世界的馈赠。

善战者无赫赫之名，说的便是他这样的人。

尚书府里，阴三不知从哪里拿了件青衣，换掉了身上的红衣。

青儿嘲讽说道："真是假惺惺。"

阴三说道："他是个好皇帝，比他父亲、叔叔都强多了。"

天空里的中州派云船稍微后撤了些，应天门上的云雾也散了些，白真人微微低头。

苦舟上的一茅斋书生集体致哀。

胡贵妃伏在榻上，看着散开的光点，眼里满是悲伤与绝望，眼神甚至有些涣散，似乎快要昏厥过去。景尧跪在她的身旁，紧紧地握着她的手，脸上满是泪水与担忧。

阿飘与平咏佳看着这幕画面，生出很多同情。

窗边的井九，没有回头。

"请陛下登基！"

大殿里传出礼部尚书有些轻微颤抖却足够洪亮的声音。

听到这句话，胡贵妃的身体微微颤了一下，艰难却又坚强地醒过神来，用力地推开儿子的手，盯着他的眼睛说道："晚上再哭！"

景尧擦掉脸上的泪水，带着哭音"嗯"了一声，起身向正殿走去。从偏殿到正殿，不过数十丈距离，当他出现在景氏皇朝的大臣武将们面前时，情绪已经平静，脸上带着坚毅的神情，只是眼睛还是那么红。

看着向皇椅走去的景尧太子，大臣们的情绪很复杂。不管支持还是反对，人们都不得不承认，太子这时候的表现很好，但是人们也都知道，他不可能如此顺利地坐上那把椅子。

应天门上，白真人看着宫殿群，平静说道："开阵。"

十余艘中州派的云船向着皇城缓缓靠拢，星光不时被遮住，阴影即将吞噬掉宫殿群。城墙上的神弩依然保持着克制，没有发射，也可能是因为还没有收到发射的命令。

嗡的一声轻响，一道淡青色的光圈在夜空里显现出来，至少有二十里方圆，把整座皇宫都罩在里面。这便是各家宗派合力在朝歌城修建的皇城大阵，平日里根本无法看见，此时却是反耀着星光与云船，看着像一个光滑的大气泡。皇城大阵当然不可能像气泡那样一触即溃，除了云梦大阵与青山大阵，这是朝天大陆最坚固的防御大阵。

中州派准备用云船强行攻击吗？

就在这个时候，忽然发生了一件极其匪夷所思的事情。那道光圈的颜色正在逐渐变淡，在人们的感知里逐渐变薄！

无数道视线落在云船上，众人震惊无语，原来朝歌城一直在中州派的掌握之下！难怪白真人如此淡定地答应了布秋霄的要求。

当所有人都以为皇城大阵即将崩溃时，皇宫偏殿窗前的那个人终于说话了。

井九说了两个字："动手。"

与此同时，礼部尚书的府邸里，阴三看着星空里的云船，也说了两个字："杀了。"

朝歌城墙地底深处，负责为神弩提供元气的禁阵一切如常。神弩之所以没有向中州派的云船发起攻击，是因为高台上发生了些混乱，城墙上的神卫军根本没有收到任何指令。

清天司副指挥使倒在血泊里，身上满是焦煳的痕迹，应该是被某种高阶的雷系法宝所杀，至于胸口的血洞还有已经变成青烟的元婴，则不知道是谁的手段。

"高敬修与外人勾结，意图破坏禁阵，现已被杀！"顾盼对着台下的官员们沉声说道，"诸位好生维持阵法，只要接到宫里的命令，神弩便开始攻击。"

没有人会怀疑他的话，因为所有人都看到了清天司副指挥使高大人想做什么，只是人们一时间有些无法反应过来，心想顾统领难道不是中州派的外门弟子吗？居然是他出手杀了高敬修？

顾盼轻轻揉了揉依然在冒着青烟的指尖，望向不远处的礼部侍郎。礼部侍郎依然脸色苍白，但顾盼知道那绝不是受惊的缘故。高敬修胸口的血洞还有碎裂的元婴，都是这位大人的手笔。

两个人的视线稍一接触便分开，彼此没有说一句话。

原来是不老林的人。顾盼向外走去，在心里默默想着。

礼部侍郎回首望向他的背影，心想都在猜你是中州派的奸细，谁能想到你居然是个卷帘人？

顾盼从暗门来到城墙外的石阶上，看了眼星空里的云船，走到最高处的城门楼里，对着清天司指挥使张遗爱行了一礼，平静说道："处理了。"

观星台上到处都是血，顺着石阶不停向下流淌。

一名穿着青衣的小厮走到尸堆里，用了些时间才找到了钦天正的尸体，扳开他的手指从里面取出了一样东西。

詹国公数代都在神卫军里领兵，治府极严，却唯独奈何不了自己的老母。今日朝歌城疏散走了很多人，老太君却坚持不肯走，说要等宫里的儿子回来才走。

国公夫人拗不过老人家，急得无可奈何，最后还是詹国公世子决意留下来照顾祖母，才把母亲与府里其余人劝走了。

国公府的老太君躺在床上，两眼无神地盯着屋顶，身体不停起伏，喉间嗬嗬有声，却说不出话来。

詹国公世子生得一表人才，看着很是成熟稳重，他坐在床边，没有理会难受至极的祖母，左手伸在被子里摸了半天，终于摸到了一件事物，脸上流露出喜意。

老太君感觉到了，脸涨得通红，竟是逼出了一句话来："不孝子!"

"我是您孙子，又不是儿子。"詹国公世子笑着说道，拿着那件事物便向屋外走去。

老太君又怒又急，一口气没喘过来，竟是瞪圆了眼睛便没了气息。

来到屋外，詹国公世子把手里的东西交给井梨，说道："幸不辱命。"

井梨看了屋里一眼，问道："要不要帮忙?"

孙子亲手杀死祖母，在他看来着实有些难以接受。

"反正是死不瞑目的下场。"詹国公世子笑着说道。

井梨看着他说道："我真有些后悔当初得罪过你。"

詹国公世子正色道："忠孝不能两全，我也是不得已，可不是心狠手辣。"

紧接着他的神情便变了，紧张问道："什么时候给我解毒?"

井梨说道："那是南蛊，无药可解，蛊母在贵妃娘娘手里，如果陛下不能顺利登基，娘娘想必不愿独活。"

詹国公世子闻言更加紧张，心想贵妃娘娘如果想寻死，那死之前肯定也没心情来救自己的命，声音微颤道："要不要我进宫去劝说我爹？或者我偷袭他?"

"宫里的事情哪是我们能够影响的，你就在府里好好祈愿詹国公在殿上不要乱动就行。"

井梨说完这句话，便离开了詹国公府，把手里的那件东西交给了一名神卫军校尉。

城墙下的禁阵，观星台，詹国公府……在朝歌城里很多地方都在发生着这样的事情。

皇城大阵由十三座阵法组成，每座阵法都有一道阵眼，阵眼可能是一盆花，可能是一块命牌，分别被放在十三个地方。这是景氏皇族最大的秘密，除了神皇，没有人知道阵眼在哪里，至少不可能知道全部。

先前白真人说开阵，皇城大阵便有散开的征兆，是因为有些拿着阵眼的人，按照她的意志在行事。

现在那些人都死了，阵眼重新被收回，这就是神皇的准备。哪怕他已经离开了一夜时间，依然在掌握着这座都城，这个朝廷。就像他对白真人说的那样，就算朕走了，你们又能做些什么呢？

是的，无论是各部衙、神卫军，还是那些世家都有很多忠于云梦山的人，中州派为了今天准备了很多年，但神皇又准备了多少年？他准备了三百年时间，怎么可能让中州派在一夕之间便夺去朝歌城的控制权？

卷帘人表面是个情报机构，实际上早就悄无声息地潜入朝廷的各个角落里，时刻秉持着神皇的意志。更重要的是，在朝歌城里的夜色里，还有一道暗流正在帮助朝廷。观星台被血洗，某个世家被焚为灰烬，都是那道暗流的力量。

不老林动用了隐藏多年的刺客，那些隐藏最深的人都在今夜行动了起来。再加上卷帘人，中州派一时间竟被打了个措手不及。

礼部尚书府里，青儿看着重新穿回红衣的阴三，有些不解问道："你不是要天下大乱吗？为何要阻止中州派？"

阴三微笑说道："中州派势盛，如果让他们很快便掌握局面，哪里乱得起来？"

皇宫最深处的地底，一个无人知晓的地方，正在发生着一场无人知晓的对峙。如果让人看到对峙的双方，一定会惊得说不出话来，因为那两个人是金供奉与牛供奉。

地面有一块缓缓转动的白玉盘，正散发着白色的光毫，光毫进入空气，很快便消散无踪，却没有真正消失，而是沿循着某些无形的轨迹进入了整座皇城。这里便是皇城大阵最重要的阵眼。神皇离世，他最信任也是最亲近的两名供奉没在身边，就是因为他们要在这里镇守阵眼。

金供奉怎样也想不到，他要防备的人是自己数百年的老搭档。他的视线穿过如烟的白色光毫落在牛供奉满是皱纹的脸上："你问我为何要祭出本命法宝，那你呢？为何一直将玄阴刺隐在我的头顶，随时准备落下？"

对峙其实已经持续了数个时辰，他们的全部心神与气息都放在对方身上，知道对方是如何强大而且危险，不敢有半点分神，一句话都没有说过。

直到此时，可能是想着陛下已走，可能是觉得有些无趣，牛供奉才冒着风险开口说话，回答了金明城。

牛供奉眼神微冷，说道："因为今天你的呼吸乱的次数有些多。"

金明城微微眯眼，说道："你不是中州派的人？"

牛供奉沉默了会儿，说道：“不是。”

金明城若有所悟，说道：“原来你是不老林的人。”

两个人放松了警惕，至少没有与对方同归于尽的想法。

牛供奉忽然说道：“我不是不老林的人。”

金明城眯着眼睛看着他，说道：“谁会承认呢？”

眼看着便要被解除的皇城大阵忽然恢复了全部的威力，那道正在变淡、变薄的光圈，忽然重新变得坚固起来。

最前方的一艘中州派云船险些直接撞了上去，船首与青色光圈擦了一下。只听得轰的一声巨响，满天繁星失去了颜色，无数天地元气经由青色光圈狂暴地喷涌而出。那艘云船只是稍微擦了一下，附着强大阵法的船首便被尽数毁去，露出里面的结构，看着很是惨淡。

紧接着，朝歌城东南角的神弩集体发射，十余射流光像飞剑射向云船。轰隆如雷的巨响里，云船底部生起十余道火焰，受损更为严重，无法再支撑，向夜空后方退去。

射出的神弩的数量并不多，射击的位置也很安全，明显只是想略作警告，不想就此掀起战争。

布秋霄与一茅斋的书生们很是意外，没有想到朝廷的准备竟是如此充分。皇宫里的那些大臣们则是神情各异，有的面露喜色，有的则是脸色铁青，尤其是家中藏着阵眼的国公与将领，眼神更是复杂。

朝歌城已经死了那么多人，景尧还没有从偏殿走到皇位上。这大概便是天子一步，千里流血的意思。他离那把椅子还有几步的距离。

这个时候，就在这个时候。

站在最前列的一位将军忽然挥动右臂，隔空向着景尧斩了过去！

北神卫军指挥使辛海辰，景氏皇朝军方数一数二的大人物！

前些天他便被陛下急召回京，一直被留在宫里，无法离开。他知道陛下对自己起了疑心，但不知为何陛下没有处死自己。

现在陛下死了，如果让景尧登上皇位，他还能再活几天？

所以他必须出手。

第六章

寻常无奇连三月

CHAPTER 06

皇宫里的阵法顿时生出感应，无数道线条耀着星光落下，就像是一座虚拟的宫殿，压向辛海辰。

辛海辰是朝廷军方最重要的大人物，当然知道这座阵法的厉害，闷哼一声，隐藏在衣服里的软甲骤然涨大，变成一个巨大的傀儡，挡住了那座虚拟的宫殿。只听得无数道密集的声响，傀儡瞬间崩塌，却替辛海辰争取了一些时间。他离臂而出的刀意，眼看着便要把景尧斩成两段。

胡贵妃站在偏殿，看着那边的画面，脸色苍白，顾不得那么多便要露出尾巴，却被一只手拦住了。

只听得嚓的一声轻响，辛海辰蓄势已久的一刀终于落下，却没有落在景尧的身上，而是落在了一件白衣上。那件白衣，被这一刀划破了一道浅浅的口子。

井九不知何时来到了场间，他伸手扼住辛海辰的咽喉，将将举到半空。

辛海辰发出一声郁闷而愤怒的号叫，气息大作，双手如扇般一合，便要把对方的脑袋砸碎——在雪国北疆锤炼多年的他，拥有难以想象的坚固身躯与山一般强大的力量，怎么能够允许自己像只小鸡般被人举了起来！

井九没有闪避，任由对方的手落下。

只听着轰的一声巨响，在大殿里回荡不绝。辛海辰的手落在了井九的脸上，没有留下任何痕迹。井九的右手在此人的颈间滑过，迸发出一道火花。

咔嚓一声，辛海辰的双手无力地垂落下来。紧接着，他的头颅也掉了下来，在地面蹦跳了两下，然后滚出去很远。

井九收回右手，在空中接住飘落的发绳，重新把黑发束到身后，走过群臣，来到殿外。

东方出现了第一抹晨光，落在他的脸上，清楚无比。无数声压抑的惊呼响起。

大臣们都猜到了他的身份，很多人已经跪拜下去，或称掌门大人，或称景阳真人。还有很多人没有动，僵立在原地，用警惕或惊恐的眼神看着他。

白真人的声音从十余里外的应天门处飘了过来。

“按照梅会规矩，青山宗不得插手皇族事务，就算你真是景阳真人也不行，更何况你可能只是个剑妖。”

大臣们心想对啊，井九就算是青山宗掌门甚至是景阳真人，又怎么能干涉皇位的传承？

当然按照人间的律法规矩，中州派也没有理由干涉皇位的传承，修行界与朝天大陆最终执行的还是梅会的规则。

井九没有理会白真人与大臣，直接说道：“读遗诏。”

话音落下，鹿国公从大臣里走了出来，看着比平日憔悴苍老了很多。看到是他，大臣们有些意外，又觉得在情理之中，神皇陛下最信任的臣子就是他，遗诏在他手里也是自然。

鹿国公取出遗诏开始宣读，略有些沙哑的声音回荡在安静的宫殿里。

遗诏前半段的内容很正常。如世人所料，神皇陛下传位于太子景尧，鹿国公与岑宰相等人为顾命大臣。顾清在遗诏里被委以重任，终于成为真正的帝师，这也在人们的意料当中。

可当遗诏被宣读到最后，人们才知道原来最重要的是什么。

景阳真人监国！更令人们感到震惊的是，神皇陛下的遗诏里写的并不是景阳真人，而是皇叔景阳！

无数道震惊的视线落在井九的身上。

如果他是景阳真人，那他居然还是神皇陛下的叔父？景阳真人与皇族居然有如此亲密的关系，为什么朝天大陆数百年来无人知晓？

是的，所有人都知道是一个景字。风景的景，景物的景，景皇的景，景阳的景。然而世间姓景的人那么多，为何偏偏就是那个景字？

殿里一片安静，没有人说话。人们震惊地看着殿前的白衣男子，这时候才隐隐明白为何这些年神皇陛下会如此亲近青山宗。有些大臣甚至想得更加久远，六百年前的那场梅会，青山宗完全放弃在朝歌城里的影响力以争取中州派的支持，是不是也与此有关？景阳真人本来就是皇族长辈，那中州派又如何能从根本上控制朝廷呢？

景尧站在离皇位不远的地方，听完父皇的遗诏，怔了半晌才醒过神来，下意识向偏殿看了一眼，看到母亲点了点头，顿时更加清醒，对着井九拜倒：“孙儿拜见皇叔祖！”

井九没有回头，说道：“坐到属于你的位置上。”

属于神皇陛下的位置，自然便是皇位。

景尧深吸一口气，扶着腰间的佩剑，向皇位走去，脸色不再苍白，神情更加坚毅。

过了好些年，朝廷里支持中州派与景辛的文臣、武将依然不在少数，哪怕这时候鹿国公宣读遗诏的声音仿佛还在梁上缭绕，依然有很多人站了出来，准备阻止这一切。甚至有两名武将与几名侍卫准备效仿辛海辰指挥使，哪怕冒着被皇城大阵镇压的凶险，也要把景尧杀死在这里。

岑宰相与准备执行先皇遗诏的臣子们愤怒至极，同样准备出手。井九站在殿前，看着远方的应天门，没有动作。

唓啷一声。

景尧扶在剑柄上的右手被弹开，那把剑破鞘而出！一道清冷至极的剑光照亮了昏暗的宫殿！伴着轻微却让人无比恐惧的切割声，剑光以难以想象的速度在殿里穿行着，根本无法被肉眼看见，只能看见一道又一道的弧光！

嚓嚓嚓嚓，出手的武将与侍卫停在了原地，身上出现如蛛网般的痕迹，最后变成了满地血块！

清冷的剑光骤然消失。只听得又一声“唓啷”，那剑已经回到了景尧腰畔的剑鞘里。

只是瞬间，心怀不轨、战力惊人的将军与侍卫们便变成了地面上的肉块。看着渐渐浸开的鲜血，有的大臣惊恐万分向后退去，有的大臣则是若有所思，更多的人则是直接望向了井九。

谁都知道，那把剑出自景尧太子腰畔的剑鞘，真正的出剑者却是他！

那究竟是一把什么剑，竟然如此恐怖，杀人于无形，而且竟是毫无杀意，只有冷漠，仿佛非人间之物。而且就算那把剑品阶再高，出剑者又需要怎样的境界，才能瞬杀如此多的强者？

整个修行界乃至朝天大陆的上层社会都知道，井九是修行史上最年轻的破海境强者，问题是有这么厉害的破海初境吗？就算你真的是景阳真人，可景阳真人破海初境的时候，也不可能如此厉害啊！

“这就是南趋的初子剑？”白真人的声音从十余里外的应天门飘进来。

井九纠正道：“这是我的初子剑。”

无数年前，道缘真人临死前动用青山剑阵斩了南趋的道树，夺了初子剑，顺手给了他最喜欢的徒孙景阳。从那之后初子剑便一直在景阳的手里。

六百多年前，他与太平、柳词、元骑鲸以及尸狗、妖鸡在青山宗里大杀四方的时候，用的就是这把剑。他与太平去灭了玄阴宗祖坛时，用的还是这把剑。

直到三百多年前，前任神皇假死遁入果成寺为僧，神皇心不甘情不愿地继了位，他为了安抚自己的侄儿，把初子剑送给对方当作礼物。

三百年后，神皇把初子剑借给赵腊月，赵腊月和柳十岁联手杀了洛淮南后，初子剑被柳十岁埋在一棵树下，间接导致西王孙的死亡、云台的覆灭。其后初子剑被过冬转手送去西海剑派，导致西海剑派被灭。

最后这把剑回到了青山宗，回到了井九的手里。前些年神皇立景尧为太子，他把初子剑当作礼物，再次送进皇宫。

初子剑的经历极为离奇，千年来不知转了多少道手，而且拥有过它的人与宗派，最后都没有什么好下场，看着颇为不祥。

井九不这样认为，因为倒霉的都是他的敌人，而且就像他对白真人说的那样，这本来就是他的剑，甚至是他用的时间最长的一把剑。

所以今天在朝歌城的皇位之战里，他出的第一剑就是初子剑。

出剑就要见血，也要见喜。

景尧走到皇位前，这时候再没有人能阻拦他坐下。可他没有坐下，而是看着殿门口的井九。

井九向殿外走了两步，在台阶上坐下来，右手搁在膝盖上，姿势很是随意，就像是在水边垂钓一般。前几天，他与神皇侄儿在这里坐过，聊过，用的也是这样的姿势。

景尧眼睛有些微湿，吸了吸鼻子，坐到了皇位上。就是这么简单地一坐，他整个人的气息顿时变得与前不同，不是更加神圣，更加威严，而是更加平静，更加坚定。

以鹿国公为首的大臣与将领跪在地上，山呼万岁。还有些大臣则是默默地站在原地，没有动作，也没有说话。

山呼万岁的声音传到殿外，惊动了早起的鸟儿，翅膀破开晨风，发出扑棱的声音，渐飞渐高。

大殿前的广场本就极为宽阔，皇城大阵开启后，更是有种无垠之感，看不到边缘，仿佛足有数十里之宽。如此宽阔无垠的广场上没有一个人，只有一顶青帘小轿孤零零地摆在那里。

皇城外晨云渐浓，朝霞渐显，十余艘云船愈发清楚，颇有神圣之美。一茅斋的苦舟在稍远些的地方。

朝歌城里一片安静，城外的天空里，不知有多少修行宗派的强者正在赶来。

井九坐在石阶上，静静看着这一切。

然后，谈真人到了。这一次，井九没有起身相迎。

不是所有人都知道谈真人到了，井九看到他的时候，他在高天之上，地面众人只能看见一个小黑点。

谈真人带着景辛，不好进入虚境，速度便慢了，被水月庵的青帘小轿抢在了前面。当然也因他的天地遁法虽极妙，却并不以快速著称，在这方面倒是与柳词有几分相似。

谈真人往地面落去，越来越多人注意到了他的到来，发出无数声惊呼，有的大臣急步走出大殿，城墙上的神弩箭自行转动方向，而皇城大阵的反应则最快，瞬间散发出极深的青色光泽，仿佛要变成瓷片一般的实质存在。中州派十余艘云船大举前压的时候，皇城大阵也没有如此大的反应，可以想见他究竟强大到了什么程度。

应天门上的云雾变得更深了，把白真人完全罩在里面。

清风与晨光及谈真人同行徐徐而来。他站在天空里，看着殿前的井九说道："你知道皇城大阵拦不住谁。"

六百多年前，青山宗等世间大宗派集体设计修建了这座皇城大阵，如果这些宗派无法攻破皇城大阵，等于是自缚双手，梅会体制便没有了意义。更何况这座皇城大阵的设计修建过程中，中州派扮演着最为重要的角色。

谈真人取出一块玉牌示向天地四方，神情木讷道："云梦出诏，天地接令。"

随着这句话传遍天地，一道极其强大而深远的气息从他的身体里散发出来。笼罩住宫殿群的淡青色光圈骤然变大了数倍，那道无形的屏障变得更加薄脆，随风轻轻颤动，就像水泡一般似乎随时可能破灭。

谈真人居然只用了一道云梦诏，便要破掉朝歌城的皇城大阵！

中州派的云船再次缓缓前行，准备在大阵破掉的一瞬间控制住整座皇城。

井九抬头望向天空里的巨大云船，手指轻弹，发出"啪"的一声。随着他的动作，皇宫里象征着神圣的石柱忽然发射出无数道清光，如巨大的弩箭一般射向云船。

看到这幕画面，大臣与侍卫们都惊呆了，他们对皇宫极其熟悉，但哪里想过那些石柱居然隐藏着这样的威力！

皇宫地底深处，金供奉与牛供奉隔着缓缓转动的玉盘对坐着。忽然，玉盘放射出无限的白光，强大的气息直接把他们震飞到墙壁上。他们对视一眼，看出彼此眼里的震惊与无奈。直到这时候他们才知道原来皇城大阵另外有人控制，他们在这里盯着毫无意义。

皇城大阵重新变得稳固，云梦诏被井九手里的翠绿竹牌挡住，中州派的云船再次退了回去。一艘云船的腹部出现了几个大洞，十几名道师悬浮在空中，正在紧张地修补。

谈真人有些意外说道："原来陛下竟把皇城大阵交到了你的手里。"

井九站起身来，说道："这座大阵修建的时候我不在朝歌城，但对这座宫殿我比较熟悉。"

殿里的大臣们以及四周的修行者们这时候才想起来，井九还有个身份是神皇陛下的叔叔。谈真人当时不在场，不知道这件事情，他望向那些石柱说道："据我所知，最初的皇城大阵里没有这些，这应该是你师兄当年藏的手段？"

井九说道："我从他的笔记里得知，这些被他称为十二破空元气炮，据说一炮可以打死一个破海境强者。"

听到这句话，苦舟上的一茅斋书生脸色变得有些异样，中州派的长老们，比如像越千门这样的炼虚境强者，脸色更是难看至极。如果井九说的是真的，先前皇城大阵打开，中州派云船闯了进去，那会死多少人？

谈真人苦笑说道："剑出青山，世人敬畏其直，谁能想到暗地里隐藏了如此多手段。"

井九说道："彼此。"

这话说得不错，中州派不一样也留着云梦诏这个后手，甚至连果成寺、一茅斋这几个宗派只怕也都留了些手段，只不过无人知晓罢了。

"但还是拦不住我。"

谈真人说完这句话，便从天空里走了下来。他是真的用脚一步一步地走了下来，就像行走在一道无形的梯子上面。他的气息也已经完全敛没，看着就像一个普通的老人，或者就是天空的一部分。

皇城大阵渐渐平静，青色光泽消散无踪。

谈真人离地面只有数百尺的距离时，灰白的头发与衣袂忽然向后飘去，就像是迎面来了一场风。天空很平静，这风来自何处？

起风的地方是皇城大阵的边缘。

谈真人没有停下，又走了一步。狂风大作，吹过他的头发与衣服，道道线条笔直无端，发出极其清脆而动人的声响，就如仙音一般。下一刻风便停了，谈真人已经来到了皇城大阵里，而且还带着景辛这个普通人。皇城大阵无法拦住他，就像是水月庵的大阵也没有办法拦住他一样。

六百多年的时间，足够中州派了解皇城大阵，了解其余宗派在其间用的手段，但谈真人闲庭信步地走了进来，依然令人不可思议——道门玄功的极致巅峰，就是如此吧。

看着落在地面上的谈真人，皇宫里生起一阵骚动，数十名官员奔出殿去，跪倒在地，口称掌门真人。还有些老臣对着景辛遥遥行礼，老泪纵横，显得十分感伤。

景尧缓缓起身，离开皇位，在岑宰相等人的注视下来到殿外，望向远方的景辛。兄弟二人对视无语。

井九没有理会从身边奔过的大臣，看着谈真人说道："你的天地错步果然世间第一，甚至是千年以来最佳。"

谈真人说道："真人谬赞，我只是喜欢在天地之间行走，才会略通此道。"

井九说道："天地虽广，对你来说还是太小。"

谈真人说道："人间虽小，但已经足够美好。"

这两句话里自有深意，能完全听明白的人不多。井九建议谈真人不要把目光只放在人间、皇位这些事物上，而应该向往更高处。谈真人则是劝井九，既然大势如此，何必逆而行之，祸乱人间不是好事。

一声有些凄婉的鸟叫在西方的天空里响起，昆仑派的寒号鸟到了，还有些宗派也已经到了，只是比想象中要少很多。以今日朝歌城这样的阵势，中州派与青山宗这两大正道领袖极可能开战，很多自认不够强大的宗派，便是连热闹也不敢看，生怕受到池鱼之灾。天南的宗派更是一个都没到场，镜宗、悬铃宗、大泽缺席是修行界约定俗成的习惯，人们不解的是，青山宗为何也没有来人？

按照梅会规则，青山宗不得干涉皇族传承之事，但这些年青山宗做了些什么事谁不知道？

就算青山剑舟不来，元骑鲸呢？方景天呢？

此时的皇城里，井九竟是一个人。

有人想到，他自称青山宗掌门真人，却已经被逐出了青山宗，难道青山宗根本就没有想过与中州派开战？

"您可以带着景尧皇子与胡贵妃离开，或者去青山，或者去西海，我以中州派掌门的身份立誓，绝对不会追杀他们，甚至可以保证他们的安全。"谈真人看着他，"我还可以承诺的是，梅会依然如旧，没有任何变化。"

通过这两句话，他明确地表达了中州派的意图，那就是恢复梅会最初的宗旨，通过对景氏皇朝的控制，控制整个朝天大陆。而不是像这些年一样，景氏皇朝渐渐脱离了云梦山的控制，变成了与各大宗派平起平坐的庞大存在。

"天下大乱，朝歌被毁，生灵涂炭，实非吾所愿。"

谈真人望向四周的修行者们说道："请诸位道友作证。"

尽管他的神情还是那般木讷，声音还是那般无趣，却给人一种极其值得信任的感觉。

苦舟上的那些一茅斋书生们说了些什么，布秋霄沉默不语。

南方远处朝霞里的莲驾也很安静。

果成寺虽与景氏皇族的关系亲近，但从来不会参与到皇位之争里，这是寺规。

禅子今天来这里的唯一原因就是井九，只要他没事，便不会有别的意见。

不知道中州派是接受了前些年的教训，还是因为此次主持事务的是谈真人，而非白真人，行事风格有了明显的变化。

就像童颜推算的那样，极其光明正大，堂堂正正。

在民间戏曲里以及普通人的认知里，像中州派今天这样的行为完全可以视作谋反，大奸大恶至极，但对修行界的人们来说却并非如此。朝天大陆的秩序维护者以及主人，从来都是各大宗派，皇权向来并非最高，只不过这几百年里情况稍有变化。中州派想要立谁做皇帝，无论从道理还是情理上来说，都只需要与青山宗及别的宗派商量一下。

皇宫非常安静。无数道视线落在井九的身上，等着他的回答。

忽然，一艘中州派的云船带着狂风，向着朝歌城西方落下，更先落下的是一团蕴含着极大威力的雾气，只是瞬间，便不知毁掉了多少房屋。那里有梅台，有棋盘山，山下民宅虽然不多，但如果还有人没能撤走，肯定当场便死了。

布秋霄神情微变，挥手放出龙尾砚，隔着遥遥数十里的距离，对准那艘云船。

一道强大而澄净的无形力量，在龙尾砚与那艘云船之间渐渐增长。如果那艘云船不停止动作，龙尾砚随时发动镇杀！

“说好了，今天这场战争只在皇宫！”布秋霄望向应天门上的白真人沉声说道。

白真人平静说道：“太平在那里。”

礼部尚书府确实在离棋盘山不远的地方。阴三躺在榻上，手里拿着一匣子果脯在吃，很是津津有味的样子。青儿倚在窗边，看着皇宫方向，愁眉不展。

园子里忽然起了一阵大风，刮得窗户啪啪作响，一片极大的阴影笼罩了尚书府。看着天空里的云船，阴三有些意外，说道：“中州派比当年强了不少，居然这么快就找到了我。”

青儿又不是玄阴老祖，直接揭穿道：“如果不是你故意放出消息，怎么会这么快？”

昨夜卷帘人与不老林在朝歌城里做了很多事，中州派一时反应不及，但凭着多年底蕴，还是查到了很多线索。其中有很多道线索，都指向了礼部尚书府。

“掌门与白真人都不在船上。”青儿看了眼天空，依然保留着以前的称呼习惯，回首望向阴三，嘲笑道，“来的是越千门，你是不是有些被轻视的感觉？”

阴三微微一笑，说道：“都很冷静啊。”

如果换作别的任何时间，只要知道他的下落，谈真人与白真人绝对会亲自前来追杀，务求不让他逃走。

这样的事情却没有发生在今天。

太平真人这个名字听着可怕，实则现在战力有限，如果中州派真的分一个巅峰战力过来，皇宫那边便会变弱。这就是阴三的打算，只是没想到却被中州派识破了。

即便谈白二位真人没有亲至，越千门也是炼虚境的大强者，再加上一艘云船，不是阴三能够轻易对付。他有些不舍地放下果脯匣子，背起双手便离开了尚书府。

中州派的云船在离地数十丈的空中高速飞行，纵然有阵法分风，庞大的船身依然带起了一场恐怖的大风，所过之处，宅院倒塌，飞沙走石，看着极其恐怖。真正恐怖的还是云船舟首释放出来的雾气，雾气里隐藏着无形的圆状气浪，饶是路面坚硬，也被轰出了深达十余丈的洞坑，千疮百孔。还没能疏散的朝歌城居民，根本来不及反应，便死在了倒塌的梁柱下，或者直接被雾气化成了青烟。

越千门站在舟首，看着地上的画面，脸上没有任何不忍的神情，眼神极其寒冷。误伤凡人算不得什么大事，只是废墟里的红衣少年身法为何如此诡异，云船的道法锁竟是无法锁死他的身形，而且跟着他的青鸟，难道是那位吗？

“你是故意的吧？”青儿看着身后渐成废墟的街巷，眸子里怒意渐生，飞到阴三肩头落下，对着他的耳朵大声叫道。

“你这么生气做什么？”

阴三觉得有些痒，脚尖轻点一株荷花，如道轻烟般飞到百丈之外某座假山上，伸手掏了掏耳朵。

青儿用力啄了一下他的手指，叫道：“这么多人都被你害死了！”

“神皇多撑一夜就是想让朝歌城里的百姓撤出去，这些人因为各种各样莫名其妙的原因不肯走，自寻死路。”阴三看着天空里的云船微微一笑，身形骤然一虚，来到数十丈外的一株大青树下，伸手把青鸟接到面前，盯着她的眼睛，“记住，那些人不是你的同类。”

青儿有些不安，说道：“你想说什么？”

阴三认真说道：“你不是人，至少你不是真人。”

青儿完全无法理解这个疯子的想法，喊道："但你是真人啊！"

不管是真的人，还是太平真人，都是真人。

阴三淡然说道："早就不是了。"

"就算太平真人在朝歌城里，你们也不能这样做，会有太多的无辜百姓死伤。"布秋霄看着应天门方向沉声说道，"不然，我们与他有什么区别？"

云雾没有反应，朝歌城里的云船却停了下来，不知道是白真人的意思还是谈真人做了些什么。

在皇城里可以清楚地看见，以越千门为首，数十名中州派强者从云船里飞出，继续追杀，只是声势变得小了很多。换作别的任何时候，所有人的视线都会留在那处，因为太平真人在那里，今天人们的视线却很快收了回来。

谈真人带着景辛，一步一步向着大殿走去。从两侧的厢房、夹墙里涌出了数百名秘侍卫，拿着各式各样的兵器对准广场，神情无比紧张。

与无比广阔的殿前广场比起来，谈真人的身影很是渺小。皇城大阵随时可能落下，就像镇杀神卫北军指挥使时那样，可那对谈真人这等层阶的强者没有任何意义。

"都退下吧。"景尧的声音从殿里响了起来，有些微颤，但还算是镇定。

很明显，他不想让秘侍卫们送死。听到新皇的话，那些秘侍卫们沉默了会儿，领命离开，广场再次变得空荡无比。

井九知道自己没有看错人，从石阶上离开，无视跪在殿前的大臣，走到广场上。谈真人停下脚步，二人隔着数里的距离，平静对视。

谈真人说道："现在，我们可以谈谈这个世界了。"

井九说道："请。"

"我不希望朝歌城以及这个世界因为我们的事情而毁灭。"谈真人说道，"这终究是我们双方的意志冲突，应该由我们自己解决。"

井九说道："有理。"

"你我两派各出三人，谁胜了这件事情就听谁的。"谈真人接着说道，"胜者可以继续再战。"

这是血战到底的意思，最是简单，却也太过粗暴。在凡间只有街头流氓才会如此做这种帮派行为。不过皇位更替、正道领袖之争，与凡间的帮派权力争夺有什么本质上的区别吗？

谈真人对此看得很淡然，井九也同样如此。

井九不介意像街头流氓一样斗殴，但他不打算接受对方的提议。离开青山宗之前他就仔细推算过，哪怕动用那一招，也只有九成机会能杀死谈真人，剩下的一成怎么办？更麻烦的是，如果他动用了那一招，必然没有再战之力，剩下的两场怎么办？

尸狗不会离开剑狱，雪姬没脸见人，元骑鲸老了，她还在睡觉。

必输无疑。

天空里的修行者们听到了谈真人的提议，觉得这样的解决方法最好不过，如此血战到底，才能避免世间血流成河。但没有人觉得谈真人的提议足够公平，因为谁都看得出来，青山宗没有任何胜机。

谈真人与白真人是朝天大陆的最强者，青山宗剑律元骑鲸要略差一线，除非有一位青山宗镇守出战，可是云梦山里还有位麒麟。有谁能连续战胜中州派的这三大巅峰战力？就算当年血魔教的教主也不行。

大概只有几年前那道纵横天地的剑光可以做到，想到那道剑光，各派修行者们的心情微异。柳词真人的离开，对青山宗的影响实在是太大了。

果不其然，井九没有接受谈真人的提议，说道："不接受。"

谈真人也不意外，说道："真人有何想法，请讲。"

所有人都以为井九会要求增加场次，或是改成别的方案，哪能想到他的提议竟是如此荒谬。

"我是青山宗掌门，你是中州派掌门，我们对话就好，何必让别人做事？而且弄这么多事真的很烦。"井九说道，"我和你打一场就好。"

皇宫与天空里一样的静寂，人们震惊无语地看着殿前的井九，以为自己刚才听错了。你修道区区数十载，便要与谈真人战？

要知道谈真人是朝天大陆无可争议的最强者，轻易踏破皇城大阵，道门玄功已至绝顶，你怎么可能是他的对手？

谈真人感慨说道："真人的自信风采，还是如当年一样。"

井九说道："我是青山宗掌门，当然我来，这种道理我还是懂的。"

"就算你是景阳真人再世，境界终究还是太低，不可能是我的对手。"谈真人看着他认真说道。

听到这句话，大臣们的声音渐渐小了起来，天空里的修行强者们则是若有所思。是的，站在皇宫广场上的白衣男子是最年轻的青山宗掌门，而且很有可能是景阳真人再世。如果真是如此，那他当然就应该如此自信，哪怕面对的是谈真人。对任何人来说都是狂妄的事情，放在景阳真人的身上便是理所当然。

这是修行界的共识，就像另外一个共识。

“我从来没有遇到过真正的对手。”井九说道。

前世的景阳从来没有对手，他此生也从未输过。

所有人的视线再次落在了谈真人的身上，想要知道他的决定。在很多人想来，谈真人应该会接受井九的邀战，因为即便井九是景阳真人再世，历劫重修的岁月太短，怎样都不可能战胜他。但没想到的是，谈真人沉默良久后摇了摇头。

这便是不接受的意思。

做出这个决定，谈真人的神情变得轻松了些，原因很复杂。除此之外，他的眉宇间还有一抹淡淡的遗憾。能与景阳真人交手，是他们那一代的强者们最大的心愿。

井九说道：“那两派各出十人，分别打十场。”

如果这样处理，那么谈白两位真人再如何强大也只能稳胜两场，其余八场的胜负未可知。

一名一茅斋书生听着井九的话，微微挑眉说道：“这是准备以上驷对下驷？”

“不，这是他对青山宗的信心。”布秋霄面无表情说道。

很明显，井九认为除了谈白这两位真人，其余的中州派强者不值一提，绝对不是青山剑修的对手。仔细想来确实如此，不算元骑鲸与方景天，广元真人、伏望、南忘还有墨池这些破海巅峰或者上境的长老便足以横扫一片。

柳词走后，青山宗的巅峰战力不及中州派，中间层次却是远超云梦山。

井九平静说道：“如果你觉得这还不足以表明两派的全部水准，可以增加到百场，千场也行。”

听到这句话，一茅斋书生不再说话，其余各派的修行者们也很是无语。青山宗的内门弟子现在全部加在一起大概也就是一千名左右。井九真是对自己的青山宗有信心至极。

满天晨光里，谈真人忽然伸出了右手，说道：“五场，胜者继续。”

冲出大殿的臣子们已经回到了廊下，皇宫广场一片安静，甚至有些像荒野。只有谈真人带着景辛站在那里，还有一顶青帘小轿停在宫墙边，无人注意。

井九沉默了会儿，说道：“好。”

天地间再次哗然，没有人看好青山宗。就算元骑鲸已经提前来了皇宫，就算麒麟不出，青山宗也没有任何胜利的希望。

谁能战胜谈真人？而且应天门上的那团云雾正在晨光下微微发亮。

谈真人的脸上没有任何喜色，神情木讷道：“请解了皇城大阵，不然难言公平。”

井九没有做什么，但所有人都感受到了皇城大阵已经解除，石柱不再发光，重新变成死物。

谈真人举起右手，天空里的十余艘云船向后退去，直到朝歌城外十余里处才重新停下。

看着这幕画面，人们有些吃惊。都说中州派是白家当道，掌门只是虚位，今天看来似乎并非如此。

井九说道：“请。”

谈真人说道：“不知青山宗由哪位道友率先出战？”

无数道视线望向天空，望向偏殿，仿佛下一刻便能看到一场风雪。朝霞染红天空，没有落雨的征兆，更没有雪。

如果元骑鲸没有来，那方景天呢？青山两大通天都不到场，谁来打？

景辛离开了谈真人身边，向宫墙走去，没有理会让道的太监。皇城大阵已经解除了，但还需要清场以及加设新的屏障，不然接下来青山宗与中州派的五场强者战，绝对会把整座皇宫毁掉。

谈真人站在广场上，姿势很随意，布衣随风轻飘，却给人一种无可匹敌的强大感。

人们很确定谈真人会获得第一场的胜利，甚至认为他会连胜五场，不管是禅子还是布秋霄，都这样认为。青山宗没有谁能战胜谈真人，整个朝天大陆都没有，除非刀圣曹园从白城过来。问题是曹园可以是果成寺的人，可以是风刀教的人，却不是青山宗的人。

谈真人站在广场上静静等着，并不着急。

清场在继续，金、牛两位供奉自地底出来，接过了大阵的部分控制权，设置好了元气屏障墙。一名秘侍卫带着几名太监，确定宫墙附近的安全，准备把青帘小轿抬走。这几名太监被今天的阵势吓得不轻，脸色苍白，看着广场上谈真人的身影，眼里满是恐惧，被秘侍卫低声说了几句，才颤着手握住青帘小轿的杆子。

就在这个时候，青帘小轿里忽然传出一道声音：“我让你们动了吗？”

那声音里没有情绪，也谈不上悦耳，很是寻常。声音如寻常的大江、大河、大海，如寻常的高峰、天空、太阳。声音不大，却传遍了整座皇宫、朝歌城乃至天地。

青帘小轿里居然有人？无数道猜疑的视线投了过去，有人心想难道是水月庵的太上长老亲至？殿上亲眼看到南筝前来报信的大臣们更是无比茫然，心想轿内怎么还有人？

人们觉得最诡异的是，青帘小轿里那人说的这句话，听着像是对那些太监说的，却更像是对谈真人与井九说的！

——我让你们动了吗？

一位是青山宗掌门真人，一位是中州派掌门真人。放眼朝天大陆，上溯千年，谁有资格有胆量同时对他们这样说话？

青帘小轿里传出的声音听着有些年轻。各宗派的一些年轻弟子觉得耳熟，却想不起来是谁。至于那些辈分高的强者们，则是完全没有任何印象，在他们想来，那必然不是水月庵里的厉害人物。

不知为何，谈真人看着青帘小轿的眼神却变得凝重起来。

皇城外的一片宅院里，红衣微闪，阴三停下脚步望向皇宫方向，眼神微变。先前中州派云船追杀他的时候，他还是那般潇洒随意，越千门带着几十名中州派强者跟在后方，他也毫不在意。然而这个时候，他的神情却慎重起来，眼底甚至隐有退意。

青鸟落在他的肩头，不解问道："怎么了？"

阴三感慨说道："没想到那个疯子还活着，而且还来了。"

宫墙下方的几名太监被吓得不轻，心想这轿子不是空的吗，难道是闹鬼了？他们被吓得直接瘫软在地，手脚并用地爬走。

青帘掀起，一个少女从里面走了出来。她梳着寻常发式，穿着寻常衣裳，面容亦是寻常，毫无出奇之处，却引来了一阵轻呼。

"过冬！"

有些宗派的年轻弟子都曾经见过水月庵的过冬，知道她天赋惊人，志向亦极为远大。但一直以来，都没有人知道她究竟想要什么。

多年前裴白发与西海剑神一战，裴白发战死，西海剑神佯作重伤沉入海底，一名水月庵弟子试图暗杀西海剑神，却惨遭反杀。事后很多人都猜到了那个人应该就是过冬，以为她当时便死了，谁知道居然还活着。

为何她会从青帘小轿里走出来，为何她会说那样一句话，为何她会来朝歌城？她的修道天赋再如何惊人，也不过是个晚辈弟子，境界低微，怎么敢参与到这件事情里来？

过冬向广场上走去，看向她的视线里震惊的情绪越来越多。过冬来到广场中间，看着谈真人面无表情说道："我本来准备偷袭你，或者那个婆娘。"

话音刚落，天地间便是一片哗然，众人知道她说的是白真人，问题是这个世上谁敢称白真人为婆娘？另外，世上有谁敢偷袭谈真人？更令人们震惊无语的是，谈真人听到这句话没有动怒，也没有发笑，还是那样安静，远处应天门上的云雾也没有任何变化。

过冬继续说道：“但看在你人不错的分儿上，我决定留你一命，直接和你打一场。”

谈真人依然没有动怒，只是静静地看着她，就像看着朝天大陆上最重要的一个问题。

所有人都已经惊呆了，甚至快要疯了，她居然说留谈真人一命？这真是太荒唐了！

过冬的气息极其普通，从青帘小轿里走到此间也没有任何提升，但随着她说完这句话，陡生骤变！

一道晨光自东方而来，照在她的身上以及寻常无奇的脸上。广场上狂风大作，卷起青石板缝里的灰尘与叶屑，围绕着她的身体高速旋转起来，好似无数道丝缕，渐渐变成一个大茧，把她围在中间。

有些人想得比较多，以为是谈真人不想与这个疯癫的晚辈弟子一般见识，使出神通把她困住便罢。但下一刻，由风与灰尘、叶屑组成的大茧忽然破裂开来，变成无数道清光，消散于天地之间。

过冬还是站在原地，散发出来的气息却已经无比强大，甚至隐隐压过了谈真人的气势！

天地间安静无声，所有人都震惊无语。这个寻常无奇的女子究竟是谁?!

谈真人静静看着她，深静的眼底渐渐发生了变化，闪过无数道流星，那是他的思绪。流星的光芒最后汇在一处，变得极为明亮，是惊讶、意趣与欣慰。

“连三月？”

第七章 她的残忍

CHAPTER 07

六百多年前，雪国兽潮南侵，皇族内乱，国朝崩溃，人族面临着灭顶之灾。各修行宗派全力抵抗雪国，暂时顾不得世间之事，北方大陆出现无数匪兵，四处烧杀劫掠，甚至以民为羊以供军粮。

其时，天下黎民处于最悲惨的时刻，就在这个时候，一名水月庵的天才弟子离开东海，直接去了北方。她烧了十七家匪寨，杀了四万名匪兵，其中自然也有匪兵的家眷子女，她以一己之力改变了整个乱局，没有谁把以杀止杀这四个字践行得比她更充分。

兵者乃凶器，圣人不得已而为之。

她是那个年代最凶的人，也是真正的圣人。也正是因为她稳定了局面，各修行宗派才有时间挡住雪国兽潮，才有了梅会。朝天大陆这六百年的平静，梅会当记首功，景氏先后两位神皇亦是劳苦功高，但谁都不会忘记，这一切的开始是因为谁。

水月庵的天才弟子，连三月。

在朝天大陆，连三月毫无疑问是最强者之一，而且被认为是继景阳真人之后，最有可能成功飞升的人。梅会之后，她的踪迹偶尔还会在世间出现，每次出现便是一场血雨腥风。其后不知因为何事，她有些心灰意冷，回到水月庵开始闭关静修，试图冲击大道。

关于她有很多传闻，有的说她早已油尽灯枯，也有人说景阳真人飞升之后，她也尝试飞升，却遭天劫而死。谁能想到，这样一位传说级别的人物居然还活着，变成一个普通的水月庵弟子出现在世人身前。

这时候，人们再望向广场上那名女子的时候，看到的已是一片血海。她从来不是景阳真人那样不问世事的世外高人，也不是柳词真人、谈真人这种平和宽容的前辈高人，而是另外一种形象。

在修行界的历史里，连三月的境界、战力可以排到极高的位置，而说到杀人的数量，她的位置必然会更高。如果不算太平真人与萧皇帝在世间搅动风雨害死的人，朝天大陆便再找不到谁比她杀人更多。某个被她灭门的邪道宗派长老在临死前曾经愤愤不平地说过——当年血魔教的教主都没你杀的人多！

看着那个平凡无奇的女子，很多人嘴唇发干，下意识生出恐惧，有些心底有鬼的人甚至开始腿软。

井九静静地看着广场上的那个女子，没看到血海，只看到满满的圆窗外风景。

过冬就是连三月，她的飞升没有成功，却也没有遇天劫而死。在最关键的时刻，她选择了春蚕化蛹，转世重修。这种转世重修并非禅宗的所谓轮回，更像是自身的蜕变。她的容颜改变了，气息改变了，名字也变了。

但她还是她。

这就是在果成寺里，他与禅子说过的三条道路里的一条。事实上，当年禅子在神末峰问道的时候，他说的便是这条道路，因为这是她的道。只可惜道不同，终究无法一起走到尽头。

前世他们曾经结伴同游过，一次便吵翻了。这一次他们在一起的时间倒是长了很多，因为她装作不认识他，他也装作不认识她，这样很好。

这个时候，白真人冷漠的声音响了起来："这是中州派与青山宗之间的事情，你站在那里做什么？"

连三月负手说道："这是天下之事，天下人都能管，而且我就要管，你能怎么办？"

这话略显粗糙，但道理很稳，因为谁的拳头大，谁就有道理。别看她身后的双拳看着小小的，有些可爱，但如果打出去，天空都会出现一个大洞。

白真人说道："你终究不是青山宗的人。"

连三月微微一笑，说道："但我是他的人。"

她那张寻常无奇的脸就因为这抹笑容忽然变得光彩照人，无比动人，像是阳光下的孤峰，深渊崖壁上生出来的一朵花。

天地间一片安静。

我是他的人？什么人？女人？爱人？夫人？而"他"又是谁？

无数道视线落在了井九的身上。

修行界一直有传言，说当年连三月对景阳真人隐有情思。只不过这种事情谁都无法确证，只能通过清容峰被连三月扫了一遍，号称最讨厌景阳真人的南忘哭了一夜……这种类似的故事来推论。

景阳真人活着的时候，没有人敢议论这件事。后来景阳真人走了，连三月也失踪了，但青山宗与水月庵还在，依然没有人敢议论这件事。直到很多年后的今天，在皇宫的广场上，在成千上万人的注视下，某个当事人亲口说出了这样一句话。很多人感到茫然，是一种亲眼看到历史的茫然，甚至因此生出了虚脱无力的感觉。

人们很想知道另外一个当事人会怎样回答。按照景阳真人的性情，当年他就没有接受连三月，现在自然也不会承认。

那些注重现实的人，比如鹿国公，在心里紧张，如果井九出言否认，那连三月前辈还会站在青山宗这边，与中州派对抗吗？那些向往美好的人，比如平咏佳，在心里着急，如果师父这时候还否认，那该多“渣”啊！那些喜欢看热闹的人，比如阿飘，在心里好奇，如果师叔这时候在场，那会好玩到什么程度？

不知道过了多长时间，井九“嗯”了一声，天地顿时变得松快起来。

鹿国公在心里说了声“渣”。平咏佳在心里喊了声“好”，又想着师父只“嗯”了一声，虽然知道这是他的习惯，但在女子看来会不会显得太敷衍，太薄情？阿飘飘在最深处的宫殿梁上，偷看着广场上的画面，嘴里啧啧不停。

井九没有说过这样的话，连类似的都没有，所以哪怕只是一声轻“嗯”，也有些生硬。

是需要连三月帮青山宗？当然不是。是因为前世欠的情太多？也不是。

在西海的时候，他冒着生命危险把她救了下来，用她的天蚕丝缝好了自己的骨头、内脏、肌肉与皮肤，与她在大原城治伤，又在世间游历了好几年。接着他去了云梦山参加问道大会，夺了长生仙箓，冒着生命危险炼化了白刃留在里面的仙识，最后把所有仙气都灌注到了她的体内……不管欠了多少情，也应该够了。

只不过他没有想到，有很多事情不是能轻易抵消的。

春夏秋冬三千院，这一世就是这一世。

她的命是他给的，天蚕丝现在还在他的身体里，她当然是他的人。

连三月从袖子里取出一朵桃花，插在自己的鬓畔。

井九认出那是自己去水月庵时，在沉睡的她身边留下的桃花，终于不再紧张，唇角微翘。如果说连三月先前的笑容像是深渊里开出的一朵花，他这一笑，天地间的花都开了。

连三月不喜欢他笑，转过头去，望向远处的应天门说道：“我不喜欢你，今天不要与我再说话。”

然后她望向谈真人，说道：“如果不服，你尽可以找帮手，得道者众，怕什么？”

是的，她是连三月，觉得你们这么做不对，就要开战，就要杀人，与她是谁的人，没有半分关系。

应天门上，云雾如前。众人看不到白真人的容颜，也不知道她此时的情绪，只能听到她说道：“青童先生，看来要麻烦你先出手了。”

十余艘云船已经尽数退出朝歌城，最外围有的一艘离得很远，有些孤帆远影的感觉。这艘云船上的中州派弟子很少，最多只能保证云船运行，无法向朝歌城发起任何进攻。这艘云船上的中州派弟子的神情很是紧张，总是忍不住望向船尾。

船尾的阴影里坐着一个人，头上蒙着一块粗布，遮住了全身，不知是害怕阳光还是厌恶阳光。当白真人的声音在云船上响起后，那人缓缓取下了头顶的布，露出了真身。

那人穿着一件青衣，脸色苍白，乱发披散，不知多少年没有洗过，眼窝深陷，散发着极其诡异的感觉。他便是童颜曾经提过的寇青童，在云梦后山里藏身多年的老怪物。

寇青童看了眼东方的朝阳，脸上露出极其厌恶的神情，说道：“要我出手，你得先把仙箓给我。”

他的声音非常干涩，像石头与石头在摩擦，仿佛已经千年没有喝过水一般。

“如果你死在那个女子的手里，仙箓给你又有何用？”

白真人的声音再次在云船里响了起来。

寇青童眯着眼睛说道：“你觉得这个世界还有人能杀死我？”

白真人说道：“那个女子是这个世界上最能杀人的人。”

寇青童发出诡异的笑声，说道：“中州派真是一代不如一代，你比你外婆差得太远了，居然会用激将法，如此拙劣的手段。真想不明白，以你糟糕的心性，怎么能修到今天的境界，难道就靠吃药吗？”

“你在血魔教的时候，确实被称作最能杀人的魔头，但我不是在激你，因为她刚好也是同一类人。至于我，不管是吃药还是先人遗泽，总之我就是现在的我，你不敢轻易向我动手，那么你想拿到仙箓，便只有这一个方法。”

白真人的声音依然平静。

寇青童以一种奇怪的姿势站起来，向云船前方走去。中州派弟子纷纷避让，甚至不敢看他一眼。

寇青童来到舟首，望向远方的皇宫，问道：“那个小姑娘真有这么厉害？”

白真人说道：“论杀人，她确实世间最强。”

寇青童的眼睛里忽然出现无数道血丝，疯狂的意味渐趋浓郁，说道：“有些意思，那我去杀了她。”

话音方落，他便消失不见。云船前方出现十余团浓雾，每团雾里都有一个洞，向着朝歌城的皇宫方向延伸。

朝歌城的天空满是朝霞，很是艳丽，掩住东南方向的莲驾，也掩住了很多人的眼帘。

都说朝霞雨，晚霞晴，但今天清晨的天空依然晴朗，看不到半点下雨的征兆，就在这个时候，天空里忽然响起无数道雷鸣般的巨响。

轰轰轰轰！

依然藏身在朝歌城里的民众痛苦地捂住耳朵，城墙上的神卫军露出痛苦的表情。十余座最高处的神弩被触发，对准天空某处快速移动，却被随雷声而落的威压直接碾至变形！

阴三看着庭院里随大风舞动的枇杷树，微微挑眉说道："这个凶人居然还没死？"

青儿很少见他像今天这般神情凝重，而且是连续两次，不免有些吃惊。世间能令太平真人感到警惕的人或事还能有多少呢？

阴三拿出骨笛，看着上面浑圆的孔洞，开始沉默计算，数息后说道："东南城墙。"

青儿更加好奇，心想你不是要看戏吗？问道："去那里做什么？"

阴三背着双手，拿着骨笛便向庭院外飘去，说道："去杀一个人。"

青儿神情微变，她知道这个人虽然令世间洪水滔滔，不知害死过多少百姓，亲手杀人却是不多。

阴三知道她在想什么，微笑说道："这个人值得亲手杀一杀。"

在阴三计算的那数息时间里，朝歌城的天空里连续炸响了数十道惊雷。伴着惊雷，有人自朝歌城外而来，撞破天空，生出无数道浓雾，来到皇宫的广场上。

狂风呼啸，青衣劲飘如旗，那满头乱发亦是如此。

所有人震惊想着此人是谁，为何感觉如此强大，甚至站在谈真人身边也不显半点弱势？

井九不知道这个人是谁，但知道这个人比较强，于是向前走了几步。

连三月微微挑眉，觉得今天果然有趣，自己醒来得还算及时，因为那人身上竟有她很熟悉的气息。这种气息很少在正常人的身上出现，就连玄阴老祖也难有此种气息，只有亲手杀过无数人，杀到最后已经把人都不算作人，把自己都不当作人的人身上才有。

寇青童也在连三月身上感受到了相同的气息，看着她露齿一笑，眼里满是残忍的神情。

谈真人还来不及说些什么，寇青童便飞过去，瞬间便是数里。

他来到连三月身前，一拳轰出。没有法宝，没有飞剑，没有令牌，没有道法，什么都没有，就是简简单单的一拳。实际上当他的脚刚离开地面的时候，便已经开始出拳。

拳头撞破空气，发出极其响亮的雷声，擦出无数火焰，其间隐隐有鬼泣之声，有冤魂之怨。带着火焰的拳头呈现出黑、红两种颜色，随着寇青童的身体，在皇宫广场上画出一道醒目的痕迹，就像是附着域外天魔的流星！

连三月发现此人比自己想象的还要强，甚至可以称得上是此生遇到过的最强对手，这一拳与西海剑神的全力一剑的威力都差不多。

她有些后悔，但来不及了，拳头已经来到面前。她只能匆匆合起双掌，随便挡了过去。

一道巨大的轰鸣声在皇城里回荡，要比刚才那数十道惊雷合在一起都更加惊心动魄。大风在皇城里回荡，穿越十余里的距离，撞到宫墙上，朱红色的墙皮簌簌剥落，阵法出现了好些破损。

连三月不见了，她原先站立的地面上出现了一个洞，极其幽深，看不到底。

皇宫里一片死寂，人们看着那个青衣怪人，震惊得说不出话来。

金供奉与牛供奉感受到皇城大阵的变化，对视一眼，看出彼此眼里的惊惧。如果这一拳落在他们的身上，即便他们法宝尽出，也必然会被轰成粉末。

有不少宗派的修行强者曾经在青山宗掌门大典上看到过井九出拳，当时井九握着冥皇之玺一拳轰死了轮椅上的泰炉师叔，但与今天这一拳比起来，又算得了什么？

更令这些宗派强者们感到惊惧的是，此人用的功法明显不是当今任何一家宗派的功法，也不是哪家邪道的功法。

柳十岁看着青衣怪人，不知为何生出些熟悉的感觉，神情有些微惘。布秋霄看了他一眼，没有说什么。更远处的莲驾上，禅子宣了一声佛号便沉默无语。

有些年老的修行强者也想起了些什么，天空里忽然响起一道惊恐至极的声音："血魔教！"

听着这句话，更多的人想起来了。千年前的朝天大陆，邪道势盛，血魔教更是肆虐天下，直至被中州派、青山宗等正道宗派合力围剿，才退出了历史舞台，但在那之后，血魔教依然被所有邪道宗派奉为唯一正源、精神远祖。

难道青衣怪人是血魔教的余孽？可是血魔教早就被灭，就算有些功法秘籍流失在外，没有师父传授相关的邪法培基，也根本无法修成此人如此正宗而可怕的手段！难道此人是当年血魔教的强者，然后一直活到了现在？那岂不是已经一千多岁了？那为何他从中州派的云船上出来，刚刚还站在谈真人的身边？千年前的血魔教多么可怕，教中的大强者又有多么可怕？

难怪连三月都不是此人的一拳之敌。

很多人望向井九，却发现井九神情平静，没有难过，就连担心的情绪都没有。

寇青童收回右拳，看了一眼，眼里满是残忍与欣赏。忽然，他发现很多人的视线离开了自己。他顺着望了过去，看到井九，微微一怔，说道："接下来死的是你吗？生得倒是好看，只可惜好像不怎么会杀人。"

阴三说自己是来朝歌城看戏的，其实有个人也一直在看戏，而且看戏的位置要比他好很多。平咏佳在偏殿里亲眼看着神皇逝去，看着贵妃哭成了小花猫，看着新帝登基，看着天降谈真人，看着连三月出了青帘小轿说自己是师父的人。短短一天时间里便把人生戏、悲情戏、宫廷戏、仙侠戏、才子佳人戏看了个遍，有些要阅尽人间悲欢离合的意思。但美好的剧情随着连三月出现渐渐攀上高峰的时候却戛然而止，青衣怪人居然一拳就把连三月轰到了地底，生死未知，他还说要杀师父！

平咏佳又是害怕又是愤怒，却知道对方只需要吹口气便能杀了自己，自己什么都做不了，就在这个时候，他听到天空里的惊呼声和大殿里臣子们不安的讨论声，眼珠一转，推开偏殿的门，对着广场上大声喊了起来。

"中州派自称正道领袖，却暗中窝藏血魔教妖孽，你们还要不要脸！你们有什么资格与我师父争！"

年轻的青山宗弟子略显夸张的声音飘荡在皇城里，但无论是大殿里的官员还是天空里的各派修行者都没有理他，更没有人跟着他向中州派发起声讨。

平咏佳觉得好生尴尬，当他发现青衣怪人望向自己的时候，更是好生害怕，啪的一声把窗户关上，掀开被子蒙住头，下一刻才想起来，神皇陛下仙逝的时候就在这张榻上，不由更加害怕，连连搓手说着"陛下莫怪"之类的话。

那人是血魔教余孽，甚至可能是千年前血魔教的高层，却与中州派联手，按理说这是会激起正道宗派公愤的事情，可没有一家宗派说话。这不是畏惧中州派的威名，因为就连禅子与一茅斋的书生都保持着沉默。

原因很简单。当他们想起青衣怪人是谁时，同时也想起了一段陈年往事。

中州派收留青衣怪人，千年前便经过了所有正道宗派的同意。那时候的血魔教在正道宗派的围剿之下已呈败象，但百足之虫死而未僵，血魔教总坛里依然有无数强者以及恐怖的杀阵，正道宗派想要完全消灭对方是非常困难的事情，必然要付出极其惨烈的代价。就在最关键的时刻，白刃推迟飞升，亲自出手收服了血魔教里地位极高、实力极其恐怖的魔童，通过这位魔童，正道宗派掌握了很多血魔教的内部信息，顺利地攻进血魔教总坛，在最后的大决战时，这位魔童更是出手偷袭了一身魔功盖世的血魔教教主！血魔教教主被偷袭受伤，最后才死在了白刃与道缘真人的合击之下。

血魔教的覆灭是正道宗派持续百余年，前仆后继地浴血战斗带来的结果，但魔童的弃暗投明毫无疑问起到了最关键的作用，而这位魔童便是此时站在皇宫广场上的寇青童。

事后按照他与白刃达成的协议，他一直在云梦山后谷里修行生活。修行界都知道这件事情，只不过随着时间流逝，很多人已经忘记了，直到今日他出现在世人面前，一拳轰灭了连三月，才重新回到人们的记忆里。

那时候的寇青童需要白刃仙人亲自出手才能收服，甚至可以偷袭血魔教教主而不死，可以想见他的境界实力强到了什么程度，现在过去了一千多年，就算他未能飞升，神魂身躯有些衰败，但依然是朝天大陆最巅峰的数人之一，应该与雾岛老祖南趋处于差不多的水准。现在连三月败了，朝天大陆还有谁能胜他？青山宗还有谁能胜他？

人们再次望向井九，想知道青山宗接下来会怎么做，井九却望向天空里的一茅斋苦舟。

柳十岁怔怔看着广场上的青衣怪人，熟悉的感觉越来越明显。他没有见过寇青童，与对方也没有什么因果上的纠葛，这种熟悉更多的是来自气息、味道……

当年他在浊水底吞食了妖丹，学了血魔教流传下来的邪功秘法，那种功法帮助他以难以想象的速度成长，也给他的身体带来了无数隐患，被迫在果成寺外的菜园里学了好些年佛经，又到一茅斋学了好些年的正气道，负面影响才渐渐消弭。今天看着寇青童，他的道树深处、细微经脉里沾惹的魔意的气息，忽然间变得活跃了起来，就像野火一般迅速蔓延。他脸色一片苍白，捂着胸口，摇晃了两下，险些从苦舟上摔下去。

从确认寇青童身份开始，布秋霄便一直注意着柳十岁的动静，这时候见他气息受到激发，微微挑眉，右手抓了一把清风，从他的耳中灌了进去。

清风洗脉，柳十岁觉得胸口的烦恶好了些，对先生道了声谢，再望向广场上的青衣怪人时，眼里便多了几分悸意。

寇青童也感受到了不远处有同源的魔息，转身望去便看到了柳十岁，微异说道："吾教居然还有弟子？"

接着他发现柳十岁居然是在一茅斋的苦舟之上，眼神顿时变得寒冷起来，用干哑难听的声音说道："我最不喜欢一茅斋这些假仁假义的书生，你既然修了吾教神功，怎么能投在他们门下！"

他说话的声音越来越大，说到"假仁假义的书生"时还只是寻常，待说到"怎么能投在他们门下"时，已经是暴怒异常，声音极其响亮，化作了无数道雷，在皇宫里回荡。

随着雷声而去的，还有从他身体里散发出来的无尽狂暴而凶残的血魔教正宗气息，别的正派修行者还好说，只需要以意守心便行，柳十岁却是根本无法抵抗魔息的侵扰，身体里的魔息猛然爆发，在经脉里横冲直撞。哗的一声！他连续呕出数口黑色的血水，模样看着极为凄惨。

布秋霄神情冷峻，喂他吃了一颗丹药，然后让奚一云把他扶到自己的船舱里休息。船舱里布着渡江小阵，应该能够抵挡住寇青童无形无色的魔息侵扰。

井九从苦舟处收回视线望向远处的寇青童，就像看着一个死人。现在的他当然打不过寇青童，就像他一样打不过谈真人，但打不过，不代表打不死。不过他更清楚的是，今天寇青童就算会被打死，出手的也不会是自己。

皇宫地底忽然生出一道呜咽声，不知道是地河上面的风在呼啸，还是镇魔狱里的冤鬼跑了出来，又或者是寇青童拳头的余韵。

很多人注意到了，那道声音来自广场中间的洞。那声音越来越尖厉，忽然有一道水柱从洞里激射而出，冲向天空，直至数十丈高才渐渐消散。

当地下河水渐渐退回洞里时，连三月回来了。她浑身的衣裙已经湿透，黑发耷拉在脸上，唇角的血水与衣服上沾着的血水没有被河水洗净，看着有些狼狈。

寇青童看着她，神情微异，说道："你居然还没死？"

连三月没有理他，擦掉唇角的血水，衣袖轻挥，便有清风缭绕其身，不过片刻时间便干净如初。

偏殿里的平咏佳已经偷偷下了软榻，透过窗缝紧张地看着外面，看到这幕画面，不由赞叹不已，心想这比师父师叔们用剑火洗脸要美多了。

人们这时候才注意到，原来她的头发极长，一直垂落到了腰侧，只不过平时梳着寻常发髻，看不出来。清风拂动着她黑色的长发，如瀑布一般，很是好看。

"看来你确实杀过很多人，手法不错。"

连三月看着寇青童面无表情说道，但谁都能听得出来她的欣赏。胜利者表现对输家的欣赏那是风度，失败者表达对赢家的欣赏却显得怪异无比。

寇青童看着她的眼睛，微嘲道："刚才那一刻，我看到了你眼睛里的悔意。"

连三月说道："我确实有些后悔。"

悔什么？悔不该当初认识景阳，还是说悔不该站出来与中州派为敌？

紧接着所有人听到了她的下一句话。

"我从来都不害怕受伤，也从来不喜欢受伤，受伤可能会让普通人燃烧战意，但我战意永远不减。受伤只会让我变弱，刚才我应该先出手。"

连三月的这句话有些长，人们过了会儿才完全明白她的意思。

这是什么意思？你不喜欢受伤，所以应该先出手？难道只要你先出手，对手便再没有出手的机会，只能等着被你打败？

连三月当然有资格说这样的话，但她今天的对手是千年前血魔教的大强者，是只有白刃先人才能收服的寇青童！她没有任何惧意，反而因为受伤而有些不悦，这是何等的自信而强势！

清风在广场上徐徐而行，牵起青丝，就像当年的手指。井九看着她如瀑般的黑发，眼里满是欣赏的神情，不知道是对头发还是对人。童颜以为他喜欢赵腊月的凌乱短发，才会对冥师说，把阿飘的头发剪短可能更讨他的欢心。只有神末峰上的人才知道，他一直希望赵腊月能留一头乌黑亮丽的长发。

至于这场连三月与寇青童的战斗，井九没有任何担心。她从来都没有输过，除了与他的那一场。

寇青童盯着连三月的眼睛，神情渐渐变得认真起来。

一道极其浓郁的血腥味与仿佛实质般的杀意，在他们两个人之间渐渐积蕴，向着四周漫开。清风再如何吹，也无法让血腥味和杀意变得淡上一分。

躲在宫墙边的太监与秘侍卫们脸色苍白，觉得呼吸都变得有些困难，大殿里的官员们也感觉心跳加快了数分。就连金供奉与牛供奉都微微皱眉，以天地元气护住心脉，才能确保不会错过场间的所有细节。

平咏佳端了把椅子坐在窗前，极其嚣张地推开窗，手里端着一杯清茶，做好了看戏的所有准备。

"听人说，你是六百年来最凶、杀人最多的那个？"寇青童盯着连三月的眼睛说道。

连三月说道："不错。"

"千年前，我才是最凶、杀人最多的那个。"寇青童的神情前所未有地认真，"你有没有算过，你到底杀过多少人?”

连三月说道:“这种事情有什么好算的?”

寇青童的脸上流露出失望甚至是怒其不争的神情，说道:“难道你还会因为杀人觉得不舒服?”

连三月说道:“不，我只是觉得这件事情不重要。”

寇青童有些不解，说道:“这难道不是一种荣耀?”

连三月想了想，说道:“我从来不以杀人为荣，只以能杀人为荣。”

如此简单的一句话，清楚地表明了两个人的差距，就像天与地。

“我不会再让你先出手了，现在你可以试试我的拳。”

连三月说完这句话，很随意地吸了口气，无数天地元气来到她的身边，从她的鼻子里进去，再从唇间轻轻吐出。清风在她身侧缭绕，轻轻带起黑发，黑发飘拂着，却仿佛要将空间都切割开。

啪的一声轻响，刚刚形成的几处碎裂空间被一个小巧的拳头击碎。拳头继续向前，摩擦着空气，发出越来越恐怖的尖啸，然后骤然寂静无声。

寇青童神情凝重，喃喃自语道:“怎么这么强?”

连三月的拳在众人视野里消失，也在天地里消失，她的人也同样如此。

宽阔无垠的皇宫广场上，只有温柔的晨风与随风旋转的几片青叶。忽然，那些青叶变成最细微的碎粒，随风而去。同时一道极细的线出现在广场上，细线散发出光线，光线却来不及走远，被线条本身带着继续向前，可以想见这道线的速度何其惊人。

如果说寇青童刚才的那一拳，就像是自域外落下的流星，带着难以想象的威势与阴冷至极的魔息。连三月的这一击则要显得平淡很多，却根本无法避开。修行界的强者们能够避开闪电，那是因为他们提前看到了闪电的光，可谁能避开光线本身?

寇青童警惕异常，魔息大作，血魔教秘法急出，无数道如烟尘般的气息从双手散出，像是黑红两色的绸缎绕在身周，把自己裹得严严实实。

光线骤然消失，连三月出现在他的身前，拳头落在那些如烟如缎的魔息上。哧啦一声，响起裂帛之音，黑红两色的魔息骤然裂开，无力垂落，向着天空飘去。

连三月的这一拳真的非常简单，不要说带着什么道门玄意、镜湖真道，就连招式都谈不上，就像民间习武之人最开始学的最简单的拳法，但就连血魔教的秘法竟也挡不住这个拳头！拳头继续向前，就像某个镖局小院里少女与师兄们拆招一般，轻而易举地突破了寇青童的双手，落在他的胸间。

啪的一声轻响，没有雷鸣。

寇青童身形微顿，凌乱的头发向前飘起，身上的衣服出现无数个细小的裂口，那是因为他被击飞的速度太快，无论是头发还是衣服都没有反应过来。他的衣袂与空气摩擦，带出道道火线，逐渐裂开，露出满是伤痕的身体。

轰的一声闷响，他撞破宫墙，飞了出去。宫墙被撞出一个极大的豁口，他却没能停下，继续向着皇城南方飞去，一路烟尘滚滚，不知撞塌了多少民宅。

地面传来一阵震动，应天门微微颤动，梁柱间生起好些烟尘，坚硬的石墙上出现一处陷坑。从陷坑到皇宫广场上，有一道笔直的深沟。

寇青童下半身陷在深沟里，上半身靠着应天门的石壁，他看着天空里的朝霞，眼神极其怪异，有些茫然，又有些愤怒。他居然被人一拳打飞了，这怎么可能！

寇青童眼里的茫然与愤怒变成了一片野火，开始狂暴地燃烧起来！他发出一声野兽般的啸叫，自地面弹起，双脚一蹬应天门的石壁，便向皇宫里飞了回去！

笔直深坑里的石头与灰尘随着砰的一声而弹了起来。应天门喀喇作响，慢慢开始倒塌，那团云雾飘到了天空里。

寇青童回时比去时更快。他伸出右手抓向天空，扯下一片朝霞，化作一片血光，便砸了下去。

连三月衣袖轻飘，卷下一片云彩，化作满天花海，便迎了上去。

那些血光里的每一抹血痕，都是寇青童的拳头。那片花海里的每一朵花，都是连三月的拳头。拳头与拳头相遇，杀意与杀意对冲。

朝霞映着花海，别样红。

血红。

皇宫广场上已经看不到连三月与寇青童的身影，只能看到狂风大作，血气冲天。雷鸣再次响起，再无断绝。气浪席卷沙砾击打在宫墙上，发出啪啪的声音，如暴雨一般。本就墙皮剥落的朱色宫墙瞬间千疮百孔，像雨后的沙滩，看着很是凄惨。如雨如箭的沙砾也袭向了宫殿，大臣们纷纷躲回殿里，平咏佳用最快的速度关上窗，放下茶杯，护住脸。

井九没有动，静静地看着那边。金供奉与牛供奉盘膝闭眼坐在地上，脸色苍白，勉力维持着皇城大阵的运行，避免这两个绝世凶人毁掉这里的一切。就在最危险的时刻，谈真人挥了挥衣袖，渡了一道精纯至极的真元进入石柱，让大阵稳了下来。

不知过了多长时间，毫无征兆的，雷鸣停止了，狂风也停止了，满天朝霞出现了一个缺口，更显清丽。

连三月与寇青童相对而立，依然隔着数里的距离。

寇青童不停地喘息，身上到处都是血，看着连三月的眼神里满是不解，问道："你怎么这么扛打？"

连三月的情形明显要好很多，黑发随风飘舞，只是唇角多了一道血丝，说道："因为你太弱。"

寇青童的眼里闪过一抹狠意，说道："你还没看到我真正残忍的一面！"

连三月忽然神情微变，伸出右手接住飘落的一片花瓣——插在鬓畔的桃花被震落了一片花瓣。

看着掌心里的花瓣，她的脸上流露出一抹怜惜，眼神变得更加冷淡，或者说无情。

寇青童莫名觉得心悸，先前战斗得如此激烈，那朵桃花居然还好端端地插在她的鬓间，难道她没有出全力？

连三月抬起头来，看着他，面无表情道："你知道我真正残忍的时候是什么样吗？"

说完这句话，她张开双臂，洁白如玉的双手从衣袖里伸出，掌心向上，对准了天空。云海开始翻腾，满天朝霞被一道巨大的无形的力量扯碎，向着四野而去，就像慢慢淌落屋顶的血水。天空更加碧蓝，渐成幽蓝之色，仿佛离地面近了几分。连三月的双掌微微下沉。

如果把连三月这两个动作联系在一起，甚至会让人觉得，天空是落在了她的手掌上。

看着这幕画面，寇青童发出一声怪叫，毫不犹豫便往后退去。问题是人在天地间，行走都在天空之下，如何能逃脱？

碧蓝的天空里出现了数千道极淡的线，每道线都是连三月的拳头。数息之间，她便轰出了三千多拳！

寇青童不愧是血魔教唯一活下来的强者，面对着如此狂暴的攻势，竟然还能做出防御。

但防御是没用的，就像连三月说的那样，只要她真正开始出手，对方便无法还手！

血魔教秘法，溃！

中州派道法，散！

寇青童在极短的时间里，把千余年的修为都尽数施展出来，不知多少已经失传的秘学绝学相继现世，却根本没有任何意义，因为他挡不住如天空般的拳头！

轰的一声巨响!

连三月的拳从碧蓝的天空里划过，就像是牵出了一条神龙，从高往下砸向寇青童的头顶。

寇青童连喷几口精血，气息暴涨，双掌向上一封，勉强挡住了这一拳。喀喇一声，他单膝跪地，坚硬逾法宝的膝盖瞬间碎裂，地面也碎裂开来，形成一张方圆数百丈的蛛网。

时间就在这一刻停止了，声音也消失了。不管是在宫墙边瑟瑟发抖的太监、脸色苍白的秘侍卫，还是大殿里神情凝重的大臣们，都保持着原有的姿势，一动不动。

这是因为连三月的速度太快了，快过了时间。

连三月回头望向井九，露出孩子般的天真笑容，心想现在是你追不上我的脚步呢。然后她转过头望向寇青童，笑容渐渐敛没，就像看着一个死人，拳头再次轰了过去。

寇青童的境界修为确实高深至极，当皇宫里的一切都处于静止状态的时候，他却还可以动，但他的速度还是慢了些，双手刚刚从头顶撤回，来不及挡在身前。看着拳头越来越近，他的眼里出现一抹惊怒却又无助的情绪。

寇青童再次飞了出去，与上次一样，简简单单的，如人世间寻常无奇的每一件事。就连路线都是相同的，还是那条沟，还是从宫墙上那个豁口飞了出去，将来皇城重建的时候，至少可以省些银子。

已经塌了一角、正在缓慢倾倒的应天门，再次被他的身体直接撞中，轰然倒下。这次寇青童没有停下，而是继续向南边飞了很远一段距离，重重地撞到城墙下才停下来。

城墙被轰开了一个大洞，露出了里面的空间，正在维持禁阵的清天司官员惊愕地望向这边，顾盼神情微变。

寇青童躺在满地石砾间，身体已经严重变形，到处都是血，血里隐隐有着光点，眼神涣散。但他确实极其厉害，受了如此重的伤，居然没有当场化作光点，就此死去。

一道巨大的阴影笼罩了城墙，三名中州派的谷主破风而至，看着禁阵里的人们沉声喝道:“谁都不准动，不然格杀勿论!”

他们靠近废墟，准备把寇青童接回云船。就在这个时候，一道笛声响了起来，笛声如水一般悠扬，又像是水面柳枝的倒影，却充满了杀意。

第八章

良宵

CHAPTER 08

烟尘渐渐落下，各式建筑有着相似的惨状，墙皮剥落，千疮百孔，看着就像是几万年前的古迹。南面的宫墙最是凄惨，出现了一个极大的豁口，宽约数十丈。

连三月收回拳头，所有人的视线都在她的拳头上，随之而动，最后落在她的脸上，满是敬畏与恐惧。她的动作谈不上美，很是寻常普通，就像她的人一样。但看到这场战斗的人，谁还敢说她普通？

谁都知道连三月是修行界最强的大物之一，但没有多少人看过她出手，因为她已经很多年没有真正出手过了，而很多年前看到她出手的人基本都死了。人们今天才知道，原来她真的这么强、这么可怕，甚至比传说里更强、更可怕。血魔教最后的强者寇青童，竟被她打成了这种鬼模样。

井九知道她是什么样的人，她胜了寇青童是意料之中，所以很平静，眼底却有些微担心。

"云梦山的底蕴确实深厚，随便来个人就很强，只是对我来说，还是稍弱了些。"连三月对谈真人说道。

谈真人再如何木讷，这时候也忍不住苦笑起来，说道："这可不是随便挑出来的。"

云梦山底蕴再深，寇青童这样的凶人也只有一个。

"但他不如你。"连三月盯着谈真人的眼睛说道，"所以我要打你。"

青山宗与中州派约定好五场决胜负，胜者可以一直打下去。连三月赢了第一场，当然有资格打第二场。只是没有人想到，她刚刚战胜了寇青童此等强者，便要挑战谈真人。

皇宫再次变得安静起来，这一次没有人看好她。

谈真人是大陆最强者，连三月刚说过寇青童不如他。连三月刚胜了寇青童，必然损耗极大，而且明显受了伤，如何能够战胜谈真人？

有些意外的是，谈真人没有像拒绝井九那样拒绝她，平静说道："请。"

连三月看着他，眼里流露出欣赏的神情，说道："我说过，你这人不错，所以我让你先出手。"

先前她与寇青童说，如果她先出手，任何人都没有出手的机会，难道谈真人也不例外?

谈真人没有感觉被羞辱，开始认真准备。他把双手伸到身前，开始调整距离与角度。他的神情是如此认真，就像准备犁田的农夫打磨农具，准备出征的将军打磨刀具。一丝不苟，不厌其烦。片刻后他的双手不再移动，大概相隔一尺半，手指微微张开，如环抱住一个虚空。

确定一切都是完美的，谈真人抬起头来，望向连三月说道:“好了。”

连三月忽然笑了起来，她让谈真人出手，谈真人便真的就只出了一双手。何其淡然，何其骄傲，这才是中州派掌门的风范。但她也不想先出手，而且面对那双手，想出手也是件极难的事。谈真人的一双手握住的虚空绝不简单，她感觉他像是握着另一处真实空间，透着极其高妙的意味以及凶险。

连三月静静看着那双手，开始计算。谈真人没有动，任由她看着。

时间缓慢流逝，朝霞重新回到朝歌城的天空里。皇宫里依然一片安静，所有人都紧张地注视着场间，知道这绝非对峙那般简单，只是谈真人与连三月的境界太过高妙，自己无法看懂而已。

偏殿里忽然响起打呵欠的声音，平咏佳觉得好生无趣，说道:“到底什么时候开始啊?”

安静的皇宫里，很多人都听到了他的话，纷纷怒目相视。连三月也听到了这句话，微微一笑，伸出食指在风里点出一滴水，弹向了对面。

那滴水越过数里距离，准确无误地落入谈真人的两手之间。那片虚空忽然荡起层层涟漪，像是变成了湖面。

连三月没有出手，谈真人也没有出手，但这场朝天大陆最强者之间的战斗开始了。

湖面渐渐平静，波纹渐渐增宽，漾出数道弧光。当浪花卷动时，湖便是湖，江便是江，只有当静下来的时候，才会变成一面镜子。谈真人双手之间的虚空就变成一面镜子，上面泛着几道弧光。

最小的镜子也能容纳最宽广的天空，只要距离够远，或者道法够强。整座皇城都进入了镜子，被弧光割裂成不同的画面，彼此交错、叠加，偶尔分离，总之再非一体。真实世界随着镜子里的影像发生变化，宫殿群似乎被切成了几段，看着异常诡异，令人目眩神迷。

有些胆大好奇的太监看了两眼，便承受不住，直接昏了过去。殿里的有些大臣也捂着额头，瘫坐在地上。天空里的宗派强者，看到的仅是侧方画面，也觉得道心微乱，赶紧转过脸去。

布秋霄命令柳十岁与奚一云等普通弟子闭上眼睛，接着望向广场，再次赞叹不已，心想以道法论，谈真人果然世间无双。

谈真人的双手缓缓靠拢，那片虚空随之变形、扭曲。两处画面里的两座宫殿，随之而靠拢，一股难以想象的庞大力量，随着空间的叠加而出现在广场之上。寂静的皇宫里响起无数声清脆的碎响，可能是空间切割的声音，也可能是空间碎片湮灭的声音。无数罡风从空间缝隙与碎裂处涌出，在广场上穿行，如果不是皇城大阵的屏蔽，只怕瞬间便会摧毁宫墙。

连三月黑发飘舞，脸色有些苍白，唇角溢出一道鲜血。与寇青童一战，她受了不轻的伤，这时候被空间挤压，伤势顿时爆发出来。

如果想要获得这场战斗的胜利，她必须用最狂暴的攻势打断谈真人的道法，问题在于，谈真人是持镜者，也是镜中人，根本无法确定他的真身在空间里的哪一处，如何能够攻击到他？

连三月向前走了一步，在满天镜面之间找到了一条通道。那条通道并非通往谈真人的真身，而是通向天空里的那轮朝阳，她没有准备飞天遁走，只是想看看太阳。

一束晨光自东面的天空而来，穿过皇城里的空间碎片，准确地落在她的身上，在清丽的晨光里，她的身影显得无比高大。她伸出右手抓住晨光，用力一握，一声难以形容的响声从掌心响起，就像是琴弦断，又像是飞剑断，或像是法宝迸裂。

晨光断！

连三月没有松手，晨光在她的掌心里不停折射、冲突，最后从指缝间溢出，变成碎粒，向着四面八方而去。皇城里的空间镜面瞬间被晨光的微粒占据，全部变成白色，看着就像无数张纸，画面异常神奇。

“开！”

连三月喝了一声，把手里的那截晨光扔到了地上。乳白色的光粒在地面翻滚而去，如浪花亦如雾气。与此同时，空间镜面里的光粒也开始向边缘发起不间断的撞击，发出如暴雨般的噼啪声响。不知道是边缘即将崩溃的缘故，还是晨光微粒之间强大的吸引力，空间镜面渐渐靠拢，宫殿群渐渐要变回原先的正常模样。

皇宫西方的御花园里有座塔，这时候却是在上方的天空里。随着连三月的手段，这座塔慢慢向御花园飘回，就在这个时候，谈真人从塔里走了出来。

在很多人的眼里，谈真人一直站在广场上，站在原先的位置。直到他从塔里走出来，人们才知道原来他早已经离开，而且已经来到连三月身前百余丈处。

谈真人的右手里举着一只古意盎然的小钟，不是洛淮南与白早用过的流光钟，而是中州派的镇派法宝——景云钟。

连三月喝道："落。"

一道晨光自天而落，向谈真人的头顶而去。嗡的一声轻响，景云钟挡住了这记蕴含着天地之威的晨光，发出来的低鸣，则是轻而易举地摧毁了天空里的数棵古树。谈真人再次消失无踪，下一刻却从西边天空里的一处厢房中走出来。

这便是景云钟的威能，这便是天地错步。

景云钟是件非常特殊的法宝，据说是远古时期在麒麟颈间的天生神物，沉重如山，根本无法像飞剑及别的法宝一般隔空施出，只能由持钟者亲自施为。不管修行者境界如何高妙，哪怕是谪仙，只要景云钟的声音在耳边响起，都会魂飞魄散，痛不欲生，就算侥幸活着，也没有任何反抗之力。

当然，普通的修行者不要说动用景云钟，便是想拿起来都无法做到。只有谈真人这种级数的强者，才能如此随意地托在手里，行走自如，就像他这时候走到连三月。

换作别的修行者，无法确定谈真人的位置，除了破开空间镜面，尽快逃离，便再没有任何别的方法。连三月却没有后退一步，她看着天空里的谈真人，眼神更亮，战意更浓。一道难以想象的狂暴气息，从她的衣服里散溢而出。

东方的太阳仿佛感受到她的意志，洒落更多晨光，晨光一束一束落下，就像是被密密的树枝筛过一遍。不管谈真人从哪里出来，迎接他的都是一道晨光，让他始终无法走到连三月身前。

为什么连三月能够提前预判到他的位置？为什么她能够看到如此多的虚妄里唯一的真实？

还能看清楚广场上画面的各宗派强者们沉默不语，猜出了原因，是水月庵的天人通。

嚓的一声轻响。

一束极其清丽的晨光自东方而来，谈真人从天空里的那座正殿里走出来，二者相遇。晨光擦过他的身体，一截衣袖与衣襟前摆化为灰烬，却没有阻止他踏出最关键的一步。

谈真人终于来到连三月身前，二人相隔不过十余丈。在这种境界的战斗里，这是极其罕见的事情。谈真人却来得如此自然，连三月也看得随意。

谈真人向前再走了一步，同时左手带起数道清风，准备敲响右手里托着的景云钟。

出人意料的是，连三月没有离开，也没有以晨光发起攻击，反而把双手背到了身后。她的身体微微前倾，似乎准备冲刺一般，飘舞的黑发末端出现一道亮光。紧接着，斜飞的衣袂间也出现了一道亮光。领口，鞋底，唇角……她身上无数地方都出现了一道亮光。

那些并非剑意，她也不是无形剑体，实质却是相通。她与井九在三千院，在世间同游多年，竟然也成了位剑道大家？

无数道亮光组到一起，便形成了一道光幕，她的身体在光幕的最前方，看上去，那些光线都是她留下来的残影。她把自己的速度提升到了极致，向谈真人冲了过去。

嚓的一声轻响，擦身而过！天地错步，错开一步便是天涯海角。

广场上的光镜碎片忽然变得黯淡起来，莫名出现在不同位置的宫殿群忽然倒转了方向。

嗡！景云钟被敲响了！

狂风大作，天昏地暗，整座皇城仿佛在这一刻都颤抖了起来。

没有人能够看清这一刻的画面，即便禅子与布秋霄也做不到。不知道过了多长时间，那些光线终于消失，皇宫恢复了正常模样，广场上只剩下两个人隔着十余丈的距离背对而立。

连三月举起左袖擦掉脸上的血水，却有更多的血水从鼻子里、嘴里涌了出来，怎么也擦不干净。谈真人看着手里的景云钟，脸上的皱纹深了很多，布衣上到处都是晨光的烧蚀痕迹，看着有些狼狈。

啪啪啪啪，无数声清脆的声音密集响起，有些来自重新融合的空间碎片，大多数却是来自谈真人的身体。

“我输了。”谈真人转过身来，看着她说道，神情依旧木讷。

连三月转过身来看着他说道：“如果你坚持再敲一记，有可能与我同归于尽。”

她的脸上满是血污，看着哪里像水月庵的世外高人，更像一个与邻居家男孩打架后的调皮丫头。

谈真人说道：“我不想死，我还有很多事情要做。”

连三月想了想，说道：“我没有什么事情想做。”

“所以我输给你是理所当然。”谈真人望向她的右手，感慨道，“更何况你现在的真元数量可以进入修行界历史前三，朝天大陆还有谁是你的对手呢？”

连三月还在流血，不时用左袖擦一擦，右手却一直没动。晨光从她指缝间溢出来，白色的光线里有着极淡的金粒，只有她与谈真人能够看到。

她说道："这也有云梦山的一分机缘。"

"所以并无不喜。"

说完这句话，谈真人踏空而起，就这样走到天空里，向着云梦山而去。

皇宫里一片安静，很长时间都没有声音，所有人都震惊到了极点。

谈真人居然输了，而且还说整个朝天大陆都没有人是连三月的对手？先战胜血魔教的最后强者寇青童，接着未作休息，再败公认的天下最强者，中州派掌门谈真人！这个女人究竟强大到了什么程度？真人为何会直接离开朝歌城？难道他是觉得中州派已经连败两场，加上没有人能够战胜连三月，直接选择了放弃？

连三月先战寇青童，再战谈真人，场间飞沙走石，朝霞与天空都落到了人间。根本无人注意到，景辛顺着宫墙来到大殿前，被依然忠心的老臣护在了中间。

看到谈真人踏空而走，离开了朝歌城，景辛想到水月庵里屈辱的下跪，没有觉得难过与失望，反而觉得轻松了些。

景尧这时候才注意到自己的兄长就在不远的地方。兄弟二人的眼神对上，都有些淡，然后迅速转为紧张，因为连三月正向大殿走来。

不管是这对景氏皇族的兄弟还是朝中的大臣们，看到连三月的身影越来越近，都下意识紧张起来，连鹿国公等人也不例外。没有人能在看到今天这样的画面之后，在面对她时保持冷静。

连三月没有理会这些人，直接向井九走去。走到一半时，她忽然停了下来，伸手在空中抓出些清水，洗掉脸上的血污，才继续抬步，走过井九身边，在石阶上坐下。

井九也走了回去，在她身边坐下，望向她的侧脸，那朵桃花依然在鬓间微微颤动，染了些血，更加美丽。

"你这辈子行事还是如此黏糊。"连三月看了景辛一眼，"当时直接杀了便是。"

"行事黏糊"是青山宗对中州派的评价，却也是她惯常对朝天大陆整个修行界的评价，对此井九不好评价。

连三月的声音不大，但大殿里的所有人都注意着她的一举一动，自然听得清清楚楚。

景辛沉默不语，脸色有些苍白。

"杀了他也没用。"井九说道，"还记得景淑吗？像她这样流散在民间的皇族后代有很多，中州派随时可以挑一个，再交给一茅斋教大，相信布秋霄也没意见。"

连三月说道："我记得那个小姑娘，景家也确实很能生。"

井九说道："她死了，你可别死。"

连三月说道："如果我没醒来，你怎么办？"

直到现在青山宗也没有来人，元骑鲸也没有出现，她知道他与元骑鲸的真实关系，自然能想到这是他的意思。

井九说道："我原想着自己处理便好。"

连三月有些轻蔑地看了他一眼，"你现在这么弱，怎么处理？"

井九平静说道："几百年了，这是你第一次有资格说我弱。"

连三月微微挑眉，得意说道："反正你现在比我弱。"

井九笑了笑，说道："再弱也有法子处理。"

连三月神情微异，说道："你准备用那一招？会死很多人的。"

井九神情微异，说道："你也在乎死人多？"

连三月说道："可能被你影响了？"

井九说道："那我也是被你影响了。"

"这时候再来说我喜欢听的话，又有什么意思？"

连三月笑着向后仰去，双手撑着后面的台阶，望向碧蓝一片的天空，很享受的样子。

井九沉默了会儿，说道："谢谢。"

连三月依然看着天空，说道："我不是普通小女生，但也知道你的嘴不甜，以后不要强行说这些话，太生硬。"

井九准备努力再说些什么，二人身后忽然传来茶杯碰撞的声音，咯吱咯吱的，有些像牙齿打战，充满了害怕的意味。二人回头望去，只见平咏佳端着一个托盘站在石阶上。托盘上面搁着两个茶杯，茶杯是白瓷的，却绝对没有他这时候的脸色白。

平咏佳很害怕，他感觉自己听到了很多不该听到的东西，不知道会不会被杀人灭口。就算师父护着自己，但这个女人这么厉害，而且刚刚还说师父比她弱……说起来师父与这个女人确实很有问题，自己都走到这么近了，居然没有被发现，你们的心思就只在对方身上吗？真是后悔啊，我来这里做什么呢？为了讨好师父把小命送掉，这可真的太不划算。

想着这些有的没的事情，平咏佳的脸越来越白，身体颤抖得越来越厉害，茶碗撞击与牙齿撞击的声音就像在乱弹琴。

连三月好奇问道："这个傻子是谁？"

井九说道："我徒弟，关门的。"

连三月看了平咏佳一眼，觉得没有什么特别，伸手拿过茶杯喝了口，说道："正好有些渴了，谢谢。"

平咏佳闻言狂喜，心想看来应该不会死了。就在这个时候，连三月又看了他一眼。平咏佳喜意骤失，浑身冰冷，如坠冰窖，心想这等人物大概喜怒无常，不会忽然出手拍死自己吧？

片刻后，连三月居然又看了他一眼，平咏佳更是吓得魂不守舍。

"看出什么来了？"井九问道。

连三月说道："没有。"

"我也没有。"井九说道，"所以有些奇怪。"

东南方向的城墙被轰出了一个大洞，碎石堆成一座小山，寇青童躺在上面，浑身是血，双眼无神地看着天空。

城墙底的禁阵暴露在天光之下，顾盼与清天司的官员们警惕地看着外面。数十道气浪正以极快的速度靠近，最前方是三名中州派谷主，都是炼虚境的大强者，由此可知，中州派绝对不想寇青童就这样死去。

忽然有一道悠扬的笛声响起，三名谷主停在废墟下方，警惕地望向四周，却没有任何发现。

笛声清楚地传进每个人的耳里，温柔却又是那般可怕，顾盼的脸色苍白，举手示意下属们做好战斗的准备，高台石壁里隐藏着的大神弩已经被推了出来。

笛声在清晨的风里飘着，不知究竟起于何处，却在任何地方都能听到，包括废墟上方寇青童的耳边。

忽然，一道无形的小剑从笛声里生出，闪电般钻进寇青童的左耳，从他的右耳里穿出，发出嗖的一声轻响。

几滴黏稠至极的血水，从寇青童的耳里淌落，落在碎石上燃烧成火，迅速转为青烟，直至虚无。寇青童眼神微黯，整个人以肉眼可见的速度开始枯萎，最后变成无数片枯叶，随风而起，转为虚无。

这位强者在云梦山后山隐修千年，今朝为了一道仙箓而出山，却就这样死了。他是血魔教最后的强者，也是上个年代最后的强者。他的死亡，宣告着血魔教的历史正式告终，是不是也意味着上个千年正式告别了历史舞台？

无形小剑杀死寇青童后，迅速在风里消失，清扬的笛声也随之远去。

看到这幕画面的人们震惊无语。寇青童是朝天大陆的最强者之一，就算被连三月暴击重伤将死，但怎么会被人如此轻描淡写地杀死？而且连三名炼虚境的大强者，都没有发现这道小剑的到来！笛声与这道小剑的主人究竟是谁？

三名中州派谷主向笛声远去的方向追去，没有再看城墙下的禁阵一眼。

顾盼脸色依然苍白，心里却松了口气，双手在身前舞动，气息疾出，用中州派道法运起砖石，将城墙上的洞堵住，并命令下属赶紧施阵加固。

笛声不停在朝歌城里飘着，时而悠扬、时而俏皮、时而舒缓、时而得意，出现的位置也在不停变化，前一刻还在太常寺，下一刻便到了白马湖，忽而去了梅园，接着又出现在十余里外的一口井边，神出鬼没。

三名中州派谷主追了片刻，却与越千门遇上了。双方都确定自己在找的就是那个魔头，眼神变得更加凝重——太平魔头历劫重修，现在境界尚低，为何他们这四名炼虚境长老都无法追上他，更谈不上围杀？

当越千门等四名中州派强者相遇时，阴三已经在井里打了一壶水，来到了一座酒楼里。这座酒楼离皇城不算太远，离应天门也只有数里距离，平日里应该是达官贵人喜欢来的地方，陈设极为讲究，倚栏处风景正好。

阴三在库房里找到了最名贵的润毫青茶，搁了点到杯子里，提着水壶、端着茶杯来到栏边，向酒楼外望去。那壶水是他刚从井里打出来的，被他倒进茶杯时却是滚烫至极，冒着白烟。只用了片刻工夫，润毫便被冲开，散发出淡淡的茶香。

阴三端起茶杯放到唇边轻轻吹了口气，滚烫的茶水便冷了很多，刚好是最适合入口的温度。新茶入喉，如笛声入耳，他发出一声满意的叹息，望向数里外的应天门，漂亮的双眉挑起。

应天门已经变成了一座废墟，但云雾还在，云雾里的身影若隐若现，依然看不分明。

伴着扑棱扑棱的声音，青鸟从远方飞来，落在栏上，顺着他的视线望去，眼瞳微动，显得极其不安。

青鸟口吐人言道：“你在做什么？”

青鸟在中州派里生活了几万年，被白真人控制了数百年，比谁都知道白真人的可怕。阴三端着茶杯，静静看着那团云雾，没有说话，也没有收回视线的意思。

青儿转回人形，看着他紧张地说道：“你是在挑衅她吗？”

阴三说道：“是试探。”

以白真人的修为境界，肯定在第一时间便感受到了他的视线，但她却没有理他。什么事情可以让她暂时不理会太平真人？

那必然是比天还大的事，或者说是超越整个朝天大陆层次的事。

青儿问道:“怎么了?”

阴三若有所思道:“今天可能会有人死。”

青儿没好气说道:“反正不会是你。”

这次阴三没有像平时那样接一句“当然”，沉默很长时间后，他转头望向北方的皇城，眼里浮现一抹遗憾。当年他就觉得连三月是与自己最相似的人，虽然理念相悖，但是本质相通，甚至可以说是一样的人。只可惜如此优秀的女子，却被木头师弟祸害成了现在这副样子。

他端起茶杯饮了口，感慨说道:“女人哪……”

青儿微微挑眉，带着敌意问道:“女人怎么了?”

大殿里的官员以及天空里的各派修行者们渐渐清醒过来，接受了现实。水月庵连三月忽然现身人间，并且代表青山宗出战，连续战胜中州派的两大绝世强者。

看着坐在殿前石阶上喝茶的那对年轻男女，人们的心情有些怪异，如果井九真的是景阳，当年他们要是结成道侣，朝天大陆还有别人什么事吗?

青山宗与中州派的五场战斗已经结束了两场，如果中州派再输一场，便要按照约定退出朝歌城，不得再干涉皇位之事。看上去中州派的局势很危险，已经到了悬崖的边缘，但没有人觉得中州派真的没了希望。连三月再强，连续战胜两大绝世强者，损耗必然极大，而且谁都看得出来，她受了很重的伤。有寇青童留下来的硬伤，有她强行提升境界破掉空间碎片的内伤，最重的伤势则是来自于谈真人敲响的那记景云钟。接下来中州派出场的不管是白真人还是麒麟，想来都不是现在的她能够接住的。

云雾离开了应天门的废墟，来到了皇宫里，落在了广场上，渐渐散开。

看到这幕画面，人们有些紧张，却又觉得理所当然。远方没有响起麒麟的长吟，中州派最重要的第三场，当然就应该是白真人出战。

云雾渐渐散开，露出了一道身影，她的脸上依然雾气缭绕，身形高大，如一座雪山。

皇宫四周忽然响起一片惊呼，有个人从她的身后走了出来。

云雾里居然一直都有两个人!

那个女子静静向广场上走来，白裙轻飘。

正是白早。

白早戴着帷帽，帽檐垂着白纱，微遮容颜。一道白色的缎带在她的臂弯间穿过，随风而起，在身后轻轻飘着。远远看着，真的很像一个白衣仙子。柔弱而平静的气息，像湖水，像柳枝，像湖面映着的柳枝。

整个修行界都知道，她是中州派掌门夫妇视若珍宝的女儿，天生聪慧，智谋无双，修道天赋也是极高。只是遗憾于先天不足，修道前景不被看好，直到那年梅会道战，她与井九被困雪原六年，不知为何，竟是隐疾尽去。

那之后她的修道天赋更是完全完美地展现出来，现在云梦山能与青山宗赵腊月、卓如岁相提并论的人，也就只有她与童颜而已。只是就算你的修道天赋再好，为何这时候会出现在皇宫广场上，向着大殿走去？

看着这幕画面的修行者们忽然想到一个可能，不由震惊无语，心想难道中州派第三个登场的人会是她？这怎么可能？这等层级的较量，一个元婴期修行者参与进来，与找死有什么分别？就连谈真人与寇青童都败在了连三月的手下，你怎么可能赢她？就算连三月不再出手，难道你还能胜过其他青山宗强者？

白早缓缓行来，晨风拂动裙摆与白缎。井九神情有些凝重，知道她就是今天青山宗的第三个对手，也是最强的对手。

连三月的眼神有些冷淡，她对井九说道："当初你就不该把我的功法传给她。"

井九说道："既然因我而起，这一场就由我来吧。"

平咏佳在二人身后听着，不由无声地倒吸一口冷气，心想师父你捡便宜也不能这么过分吧？青衣怪人来的时候你不打，谈真人的时候你不出声，这时候来了个弱不禁风的小姑娘你就要出去，说不定我再练几年都可以，再说了神末峰上谁不知道你和那个小姑娘的关系，她忍心打你吗？

连三月自然不会采纳井九的意见，理由听着却有些怪异。

"你现在太弱，就算用那一招，也不见得是她的对手。"

平咏佳再次无声倒吸一口冷气，学元曲师兄挠头无语，心想用得着如此慎重？而且还担心师父打不过她？

井九却是少见的坚定，甚至显得有些执着，说道："这是我的事。"

连三月却比他更加坚持，说道："那要不要我们先打一场？"

井九毫不退让，说道："好。"

连三月沉默了会儿，说道："那算了，你去吧。"

井九起身向广场走去。忽然一道清丽的晨光从天空里落下，刚好把他笼罩住。井九毫不迟疑举起右手，向晨光斩过去。

要知道平时，他一般会用宇宙锋，或者初子剑，或者弗思剑，只有在最关键的时刻，才会动用自己的右手。这说明他立刻就判断出自己必须出全力。

究竟是什么让他如此急切？

抽刀断水是难事，但平咏佳做到过。以剑斩光，世间却没有几个人能做到。

井九或者可以，却无法斩断这道晨光，因为这道晨光是连三月用天人通从朝阳处借来的。更麻烦的是，晨光里竟有无数涟漪，一个个小圆圈把他的剑意尽数锁在了里面。

只听得“啪啪”数声轻响，连三月的手指穿过他的黑发点在他缺损的耳垂上，指尖荡起一道圆形的光波。井九被光线所缚，再也无法移动分毫。

“我睡了这么多年，偶尔还是会做梦，梦到三千院里的静室，静室外的圆窗，从而悟了一种道法。”连三月走到他身前，转身看着他，“我想叫作良宵，你觉得怎么样？”

在三千院的那段时间，真的很平静美好。李公子经常来对马弹琴，弹得最多的曲子便是良宵引。不知道她是问井九觉得名字怎么样，还是这种道法如何。

井九不说话，只是静静地看着她。

连三月挑了挑眉，说道：“死心吧，反正你也不会用那一招。”

如果他真的用那一招，那么结局不是她死，就是他死。

井九静静看着她，说道：“你打不过她。”

连三月微笑说道：“这辈子你永远都打不过我了，所以还是我去。”

就像上辈子，她不哭的时候，也永远打不过他。

说完这句话，她摘下鬓角的桃花，插在他耳朵上，端详半晌，满意说道：“真好看。”

井九想起南忘在景园里说的话，问道：“最开始的时候，不会觉得陌生吗？”

连三月微羞说道：“我说的是这朵花。”

这朵桃花缺了一瓣，染着血，还是好看。你耳朵缺了一截，变了脸，也好看。

看着向广场走去的连三月，井九没有再说话。平咏佳走到石阶下，想对他说些什么，看着他的脸，下意识停了下来。

师父的眼神为什么如此难过？就像在与什么告别。平咏佳也忽然觉得难过起来，眼睛都湿了。

井九忽然说道：“帮我。”

平咏佳以为自己听错了，直到再次听到井九重复了一遍“帮我”二字才醒过神来，赶紧说道：“怎么帮？”

井九说道：“调集你的全部剑元，逆行剑意炼体，把剑意逼出来给我。”

平咏佳说道：“要多少？”

井九说道：“全部。”

对剑修来说，如此逆转剑元把剑意逼出来是非常危险的事情，更不要说是全部剑意。井九知道平咏佳不会有事，平咏佳却不知道，但他却是想也不想，便啪的一声坐到了地上，闭着眼睛开始催发剑意。

当连三月来到广场中间时，白早还在远处。

更远方的云雾再次聚拢，把白真人笼住，她的声音多了些缥缈："你还活着，确实有些令人意外，但你改变不了什么。"

连三月面无表情说道："谈真人其实不错，但你知道我为什么看他不顺眼吗？"

白真人说道："我们这代人都知道，你的眼里只有景阳，连曹园都看不上，又怎么会看得上木讷无趣的他。"

连三月说道："不，我看他不顺眼是因为他当年为了当中州派掌门，娶了你这么个玩意儿。"

白真人说道："那你对我的敌意又因何而来？"

"当然是因为她。"连三月挥了挥衣袖。

广场上的风更大了，拂动白早臂弯间的缎带，拂起了帷帽垂落的纱，露出了她的脸。白早闭着眼睛，长长的睫毛一眨不眨，脸色红润，就像熟睡的孩子。诡异的是，她还在不停地向前行走。

"当年我第一次看到她的时候，就觉得这孩子可爱至极。"连三月望向云雾里的白真人，神情严厉说道，"你这个做亲妈的怎么下得了手！"

她先前说今天不想与白真人说话，但看着白早现身，实在是压制不住心头的怒意，一定要教训对方几句。

云雾退出了皇城，白真人没有回答她的问题。

晴朗的天空里忽然下起了雨，太阳雨，是天地异象的前兆。

无数乌云自天穹四际涌来，瞬间遮住了阳光，让世间变得一片昏暗。不动的云层里隐隐可以看到无数道闪电正在积蕴，随时可能落下。

白早闭着眼睛飞到高空里，白色的缎带不停飘舞，像在书写无人能懂的文字。

狂风呼啸，暴雨如箭，天地气息大乱，仿佛天劫来临。

咔嚓！咔嚓！无数声雷鸣炸响，无数道闪电从高空斩落，进入白早的身体。这些闪电有的来自云里，有的来自雷域，有的竟仿佛来自更高的地方。

这是一个过程，一个降临的过程。

连三月应该尝试打断这个过程，但她没有。她只是静静看着云层下方的白早，眼里没有警惕，没有厌恶，只有怜惜与疼爱。

飞升失败后，她用春蚕化蝶大法历劫重生，更感急迫，很早便开始在世间寻找接班人。洛淮南、桐庐、童颜、何霑，那年曾经参加过梅会的年轻天才弟子们，都是她的考察对象。白早更是她观察的重点，只是当时白早先天不足，太过柔弱，她觉得这个孩子承受不住这样的重压，于是把视线转到赵腊月身上，专门去了一次梅会。

无论从任何方面看，赵腊月都很完美，问题是她居然去了神末峰，还做了景阳的再世弟子。听到这个消息后，连三月便知道她不会成为自己的继承者，更不要说后来她知道了井九就是景阳，便再没有这方面的想法。

刚好那时候白早自雪原归来，体内隐疾尽除，柔弱外表下的强大意志得到了充分的体现，连三月自然毫不犹豫选中了她。白早没有令她失望，在她沉睡的时候，与童颜布置了西海之局，险些杀死了太平真人。

这些年白早去水月庵探望她的时候，她一直在沉睡。仔细算来，她们都没见过几面。但不管是理念还是手段，她们才是真正的师徒。虽然她与白早没有师徒之名，但她已把白早看成是自己的真正传人。

这样一个可爱又懂事的小姑娘，却因为中州派和白家的图谋与野心变成这副鬼模样。连三月如何不心疼？

伴着轰隆隆的雷鸣，无数道闪电进入了白早的身体。哪怕是通天境大物，面对这种有如天劫般的轰击，只怕也会当场身死。她却闭着眼睛，依旧睡得香甜。

不知道过了多长时间，闪电终于停了，云层恢复了平静，像是一块灰色的厚毡遮住了整片天空。

她醒了过来，睁开眼睛望向下方的皇城、朝歌城乃至整片朝天大陆。她的眼神并非全然无情，只是情绪极为淡然，比如那抹极淡的怀念，只需要被风一吹，便会消失无踪。这种淡然不是水，更像是风，是一种超越世界的居高临下感，像是神明在俯瞰着人间。

“你不错，可知为何到现在还不能飞升得道？”她站在天空里，看着连三月平静道，“因为你的战意太强，须知天人应相通，而不是交战。”

她的声音非常好听，如泉水亦如丝竹，更无俗气，像仙乐一般。如此动人而美妙的声音，在普通人的耳里却像是雷鸣一般可怕至极。宫墙后面的太监宫女们捂着耳朵，纷纷昏倒过去，大殿里的臣子、城墙外面的神卫军，也都觉得天旋地转，无法站稳。

一茅斋的苦舟向皇城外退了数里，更南方的莲云也变淡了很多，其余的宗派更是骇得远远逃走。

只是一道随意而轻柔的声音，便让人间无法承受，连禅子与布秋霄这种级别的强者也要拉远距离，说明她的气息实在太强，已经强到了超出人间的范畴。

人们看着高空中那个如黑点般的身影，想到一种可能，难道那并不是白早，而是仙人？

千年有圣人出，这是朝天大陆的俗谚。这里的圣人并非指一茅斋，而是指飞升者，飞升得大道的修行者便是仙人。

朝天大陆曾经有过仙人回到人间的传说故事，但从来没有人亲眼见过。但如果这件事情发生在中州派身上，却似乎很有可能。千年前的那位飞升者正是中州派的白刃仙人，她离开之前，给云梦山留下了数道仙箓。那些仙箓曾经用来镇压冥皇，杀死柳词真人，那么接引她回来又有什么奇怪？

谈真人说连三月是朝天大陆最强的人，可如果白刃仙人回来了，就算回来的只是一缕仙识，这个世界也是完全无法抵抗住她的！

出于发自内心的敬畏与震撼，朝歌城里的所有人都跪了下来，就像是雪姬走过剑狱幽深的通道时，两侧囚房里的邪魔大妖都必须跪下来。这是生命层次的不同，这是源自生命最深处的恐惧，这是真正的碾压。

所有人对着天空里的白衣女子跪拜行礼，宫墙后、城墙里的神弩箭都缓缓低下了头，不敢指向她。朝歌城里正在待命的不老林刺客与隐藏在暗处的卷帘人，感受到天空里的威压，根本不敢抬头，直接跪到地上，浑身颤抖。

胡贵妃站在偏殿与正殿之间的通道里，手指紧紧抠着门上的花格，指节苍白，脸色更加苍白，已然瘫软在地，眼里满是恐惧。阿飘在偏殿上方的梁柱四周不停乱飘，如叶子般的刘海被汗水打湿，乱糟糟的，小脸上散发出的杂色光线，表示她的心情更加杂乱，而且害怕至极。

白刃仙人回到了朝天大陆。

四海皆静，天下无声，万民拜倒，但总有那么几个人没有跪。

朝歌城的那间酒楼里，阴三举起茶杯，送到唇边浅浅饮了口，看着天空里的白衣仙人，微微挑眉。青儿躲在他的身后，只敢露出眼睛看天空，眼里满是惊惧的神情。她在云梦山生活了数万年，亲眼看着白刃从一个牙牙学语的婴儿，变成天赋震惊四野的天才，最终成为大陆天骄，飞升成仙。她比谁都清楚白刃的强大与可怕，更不要说现在白刃已经飞升成仙，比当年更不知道强大了多少倍！

她注意到阴三真的没有任何惧意，不是装出来的，不理解地喊道：“那可是仙人！真的仙人！”

阴三举杯指向天空里的白衣女子，淡然说道：“仙人，出去才叫仙人，现在都回来了，你仙哪门子的人呢？”

平咏佳也没有跪，因为他根本不知道发生了什么事情，不然他很有可能过于震撼，来一句与仙人或者先人有关的脏话——这方面他受卓如岁与元曲的影响比较多。

他闭着眼睛，盘膝坐在石阶上，拼命地逆运剑元，把身体里的每一道剑意都逼出去。微风吹拂着他的衣衫，带起无形却有质的剑意，像柳絮般向晨光飘去。

井九站在晨光里，自然也没有跪。他静静看着高空的白衣女子，看着她的眼睛，似乎想要看到最深处。

无数道细微却又纯净至极的剑意，从晨光外飘来，瞬间被圆形的光圈吞噬消解。连三月的良宵道法果然厉害，但飘过来的剑意数量实在是太多了，依然会有两三道剑意成为漏网之鱼。

晨光已经断了两三丝。如果全部断掉，井九便会脱困，到时候，他就会去试着看看，能不能杀死仙人。

他没有见过白刃，飞升之后的相遇是被偷袭，但他知道仙人有多强。前世他飞升时或者有一战之力，现在的朝天大陆没有人是她的对手，哪怕降临人间的只是她的一缕仙识，或者说一个分身。

而且就算他能杀死白刃的这个分身，此时被她附身的白早也必然会一起死去。但如果有机会，他还是会试着杀死对方，这不是勇敢无畏，也不是冷酷无情，只是必须做的事情，不然今天他们所有人都会死。

连三月当然没有跪，她静静看着高空里的白早，眼神里已经没有怜惜，只剩下绝对的平静，就像她的声音。

“是对是错，打过再说。”

说完这句话，她便从广场上飞了起来，破空而去，衣裙轻飘，数息间便进入了灰色的阴云里。在她消失在阴云里的一瞬间，白刃仙人也从原地消失，去往了更高处。

连三月与白刃仙人隔着数十里的距离，遥相对望。

这里是虚境，无风亦无声，因为没有空气。她们在这里对战，造成的波动便会小很多，朝天大陆受到的伤害也会轻很多。

阴云里的通道很快便被重新填满，人们无法看到发生了什么，就算有些修行强者可以去往虚境观战，可谁敢去？

无数人从宫墙后，从各座殿里，从船篷里走出来，仰头望向天空，就像是等着被喂食的鹅。

云层忽然被照亮，光线应该来自更高处，但没有人知道那里正在发生什么。

忽然，云层里生出一道极细的线，然后骤然断裂。一道身影如流星般高速坠下，正是连三月。

天空里满是轰隆隆的声音，那是物体高速撞击空气产生的爆鸣。

人们惊恐地四处躲避，重新启动的皇城大阵轻而易举地被流星击穿。那颗流星落在了广场上，坚硬的青石上出现无数道裂痕，就像是蛛网一般。

连三月倒在蛛网中央，没有动静。

第九章
战仙人
CHAPTER 09

青山宗隐峰里，赵腊月盘膝坐在榻上，闭着眼睛调息。卓如岁坐在地上，靠着石榻边缘，闭着眼睛睡觉。

顾清与元曲站在洞府石门旁边研究如何出去，被关进隐峰已经很多天了，他俩依然没有放弃希望。

童颜坐在棋盘旁边，看着散落的棋子出神，不知道在想什么。

洞府石门缓缓开启，石门外是一片幽冷至极的黑色，那是尸狗如山般的身体。赵腊月睁开眼睛，没有出手或尝试离开。忽然，她捂住胸口，眼里出现一抹惊异。一道血红色的剑光照亮洞府，弗思剑自她的身体里跃出，穿过她的手掌，化作一道红线，钻出石门缝隙，向天际而去，速度快得难以想象。

与此同时，洞府里响起一阵撕拉声，是粗布被震裂的声音，宇宙锋破布而出，同样向天际而去，顾清追了两步，哪里能追上？

没人敢离开洞府，尸狗就在外面。就在这个时候，童颜从桌旁站起来，来到洞府出口处，隔着越来越窄的门缝，望向那具如夜色般的巨大身躯，说道："我有一个故事。"

卓如岁睁开眼睛，无精打采地说道："它可没酒。"

朝歌城皇宫一片死寂，无数道视线落在连三月身上，满是担心与震惊。

这就是与仙人战斗的下场？哪怕她是谈真人所言的朝天大陆最强者，依然是一个照面便要被打死？

就在这个时候，静寂的广场上忽然响起有些奇怪的声音，像是甘蔗被生生折断，又像是有人用棒骨砸碎了一块坚硬的石头。

连三月用双手撑着地面，慢慢地站起来，活动了一下手腕与脖颈，发出了那些声音。她走了两步，有些踉踉跄跄，看着像喝多了酒似的，实际上，她是在适应身体。她揉了揉脖子，抬头望向天空里的阴云。

皇宫里响起一阵惊呼。人们不是震惊于她如此快就失败，因为这是必然的事情，她的对手是位仙人。人们吃惊的是，她居然没有死，还能站起来，甚至还能再战！

连三月再次飞离地面！人们的视线随之而去，越来越高，直至她消失在云层里，一切重新恢复平静。

时间缓慢流逝，看似过去了很久，其实不过数息时间。云层再次生出一道细线，流星再次现于天空，连三月再次被打落尘埃。“轰”的一声巨响，皇宫广场上再次出现一片蛛网。人们情绪复杂地看着蛛网中央的她。

片刻后，连三月再次站了起来，揉了揉脖子，看了眼灰暗的天空，擦掉唇角的血水，再次飞了上去。

没过多长时间，她又落了下来，广场上出现了第三片蛛网。这次她用了稍微长一些的时间，才站起身来，衣衫已经被血打湿，脸色有些苍白，但眼里依然没有惧意。她看着灰暗的天空，面无表情地说了一句脏话，再次飞起。

飞起，落下，再起，再落……不知道持续了多少次。

皇城死寂无声，只有连三月每次坠落时撞破空气发出的雷鸣和撞击大地发出的巨响。

大地不停地震动，蛛网逐渐增多，渐渐要连成一片。

看到这些画面，人们的心中无限敬畏。

世间有谁敢向仙人出手？又有谁能在仙人面前活到现在，而且还屡败屡战？

她的对手毕竟是仙人，再如何屡败屡战，终究还是屡战屡败。

很多人已经注意到她每次站起需要的时间越来越多，却没有注意到她每次在虚境里停留的时间也在逐渐增加。

云层再次破开，流星再次照亮朝歌城，大地再次震动，她再次躺在一片蛛网的中央。她闭着眼睛躺在地上，脸色苍白，很长时间都没有起来。

这一次，她终于撑不住了吗？

所有人充满紧张与担心的视线落在广场中央，落在连三月身上。时间缓慢流逝，过了很久，她还是没有站起来。

不知道从哪个地方传出一声喊：“前辈，请起来！”

连三月还是没有起来。

时间继续向前，不知道行走了多长一段距离，就在很多人生出绝望的时候，她慢慢地睁开眼睛。她看着灰暗的天空，依然没有惧意，只是有些疲惫。她用拳头撑起疲惫的身躯，慢慢地站起来，转头吐了一口唾沫。

呸！

带着血的唾沫落在一道裂痕里，如石头般扎了进去，开始燃烧。

连三月再一次向天空飞去，衣袂与空气摩擦，带出艳丽的火花，就像逆行的流星。

人们看着这幕画面，震撼无语，她被仙人打落尘埃如此多次，居然还没有死，战意还是如此之强，这怎么可能！

虚境之上，白刃站在十余里外的天空里，浑身缭绕着金光，散发着极其神圣的气息。

连三月破云而出，右手抓住一道晨光，将数量难以想象的天地元气凝成一道若隐若现的飞矛，向白刃掷了过去。悄无声息，快若闪电，天地元气矛眼看着穿过白刃的身体，却未能给她带去任何伤害。

白刃静静看着她，在神识里说道："没想到我留下的长生仙箓，竟是被你用了。"

是的，连三月之所以能在这场战斗里坚持这么长时间，不是因为她的境界已经达到了与仙人相同的等级，而是因为她的身体里有着近乎无穷无尽的仙气。

白刃飞升之前给云梦山留下了三主三副六道仙箓，其中的伏魔仙箓用在镇杀冥皇一役里，长生仙箓被中州派用来做问道大会的奖励，被井九所得。中州派没有想到的是，井九居然炼化了仙箓里的仙识，把所有仙气全部灌到连三月的体内。连三月在水月庵里沉睡了多年，终于把仙气尽数转为自己的真元，伤势尽复，实力更胜当年。

"我用了一道仙箓，你也用了一道仙箓，大家体内的仙气数量差不多，所以你要打死我，不是那么容易的事。"

她看着远方的白刃，缓缓张开双臂，晨光照耀在她的身上，长发飘舞，黑色发梢处散发出金色的微风。

金色微风便是实质化的仙气，这才是她的最强状态。

谈真人当然要认输，因为现在的连三月就是真正的人间仙子，他与寇青童再强，又如何是她的对手？

"再来。"

连三月变作一道笔直的金线，直指远方的白刃。

无数道雷鸣从云层后方透出来，清楚地传到地面每个人的耳朵里。云层本身却没有任何变化，依然像块灰毡布一般，遮住整个天空，让人们无法看到那场并不属于人间层次的战斗。

忽然，云层下方生出一团隆起，然后渐渐旋转起来，变成龙卷风的形状，逐渐向着地面靠近。呼啸风声里，连三月从云团龙卷风里被喷出来，以奇快的速度砸向皇宫大殿。快要落到大殿顶部的时候，她险之又险地停了下来，站在屋顶上。

云海继续翻滚，分开一条道路，白刃从中现身。白裙飘舞，没有半点尘埃，更没有血迹，与浑身是血的连三月形成鲜明对比。

“你的身体里虽然有我一部分仙气，但你没有仙识，又如何能战胜我呢?”她看着连三月平静说道。

仙识就是意识，只不过飞升之后的仙人早已超越了朝天大陆的范畴，站在了更高层次上，对下层世界的认知自然更为完整，而且可以看到所有细节。

如果说朝天大陆是一座青山，飞升者来到天空里便可以看到这座山的轮廓与外形，还可以看到山里的所有细节，比如洞府、树木以及更细微的东西。像连三月这样的修行者，哪怕再强大，终究身在此山中，很难知道这座山是什么模样，很难知道就在不远处有一座未知的洞府。

白刃仙人看着这座山，便知道连三月在山间何处。而连三月在山里，无法准确地判断出白刃在天空何处，甚至连远近都无法确认。

意识层次的差距会带来极大不同。今天这场战斗，连三月始终无法真正击中白刃仙人，只能一次又一次地被对方从天空打落，便是因为对方在这个领域拥有碾压性的优势，如果不是有源源不绝的仙气不停修复身躯，她这时候早就已经死了。即便她现在还活着，还能战斗，身体里的伤势也随时可能发作，如果任由这样的局面持续，终有一刻她会死去，而死亡便是最后的失败。

连三月黑发轻飘，神情漠然，金色仙气从身体里喷薄而出。看着这幕画面，无论是白真人、布秋霄还是其他修行者都感到极大的意外与震撼。

为何她的身体里会有如此多的仙气?

连三月从大殿屋顶消失，来到白刃身前。与她一道到来的，还有无数道晨光。看起来，她是想用先前对付谈真人与井九的方法，以天人通控制住白刃，再进行最暴烈的攻击。

就算皇宫广场上的空间已经破裂，依然无法阻止白刃，因为她是真正的仙人，她能看到无数条山中人看不到的道路。

缎带在风中轻飘，下一刻便消失不见。白刃出现在连三月的身后，轻轻一指点向她。她纤细的指尖大放光明，仿佛一颗明珠，里面蕴含着极其恐怖的仙气。

连三月却仿佛猜到了她会出现在身后，黑发再飘，整个人已经转过身来，面对白刃。白刃手指向前轻送，啪的一声轻响，准确地点在连三月眉心。

轰轰轰轰！无数道惊雷在广场上响起！昏过去的太监与大臣们被震醒，神情惘然，不知道先前发生了什么事。

无数道气浪向着四周奔涌而去，如几万匹战马般，声势惊人，皇城大阵触之即溃，两侧已然破败的宫墙瞬间倒塌！

连三月落在地面，没有摔倒在地，依然保持着站立的姿势。

满地蛛网终于连成了一片。伴着极其刺耳的岩石摩擦声与重物挤压声，烟尘四处飞溅，整个皇宫广场竟是整整齐齐地下沉了一尺！

更令人意想不到的是，白刃仙人也从空中落下，依然站在连三月的身前，指尖依然点在她的眉心，一滴殷红的鲜血从眉心渐渐溢出，仿佛朱砂痣。

连三月盯着白刃的眼睛说道："欢迎你到山中来。"

说完这句话，那滴鲜血忽然大放光明，仙气蒸腾而出，把她们二人笼罩在了里面。连三月把身体里的仙气尽数逼了出来！

仙气通过白刃的手指，不停地向她的身体里攻去。白刃眼神微异，有些不理解连三月为什么要这么做。

瞬间，白刃想明白了，准备收起手指，却发现自己已经无法做到。这具身体里的仙气与连三月身体里的仙气同源同种，来自同一个人，天然亲近，一朝相逢，根本不愿分开，只想再次合为一体。

白刃向后飘去，想让指尖离开连三月的眉心，却在两者间牵出一根极细的线，无法真正分离。这道线似金似玉，极其黏稠，而且坚韧无双，由最精华的仙气凝成。

"锦瑟无端五十弦……我不会弹，我只需要一根弦就够了。"

连三月不会弹琴，当年化名过冬参加梅会，其实弹的就是一根弦。她是用她修改过的清容峰无端剑法把自己的仙气释放出来，在她体内的仙气全部消失之前，白刃的指尖再难离开。

白刃面无表情看着她。

"这一招叫作镜花水月。"

连三月说完这句话，整个人变得虚幻起来，一掌拍向白刃。

不知道镜花水月是说身法，还是说这一掌。这一掌看上去很是寻常，如微风拂柳一般，与最开始她轰在寇青童身上的拳头根本无法相提并论。

中州派炼化仙箓多年，白刃占据的白早身躯更是经过很长时间的改造，就像连三月的身体一样，近乎无垢无尘亦无损，很难受伤，更何况是这样轻描淡写的一掌？

连三月此时的神情，就像这一掌般清淡、温和，却又极为认真。

啪的一声轻响，手掌落在白刃胸口，白早的身体微微一震。

发丝轻飘，缎带轻飘，衣袂轻飘。所有飘起的事物，都生出几缕清光。清光离开了白早的身体，向着更远的后方飘去，渐渐凝成一个人形。人形忽然金光大作，仙气缭绕，正是白刃仙人的分身！

皇宫里一片惊呼，众人惊骇至极。

连三月居然用如此简单的一掌，就把降临的白刃仙人从白早身体里拍了出来！她是怎么做到的?!

看着玄妙难以解释，其实道理很简单。

连三月用无端剑法凝仙气为丝，以丝成锁，让白刃无法离开，便等于把她从天空里拉回到朝天大陆这座山里。然后她在最短的时间里，把身体里绝大部分的仙气通过桥——也就是白刃的手指——灌进了白早的身体。

白早的身体被仙箓里的仙气与仙识改造多年，足以承受白刃的一道分身，但现在仙气数量陡然之间增加了接近一倍，她的身躯必然承受不住，立刻就要崩溃。

白刃如果不想白早在这场仙气大爆里死去，便只能离开这个身体，同时带走大部分的仙气，一方面保证白早活着，另一方面也要保证她自己还能在朝天大陆多停留一段时间。

连三月体内的仙气已然消耗殆尽，金线自然消散于空中。

白早的眼神忽然变得迷惘起来，渐渐清醒，明白这些年以及今天发生了什么事情，脸色变得有些苍白，无法承受精神与仙气的双重冲击，直接倒在了连三月的怀里。

“前辈，是你吗?”

白早看着那张明明寻常无奇，却因为眉心一滴血珠而美煞人的脸，怔怔问道。

“不要说话，先歇会儿。”连三月抱着她向大殿走去。

白刃飘到了天空里，这时候的她并非真实的存在，而是由仙气微粒凝成的图像，浑身散发着神圣的意味，飞扬的裙摆就像是云一般美丽。

这才是真正的仙人。

无数人再次向她跪拜，中州派弟子们更是激动至极，心想终于能够看到先人真容，此生不枉矣。

先前连三月说出那句话的时候，白刃便明白了她要做什么，看着她向大殿走去的背影，眼里流露出欣赏的神色，说道：“你确实很不错，但就算我不能在下界停留太长时间，还是可以把你们全都杀了，因为现在的我才是真正的我。”

连三月没有回头，理都没理。她已经没有仙气了，自然不可能再战斗，剩下的事情只能交给某人。

大殿里忽然响起一连串的碎响，就像鹿国公卧室里的名贵瓷器被人同时砸破。那道无视阴云落在石阶前的晨光骤然碎裂，消散无踪。

平咏佳喷了一口鲜血，直接昏死过去。

井九来到天空里，神情平静地看着白刃，衣袂与发端带着一道道极淡的剑光，像是被画师刻意涂上去一般。

白刃静静看着他，说道："你居然没有死，确实有些出乎我的意料。"

井九没有说话。剑随意动，无数道剑意自他身体里散发出来，磅礴至极，凌厉至极。

这些剑意最先笼罩住了整座皇城，但凡用剑的修行者，都感觉到自己的飞剑开始不听命令，要向广场飞去。

今天来到朝歌城的剑宗门派很少，昆仑派是其中最大的一家，不管是掌门何渭还是几名长老，发现自己的剑刃受到了某种无形力量的牵引，震惊之下赶紧调集剑元守心。但哪里守得住？

几道剑光自几名昆仑派长老身体里飞出，好在没有真的飞走，只是对准了天空。何渭的境界最高，挣扎的时间也最久，后果也最严重，只见他噗的一声喷出鲜血，掌门之剑随血水而出，同样指向天空。这些剑随着井九的心意，对准白刃。

连三月抱着白早回到石阶前坐下，转身望向天空，眼里出现淡淡的担忧，就像先前井九看着她一样。

刚刚醒来的白早，还无法适应体内的仙气，脸色苍白至极，寒冷至极，靠在连三月的怀里，不停地颤抖着，喃喃说道："我能做些什么吗？"

连三月说道："没事，他喜欢逞强，就让他自己来。"

寒号鸟感觉头顶湿漉漉的，有些不悦，但很清楚何渭此时的情绪有些气急败坏，识趣地没有做什么。

昆仑派与其余剑宗的异状源自井九散发出来的剑意，其实他只是在天空里用剑意喊了一声"剑来"，昆仑派与这些剑宗的飞剑刚好听着了，便争先恐后地跑了出来。但井九喊的不是这些剑，而是他自己的那几把剑。

景尧站在大殿门口，忧心忡忡地看着天空，忽然感觉到抚在剑柄上的右手微微一麻。

呛啷一声，初子剑出鞘而去，化作一道清冷的剑光，飞到高空之上。紧接着，一道血线自南方而来，以难以想象的速度贴着云层下缘飞行，也来到了高空之上。

正在苦舟舱里养伤的柳十岁忽然神情微变，奚一云担心是寇青童的魔息尚未清除，问道：“怎么了？”

只听得一声脆响，柳十岁的剑镯从腕上脱离，化作一道明亮、锋利却又短小的飞剑，有些不情不愿地飞了出去。奚一云大感震惊，扶着柳十岁来到甲板上，视线随着小剑投向高空之上。

最后到的是宇宙锋，当它出现在朝歌城上空时，覆盖整个天空的阴云都变得清冷了数分，仿佛并非人间。

弗思剑、初子剑、宇宙锋、不二剑。这些都是井九的剑。虽然这四把剑分别被他传给了赵腊月、景尧、顾清与柳十岁，但当他需要的时候，这些剑自然会回到他的身边。

以品阶而论这四把剑都是仙阶飞剑，而且是最好的那种，如果现在排个朝天大陆名剑榜，这四把剑绝对都能排进前十，不二剑与初子剑甚至有资格争一下第二的位置。

四大名剑来到朝歌城上空，各自占据了一处位置，彼此之间的距离并不完全相同，而是隐隐有所联系，自成天枢，散发出凌厉至极的剑意。

白刃觉得有些古怪，从原地消失，来到十余里外的一片天空里。四把剑似乎还在原先的位置，却依然把她围在中间，静静地对准她，不停地提升着剑意。

咔嚓！云层卷动起来挤出无数道闪电，不分先后地落在这四把剑上。无数道蓝色的电弧绕着飞剑，催发出更加强大的剑意，隐隐切割开空间，甚至是更高层次的领域，把白刃拦在了这片天空里，让她无法轻易离开。

很明显这是一座剑阵，只由四道飞剑组成，却有着杀天动地的厉害。

白刃的神情变得凝重了些，看着远方的井九问道：“这是什么阵？”

井九说道：“诛仙剑阵。”

井九的声音如剑鸣般从高空来到地面，继而传播开来。朝歌城内一片哗然，所有人都惊呆了。诛仙剑阵那不是神话里的东西吗？就像朱鸟一样早就已经没有了传承，为何却在井九的手里重见天日？

中州派弟子的情绪还要更加复杂一些，诛仙剑阵，这名字对他们来说实在是有些不祥的征兆。

让各宗派的真正强者更为吃惊的是另外一件事，那就是白刃仙人刚才居然没能摆脱这座看似简陋的剑阵。这固然是因为井九摆出来的诛仙剑阵非常强大，但那也需要主持剑阵的人能够看穿白刃仙人的行踪。

你在山里看着天空里的太阳，如何能够知道太阳离你究竟有多远？如果连距离都无法知道，又如何确定对方的位置？连三月今天展现出匪夷所思的境界与战力，堪称朝天大陆最强者，却依然在与白刃仙人的战斗里全无胜机，便是因为这个道理，井九凭什么可以做到？

人们忽然想到他有可能就是景阳真人，隐约明白了一些什么。

是的，井九曾经成功飞升过，虽然被白刃偷袭，被迫回到朝天大陆，现在境界不算高，但他曾经也拥有过超越这个世界范畴的意识——在意识层次方面，他是朝天大陆唯一可以与白刃相提并论的人。

“你觉得这样就能杀死我？”

白刃看着剑阵外的井九平静说道，轻轻挥了挥衣袖。一道难以形容的强大威压随着极淡的金风向着四野而去，从天空里垂落下来的几道云丝，瞬间变成虚无。

朝歌城上空一片澄静，只有无边无际的阴云如铁板般压在所有人头顶，给人一种极其难受的压抑感受。这道极淡的金风，看着很是令人沉醉，却比高空里的罡风要可怕无数倍，所过之处，万物不存。

弗思剑的血红剑芒瞬间变得黯淡。宇宙锋的剑身开始熊熊燃烧，不再那般清寂。初子剑蒙上一层灰垢，不再清冷。不二剑最是不堪，在金风及体之前便提前开始闪避，竟又没能完全避开，无比光滑的剑身上出现了斑斑锈迹，极为难看。

四道仙阶飞剑瞬间灵气受损，诛仙剑阵自然不复先前那般强大，杀意被减弱了很多。很明显，白刃只需要再出手数次，便能破阵而出。因为这不是诛仙剑阵的完全体，还需要一把剑。

井九来到诛仙剑阵里，他的身法如仙似魅，每隔着十余里出现一次，如一颗闪烁的星辰，连续占据了十七个星位，来到白刃身前，一指点向她的眉心。

他才是朝天大陆最锋利、最强大的剑。

随着万物一剑斩开星路，诛仙剑阵重新稳定起来，甚至更加强大，杀性更是不知道提升了多少倍。弗思剑等四道飞剑随他而动，剑意凌然而出，直指白刃。

白刃没有任何惧意，双手如莲花般绽放，释出无数仙气。

四道凌厉至极的飞剑落在仙气上，只留下了四道浅浅的痕迹，组成了一个“乂”字。井九的手指点在这个“乂”字的正中间。

无比刺耳的切割声响起，天空里溅起无数火花，向着地面垂落，如火瀑布一般，只是落不得数十丈，便消失无踪。隔着满天火花，白刃看着井九说道：“只凭这几把剑是不够的。如果你没有把仙气给她，或者还有些机会。”

井九收回右手，仙气只有半尺厚，却仿佛是天地间最强大的屏障，根本无法突破。他说道：“是有些不够，那么再多些。”

白刃仙人降临之后，越千门等四名谷主便停止了追杀太平真人，听从白真人的命令，回到各自的云船上。

天空里的战斗画面令人震撼，即便他们已经是炼虚境的大强者，也有些神思恍惚。就在这个时候，他们收到了白真人的最新命令，不禁有些吃惊，越千门更是难得地提出了反对意见。

白刃仙人很快就会杀死井九，接着便是连三月、景尧以及中州派的所有敌人。在她的震慑之下，布秋霄与禅子都不敢动，即便青山宗在朝歌城里藏有强者，也必然不敢动。为何要在这种时刻背信弃诺，让云船强行进攻朝歌城？

只因白真人知道，仙人被连三月从白早的身体里逼了出来，无法在朝天大陆停留太长时间。如果仙人离开，场间局势必然会再生变化，中州派必须趁着现在的大好时机，拿到皇城大阵的控制权，杀死景尧，让一切成为定数。

不管越千门与长老们如何想，谈真人已经离开了朝歌城，中州派现在便由白真人一言而决。十余艘云船再次缓缓启动，向朝歌城而来，速度越来越快，带起了无数大风。

布秋霄最先注意到了城南的动静，生出极大愤怒。谈真人与井九约定过，中州派与青山宗五战三胜，现在才打到第三场，就算白刃仙人不可战胜，但你们这算什么？

作为一茅斋的斋主，他哪里会允许这种背信弃义的事情发生，拿起龙尾砚，便准备带着弟子们进入皇宫。

中州派的云船前一刻仿佛还在天边，下一刻便来到了朝歌城里。最前面的三艘云船甚至已经进入了皇城范围，在满天阴云的衬托下，显得极其可怕。

正在关注高空战场的人们，直到此时才发现了异象，纷纷惊叫出声。城墙上的神弩缓慢抬头，向天空发出弩箭，箭矢在云船腹部炸开，激起一阵阵清光。中州派弟子们施出法器拦截，遮天蔽地而下。

金、牛两位供奉对视一眼，没有说话。皇城大阵已经被连三月与白刃仙人的战斗摧毁了，无法把云船拦在外面，皇宫眼看着便要被占领，除了死战，他们别无他法。谁能想到白真人行事竟然如此狠辣且无耻？

酒楼里，青儿看着天空里的云船，紧张说道：“现在怎么办，怎么办？”

阴三忽然转身望向南方，微微挑眉，说道：“居然比我还疯？”

满天阴云平静如毡，忽然从内里生出一道极细的云线，远远看着就像翘起的发丝。只有眼力极好的修行者才会发现，云线的前端是一把剑。这把剑非常普通，没有任何特殊之处，普通到出现的时候，没有引起任何人的注意。剑从云层里落往最前方的云船，直到快要接近云船的时候，才被中州派弟子发现。

中州派以为是青山宗到了，精神一振，舟首阵法启动，一道清光迎了过去。只听啪的一声轻响，飞剑直接被震飞，像石头般落在宫墙废墟间。如此轻而易举便挡住了青山宗弟子的进攻，云船上的中州派弟子反而怔住了。

一位谷主嘲弄说道："什么破铜烂铁，也敢来丢人现眼。"

就在这个时候，平静的云层下方再次生出一道细线，细线前端还是一把普通飞剑。紧接着，十道、百道、千道，无数道细线从平静的云层下方生出，每道细线都是一把飞剑！这时候的云层就像是一块用了很多年的灰色毛毡，上面生出无数个线头。无数道飞剑穿破云层，自天而落！

看着这幕画面，那位谷主脸色苍白，厉声喝道："防御！"

云船把阵法催动至最大，中州派弟子顾不得侧后方射来的神弩，祭出所有法宝向天空落下的无数道飞剑迎了过去。

朝歌城里响起无数惊呼，人们恐惧到了极点，在他们的眼里，天地间再没有别的东西，只剩下了剑！到处都是剑！

无数剑落，密集如雨，四处都是剑啸与剑鸣。森然的剑意甚至要把天地都刺破！这是一场狂暴的雷雨，伞怎么可能遮得住！只是瞬间，云船的阵法便要崩溃，灵帆裂成碎片！

一道飞剑深深刺入船板里，斩开一道裂缝，紧接着便有更多的剑飞落下来，把船板斩得粉碎。云船里到处都是木屑与铁片在飞舞，其间夹杂着血水与惨号，中州派弟子不停死在剑雨里！

那位谷主发出绝望的怒吼，激发全身修为，向空中轰了过去。满天剑雨感觉到他的强大，就像被风拂动，稍微偏了一些方向，于是他这里的雨便大了些。

轰！数百道飞剑从他的身体穿行而过，发出一声声沉闷的怪响。瞬间，这位炼虚境的大强者便变成了一蓬血雾！

短短数息，这艘云船便被满天剑雨弄得千疮百孔，逐渐崩解，像死去的巨鲸一般落向地面。

极高处的天空里，阴暗的云层下方。

嗖嗖嗖嗖！无数飞剑争先恐后地钻出云层，擦着井九与白刃的身边，向朝歌城而去。

白刃看着这幕画面，眼神微冷，问道："这是什么？"

井九说道："你有没有听说过一招从天而降的剑法？"

南方有片青山，青山里有片隐峰，某座峰间有个洞府。也许是童颜讲的故事很好，洞府的石门这一次没有关闭。

赵腊月从洞府里走出来，发现弗思剑与宇宙锋已经消失在天际，再也无法看到。这是她与顾清怎样也发挥不出来的速度。

能离开洞府，不代表能够离开隐峰，赵腊月一行人站在青葱的山峰间，沉默不语。

天空里忽然出现一道白线，线的最前端是一道飞剑。紧接着，无数道白线像梳子般在碧空里划过，是无数道剑离开青山宗向北方而去，像横行的雨，又像一道巨大的白色缎带。

看着这幕画面，元曲惊得张大了嘴，卓如岁惊得睁大了眼，顾清也是一脸茫然，心想这是怎么回事？

赵腊月想到很多年前的一件事情。那天她与井九准备进海州城，其时清天司通缉甚急，正道强者云集，她有些担心，井九问了她一句话。

“你听过一招从天而降的剑法吗？”

前些年她与井九在剑峰里行走，峰间群剑忽然有些骚动，她问是怎么回事，井九把这句话又问了一遍。她现在自然知道这招从天而降的剑是什么，或者说意味着什么。

“这是青山剑阵。”

听到赵腊月的话，元曲、卓如岁与顾清看着天空里壮观的画面，震撼无语。

卓如岁忽然感觉到剑丸微颤，吞舟剑明显表达出离去的意愿，微笑挥手：“既然我不能去，那你去吧。”

吞舟剑破空而起，化作一道灰影，以平时从来没有展露过的速度飞到天空。紧接着，元曲也感觉到了些什么，挥手放出自己的怪剑，怪剑很快便汇入了满天剑雨中。

天空里的无数把剑并非都是高阶飞剑，有的很普通，有的甚至还是剑胚，就像怪剑一样还没有名字，但这些都是青山宗的剑。

无数道飞剑自南方而来，从天而降，如暴雨一般冲洗天地。朝歌城里的所有人都是第一次看到这样的画面，也是第一次看到真正的青山剑阵。

最先进入皇城范围的三艘云船，在短短十余息的时间里便被剑雨摧毁，尽数解体，向地面落去，发出轰然不止的响声。

三艘云船上的大部分中州派弟子还在天空里便死了，有些强者侥幸活了下来，落在广场上，不敢作片刻停留，带着恐惧便向皇城外逃去。

这些中州派强者的天地遁法都修行得极为高妙，身法缥缈，一掠便是百余丈。但他们如何能够避得开这满天剑雨？不管天地遁法再如何厉害，终究是在天地之间行走，而现在的天地间到处都是剑，又能遁到哪里去？

一名长老极其厉害地避开了数道飞剑，眼看着便要接近宫墙，却还是被一柄银色的飞剑刺中大腿，发出了一声惨号跌倒在地，然后被乱剑穿体而过，鲜血狂飙而死。

这样的画面在皇城广场上到处都是，中州派强者们的惨号声不绝于耳，更令人恐惧的还是那些密集的飞剑穿过人体，以及刺穿坚硬青石的声音。

放眼望去，到处都是飞溅的鲜血与石屑，到处都是模样凄惨的死人。无数道飞剑钉在地面上，随风轻轻摇摆，看着就像是野草。

这便是杀人如草。

看到这些画面的很多人直接吓得昏了过去。修行者们脸色苍白至极，喃喃说道："这就是青山剑阵吗？"

殿里大臣们惊恐的呼喊不绝于耳："这就是青山剑阵吗！"

是的，这就是传说中的青山剑阵。

南趋老祖、玄阴老祖、萧皇帝都是不世之强者，却成了可怜的遁剑者，终生不见天日，很多人都不理解，那是因为他们没有看到今天的画面。

这样的青山剑阵，又有谁能够挡得住呢？

高空上，阴暗的云层里出现无数个小孔，而且奇异地无法合拢——那些小孔都是剑眼。

没有人知道，朝歌城里的落下的剑雨并非青山剑阵最强大的攻击，真正最恐怖的攻击在高空里。

井九与白刃已经分开，隔着十余里的距离。

白刃的衣服上到处都是细孔，与云层看着有些相似。此时的她是仙气凝成的绝对灵体，衣物也是她的一部分，细孔自然是青山剑阵造成的真实伤害。无数道仙气如金色的细丝，正从细孔里溢出，向天地间散去，过程很缓慢，却已经无法逆转。

"这就是青山剑阵？"白刃看着井九问道。

井九说道："是的，所以你可以死了。"

今天的故事就是这样，连三月把白刃从白早的身体里打出来，然后井九用诛仙剑阵把她困住，再以青山剑斩之。

这个故事很简单，很好。如果想要杀死白刃而让白早活着，这是故事唯一可能的写法。

白刃说道：“不愧是曾经出去过的人，确实好手段，希望我下次回来的时候，你还能动用青山剑阵。”

她是真正的仙人，一眼便看出井九为了施出青山剑阵付出了多大的代价，甚至有可能下一刻他便会死去。

“我敢用青山剑阵，自然是因为我能算尽一切，你…… 至少这个你是没有机会再回来了。”

说完这句话，井九从原地消失，来到十余里外。毫无疑问，他用的是幽冥仙剑。他穿过了白刃的身体，那些正从她身上向外溢出的仙气忽然消失无踪。

白刃转身望向井九，发现他的眼底隐隐有抹金色，才明白发生了什么事情，脸上流露出一抹怅然。哗的一声轻响，她在高空里散开，变成无数光点，就此消失无踪。

井九确认她已经离去，终于放松了些，闭着眼睛，有些痛苦地咳了两声。

天地间响起无数道雷声，雷声在他的身体里回荡。

他的睫毛微眨，一滴带着金色光泽的血，从他缺损的耳垂底端流下，迅速在天空里散开，引来无数鸟儿追逐。不知道过了多长时间，他身体里的雷声消失了，他睁开眼睛，向着地面飞去，不二、初子、弗思、宇宙锋四剑随之而去。

朝歌城皇宫里一片死寂。听不到呼痛的声音，也没有哀号，因为满地都是死人，不要说伤者，就连一具完整的尸体都找不到。晨风缓缓拂过，却拂不动仿佛晶石般凝结的恐惧气氛与血腥味道。

石阶上到处插着剑，平咏佳还在昏睡，那些剑却没有伤到他，准确地落在四周，看着像是一道篱笆在保护他，又或者像一个摇篮。

井九落在殿前，看了他一眼，转身走到连三月的身边坐下。

连三月看着他苍白的脸色，问道：“还行吗?”

井九说道：“死不了。”

连三月说道：“还能打吗?”

井九摇了摇头。

这个时候，一团云雾飘进了皇城，雾散云消，白真人从里面走了出来，看着他们问道：“那么，接下来是谁?”

第十章

笛声再起

CHAPTER 10

修行界公认白真人是朝天大陆最强大的数位大物之一，但奇怪的是修行者们私下对她的评价并不高。就像阴三与井九以及刚死的寇青童说过的那样，她做事总是有些小气。

但直到此时，人们才真正地看到了她的强。

那是真强。

白刃仙人在高空里化作光点，就此死去；中州派云船在青山剑阵的打击下，变成碎片，至少数百名长老与弟子，就此死去；她的女儿脸色苍白，坐在连三月身边，明显情形也不对劲，很可能就此死去。

在这样的局面下，她却还是那样的冷静或者说冷漠，就像天下的大局还是在自己的控制之中。

这不是伪装，而是因为从始至终，她都还没有出手。很明显，现在连三月与井九都已经没有再战之力，那么谁来呢？

“五场三胜，青山宗已经赢了。”

天空里响起布秋霄的声音，沉稳而坚定。

白真人看了苦舟一眼，说道：“二打一也算？”

连三月与井九迎战白刃仙人，不管是车轮战还是合击，总之确实是二打一。

“云梦山也是两个人。”

一朵莲云自南方飘来，送来禅子的声音。

白刃仙人降临在白早的身体里，从某种角度来说，也确实是出了两个人。

不过谁都知道，不管是白真人还是布秋霄或者禅子的话都是借口。中州派毁了三艘云船，死了三名谷主、十余名强者、数百名弟子，已然与青山宗结下血海深仇，在这种时候，井九与谈真人的赌约还有什么意义？

看着淡淡薄雾里白真人面无表情的脸，便知道她今天绝对不会就此罢手，中州派的攻击还会继续，在场的所有人可能都会死。

一道若有若无的威压从苦舟里落到皇城广场上，一道清丽的光线经由镜面折射后也落在了广场上，布秋霄与禅子已经做好了出手的准备。

"你们想陪着一起死，无妨。"

白真人理都没有理他们，向大殿走了一步。

一步，皇城皆雾。

天空里响起恐怖的呼啸声，剩下的十余艘云船向着皇城而来，越千门等炼虚境大强者站在舟首，警惕地看着四周。

白真人走到殿前，看着石阶上的井九说道："青山剑阵确实厉害，但现在你还能再用一次吗？"

是的，井九不能再打了。

忽然，皇城前方响起一道清扬的笛声，那笛声仿佛来自溪边，来自牛背，来自青山。一个红衣少年横吹竹笛，从皇宫正门处缓缓走了进来。

笛声飘扬在皇城广场上，插在地面的剑仿佛感受到了某种召唤，开始颤动起来。伴着清脆的摩擦声，十余道剑离地而起，化作厉光，杀死了一名试图进入皇城范围的中州派高手。

紧接着，越来越多的飞剑离地而起！青山剑阵似乎有了再起的迹象！

眼看着不对，中州派的长老与弟子纷纷自云船里飞落，御起法宝与道法，攻向红衣少年。

红衣少年仿佛无所察觉，只是神情专注而平静地吹着笛子，缓步向殿前行走。笛声悠扬，随着他的脚步移动，越来越多的剑颤动起来，离地而起。

嗖嗖嗖嗖！

无数道飞剑在红衣少年的身周飞舞着，穿行着，如线远行，将中州派长老与弟子斩杀于天空！

越千门自天空里踏落，发出一声暴喝，手里的法宝散发着白色的光毫，向红衣少年镇压而下！

数百道青山飞剑破空而起，变成一道缎带，直接把越千门的法宝缠在其间，在暴雨般的密集切割声里，法宝竟是被直接斩成了碎片！

飞剑没有停止，继续向天空而起，穿过越千门的身体。越千门发出一声蕴含着怒意的痛呼，右臂离体而飞，瞬间被剑意斩成粉末。身受重伤的他，再不敢作任何停留，用天地遁法回到云船之上。

正在向皇宫进发的云船，感受到了天地间森然的剑意，也不敢再往前一步。

红衣少年来到皇城广场中间，终于放下了手里的竹笛，静静看着白真人。少年眉眼清秀，透着股亲切的味道，眼神却是那般的淡漠，似乎就算整个世界毁灭于眼前，他也毫不在意。

所有人看到这幕画面都惊呆了，猜到他就应该是太平真人阴三。

"青山剑阵我还能用。"阴三看着白真人平静说道。

他是青山宗的前代掌门真人，自然能用青山剑阵。前提是，拿着掌门令牌的井九不阻止他。很明显，在这种情况下井九当然不会阻拦他。

白真人看着阴三面无表情道："虽然不知道你是怎么活到了现在，但我看得出来你还很弱。"

阴三微微一笑，说道："就算是个小孩子，只要能拎起铁锤，还是能砸死几个人的。"

白真人面无表情道："你拎给我看看？"

对于中州派来说今天是最好的机会，而且他们付出了一张仙箓和白刃先人一道分身的代价，如果就此离开朝歌城，岂不是前功尽弃？

谁都能想到，白真人不会放弃。

太平真人用笛声调动的青山剑阵，明显与先前井九所召唤来的青山剑阵有所区别。

阴三看着她，微笑说道："我不觉得你有机会。"

话音方落，天空里忽然传来一声雷鸣。这声雷鸣并非来自高空的阴云，而是来自天际，来自西北方向数百里外。

是云梦山，是麒麟的怒吼。

听到这声怒吼，皇城四周的人们很是畏惧，心想难道这只远古神兽要出山了？胡贵妃脸色苍白，心想这可如何是好。景尧与鹿国公等人也是神情严峻，心想如果青山宗再不来人，今日还是必输之局。

谁都没有想到，听到麒麟的怒吼，白真人深深地看了阴三与井九两眼，化作一团云雾从广场上消失。十余艘云船也以最快的速度撤离，很快便离开了朝歌城，连死在广场上的弟子都没有管。

人们看着天空，震惊地想着这是怎么回事？

十三艘青山剑舟破云而出，围住了朝歌城西北方向的云梦山。

春深时分，天空里落下一场风雪。

元骑鲸、方景天、广元真人、南忘、成由天、伏望六位峰主，墨池等十余名破海境长老，都在云海里看着下方。

青山宗竟是强者尽出！

最前方的青山剑舟已经开始了攻击，无数道剑光不停从舟上飞落，向云梦山斩去。淡青色的光泽不停闪现，表明云梦大阵正在防御，看着没有问题，但不知为何，总显得有些辛苦。

童颜站在青山剑舟的最前方，神情淡漠而平静，不停计算着云梦大阵的薄弱环节与运转规律，偶尔伸手一点，满天飞剑便会转了方向，随之而去。

最前面青山剑舟里大部分都是两忘峰弟子，他们盘膝坐着，指挥飞剑攻击云梦大阵，正是紧张的时候，却依然忍不住时不时望向舟首那个面容稚嫩、眉毛极淡的年轻男子。

过南山等人当然认识童颜，他们只是想不明白童颜为什么会在这里。这到底是怎么回事？不是说童颜在云梦山里闭关吗？不不不，就算他已经出关，为何会在青山剑舟上，还在指挥他们攻击中州派？

这个诡异而荒唐的画面源自一个很长的故事。

童颜是世间最会下棋的人，也是最会讲故事的人，只不过这个时候没有时间，也没有必要对过南山等人讲什么。事实上，他今天只讲了一个故事，是对青山宗镇守尸狗讲的，故事很有说服力，所以他才能够离开青山宗隐峰，来到这艘青山剑舟上。到剑舟后他才知道原来他的故事与元骑鲸的故事差不多，于是临时又补充了一部分，就是他现在正在做的事情。

赵腊月等人这时候还在青山宗隐峰里，他们现在没有飞剑，自然来不了这里，就算有剑也来不及了，至于童颜为什么能及时赶到，自然是有别的原因。

中州派大举进攻朝歌城，所有强者都在朝歌城，云梦山自然空虚。青山宗如果想改变朝歌城的局面，最简单的方法就是大举进攻云梦山。在凡间的兵书里这是最常见的不入流手段，在这个故事里却非常有用。

因为没有谁敢进攻云梦山，从来没有。青山宗再次改写了朝天大陆修行界的历史。

一道白云自朝歌城而来，谈真人回来了，他没有去理会正在进攻云梦大阵的青山剑舟，望向一道风雪说道："罢手吧。"

元骑鲸从风雪里走出来，看着他面无表情道："你们罢手了吗？"

这时候的朝歌城皇宫里，白早正在缓缓向着大殿走去。

谈真人沉默了会儿，问道："难道诸位道友真想朝天大陆就此变成一片火海？"

元骑鲸与方景天忽然向朝歌城方向望去，脸上流露出凝重的神情。他们感受到一道难以想象的、不应该存在于人间的气息正在降临。凝重代表着警惕，不代表着畏惧，他们知道青山宗与中州派的大战要正式开始了，他们必须抢在朝歌城局面生变之前，攻下云梦山！

“会不会毁灭，先打了再说！你要是管不了中州派的事，就不要说这么多废话！”

天空里响起南忘愤怒的声音，紧接着便是无数道破空声响起，无数道剑弦在天空里变成一道梳子，瞬间凝成一剑，刺向云梦大阵。

轰的一声巨响，云梦大阵微微震动，清光里出现一处明显的破损。

看到这幕画面，包括谈真人在内的所有人都惊住了。都知道南忘前些年便已经破境至破海巅峰，但这一剑怎会强到这种程度，她不要命了吗？

紧接着，天空里再次出现无数道剑弦，向云梦大阵呼啸而去。

南忘这时候是真有些疯了，因为她听到了朝歌城的雷鸣，感受到了她最为熟悉且最为厌恶的气息。

连三月还活着！她在朝歌城！景阳那个死鬼也在！她居然在帮景阳打仙人！而自己连个云梦大阵都攻不下来！真是羞辱啊！

“真是羞辱啊。”谈真人感慨说道，双手缓缓张开，云梦大阵随之而动。

居然被敌人围着打，中州派建派三万年来从来没有遇到过这种局面，就算是当年血魔教最嚣张的时候也不敢做这样的事情。

忽然，天空里数十道无端剑弦消散无踪。向云梦大阵攻击的飞剑受到了某种扰动，变得有些躁动不安。就连方景天与广元真人都发现自己的剑刃似有些不稳。

紧接着，所有人都听到了他们最熟悉的声音。嗖嗖嗖嗖！是飞剑破空的声音，青山宗众人抬头望向天空，看到从南方而来的剑雨。

无数道飞剑在碧空里织成一道闪闪发光的缎带，仿佛要把天空系上，又像是要把天空切断。看着这幕壮观的画面，所有人都沉默了，包括谈真人，天地间只有飞剑高速穿行的声音。

不知道过了多长时间，远处的朝歌城传来一声巨响，隐隐可见一朵火花溅开，瞬间消失无踪。

元骑鲸看着那边，感慨说道：“小师叔威武。”

“小师叔威武！”

“师叔祖太了不起了！”

“掌门真人威武！”

云梦山山外响起青山宗弟子们此起彼伏的欢呼声，只是对井九的称呼各有不同，隔了很长时间才慢慢停歇。

轰的一声巨响，狂风劲舞，笼罩着云梦山的浓云随风而去，隐隐出现一道极其巨大的黑影！面对青山宗的羞辱，麒麟终于再也控制不住，发出了一声怒吼。

就在所有青山宗弟子以为接下来会迎来一场狂风暴雨般的攻击时，麒麟的吼声渐渐低没，云雾再次收回，重新掩住云梦山。

天空更高处有一片云海，平坦得仿佛雪做的毡。一只巨大如山的黑狗静静地趴在云海上，收回望向朝歌城的视线，望向云梦山深处，没有发出任何声音，眼神冷漠至极。

白真人忽然离开，十余艘云船集体撤走，而且走得如此匆忙，谁都猜到了应该是云梦山出了事。放眼朝天大陆，能让云梦山出事的只有青山宗。

青山宗能有今天，就是因为两个人，太平真人与景阳真人。

无数道视线落在广场上，落在井九与阴三的身上。与无数视线同时落下的还有数道强大至极的气息，已然锁死了阴三。

一茅斋的苦舟再次飞回，就连禅子的莲驾也来到了朝歌城里，场间的气氛依然紧张。

布秋霄用来锁死阴三的，当然是龙尾砚。充满了镇杀意味的气息穿越十余里的空间，准确地落在了阴三身上，确保他无法像上次在西海时那样逃走。

阴三依然平静，转身望向苦舟与莲驾微微一笑，再次举起了手里的竹笛。

看到这幕画面，布秋霄神情微凛。

这一次阴三没有吹笛子，而是随意地挥舞了两下，风声灌入笛孔，发出一阵嘈乱、奇怪，却并不难听的声音。

无数道飞剑离地而起，乱七八糟地飞着，却没有互相撞击，而是像编麻绳一般扭在一起，形成一柄形状有些丑陋的巨剑向苦舟斩去。如此巨剑，威势自然大得难以想象，狂风呼啸，天地元气大乱！

“所有弟子退走！”布秋霄轻喝一声，运起全部正气，便要与这道巨剑作生死之斗。

嗡的一声轻响，狂风依然呼啸，巨剑却忽然静止在了天空里。不知何时，井九从石阶上站起，他伸出右手对准天空里的巨剑，脸色有些苍白。

时隔多年，这对修行界历史上最出名的师兄弟第一次如此近距离相见，便是在争夺青山剑阵的所有权，这真是极有象征意义的画面。

不知道隔了多长时间，天空里忽然响起噼噼啪啪的声音，就像是湿柴被点燃一般。巨剑表面的飞剑渐渐飞离，像墙皮被剥离，紧接着散开得越来越快，最终变成满天剑雨，然后一一重新回到地面。

看到这幕画面，所有人都松了口气。

“你能影响的青山宗，终究只是小部分。”井九收回右手，看着阴三说了句颇有深意的话，接着说道，“不过你吓人的本事倒还是如当年一般厉害。”

这说的是阴三先前把白真人稳住了一段时间。

“能吓退就行。”阴三用衣袖擦了擦竹笛，“不要忘记，今天是我救了你一命。”

井九平静说道：“你以前就救过我很多次。”

阴三抬起头来，看着他说道：“所以你就可以不停违逆我？”

井九说道：“我是你师弟，又不是你徒弟。”

阴三微微一怔，似觉得这句话极妙，哈哈大笑起来，对青儿说道：“走吗？”

青儿不知何时也来到了皇宫广场上，在井九身边飞着，听到阴三的话没怎么想便摇了摇头。阴三不知因何叹了口气，向皇城外走去。

布秋霄等各宗派的强者还想要做什么，忽然听着笛声再起，地面的青山飞剑随着阴三的脚步而起，在空中呼啸飞舞，发出清脆的剑鸣。尽管井九说阴三只能影响小部分的青山宗，但终究还是能影响一些的。

伴着悠扬的笛声，在青山剑阵的保护下，阴三离开了皇宫，就这样消失在废墟里。

禅子与布秋霄对视一眼，摇了摇头，都表示找不到他的痕迹。

这就是羽化成功后的境界吗？想着这些事情，禅子更添忧愁，今日青山宗与中州派结下血海深仇，朝天大陆必然动荡不安，还有太平真人游离世外…… 人间从此多事矣。

朝歌城外到处都是避难的民众，哭声就没有断绝过。赵园已经收留了很多人，井商与赵爵爷收回望向朝歌城的视线，对视一眼，看出彼此眼里的后怕。

“看来可以让他们回来了。”

“是啊。”

有很多逃难的民众离开朝歌城后，继续向南而去，其中不乏有钱人家的马车，在朝廷军队的监视与保护下，倒是没有出现什么哄抢之类的事情。

其中有一辆马车显得极其宽阔，谁也想不到那是里面蹲着一只锦鸡的缘故，锦鸡的尾羽着实有些太长。阴三接过玄阴老祖递过来的绿酒，浅浅地饮了一口，摸了摸锦鸡的尾羽，发出一声带有遗憾的叹息。

他不是叹息天下没有大乱，因为天下终将大乱，他可惜的是白真人最后当机立断地撤走了。

“确实有些可惜。”玄阴老祖也给自己倒了杯酒，伸出舌头舔了舔，依然极不适应，皱着眉头，“不然她今天肯定会死在朝歌城里。”

井九看着阴三消失在皇城边，回身走回石阶坐下，把阿大从袖子里拿了出来，手掌落下，缓缓地摸了一下，说道："可惜了。"

与白刃仙人分身战斗的时候，阿大没什么用，但如果在杀白真人的关键时刻，阿大偷袭一下应该有奇效。至于怎么杀白真人……他与阴三争夺青山剑阵控制权的时候便已经表明，他还有能力至少偷袭一次。

阿大趴在他的怀里，有些无辜地喵了一声，心想幸亏白真人走了，不然我还能剩几条命？

它正准备继续幽怨几句，忽然发现连三月正颇有兴致地看着自己，不由眼睛一翻，直接昏死过去。它与连三月没有见过几次面，但过去数百年里，不知道腹诽了多少次泼妇，哪里敢直视她的眼睛？

"我提醒过你，关键时刻要小心一些。"井九望向白早说道。

那年在果成寺告别的时候，他专门对她说过这句话，其时白早不明所指，现在才知道原来落在这处。

连三月看了他一眼，心想你的声音也可以很温和嘛。

白早没有看他，抱着双膝，看着广场上的满地飞剑与倒卧着的同门尸体，脸色有些苍白，看着很是可怜。如果她的身体真的被占据，那么她便会死了，这是一个无法逆转的过程。之所以她现在还活着，是因为连三月与井九。

放眼整个朝天大陆，也只有这两个人能够做到，而且他们为此付出了非常大的代价。

连三月把她搂进怀里，说道："累了就睡会儿。"

这句话仿佛有某种魔力，白早的神情放松了，她渐渐闭上了眼睛，睫毛轻轻扇动数下，便睡了过去。

"那六年在雪原里，她一直都在睡觉。"

说完这句话，井九看了连三月一眼。这些年，她也一直都在睡觉。

连三月笑了笑，没有说什么。

他们就这样静静地在石阶上坐着，没有再说话。

看似波澜壮阔的战斗，实际上只是片刻时间，朝阳还在东面，被云层遮着。随着时间的转移，日头渐渐移到中天，时间到了正午。阴云依然遮着太阳，被无数青山宗飞剑刺破的云洞却还在。无数道光线从云洞里落下，一束束地照在皇城广场上满地的剑与尸体。

画面很诡异，诡异的美。

不知道过了多长时间，忽然从云洞中落下雪花。

元骑鲸到了，看着满地飞剑与死尸，他沉默了会儿，转身望向连三月，说道：“多谢。”

连三月很随意地挥挥手，说道：“我只是睡得太久有些无聊，想要打几架，又不是为了你们青山宗。”

元骑鲸沉默不语，心想你是为了师叔，青山宗自然也要记你的情。他对井九说道：“我在这里看着，你们走吧。”

中州派今日实力大损，而且混乱不断，短时间里应该不会再生事，他在朝歌城坐镇足矣。

井九起身，连三月把白早递到他怀里，便准备一道离开。

就在这个时候，阿飘从殿里以奇快的速度飘了出来，惊慌失措说道：“先生，你可不能把我丢下啊！”

作为下一代的冥皇，她哪里敢一个人停留在人族国都里，而且她在上德峰受了好几年的苦，看着元骑鲸便感到浑身发寒。

连三月看了这个小女孩一眼，问道：“这又是谁？”

井九说道：“我关门弟子，最小的那个。”

连三月指着还在剑栏里昏睡的平咏佳，问道：“那这个小家伙呢？”

井九说道：“说过，也是关门弟子。”

连三月说道：“你可以啊，如果在别的方面也知道这么变通就好了。”

什么方面呢？男女方面？

不管是阿飘还是阿大，都不敢有任何反应。殿里的那些人们更是噤若寒蝉。寒蝉如果这时候在场，肯定会装死，连元骑鲸都在装死。

井九与连三月离开了朝歌城。

看着消失在天空里的两道身影，皇城里外无数人都跪了下去。

广场上到处都是剑，尸体与碎肉清理起来也极为麻烦，神卫军用了整整半天时间才稍微清出了些样子，专门找了座废弃的宫殿存放，以备中州派以后索要。

傍晚时分，皇宫里正式举行了登基大典，被绝世强者打得残缺不堪的宫墙，在夕阳的照耀下显得格外惨淡。

元骑鲸坐在偏殿里，闭着眼睛，仿佛再次睡着。

看着端坐在皇位上的儿子，胡贵妃的脸上满是泪水，又想起刚离开一天的陛下，泪水更是如泉般涌出。

平咏佳被大殿里的山呼万岁声吵醒，有些懵然地揉了揉眼睛，发现身边都是剑，有些艰难地站起，发现皇城里到处都是剑。而且其中有好多剑他看着都有些眼熟，竟像是在剑峰上见过。一时间他有些茫然，心想难道自己回青山宗了？

就在这个时候，广场上的无数飞剑忽然飞了起来，向南方遥远的青山宗而去。满天阴云骤然碎裂，露出了湛湛青天。天空里的飞剑就像一道缎带，又像一条通天的大道。

平咏佳忽然想起昏睡之前的事情，“啊”了一声，急声问道：“师父呢？”

阿飘来到他的身边，望着天空悠悠说道：“走了。”

听到这句话，平咏佳的眼神变得极其复杂，有向往，有羡慕，有敬畏，有不舍，喃喃说道：“师父这么快就飞升了？那我们怎么办？”

阿飘像看白痴一样看了他一眼，对自己关门弟子的身份更加自信，吹起额前如叶般的黑发，用变幻的光线表达自己的嘲讽，说道：“想什么呢？先生陪连三月前辈云游去了。”

大原城外，三千庵内，圆窗如前，窗前的静湖如前，只是那位老师太已经仙逝，再无法出来迎接他们。

连三月把白早放到窗前的榻上，右手轻拂，只见无数道极细的丝线从白早的身体里生出，随风而卷，没多时便形成一个雪白的巨茧，把她裹在中间。

这幕画面井九曾经在雪原里见过，也在水月庵里见过，知道是春蚕化蝶的道法，未觉惊奇。相反有件事情他比较在意，连三月在这张榻上睡过，雪姬也在这张榻上睡过，现在睡在这张榻上的是白早。雪姬是朝天大陆的最强者，连三月是天下第一人。等白早醒来，会变成怎样的一个人？

连三月看着榻上，说道：“她的身体里没有白刃的仙识，要靠自己尽数炼化这么多数量的仙气，不知道要睡多少年。”

井九说道：“她不如你，自然睡的时间要更长。”

连三月没有走门，直接从圆窗处走出去，井九跟着她来到湖边，指着某个石凳说道：“当初我就是在这里用青天鉴磨的剑。”

青儿坐在檐上，轻轻挥动透明的翅膀，没有说话。换作以前，她这时候肯定早就已经飞了下去，嚷着你当时好粗鲁之类的话。但现在她很安静，只是静静看着湖边的这对男女说话。

柳词曾经带着她去过很多地方，太平真人也带她去过很多地方，但她隐隐明白，如果要知道什么才是人，接下来的这段日子才重要。当然更重要的原因是，她知道，在这种时候自己不应该去打扰他们。

连三月负手向石凳走去坐下，就在她的衣裙刚刚接触石凳的瞬间，井九的手掌便悄无声息地落到她的头顶。啪的一声轻响，清风徐拂，湖面上生出无数道奇形怪状的波纹，鱼儿们惊恐地避向四周。

夏天还没到，大原城里便响起数声惊雷，惊着了路上的行人，一个鬓角斑白的男人从铺子里走出来，望向了天空。更远处的山间，一处清泉骤然断裂，一片山崖忽然崩塌。

没有人知道，那些惊雷，那些异象，都只不过源自三千庵里的这声轻响，这道清风。

“我说过你这辈子都打不过我了。”连三月转过身来，看着井九得意地说道，“就算你现在夺了白刃的仙气，也不是我的对手，偷袭都不成。”

井九面无表情地说道：“长生仙箓的仙气都被你灌进了白早的身体里，如果你不要我的仙气，会出事的。”

当初西海剑神的一剑直接重伤了还是过冬的她，全靠着长生仙箓的仙气才能维持住身躯不灭。

连三月看着他平静说道：“你现在境界低微，直接动用青山剑阵，本就是找死，如果没有仙气你会死。”

井九平静说道：“我永远不会死。”

连三月平静地说道：“你永远是个骗子。”

井九沉默了会儿，沿着湖边的石板路开始行走。

连三月跟了过去，伸手抓住他的衣袖说道：“别生气嘛……我现在脾气不是已经好多了？”

井九没有说什么，反手牵住她的手，继续向前走。

当年他与她决裂得非常彻底，可以说是老死不相往来，虽然是单方面的。不过他们曾经有很大的可能成为道侣，他比谁都了解她，更了解她的春蚕化蝶道法。这个道法是极好的，但以她的性情，根本无法持续太长时间。

连三月从他的沉默里感受到他此时的心情，微笑说道：“飞升失败后我就用天人通算过，用春蚕化蛹也活不了多久，既然如此何不谋一痛快？”

能够打败世间最强的谈真人，还与飞升的仙人战了一场，这时候还牵着你的手，当然痛快。

“我不快活。”井九停下脚步，看着她的眼睛认真说道。

连三月心想你本来就没有太多情绪，这要不快活还真难办，想了想，踮起脚在他唇上亲了一口。

井九没有避，静静看着她。

连三月说道："我想去白城见一个男人。"

井九说道："我陪你去。"

雪原已经平静了很长时间，各宗派的修行者都回山了，白城周遭变得安静了很多，但城里却因为同来的信徒变得更加热闹。只有那道山崖前的小庙依然如过去的这些年一样，不热闹也不冷清，那尊金佛只是平静而肃穆地注视着北方。

连三月走进小庙，在门槛上坐下，只不过这一次她没有对着雪原，而是对着庙里的那尊金佛。井九站在庙外的平地上，看着雪原，不知道在想什么。

连三月什么都没做，只是静静地看着金佛，偶尔换个姿势，偶尔笑一笑，很开心的样子。

刀圣曹园的声音在小庙里响起，往年浑圆而若有缺的声音，今天满是缺口，颤抖得非常厉害："你不喜欢吃黄瓜，那吃萝卜好不好？"

连三月笑了笑，看了眼案前水灵灵的萝卜，说道："很多年前，我对你说要不要去南边。"

曹园的声音颤得更加厉害，说道："你怎么就不喜欢吃萝卜呢？"

连三月说道："不要再重复了，我知道你这时候很紧张。"

曹园沉默了很长时间，说道："我当时以为你喜欢守在这里的我，虽然我守在这里不是为了你。"

连三月说道："如果你当时答应跟我走，我们应该会同行几年。"

曹园很认真地说道："我很后悔。"

连三月忽然转头对井九说道："你走远点。"

井九便去了千里之外。

连三月说道："我有些累，想睡会儿觉，你抱着我好不好。"

曹园颤着声音说道："好。"

连三月在佛前躺下，慢慢地闭上眼睛，进入了香甜的梦乡，这一睡便是三天三夜。

连三月睁开眼睛，说道："我走了。"

曹园颤着声音说道："好。"

连三月走出小庙，井九回到了小庙前。

曹园对他说道："谢谢你。"

井九沉默不语。

曹园接着说道："谢谢你还活着，可以陪陪她。"

只要她开心就好。

连三月转过身来，看着他说道："不要这么说，你陪我的时间可比他长。"

离开白城，井九与连三月去了居叶城。他们没有吃火锅，而是吃的手把羊肉，连三月觉得这样才痛快。井九静静看着她吃，也觉得很痛快，被她有些不耐烦地塞了颗糖蒜。

糖蒜又酸又甜，含久了有些苦。

吃完羊肉，他们开始逛街，就像在三千庵里游湖一般，连三月很自然地伸手牵住他的衣袖，脸上满是小女儿的神态，很是开心。她从来不会主动牵他的手，反正用不了多长时间，井九就会主动握住她的手。

离开居叶城后，他们又去了好多城市，就像那几年一样在世间随意行走着，看了一轮的春夏秋冬。再次回到大原城外的三千庵时，又是一个春天，白早还在沉睡。

"这孩子某些方面真的有些像我，就是太柔弱了些。"连三月站在窗前，看着雪茧里若隐若现的身影，"你以后对她好些。"

井九没有说话。

湖边有些安静，柳枝轻拂水面，蜻蜓落在水面，青蛙跳进水面，发出各种各样的声音。

连三月说道："我想听琴。"

井九说道："我们都不会。"

大原城有位李公子极为出名，他的父亲曾经是大原城城守，也因为鹿国公对他的诸多暗中照拂，在城里经营着几家古董行，来往皆是名流，可谓是一等清贵。

他年近半百，身体却是极好，看着极为精神，被称为公子，也不觉得奇怪。只是不知为何，他始终没有成亲，鬓角很早便染了霜雪，看上去有几分孤苦。

去年深春，李公子莫名有些心悸，请了大夫来看，也没有任何说法。要知道他已经很多年都没有病过了，自从接到天上落下的一瓶丹药之后。

心悸持续了整整一年，又到了初春时节，非但没有缓解，反而更加严重，让他时常夜不成眠，虚汗直出。为了打起精神，他带着管家出了大原城，准备去山里游玩几天。

大原城外有好些名胜风景，他却如往年一般，很自然地走上了那条道路。管家早就已经习惯，不以为意，抱着古琴跟在身后。

入山绕谷，迎面便是一方莲池，李公子来到水畔，看着水面的青青莲叶，想着盛夏时的风景，不由露出微笑。盛夏时便有莲花，风景更好，他当年便是贪看风景落入水里，见到了一生无法忘怀的仙女。

离开莲池，继续沿着山路行走，待到山穷水尽处，有一片青草，青草里卧着块石头，上面写着两个字。

“三千”。

看着这块石头，李公子忽然觉得心悸更盛，甚至有些疼痛起来，脸色骤然苍白。管家看他的情形，赶紧上前扶着，询问要不要歇息，去寻个大夫。李公子有些粗暴地从管家手里抢过古琴，让他不要再跟着。

三千庵的师太们对李公子很熟悉，他经常来捐东西，而且每年都会来弹一次琴，偶尔也会饮醉之后一人来此孤坐。按理来说，她们应该会很欢迎他的到来，但今日情形有些特殊，只能面带难色地把他拦在了小桥前。

就在这个时候，一道清冷而毫无情绪的女子声音响起：“让他进来吧。”

听到声音的瞬间，李公子的身体僵住了。

恍若隔世。

可对他来说，就是一世。

李公子有些虚脱，双腿一软，跌坐在地面上。他不知道这时候该说什么，能说什么。他用颤抖的手指解开琴囊，取出古琴搁在膝上，又用颤抖的手指调琴弦的位置，务求要奏出今生最满意的琴曲。

“不要着急。”那道女子声音再次响起。

李公子沉默了会儿，缓缓呼吸数次，终于冷静下来，手指落在弦上开始拨动，琴声渐起。

脚步声轻响，连三月从桥那边走了过来。李公子不敢抬头，只能看到裙裾一角，手指却控制不住地再次颤抖起来，曲不成调。

“慢慢来。”连三月说道。

李公子深深地呼吸了数次，终于敢抬起头直视连三月的脸与眼睛，渐渐冷静。

连三月看着他，眼里流露出欣赏的神情，说道：“仙人殊途，说的是寿元，我当年没想明白，总以为你会比我先死，那就无甚趣味，早知如此，当年我就应该留在大原城，听你几年琴也是好的。”

李公子的脸色变得异常苍白，因为他是聪明人，听懂了仙女的意思。井九在桥那边静静听着连三月的话，脸上没有任何情绪，就连嫉妒也一点都没有。

李公子闭上眼睛，再睁开眼睛，开始平静地弹琴。

琴声淙淙如流水，还是《良宵引》。

良宵渐至，夜色深沉。

连三月望向井九问道："我们是什么时候认识的？"

井九没有回答这个问题。

连三月接着说道："我喜欢很多事物，很多人，在世人看来，这是不是水性杨花？"

"只要你活着，做什么都行。"井九说道，"我可以给你找几万个男人或者女人。"

连三月挑眉，说道："想死啊你？"

井九"嗯"了一声。

"真是孩子气，明明是世间最怕死的人，偏要说这样的话。"连三月摸了摸他的脸，"当初我去白城玩，你气得要死要活，每天都去找南忘要酒喝才能睡着，但酒醒后，你连她都避之不及，哪里还会想到死字？"

井九说道："那时候我只是觉得她太喜欢打架，而你又打不过雪……女王，比较担心。"

连三月微笑说道："当年的你太孤独，才会养成这种怪异的性子，但这一世不是很好？你有那么多徒弟，我也就放心了。"

话语里有情意，琴声里也有情意，她转身望向桥那边依然在弹琴、手指染血而不自知的李公子，说道："你不要吃醋，要知道你对我是特别的，原因说来俗气……因为你比我强，而且曾经是我的求不得。"

井九沉默了会儿，说道："我当年与你分开，是觉得这样下去你会无法飞升，我不想这样。"

连三月静静看着他说道："飞升有什么好处？"

井九说道："只有一直活着，才不会分离。"

分开，就是为了不分离。

"如果早知道我飞升会激得你冒险提前，我会等你。"

对井九来说，这是他最动人的情话。

——我会等你。

"嗯。"连三月牵起他的手，轻轻靠在他的怀里，"这次不用等我了，我在来世等你。"

然后，她变成了无数道金光，渐渐散去，散到天空里，便是晨光。

太阳照常升起。

琴声呜咽，李公子痛哭失声，一夜白头。

青儿泪流满面，一夜便懂了人的苦处。

白城迎来了一场地震，一道雪亮的刀光直入雪原深处。

不知何时回。

不知是否一去不回。

第十一章

顾清的故事

C H A P T E R 1 1

距离中州派攻打朝歌城已经过去了一年，皇宫终于初步修复，皇城大阵在一茅斋等宗派的帮助下也变得更加坚固。新皇登基之后，颇行仁政，朝歌城居民也不再每天担心天降雷火，就此死去，一切都在慢慢恢复。

大殿里，神皇正在与大臣们议事。偏殿里，顾清坐在案前看着奏折，胡贵妃在不远处盯着他。阿飘在梁上飘着，平咏佳在榻上平躺着。

忽从殿内深处传来一道寒意，明明是在室内，却有风雪不停落在地面某处。元骑鲸就坐在那里，所有风雪落在他的身上，便尽数潜入进去，没有溢出分毫。

一道清风拂过，井九出现在偏殿里。平咏佳与阿飘面露喜色，赶紧来拜，紧接着想到昨夜的异象，不知该说些什么来安慰。

井九走到元骑鲸身前深深行了一礼，极为郑重。

元骑鲸闭着眼睛，没有理会他。按道理来说，这是极没有礼数的事情，不应该发生在这位青山剑律的身上。

顾清这时候才反应过来，赶紧来到师父身边，准备把这一年里发生的事情用最快的速度汇报一遍，被井九挥手止住。

他走到大殿里，包括神皇在内的所有人集体下跪。

昨天的天地异象，整个朝天大陆都看到了。大原城的清晨提前到来，明明应该还是深夜时分，却是晨光满天，太阳提前升起。那意味着什么，谁都清楚。可为何他还是这样平静，就像什么事情都没有发生过？

“谁的琴弹得最好？”井九问道。

最擅长下棋的胡大学士现在已经是年近百岁的老人，颤着声音说道：“我倒是能弹。”

井九说道：“弹一曲来听听。”

在这种时候居然还有心情听琴，众人有些怪异。冷情如斯，真是匪夷所思。

自有宫女太监端上名贵的古琴，胡大学士收敛心神，用枯瘦的手指弹了一首曲子。

井九说道：“没有我昨天听的琴好。”

大殿里很安静，没有人明白他的意思，也不知道他想做什么。

顾清看着他，很是担心。

“当年我只用了九天时间便学会了很多东西，我以为活着是件很简单的事情，直到现在才发现原来有很多东西学不会，比如弹琴，比如……”井九停顿了会儿，接着说道，“比如我不会哭。”

“如果何霑过来，不要让他回北边，如果他坚持要回，让青山宗护着他。”他对顾清交代道，“稍后送我回家。”

顾清忽然生出极其强烈的不安。

井九走到殿前的石阶上，望着远方的天空，说道：“真难。”

说完这两个字，他闭上眼睛，向后倒去，身体落在地面上，没有发出多大的声音，却像是一座山轰然倒塌。

大殿里响起无数声惊呼，景尧霍然起身，向殿外冲去，被胡贵妃指派的太监拦住了。平咏佳与阿飘以最快的速度来到石阶前，警惕地望向四周，把大臣与太监们隔绝在外。

顾清跪在井九身边，伸出颤抖的手指，探了探他的鼻息，发现虽然极为悠长微弱，但没有断绝，紧接着确认了他的剑意也没有涣散的痕迹。还好，最恐惧的事情没有发生。

顾清有些虚脱，双腿一软，直接坐到了地上。

大殿里的议论声渐渐起来。

顾清强行控制住心神，把井九从地面抱起，走进侧殿，准备放在软榻上。平咏佳忽然想着去年神皇就是在这张软榻上走的，有些不吉利，赶紧出声拦住。

胡贵妃对顾清说道：“去我宫里吧。”

顾清沉默了会儿，点了点头。

皇城的戒备提升到了最高等级，飞辇在天空里不停交错。

按照前代神皇的遗诏，井九拥有景氏皇朝的最高权力，他的忽然昏迷，自然会引发极大震荡，人心惶惶。人们更想不明白的是，他为何会忽然昏倒。

平咏佳与阿飘站在榻边，神情有些茫然无助。

顾清站在窗前，神情凝重。他自然不会把师父安置在胡贵妃的床上，这里是当年他给景尧上课时候的居所。

井九已经睡了三天三夜，依然没有醒来的征兆。

顾清的心情越来越沉重，尤其是想到给青山宗的信早就已经发了出去，为何始终没有人来?

就在这个时候，皇城大阵忽然生出感应，有人试图闯进皇宫，被拦了下来，正与神卫军处于对峙之中。

顾清看到来人有些意外，示意神卫军放他进来。

身前的无形屏障忽然消失，何霑微微挑眉，毫无惧意地闯进皇城，来到广场正中央，厉声喝道:“景阳！你给我出来!”

三天前大原城的天地异象，整个朝天大陆都看到了，他深居雪原，也看到了那道晨光。晨光明亮，却不刺眼，就像他从小到大的奇遇，总是那般自然，却又光彩夺目。

紧接着，雪原上迎来了一道壮丽而凄绝的刀光，天崩地裂，不管是雪国的怪物还是人族的修行者，都无法继续停留。

何霑也不想停留。

当年在宝通禅院的时候，他就已经隐约猜到了姨妈的身份，所以他才会变得更加嚣张，敢去黎明湖杀人，敢进雪原杀怪，敢和大宗派的长老们对骂。

有她在，他谁都不用怕。

现在，她不在了。

他以最快的速度去了大原城，什么都没有发现，又在三千庵的指点下来了朝歌城。去年朝歌城发生的事情已经传遍朝天大陆，谁都知道井九与连三月之间的关系，也知道他们携手离开朝歌城云游天下。

现在她死了，井九还活着。何霑当然要来讨个说法，不管打不打得过。

她不在了，他更不怕了。

顾清把何霑请进了殿里，何霑所有的愤怒、紧张以及杀气都变成了惘然。井九闭着眼睛躺在榻上，没有任何气息，仿佛已经成了一个死物。

“这是怎么回事?”他颤声问道。

没有人知道原因，元骑鲸可能知道，但他在皇宫正殿里同样闭着眼睛，不知何时醒来。

顾清想着师父当年在果成寺里沉睡数年的经历，说道:“可能与仙气有关。”

这是最可能的情形。即便是景阳真人与连三月，想要战胜降临的仙人，也要付出极大的代价。现在是一个人沉睡不醒，另一个人已经离开人间。

何霑觉得好生难受，却又无处宣泄，愤怒地大叫一声，哭了起来。

看着委屈的、像是死了爹娘的孤儿一样哭着的他，平咏佳与阿飘觉得好生奇怪，心想为何如此伤心。何霑的哭让众人一头雾水，没有人知道他与水月庵，与连三月之间的关系。

顾清得过井九的交代，隐约猜到些什么，拍了拍他的肩膀，表示安慰。

何霑没有在朝歌城停留，当天夜里便离开了，据他说刀圣曹园这时候正在雪原里与女王进行着二百年来最惨烈的一次战斗，他必须赶回白城盯着。

井九没有醒来，顾清自然要按照他的吩咐做事，把他送回家。

问题是他的家究竟在哪里呢？

按道理来说，他是神皇的叔祖，自幼便在皇宫里长大，这里当然就是他的家，可顾清总觉得他不是那个意思，不然何必多加这句话？

“师父在青山宗的时间要比在皇宫里的时间长无数倍，对他来说，那里才是家吧。”平咏佳挠着头说道。

顾清说道：“就算师父是这个意思，也不能回青山宗。”

青山宗太远，而且元骑鲸在朝歌城，青山宗现在由方景天主事，送沉睡不醒的井九回青山宗或云集镇太危险。

“真人有没有可能说的是太常寺井家？”胡贵妃问道。

顾清与平咏佳、阿飘对视一眼，心想似乎有些道理。

景阳的家可能是皇宫、青山宗，但井九的家当然是离太常寺不远的井宅。

太常寺的黑檐蒙着灰，不像往日那般灵动精神，却也不再那般可怕。顾清等人把井九送回井宅的当天傍晚，便有人来了。

晚霞极艳，如血一般。

赵腊月站在海棠树下，看着书房里沉睡不醒的井九，沉默不语。弗思剑出，海棠树尽数被斩成碎片，暮光照进窗里，把井九的脸照得更加清楚。

树与花的碎屑随风而落，没有一片能落在她的身上。微风轻轻拂动她肩头的黑发，去年她听说朝歌城的事情之后，便开始蓄发，已经快要及腰。

赵腊月站在暮色里，夕阳在她身后。她的容颜无法看清，只有那双黑白分明的眸子还是那样的明亮，在昏暗的世界里无比醒目。

顾清站在旁边，默默祈望师父能看到这双眼睛，醒来。

“要不然，先吃饭？”井商站在外围有些不安问道。

听到这句话，顾清、平咏佳望向赵腊月，阿飘有些不知所以。

她是神末峰峰主，更是师叔。他们知道井九在她心里的分量，虽然她很喜欢吃火锅，但这时候还吃得下饭吗？

赵腊月忽然转身向饭厅走去。

井家今天准备了很多道菜，碗碟铺满了整个圆桌，井商媳妇有些紧张地站在桌边，井梨媳妇则是有些委屈地站在更远些的地方。

赵腊月也不客气，直接在首位坐下，然后说道："坐。"

所有人都坐下了。

赵腊月说道："吃。"

于是所有人都开始吃饭，一顿饭下来，没有一个人说话。吃完饭后，赵腊月让井梨媳妇给自己梳了梳头发，编了一个辫子。所有人都假装没有看到，阿飘抱起了比她脸还大的海碗假装吃饭。

井梨脸色苍白，心想幸亏饭厅里没有镜子。

赵腊月离开饭厅，走回书房前，在海棠树曾经所在的位置盘膝坐下，闭上眼睛。弗思剑无声而出，美丽的暮光照在她的黑辫上，有些难看。

看着这幕画面，平咏佳有些不安，问顾清道："师兄，接下来怎么办？"

顾清知道以师叔的性情，只怕师父一天不醒，她就一天不会走，便说道："守着。"

他们身为弟子，当然也要在这里守着，但也不能像赵腊月这样，就一直坐在那里，什么事情都不做。谁都不知道井九什么时候才能苏醒，如果需要十几年怎么办？

好在这些年井宅扩建了两次，有了足够多的房间，足够他们住下。

暮色渐深，便是夜色。

"师父您何时回宫？"井梨对顾清问道。

在他想来，既然师父是监国，总不能一直在宫外待着。

顾清摆了摆手，心想这种事情哪有师父重要。

第二天清晨，井梨醒了过来，依次去给沉睡中的井九，还有赵腊月、顾清、平咏佳、阿飘行礼，又叮嘱了媳妇几句千万不要想着讨好长辈去送茶送吃的，这才准备去皇宫。

走出小巷，来到大街上，他忽然停下脚步，看着眼前的画面，忍不住揉了揉眼睛，心想自己是不是看错了。

这条街平时极为热闹繁华，有很多宅院与商铺，但现在居然一夜之间全部都被拆了，变成了一片平整至极的土地！

这是怎么回事？他走到对面，有些茫然地四处望。

一名工部营造司的官员识得他的身份，赶紧过来解释了几句："这是昨天夜里宫里下的旨意，清天司来了好些官员帮手，我也不知为何。"

井梨带着疑惑去了皇宫。年轻的神皇不待他发问，关切问道："叔祖现在如何?"

井梨说道："祖师还没有醒。陛下，那条街怎么被拆了?"

神皇说道："晚上你回去的时候，应该就知道了。"

傍晚时分，井梨从皇宫回来，忽然发现街边忽然多出一座寺庙！哪怕是有清天司官员的帮助，也没有人能在一天内凭空修建出一座寺庙来，很明显这是某位大能直接搬了一座寺庙过来。

这座寺庙有些古旧，井梨甚至觉得有些眼熟，走到近前仔细看了看，才发现这正是净觉寺的后三殿。

这到底是怎么回事?

井梨有些茫然地走回巷子，忽听着宅门吱呀一声开启，一个年轻僧人从里面走出来，顾清在旁相送，神态极为尊敬。

不管是当朝监国，还是青山宗掌门首徒，都是极尊贵的身份，世间有资格让顾清如此尊敬的僧人能有几个?

"见过禅子。"井梨赶紧拜倒行礼，看到一双洁白如莲的赤足。

禅子没有理他，也没有避着他的意思，继续对顾清说道："他境界不足，强行动用青山剑阵，那天就该死，只是不知为何得了白刃的仙气，才能撑到如今，这种情形我没有见过，更不知他何时能醒来，能否醒来，倒是水月庵那边或许有些经验，你问问她们。"

说完这句话，禅子便向街边走去，被净觉寺僧人迎入了新搬来的寺庙。

钟声在暮色里响起，顾清对着街那边认真行礼，井梨赶紧跟着行了一礼。

第二天的时候，一顶青帘小轿落在了街上。水月庵庵主与顾清说了说话，看了眼赵腊月，便转身离开了。此地已经有禅子坐镇，她没有必要留在这里，而且东海畔的通天井总是需要有人看着。当年连三月被井九灌注仙气之后，沉睡了很多年，但水月庵庵主只知道外部变化，并不知道她究竟是如何炼化那些仙气的，也没有办法给出一个答案。

水月庵庵主走了，甄桃与几位同门则是留了下来，住进了太常寺里。紧接着，悬铃宗、镜宗与大泽的人也都到了，在离井宅不远的地方，各自选择了住处。再加上井宅附近的鹿国公府与宰相府，前者本来就是井九的人，后者有一茅斋背景。井宅等于被完全地围了起来，变成了与外界隔断的禁地。很明显这是防着中州派报复，再加上皇宫里的元骑鲸，沉睡中的井九应该是安全了。

想着这些事情，井梨回到家里，却觉得家里似乎也有变化，然后才想起来那棵海棠没了，不由叹了口气。

赵腊月闭着眼睛坐在书房前，不管是禅子还是水月庵庵主到来，都没有理会。但不管她理不理会，顾清都要把这些事情一一禀报给她。

赵腊月睁开眼睛，站起身来，伸手召回弗思剑。

顾清怔了怔，心想您要做什么？

赵腊月左手握住辫子，右手握住弗思剑轻轻一割，扔给了顾清。弗思剑动，化作一道血线，向青山宗而去。

顾清拿着那根辫子，看着消失在天际的剑光，有些茫然。当初井九失落雪原的时候，赵腊月在白城的庙前，等了他一年时间，现在才一天，怎么就走了？

忽然间，他觉得手里的辫子很是沉重，又有些发烫，心知这不是自己能碰的东西，赶紧进了书房放在井九的身边，还小心翼翼地调整了一下位置。

血般的剑光照亮了神末峰峰顶，元曲从殿里迎了出来，说道："师父！掌门真人怎么样了？"

赵腊月没有理他，挥了挥衣袖，刘阿大像个雪球般从她的袖子里滚了出来。

元曲赶紧闭嘴。

赵腊月面无表情地走进洞府，石壁缓缓关闭。

刘阿大收回视线，慢慢踱至崖边趴下，望向仿佛在燃烧的云海。

转眼，便是百年。不够沧海变成桑田，对凡人来说却是难以逾越的一道线，横在生死之间。亲眼见过连三月大战仙人的朝歌城民众都已经死了，于是一切都成了传说。即便对修行者来说，这也是一段很长的时间。

朝天大陆的这个百年很平静，邪道妖人基本上都被柳词杀死了，中州派形同封山般沉默下来，只有青山宗变得越来越强大。

广元真人在七十年前通天，方景天破境至通天中境。更出乎所有人意料的是，青山剑律元骑鲸居然还活着，坐镇在朝歌城皇宫里，虽然没有几个人能见到他。

青山宗仿佛回到了当年的全盛时期，然而谁都知道青山宗的隐忧是什么。

太平真人逍遥世间，景阳真人沉睡不醒。如果不是因为元骑鲸还活着，方景天或许早就已经镇压了神末峰，迎回了自己的师父。

某个寻常秋日，神末峰峰顶的洞府缓缓开启，灰尘轻飘，赵腊月走了出来。她浑身灰尘，短发凌乱，不修边幅，就像一百多年前在剑峰上与井九初见时那样，眼眸却更加黑白分明，如纸上的墨字，能让天地清楚地看到她的意志与想法。

伴着血般的暮色，赵腊月走到崖边，望向仿佛在燃烧的云海。无数道若有若无的剑意，从衣衫间飘出。云海骤然碎裂，变成万道丝缕，如无数朵跳跃的火焰。

元曲从道殿里走出来，竟是震惊得忘记了行礼，眼里满是不可置信的神情。师尊刚才展现出来的究竟是什么境界？

远处的碧湖峰上，忽然传来一声猫叫。那是想念，更多的是佩服。

赵腊月超越了以前的景阳，成了有史以来最年轻的破海巅峰。

一百年的时间，让赵腊月连破三境，来到了破海巅峰，成为真正的强者，也让青山宗发生了一些微妙而又重要的变化，这些变化累积起来，即将在不久之后迎来一次彻底的爆发。

元骑鲸坐镇朝歌城，方景天自然成了青山宗九峰里地位最高的人，这些年下来行事公正，沉稳而不冒进，颇得人心。他经过长时间的准备之后，提出要新立掌门，得到了很多长老与弟子的支持，也迎来了很多反对声。

青山宗弟子都还记得，有个老祖宗在朝歌城里睡觉。

方景天说井九不是景阳师叔祖，是万物一剑剑妖，谁会相信呢？禅子与连三月都承认的事实，你凭什么否定？

赵腊月在闭关，顾清在朝歌城，神末峰没有发出声音，反对最厉害的竟然是天光峰，卓如岁甚至还专门出了一次关。

面对着如潮的反对声浪，方景天依然很沉稳，没有强行镇压，而是给出了一个极其有力的理由。不管井九是景阳真人还是万物一剑剑妖，难道他在朝歌城一天不醒，青山宗就一天没有掌门？

青山宗需要一个新的掌门，不管是方景天还是广元真人，又或者是别的人。

一百年来，青山宗没有掌门，元骑鲸枯守皇宫，各峰各行其是，确实影响极大，就算是最能胡搅蛮缠的卓如岁，也无法反对方景天的说法。

接下来的问题是，新的青山宗掌门应该如何选出？

适越峰的长老弟子搬出如山般的门规开始翻阅，想要找到更有利于广元真人的条款。墨池长老在天光峰峰顶看着那把椅子唉声叹气，字不成句。上德峰沉默不语。两忘峰弟子以及各峰剑修都在从大陆各地赶回青山宗。

明年初春的青山宗试剑大会上，便会做出最后的决定。

赵腊月听完元曲的禀报，问道："顾清呢？"

元曲说道："顾清师兄在朝歌城监国，方景天几次让他回来，他都没有听召。"

赵腊月说道："不回来是对的。"

元曲接着说道："平咏佳与阿飘八十几年前忽然失踪，不知去了何处，但禅子传信说不用担心。"

赵腊月隐约猜到两个小家伙去了哪里，问道："童颜对此事有何想法？"

元曲说道："那年围攻云梦山的时候，童颜师兄亮了明路，中州派表面没说什么，暗地里下了必杀令，他回来后还是进了隐峰，我也很久没见到了。"

赵腊月又问道："卓如岁还在闭关？"

元曲说道："卓师兄比您晚三年才开始闭关，估计一时还出不来。"

赵腊月沉默了会儿，问道："他那边怎么样？"

最关心的问题，总是会放到最后才问。

元曲说道："掌门真人还没有醒，最开始的时候禅子守了十年，后来是水月庵庵主守了十年，布秋霄守了十年，广元师伯破境后也去守了十年，不停轮转。"

赵腊月问道："现在轮到谁了？"

元曲说道："布秋霄。"

赵腊月心想那柳十岁应该也在，暂时息了去朝歌城的想法。

果成寺、水月庵和一茅斋会在朝歌城里守着井九，除了因为对景阳真人的尊敬以及私交，更重要的是向中州派表明态度，以为震慑，唯如此才能维系住天下的太平。

当然，最重要的是元骑鲸还活着。

据说现在朝歌城皇宫，哪怕是盛夏时节，也可以不用启动阵法降温，因为偏殿里有永无止境的雪不停落着。

赵腊月记得很清楚，当年井九对她说过元骑鲸与柳词都只有数十年寿元了。说这句话的时候，她与井九就站在这里，站在神末峰的崖边。

那是一百多年前的事，按道理元骑鲸早就应该已经离去，为何还活着？

初秋时节，殿里便已经生起了火盆。朝歌城即使要比天南冷很多，按道理也不至于如此，可宫女与太监却是习以为常的样子。

这自然是因为元骑鲸坐镇皇城。

当然，皇宫里的各座宫殿都有阵法，可以很轻松地实现四季如春，只是这座宫殿的主人性喜天然，更喜欢围炉的感觉。

胡贵妃已经做了一百年的太后，依然一脸娇憨天真，如少女一般，看着顾清问道："你什么时候回青山宗？"

顾清说道："我不准备回去。"

谁都知道当朝太后与监国大人是最坚定的盟友，而且已经维系了一百多年，然而直到今日，他们之间依然显得有些陌生，至少谈不上熟悉，更不会显得亲热。

即便是说话的时候，他们的位置也隔着十几丈的距离，如果是普通人，还真有些听不清楚对方在说些什么。

这画面看着有些古怪。

皇宫里的宫女与太监换了很多代，知道这是太后娘娘与监国大人一直以来的规矩。

宫女奉上茶，退到了殿外。

胡太后看着他担心地说道："如果方景天真成了新掌门，再召你回去，你只能听命。"

顾清说道："是的。"

胡太后忽然想明白了一些什么，微笑说道："所以你会在明年春天之前与甄桃结为道侣？"

水月庵庵主前些年终于破境，成为一代大物。如果顾清能与甄桃结为道侣，加上神末峰与水月庵之间的关系，便等于拥有了一个极其强大的外援。在这种情形下，即便方景天成了青山宗掌门也不会轻易动他。多年后，如果顾清要与卓如岁或者别人竞争青山宗掌门，也会是极大的助力。

"时间上确实有所考虑。"顾清没有否认她的说法，"但那只是一方面，我确实很喜欢甄桃姑娘。"

"男人啊，就是这么现实，说什么喜欢呢？"胡太后看着他微嘲说道。

顾清平静说道："太后请慎言。"

"这句话是我过了，收回。"

胡太后斜倚到榻上，望向窗外，顾清也望向了窗外。两个人没有再说话。宫殿里一片安静，画面很是诡异。他们就这样静静看着窗外，明明窗外什么都没有。

不知道过了多长时间。

胡太后轻声说道："那你就准备这么丢下我吗？"

顾清转过头去。

夕阳照在窗外的宫墙上，又映回到窗内她的脸上，没有增添什么光彩，只是让她的眼眶有些微红，盈着泪水。

顾清静静地看着她，没有出言安慰，就像他师父一样，哪怕连三月死了，也不会哭。

你哭你的，与我有什么关系呢？

直到他觉得脸上有些异样，伸手摸了摸，发现已经被泪水打湿了，他才醒过神来。

自己不是师父啊。

他当然不是井九。井九是神皇的儿子，出生便住在皇宫里。

他的父亲虽然也是顾家的大人物，但他从出生便住在偏院里，院子很是狭小简陋，甚至比一些有脸面的下人还不如。因为他的母亲不是正妻，最开始的时候连妾都算不上，不是通房丫头，就是一个被男主人随意用了的丫鬟而已。

顾家能发展到今天，自然有可取之处，所有子弟，无论嫡庶远亲都会拥有受教育的机会，会被查看有没有修行天赋，不会有任何遗漏。幸运的是，顾清在很小的时候，就展现了自己的修道天赋，但不够幸运的是，他还有一个兄长，天赋比他更好，而且是嫡生子。

顾家做了些准备，几年后便把顾清送进了青山宗。那名叫顾寒的兄长，对他很冷淡，但也谈不上坏，把他带去了两忘峰，做了青山宗首徒过南山的剑童。

如果他的生命按照这样的轨迹运行下去，承剑之后，他会正式加入两忘峰，努力修行杀敌，凭着年资与功劳，换取珍贵的丹药与剑法，看有没有希望在两百年后成为哪座峰的长老。

可在承剑的那个夜晚，他遇到了井九，人生自此发生了翻天覆地的变化。

他的飞剑就像破铜烂铁一般，被井九砸到了远处的山里。那一刻除了愤怒与羞辱，他的心里更多的是茫然。他想不明白这是怎么回事，下意识问了井九一句。

请教刚刚击败自己的对手，就很莫名其妙，更莫名其妙的是，井九居然认真地回答了。

因为在承剑大会上提前用了六龙剑诀，他被停了一年的修剑资格。顾寒有些不悦，也没有说什么，让他再等三年承剑。

修道这种事情，停滞三年，往往便意味大道无望，就在顾清心生绝望的时候，柳十岁对他说了一句话："你要不要去那边试试？"

顾清想了很长时间，终于做出了决定。这个决定肯定会得罪顾寒，甚至会让顾家放弃对他的培养，但他还是做了，并且在做出决定的那一刻，感受到了前所未有的轻松。因为从那一刻开始，他终于离开了顾寒与顾家。

他去了神末峰，井九与赵腊月表示不需要执事，但这座山峰如此大，你随便住就是。他在神末峰里住下，与猴子们修了一间木屋。

三年后，井九与赵腊月从海州归来，他参加承剑，自然成了井九的弟子，得授天光峰的承天剑法。

这些经历确实精彩，放在别的故事里，往往都是男主角的待遇，但他很清醒，自己的修道天赋不如两位师长，也不如柳十岁以及后来认识的卓如岁等人，见过童颜之后，更知道自己绝对算不上聪明。

他只能用更多的时间修行，而且在别的方面付出更多心力。他细致地处理着所有的事情，成为神末峰真正的大管家，成为景尧的老师，做了几年的青山宗代理掌门，现在更是成了监国。

治理国家当然很难，他最开始的时候也有些不自信，但这一百年里他把景尧辅佐得很好，没有任何人能挑出半点毛病。

在皇城里的日子太长，他已经很难记起当年顾家那个狭小、潮湿又阴暗的小院子。他的母亲早就从那个院子里搬了出去，成为整个家族最敬重的老太君，七十年前平静而满足地离开了人世。对凡人来说，丹药的延寿作用有限，大限到时谁也避不过去。

母亲去世的时候，顾清离开朝歌城，回了一次家，那是他在人间最后的连线。父亲死时，他没有回去，顾家自然不敢有任何意见。

无论谁来看，顾清的修道生涯都很顺遂，令人羡慕甚至嫉妒。他遇到井九之后，只在天光峰峰顶出现过一次需要拼命的机会，还没有拼成。

“你这辈子有没有为谁拼过命?”

他知道有人问过师父这个问题，师父没有回答。在他想来，师父是愿意为连三月拼命的，因为他见到过师父倒下之前的眼神。

那自己呢？除了师父，我还愿意为谁拼命？

窗边，胡太后在默默流泪。

顾清默默想着，我愿意为你拼命，虽然别的做不到。

是什么时候开始的呢？顾清已经记不清了。

他的话不多，更不像卓如岁与元曲那般喜欢唠叨，但可能是因为小时候住的院子太过安静，其实他很喜欢热闹。火锅他吃得也不多，但这些事情都是他张罗的。他喜欢这种像家一样的感觉，大概就像井九喜欢看他们吃火锅一样。

他不想离开神末峰，一天都不想，却偏偏被师父扔到了朝歌城。最开始的时候，他是真的很不习惯，甚至带着一些怨气，直到后来发现，每天夜里都会有热乎乎的宵夜搁在自己的桌上，无论自己吃不吃。

那时候的她还是胡贵妃，想要稳住青山宗这个强援，对他自然十分客气热情。但他一直对她很冷淡，守着规矩，保持着距离，甚至很少正眼看她。

原因说来很简单，胡贵妃生得太好看了，他很想看，但知道会看出问题。这是个道行高深的狐妖，就算穿得再整齐，哪怕穿着农家的大棉袄，也比普通女子不着寸缕更诱人。

更麻烦的是，顾清发现胡贵妃也在看自己，她的眼里没有情欲，只有好奇与讨好。

可是，你看我做什么呢？你难道不知道这么看下去，会出事吗？

顾清很是郁闷，自然不会给她什么好脸色看。

胡贵妃应该是误会了他的意思，以为这个正道弟子瞧不起自己的出身，对他也冷淡了下来。

那已经是一百多年前的事情了。

后来，神皇离开了这个世界，他从青山宗回到了朝歌城。

皇宫里一片安静，景尧红着眼睛，强忍着悲痛，在大臣的辅佐下处理着政务。殿里安静得像座坟墓，他站在窗外，远远地看着她。

那时候的她，就像被人抽掉了魂魄，脸色苍白，木然地坐在榻上。所有的宫女与太监都被她赶走了。忽然，她哭了起来，便再没有停歇。她泣不成声，她肝肠寸断。

夜空里飘来阴云，遮住星光，仿佛星星都不忍听下去。

顾清甚至怀疑，如果让她再继续哭下去，会不会直接哭死。他没办法就这么看着，走进殿里，来到她的身前，想要安慰她几句。但神末峰的人都不会安慰人，他不知该说些什么。

胡贵妃有些茫然地看了他一会儿，忽然扑进他的怀里，抱着他痛哭起来。顾清吓了一跳，想要挣开却发现无法做到，这时候才知道她的境界修为原来比自己高多了。胡贵妃就这样抱着他哭了一夜，泪水湿透了他的衣衫。

除此之外，什么都没有发生。

第二天，一切恢复了正常。她开始做太后娘娘，他开始监国，依然保持着距离，关系很是冷淡，从不对视。

十年后的某一天，他到了破境入游野上的关键时刻，来到宫墙上，看着上面的自然裂纹，剑心渐宁，只是总还差了些什么。忽然，他感受到一道目光落在自己的身上，转身望去，只见窗内她正看着自己，脸上满是嘲弄的神情。

因为那一眼，他破境了。

她知道这件事后，开心地笑了起来，从那之后便经常盯着他看，当然是没有外人在场的时候。就算顾清有些恼怒地回视过去，她也不会退缩，依然笑嘻嘻地看着他，就像个贪玩的小姑娘。

可能是因为恼怒回视的次数太多，他也不再害怕看她，当她没注意的时候，也会盯着她的侧脸看。

真的很好看。爱美之心，人皆有之，世间那么多人都能盯着师父的脸看，我为什么不能盯着她?

就这样又过了十年，发生了一件事情。与书里的言情故事不同，那天没有出什么大事，没有谁生病，没有谁伤重将死。只是一个寻常秋日，可能是因为天气太好，可能是因为殿里无人……好吧，是因为那天水月庵结束了轮守，甄桃要随庵主回东海，他专程出宫去送了一趟。

回到宫里，他发现气氛有些不对劲。她把所有太监宫女都赶走了，自己在殿里喝闷酒，地上已经空了十几个酒坛。

顾清走过去，把她手里的酒坛子抢了过来。她很生气，盯着他的眼睛，一言不发，满是恨意。

顾清有些害怕，又有些高兴。

她说自己喝多了，他说要不要去园子里逛逛。

园子里没有人，花树间的草地有些不平，她喝了太多酒，有些走不稳，险些摔倒，下意识抓住了他的手。

他们牵着手在无人的御花园里走了很长时间，没有说话，没做别的，就是牵着手不停地走，走到额头冒汗，手心更是汗出如浆。但他们没有松开手，一次都没有，从始至终都紧紧握着。

那天夜里，走到累了，酒意散了，两人进了殿，上了榻。她说有些累，要他给自己捏捏肩，他说好。

殿里很安静，只有他们的呼吸声。

她忽然说道:“你想好了吗?”

他沉默不语。

她看着他静静说道:“再这样下去，我会吃了你噢。”

他松开手，坐到十几丈外的椅子上，喝了一杯冷茶。

确实什么都没有发生，但有些事情已经发生了。

没有过多少天，他们的手又牵到了一起。他偶尔给她捏捏肩，她偶尔摸摸他的头。

大概又过了十年，母亲去世，顾清回了趟家。再回到朝歌城，这座宫殿就像家一样，让他放松下来，于是他决定喝些酒。

酒入枯肠倍思亲。

她在旁边静静地陪着他。

他越喝越精神，泪水却是越来越多。忽然，他觉得有东西在脸上拂过，擦掉了泪水，就像春风一样温柔、舒服，仿佛能抚平所有的痛苦。

是她的尾巴，毛茸茸的尾巴。

“好玩吗?”她有些紧张地看着他，强自平静着，用笨拙的声音微颤地说道，“我借你玩啊，不要难过了好不好?”

顾清扑哧一声笑了出来，她有些窘迫地看着他，脸有些微红。

他忽然觉得这样挺好。

顾清与她在一起已有六十年。但终究意难平。

“我以前觉得自己应该向师父学，大道之上独行便是，直到后来遇着你，才知道我的道与他不同，我需要同行者。”他看着胡太后的眼睛，“既然我们注定无法走到最后，那便……无法走到最后。”

“一百年了。”胡太后盯着他的眼睛，面无表情说道，“就算我是妖族，又能有几个一百年? 你就能完全当我不存在?”

顾清说道：“六十年前我便与你说过，如果你愿意与我同修大道，不管是监国还是青山宗掌门我都可以不要，我带着你去蓬莱，如果还不行，我们就去异大陆。你当时说你放不下皇上，要我再等些年，于是我等了你三十年，最后一次问你，你还是放不下。”

胡太后说道：“我知道这件事情是我对不起你，我也承诺过，只要你想，随时可以离开。”

“我当时不愿意，但既然你这么说，我就接受。”顾清沉默了会儿，“你曾经说过的话现在都不算了吗?”

胡太后面无表情地说道：“我只是有些嫉妒她。”

顾清说道：“与她无关。”

“但你答应过照顾我一辈子。”胡太后深深地吸了口气。

“我会的。”顾清平静说道，“直到我死的那天。”

胡太后声音微颤地说道：“你没有错，我放不下尧儿，而你也总要有你的日子，我只是……只是有些难过。”

从始至终，她的脸上都没有什么表情变化，但谁都能看出她的难过，因为她的眼神非常淡，淡得没有什么颜色。

顾清走上前去，牵起她手，看着她的眼睛说道：“我也不能没有你，一想到便会难过。”

胡太后的眼睛里渐渐有了些颜色，说道：“可是我会嫉妒，我会吃醋，我会发疯……那样会出事。”

顾清没有说话。

胡太后声音微颤说道:“好吧，我会慢慢习惯的。”

顾清摸了摸她的脸，带着歉意与怜惜，但更多的是坚定。

太后是不能改嫁的，不管对方是监国还是未来的青山宗掌门。顾清与她向来很谨慎。好在现在皇城大阵在顾清的控制下，没有人能在皇宫里行窥视之事，他也不担心这件事情会败露。但他没有想到的是，这座宫殿里被人放了一件法宝。

这件法宝的品阶非常高，却没有任何杀伤力，也没有任何气息外溢，当年能在云台上藏那么多年，自然也能藏在皇宫里。

当天深夜，一名老太监佝偻着身子来到浣衣局，没过多久，他借着夜色，通过后门来到一座极偏僻安静的宅院里。宅院的阵法无声开启，把他带到了最深处的花厅里。一位鬓角斑白的独臂老者，坐在椅上静静地看着他。老太监不敢有任何犹豫，一掌拍向自己的腹部，呕出了一颗浑圆的明珠。

这粒明珠便是中州派的至宝——还天珠，独臂老者则是在百年前朝歌城一役里断臂的中州派长老越千门。

越千门接过还天珠，面无表情地问道:“都在里面?”

老太监说道:“如果半年里发生过什么事，都在里面。”

越千门微微一笑。

这颗还天珠对中州派来说很重要，更重要的是里面的东西。如果确实如真人推算的那样，青山宗与朝廷之间的关系便会破裂。当然，在此之前，中州派会试着看看能不能利用这颗还天珠让顾清做些事情。

想着这些事情，越千门忽然听到夜空里传来一道极微茫缥缈的笛声。他想到了一百年前皇城里的那道笛声，神情骤变，毫不犹豫地施出全部道元，从原地消失。中州派的天地遁法天下无双，只要他能离开这座宅院，便能借着夜色逃走，即便是那道笛声的主人也不见得能再找到他。

但那片夜色不是真的夜色，而是两道黑色的幕布，是阴凤的双翼。越千门被阴凤从夜空里逼出身形，还未来得及做任何反应，便被随笛声而至的无形小剑贯穿了头颅。越千岁不愧是炼虚境的大强者，受到如此残酷的伤害，竟还没有死去。就在这个时候，宅院上空的夜色中间撕开了一道缝，把他吞了进去!

玄阴老祖从夜空落到地上，紧紧闭着嘴。只听得一阵沉闷的声音在他的腹部不停响起，就像是无数颗丹药同时在鼎里炸开。那是越千门临死前的自爆，即便是玄阴老祖也觉得有些挨不过，脸色苍白，双眼血红，强行调集魔息才镇压住。

看着随夜风飘落的一根头发，玄阴老祖的眼里流露出心痛，叹了几口气，把还天珠从嘴里吐了出来。阴凤嘲笑说道：“也不知道你这一下尝了多少人的口水。”

玄阴老祖沉着脸没有理它，把还天珠交给阴三。阴三用衣袖隔着接住还天珠，有些嫌弃地吹了口气。随着这口气，还天珠投射出无数道光线，在墙上投射出画面，同时还有声音响起。

看完今夜顾清与胡太后的对话，阴三感慨说道：“真情实意，着实感人。”

阴凤说道：“算是没给青山宗丢人。”

在它看来，不管顾清最后能不能成为青山宗掌门，身份已经在这里，即便和女人乱来也要找个配得上他的，太后这个身份不错。

玄阴老祖忍不住说道：“我总觉得和我相比，你们青山宗才是邪道。”

阴凤认真解释道：“我们不吃人。”

玄阴老祖才发现老太监还活着，直接一掌拍成肉末，嫌弃说道：“这等人的肉不好吃。”

阴三微笑着向院外的夜色走去，说道：“像顾清这样有趣的人，可要慢慢吃。”

第十二章 短发的理由

CHAPTER 12

顾清离开皇宫，回到了井宅。

那棵海棠树早就没了，也没人敢重新种些什么，院子里很是空旷，星光落在地面，看着就像水一样。

他走进书房，看着榻上的师父，心情有些沉重。

井九双眼紧闭，睫毛不动，肌肤如玉，眉眼如画，与百年前没有任何变化，还是那个夺尽天地颜色的仙人，就像是在夜里沉睡的莲花，非要等到那道晨光降临才会醒来。问题是连三月离世百年，世间到哪里去找那道晨光呢？

这间书房有禅子亲自布置的阵法，用来隔绝外界事物，井九就算再躺一百年，也不会像寻常人家的摆设物件一样蒙尘。但每天他们都会为井九擦洗两次，这是弟子尽孝，也代表着某种美好的祝愿。

久病床前无孝子，是因为病床上的人很难再恢复健康，绝望会带来无数负面情绪。如果有一线希望，情形自然不同。

沉睡中的井九比最难伺候的瘫痪病人还要难照料，翻身尤其困难，顾清也不明白师父为何会这么重。替井九擦洗身体，也是件困难的事，直到那年禅子来了朝歌城，看不下去，教了他们一招。

顾清运转剑元，点燃剑火，从井九的头顶向下移动到脚底。他的修为境界不同往日，现在对剑火的控制可称洞微，剑火只在井九的白衣之间缭绕穿行，绝对不会烧到榻上的织物。

做完这些事情，他搬了把椅子坐到榻前，把今天朝廷里发生的事情和青山宗传来的消息讲了一遍，再次沉默下来。

接下来该说些什么？

“我舍不得她，但是她不可能与我在一起，不然景尧会怎么想？中州派肯定会借此生事，她也会出事，师父，我该怎么办呢？”他低着头，就像犯了错的孩子，对着榻上的井九低声说道，“和桃子的事我确实用了些心机，想得比较多，我还真是个烂人呢。其实我也不想做烂人，我是真的喜欢桃子……但怎么能同时喜欢两个？那我还是烂人对不对？”

沉睡中的井九自然听不到他的话，也无法给出建议。

顾清抬起头来，看着他说道：“师父，我的压力真的很大，你醒不过来，我就得挺着，想尽一切办法挺着……我是神末峰的大师兄，我不能倒，不管用什么样的手段，我都必须站在这里，哪怕做个烂人，所以明年开春的时候，我还是会和她结成道侣，师父，如果你醒着，会祝福我吗？打我一顿也好，杀了我也好……只要你醒过来，那该多好。”

说完，他起身离开书房，缓缓关上书房的门，没有发出任何声音，像是怕打扰了井九的睡眠。

院子里还是那般安静，井梨现在是当朝大学士，自从妻子前几年离开后，他每天夜里都会坐在房间里发呆，灯也不点。整座井府笼罩在黑暗中，只有后园隐隐有些光线，有极淡的酸香味飘来，引人生津，是泡菜的味道。

顾清望向后园，忽然对这两个人生出很大的羡慕。他们还没有成亲，至少没有仪式，但就这样平平静静地过了一百多年。

大家的情形差不多，为何你们却如此幸福？

离开井府，顾清去了太常寺。水月庵的年轻弟子看着他到来，纷纷掩嘴而笑，依次行礼后便避了开去。

“师父，监国大人到了。”一个调皮的丫头冲着楼里喊了一声，嘻嘻笑着离开。

楼门开启，灯光照亮了甄桃的脸，依然还是那般清新可人，吹弹可破，她现在已是水月庵的师长。

顾清的眼睛微微明亮，走到她身前问道：“今日如何？”

甄桃这些年一直在深研天人通，试图突破某道关隘。在修道方面，他们有着共同的目标与兴趣，与之相比，宫里那个女子则是只喜欢腻着，对这些完全不放在心上。

“挺顺的。”甄桃看着他微微一笑，伸手整理了一下他的衣领，“你呢？”

顾清说道：“我和陛下与太后都说过了。”

甄桃有些微羞，说道：“我问的不是这个。”

顾清微笑说道：“师叔已经出关，但还有些紧要事情办，我会催催她。”

甄桃敛了羞意，认真说道：“一定要在明年春天之前。”

顾清与她结为道侣，确实有引水月庵为外援的意图，也从来没有想着要瞒她，很早之前便已经说清楚了。

“抱歉。”他看着甄桃认真说道。

甄桃微微一笑，说道："能帮到你就好。"

顾清忽然说道："去走走？"

两个人走进太常寺的星夜，星光照耀在镇魔狱外围的紫色花草上，泛出妖异之感。他们在星光下漫步，在花草间流连，很是平静安乐，在大道上同行，互相帮助，彼此商议，这就是道侣。他们是如何开始的，是一个很长的故事，那夜与今夜的星光都很美，别的不必细说。

他牵起了她的手，感觉很好。能够让太阳，让星星看到的同行，真的很美好，就像普通人的恋爱一般，很甜。他们就这样牵着手，随意地说着话。

他忽然想到了一件事，她这时候在宫里肯定能猜到他与甄桃在做什么，那么，她应该会很难过吧。他低头望向脚边随风轻动的紫花，沉默不语。

"怎么了？"甄桃有些担心。

"没事。"顾清抬起头来，面无表情，"我在想承天剑诀里的三隐式。"

甄桃问道："很难吗？"

顾清想起师父倒下前说的最后两个字，说道："真难。"

青山宗顾清与水月庵甄桃即将结成道侣的消息，在修行界很快传开。这当然是喜事。门当户对只是一方面，更重要的是，修行界把这对道侣看成景阳真人与连三月的一种延续。

水月庵当然是愿意的，青山宗也必须愿意。即便以方景天为首的某些人明知道这会带来很多麻烦，也无法提出任何反对意见。

某个春天的清晨，顾清走出井宅，走到大街上。已经过了一百零一年，朝歌城的绝大多数人都忘记了这条街以前的模样，还以为那座庙一直都在这里。

看着街对面的庙，顾清想起了如今被关在果成寺里的景辛，接着想到了十几天后的青山大会，不知道童颜的想法究竟可不可行，又不知道赵腊月愿不愿意听他的。如果方景天真做了青山宗掌门，谁也不知道会带来怎样的影响。

想着这些事情，他向远方的皇城走去，忽然听到一道声音从上方传来："这酒不错，要不要试试？"

顾清以为是何霑回到了朝歌城，抬头望去，却看见酒楼栏边站着位眉眼清秀、睹之可亲的少年。那少年穿着件红衣，不知道是洗的次数太多，还是太旧，色泽有些褪去，却别有一种味道。

清天司里有几百张红衣少年的画像，顾清自然知道他是谁，过了很长时间才稍微冷静了些，没有想着通知谁，也没有启动皇城大阵，行礼道："见过师伯。"

阴三招手说道："进来说说话。"

顾清走进酒楼，来到二楼雅间，一眼便看到了桌子上的还天珠。无数道光线从还天珠里射出，凝成似真似幻的画面。

是他与胡太后在花园里漫步，在殿里夜话……

如果使用者愿意，还天珠还能放出声音，在朝天大陆修行界，只有这件法宝可以作为证据。当年青山宗灭西海剑派的云台，便是靠柳十岁带去的还天珠，后来还天珠被归还给中州派，最后一次出现人前还是问道大会时候的事情。

顾清有些后怕，心想如果今天出现的是中州派，那该怎么办？现在还天珠落在了此人手里，只怕会带来更多麻烦。想着这些事情，他的脸色有些苍白，神情还算镇定。

阴三微笑说道："如果小皇帝知道了这件事情，会怎么对你？朝廷里的大臣会怎么看？一茅斋本就不喜欢这个狐妖做太后，现在抓到了她秽乱宫廷的证据，你以为那些书生还能忍下去？更重要的是，如果水月庵知道了这件事情，必然会觉得你是在羞辱她们，那接下来会发生什么事？"

这些问题只有一个答案，是毁灭。

顾清平静问道："师伯有什么想法？"

"神皇的旨意、一茅斋与果成寺的使者，你们准备的所有事情都停下来，我不希望十几天后的青山大会被这些烦心事打扰。"阴三说道，"先把这些事情做好，接下来我再让你做两件事，还天珠便给你。"

顾清沉默了会儿，说道："好。"

说完这句话，他就离开了酒楼。

玄阴老祖走进屋里，收好还天珠，说道："忽然遇着这样的事情，居然还如此平静，这小子境界普通，心性却是很可怕。"

阴三笑着说道："我青山宗收徒的眼光向来不错。"

玄阴老祖摇了摇头，说道："我倒觉得他是心存死志，才会如此平静。"

阴三微嘲说道："他是井九挑的下一代掌门，各方面都在学井九，怎么会自杀。"

玄阴老祖心想是这个道理。

"真是麻烦，还不如直接把珠子里的画面投射到天空里，让全大陆的人都看看热闹。"阴凤的声音从梁上传来。

阴三笑着说道："不，只要他愿意替我做一件事，便会接着做无数件事，我一直想知道，说服一个人的徒弟背叛他到底是什么感觉。"

来到皇城，顾清很少见地没有直接去大殿，而是去了那座宫殿，挥手示意太监与宫女都散开，直接走到胡太后身前，在她错愕的眼光注视下低头，把她紧紧地搂在了怀里，身体紧紧贴在一起，开始深深地吻她。

分开后，胡太后红着脸说道:“你今天这是怎么了?”

顾清看着她微笑说道:“想你了。”

然后他去了那座寒冷的宫殿，在枯瘦的元骑鲸身前跪下，跪了很长时间。接着他直接离开了皇宫，去太常寺与甄桃见了一面，把自己这些日子对承天剑三隐式的一些想法全部告诉了她，又在她的额上亲了一口。

做完这些事情，他便回了井宅，搬了把凳子坐在井九榻边，眼睛看着窗外。今天他没有与沉睡中的师父说什么，现在再说什么都没有必要。

身败名裂，青山蒙羞，对不起师父，该怎么办呢?

他准备设个局杀死太平真人。不管能不能成功，他的结局已经注定，那就是死亡。

从在神末峰与猴子们修了小木屋开始，他确实一直都在学习井九。他的话本就不多，沉稳近乎漠然，但本质上他不是井九那种人。他不怕死，尤其是这些年。

死算什么，我早就想死了。我这种男人该死? 那我就去死好了。

顾清看着窗外，平静地想着。

对童颜来说，能够保证他安全的地方除了冥界便只有青山宗隐峰。他这辈子都不想再去冥界，便只能住在隐峰里。

百年的隐居生涯，难免有些枯燥寂寞，好在对修道者来说不算难事，他绝大部分时间都在修行——井九没有给他剑谱，所以他还是在练中州派的道法——闲暇时会和自己下几盘棋，隔几年会出洞府在隐峰里逛逛，踩踩如茵的青草，指尖轻拂满山野花，静听风穿过竹笛的声音。这支竹笛是方景天花开通天的关键事物，不知道什么时候被他放回来了。

这种平静的生活直到上年秋天才被打破。童颜收到了一封来自朝歌城的信，知道了青山宗，准确来说是神末峰面临的艰难局面。

青山宗要选新掌门?

他收拾好棋盘与棋子，离开了洞府，走之前没有忘记按动桌下的石钮，把崖间的红灯变绿。穿过浓雾，走进剑狱，他意守本心，没有理会囚室里如海如山的血腥阴秽气息，经过幽长的通道，来到天光处，对着尸狗行了一礼，便飞了出去。

上德峰的洞府还是那样寒冷，虽然他的主人已经去了朝歌城，百年未归。童颜向玉山师妹要了顶笠帽戴在头上，便下了山。

从上德峰到神末峰，要路过洗剑溪尽头的瀑布。瀑布里有很多形状天然的石台，是承剑大会时各峰师长以及观礼宾客待的地方。很多年前，童颜第一次到访青山宗便是来参加承剑大会。他如落叶般飘至石台上，想着当年的事情，转身向崖下望去。

洗剑溪在阳光下闪着光，渐行渐远渐直，像一条已经挥出去的金鞭。几十名少男少女在溪里练剑、嬉戏打闹，很是热闹，扬起的水雾里满是青春的味道。

这些人应该是青山宗的新弟子。不要说他们，就连岸上的洗剑阁教习，童颜也一个都不认识。

百年时光转移，早已改变了很多事情。

看着这幕画面，童颜有些想念云梦山的溪水，只是这份想念已经很淡。当年知道朝歌城里发生的事情，知道发生在师妹身上的事情后，他对云梦山最后的一点情分消失了。

这时溪下的年轻弟子们不知道在议论什么事情，渐渐争吵起来。

“中州派道法万千，想来总有可取之处。”

“你是没有看过剑典还是不知道我青山宗诸剑之首？万物一剑！一剑可拟万物万法，我们身为青山宗弟子，哪里需要去学那些！”

“可是即便以剑拟万法，你总得知道万法之象吧？”

“就算如此，为何要去看中州派的？百年前中州派或者还有些气象，现在呢？那些所谓天才弟子失踪的失踪，死的死，还有谁被人记得？”

“不错，听闻那时候有个叫洛淮南的人物，是中州派首徒，忽然死在了桂云城。很多人都在偷偷说，是被柳师叔杀的。”

“慎言！”

“不过是私下说说，这么多年也没见中州派如何，还怕他们如何？”

“柳前辈现在是一茅斋的师长，你我称他师叔不太合适。”

“整个修行界谁不知道他当初是掌门真人的童儿，哈哈哈哈，怎么瞒得过人去。”

“说到掌门真人，也不知道他老人家何时回青山宗……想当年朝歌城一役，掌门真人先败中州派掌门，再败仙人，真是令人向往，只恨生晚了百年，无缘得见那日画面。”

童颜站在崖上，听着随风传来的这些声音，心想谈真人是败在连三月的手里，怎么却成了井九一个人的功劳？

当初的故事过了百年便成了传说，自然无法绝对真实，因为每个讲述者的立场不同而有着不同的模样。想到这些以及这些青山宗弟子对中州派的不屑，他下意识摇了摇头，不料被溪畔的几名洗剑阁教习瞧着了。

一名中年人沉着脸说道："崖上那人，你是谁？"

梅里与林无知在数十年前便结束了在洗剑阁里的授课，得到宗门重赏，各自回峰修行，前者现在已经是破海中境，林无知也已破海，已是长老。

说话的那名中年人姓薛，是适越峰的无彰上境剑修，他的叔祖是适越峰的长老，前些年身死道消，剑归青山，青山宗恤其多年辛苦，便让他接了洗剑阁的职司。

童颜自然不会理此人，抬步向瀑布那边走去。

薛姓剑修更加警惕，喝道："站住，你是哪座峰的？"

说话音，只见剑光闪动，薛姓剑修拦在童颜的身前，其余的洗剑阁教习与弟子们也纷纷掠了过来。

童颜沉默了会儿，发现自己就算再聪明些，也没有办法破解当前的局面。西海一役之后，他便投了青山宗，至今已逾百年，却还没有身份。井九没有给他牌子，也没有教他剑法。他该如何证明自己的身份？

童颜挥了挥衣袖，道法透袖而出，凝成一道如鸟般的青光，向着远方的两忘峰而去。

看到这幕画面，薛姓剑修脸色骤然苍白，向后退了两步，举手示意所有人都过来，厉声喝道："你居然是中州派的人！"

听着这话，那些洗剑阁教习与年轻弟子很是吃惊，心想中州派的人如何能够通过青山大阵，一时间不禁有些茫然。

幸好尴尬的局面没有持续太长时间，　道冷厉的剑光照亮洗剑溪，顾寒从两忘峰驭剑而至，看着场间画面，脸色骤然寒冷，喝道："都给我散了！不好好练剑在这里做什么！"

顾寒望向薛姓剑修与其余几名教习沉声说道："现在洗剑阁这么闲了吗？"

现在过南山回到天光峰修行，尤思落等人也离开了，只有他坐镇两忘峰，迎来一代又一代的新人，在青山宗里的威严极高。薛姓剑修与其余几名教习被他训斥，很是不安，赶紧让开了道路。

"抱歉，师兄。"顾寒对童颜郑重行礼。

参加过朝歌城一役的青山宗弟子都知道，童颜为宗门立下了大功，对他很是敬重。更重要的是，他是从中州派转投过来的，是云梦山必杀的对象，青山宗当然要保证他不受到任何伤害。

童颜微微一笑，还礼后便离开了。

“今天的事情谁也不准说出去。”顾寒冷冷看了众人一眼，驭剑回了两忘峰。

看着消失在山崖间的那道背影，薛姓剑修与那些教习弟子们震惊不语，心想这个戴着笠帽的男人究竟是谁？

伴着一路猿声，童颜上了神末峰峰顶。元曲坐在石头上，抱着怪剑正在静养，听到脚步声睁开眼睛，发现是他，不由松了口气，说道：“你终于出来了。”

明年开春的时候，便会召开青山大会选出新掌门，神末峰当然不愿意接受，却不知该如何应对，因为他们都习惯了顾清或者童颜来安排这些事。

“最简单、最有成算的策略就是全力支持适越峰。”童颜说道。

元曲刚把炉子下的炭点着，铁壶里的水都还没开，听到童颜已经做出了决断，不禁有些茫然，想了想却发现确实是最好的办法——现在只有同样是通天境的广元真人能与方景天争掌门之位。

“不行。”赵腊月从洞府里走了出来，面无表情地说道。

童颜没有指望她给出理由，也早就猜到她不会接受这个安排，说道：“那就要想别的办法。”

赵腊月说道：“赶紧想。”

童颜给元曲使了个眼色。元曲怔了怔，回到殿里抱出一大堆卷宗，都是他从上德峰拿回来的门规。青山宗门规真的很复杂，童颜与元曲看了一天一夜，也没能找到合用的条例。

赵腊月向来没有这方面的耐心，说道：“明年春天之前我会回来。”

说完这句话，她召唤弗思剑，踏剑而起，化作一道血线，向着北方天空而去。

弗思剑的剑光消失在天际远处，元曲终于放松下来，摸了摸胸口，看着童颜有些不安问道：“如果师父知道你与顾师兄准备推她当掌门……会不会一剑劈了我们？”

童颜平静说道：“我的境界不好劈，你比较危险。”

赵腊月驭剑飞出青山大阵，便能在地面看到如火般的红树。越往北去，大地的颜色越是丰富，层林尽染。再往北去，颜色又逐渐单调起来，景物也渐渐荒凉，秋意随之而深。来到雪原边缘，白城已经变成了一座白的城，被雪覆盖着。

她没有落在城里，而是去了雪原边缘的那片庭院。

一百多年前，雪国女王怀了孩子，使得雪原混乱不堪，很多参加梅会的年轻修行者失陷其中，包括白早与井九二人。各宗派强者来援，一夜之间在这里修建了好些庭院，事后这些庭院都留了下来，直到如今。这些庭院隔段时间便会修缮一番，所以不显残破，在雪里偶尔能够看到梅花青松，很是清美。

赵腊月落在一座庭院里，何霑迎了出来，看着她微微一笑。

百年不见，这些曾经的年轻天才，都已经成了真正的强者。赵腊月晋入破海上境，何霑在雪原里苦战百年，兼修水月庵与果成寺两大圣地的功法，竟也不比她差什么。

院后的灶房里忽然响起碗碟破裂的声音，赵腊月神情微异，看了何霑一眼。

何霑捂着脸说道："她最近在学做饭。"

德瑟瑟是悬铃宗的大小姐，对她而言，做饭简直是世间最困难的事情，要比炼制清心铃难上万倍，但如果做的是火锅，勉强还是可以吃一吃的。

蒸腾的雾气在院子里升起，然后被寒风吹散。三人围桌而坐，碟子里放的都是些寻常的羊肉、豆腐，真正珍贵的反而是几盘从居叶城千里迢迢运来的青菜。

德瑟瑟从与赵腊月重逢的惊喜里平静下来，看着她关心地问道："他现在怎么样？"

赵腊月低头把盘子里的肉吃完，才抬起头来，平静说道："我没去朝歌城。"

德瑟瑟与何霑对视一眼，有些吃惊，心想这是怎么回事？以赵腊月与井九的情分，她出关后居然没有第一时间去看他而是来雪原，这怎么看都有问题。

想必有什么隐情，但也不方便问，德瑟瑟低头开始吃肉，桌边的气氛变得有些怪异。

赵腊月知道他们误会了，问道："雪原最近情形如何？"

何霑说道："大战后，女王应该也受了些伤，派了数量不少的亲卫雪怪来南边，如果进雪原深了，压力会比较大。但白城与边墙的情形要比往年好很多，已经一百多年没有兽潮，现在看起来，今后数十年里应该也不会有事。"

赵腊月问道："刀圣现在情形如何？"

何霑摇了摇头，说道："他的伤势极重，养了几十年也没有完全恢复，短时间里还是无法出手，明年春天的时候，禅子会从朝歌城来这里。"

连三月死后，一道雪亮的刀光冲出白城后面的那座小庙，杀进了雪原最深处。刀圣与雪国女王直接打了十年，这一战真的是惊天动地、壮烈无双。无数人来到雪原外围观战，虽然他们看不到雪原深处真实的画面，但可以看到坍塌的黑山，可以看到冲天而起、直抵苍穹的雪雾。

十年时间里，雪原的地震就没有停止过。

刀圣在这场战斗里，展现出了强大的不可思议的战力以及近乎疯狂的战意。

大概只有柳词与连三月离开人间之前的最后一战能与之相提并论。唯一的区别就是刀圣没有死，拖着重伤的身躯，回到了白城后山的那座小庙里。

神卫北军的指挥使当年在朝歌城皇宫里被井九杀了，可中州派依然在军方拥有极强以及极深的影响力。刀圣重伤后的这几十年里，风刀教受到了神卫北军的极大压力，曾经的控制范围被吞食了不少。尤其是昆仑派在中州派的支持下声势渐大，在冷山里与风刀教发生了多场冲突，暂时未能分出胜负。

双方约定明年春天在以前的烈阳峡旧址处进行一场比拼，以此决定冷山的归属。这场比拼以五场分胜负，明显学的是百年之前青山宗与中州派在朝歌城里的那场较量。至于为何会定在明年春天，自然是因为等到那时候青山宗才会选出新的掌门。

这也是何霑想不明白的地方。井九还没有醒，青山宗掌门之位眼看着要易主，赵腊月为何会来雪原？

“我的境界有些不稳，需要战斗。”

赵腊月给出了自己的解释，何霑与德瑟瑟却觉得原因不只如此。

赵腊月不是第一次来雪原，却是第一次进雪原。进雪原之前，她先去了白城后面的那座庙。当年她与过冬在这座庙里等井九等了很长时间，过冬走后，她还等了很长时间，直至满城梨花白，才断发离开。

她来到庙里，站到佛前，短发被风吹得就像野草一般。

这尊佛本来是金佛，不知道是过了一百多年的缘故，还是别的什么原因，金漆斑驳剥落，露出里面淡红色的泥坯，看着有些惨淡。佛前那柄三丈长的铁刀也有些弯折，最可怖的是中间有道极大的缺口。可以想象刀圣与雪国女王的那一战打得多么激烈，女王又是多么可怕。

她曾在这座庙的门槛上坐了一年，双方也算是熟人，直接问道：“你怎么样？”

浑圆却又有缺的声音缓缓响起：“死不了。”

赵腊月心想这声音里的缺口明显比当年多了很多，即便死不了，只怕也很难好了。

刀圣问道：“你要进雪原？”

赵腊月把对何霑和德瑟瑟说的理由重复了一遍。

“不要与她争。”那道声音消失了会儿才响起。

赵腊月挑眉说道：“我不明白你的意思。”

“你如此年纪便已经破海上境，确实天赋了得，意志惊人，绝不在当年的她之下，但想要杀死雪国女王，终结人族大患，不是你一个人能够做到的事，她不行，你也不行。”刀圣说道，“她当年坚持要做这件事，只是想与景阳争，事实证明这是错的，我们不要与人争，要与天争。”

赵腊月平静说道：“我没有那么蠢，我不是连三月，也不想成为她。”

浑厚的笑声在小庙里回荡着，就像是钟声，刀圣明白了她的意思。

她不想成为第二个连三月，哪怕有些像，因为她不想成为井九心里的替代品。大概正是这个原因，她才会剪短发。

“当年她想集合一批强者进雪原杀女王，连青山宗隐峰与云梦山后山都去游说过，可除了我与裴白发，没有人理她。”刀圣说道，“景阳的回答最绝，也就是那次之后，他们便形同陌路，直至今世。”

赵腊月问道：“他怎么答的？”

刀圣说道：“别打扰我飞升。”

小庙变得安静，即便是赵腊月，都觉得当年景阳的回答太过冷漠无趣。

刀圣叹道：“像景阳这样的人，这一世居然会为了她拼命，她应该很开心吧。”

赵腊月说道：“可是她走了，他又如何开心呢？你我还是得活着。”

刀圣说道：“不愧是景阳的真正传人，想法都一样。”

“所以不用担心我。”

赵腊月说完这句话，驭剑向雪原深处飞去。弗思剑敛了血光，因为她不想惊动太多人，也不想惊动雪原深处的那位。

赵腊月离开的时候，何霑正在院子里给德瑟瑟烤鱼，同时安慰她今天的火锅很好吃。白城里很多地方也发生着相同的事情，普通人们彼此安慰，彼此开解，只是与往年相比，街上跪拜的信徒少了很多。刀圣在小庙里养伤九十年，人间久不见神迹，信仰自然渐淡。

这些普通人并不知道，在他们绝对不敢踏足的雪原里，时时刻刻都有修行者在里面与雪国怪物浴血战斗——为了各自不同的目的。

人族与雪国的战争已经持续了太长时间，对这个奇异的国度已经有了些了解，尤其是百年前雪国女王产子前后发生的事情更是让人族强者们坚定了判断。

雪国的生命不知源于何处，但似乎并不需要粮食与元气，只需要寒气本身便能源源不断地产出。当雪国怪物的数量超过某条线后，北方寒意不足以维持，雪国怪物便会或自行或被女王驱使着南下，从而形成可怕的兽潮。如果人族不想再次面对七百多年前的大兽潮，便必须保证雪国怪物的数量不超过临界线。既然人族强者没有办法把太阳拉得离地面更近，便只剩下了一种方法——不停去雪原里面猎杀怪物。

多年来，梅会道战都会选择在雪原杀怪，便是这个原因。雪国女王似乎并不在乎低阶臣民的死亡，只要不去激怒她便好。

没有颜色也没有带出醒目光辉的弗思剑，消失在雪原某座黑石山后。没有隔多长时间，那处的天地气息便发生了剧烈的变化，雪崩的动静，哪怕隔着数百里也很清楚。

风刀教、昆仑派及神卫北军的强者们感受到了气机变化，纷纷掠至高空向那边望去，感受到随风传来的血腥味，神情微变，心想是哪家宗派的大人物进去了？

第十三章 白雪红汤使人痴

CHAPTER 13

数十日后，赵腊月越过了数十座黑石山，来到雪原的腹部，放眼望去，天地间一片雪白，再没有别的杂色。她的白衣上沾着雪国怪物颜色各异的血迹，在苍茫一片的雪地里，非常醒目。

雪地上出现一道笔直的线条，那是被剑息融化的表层。弗思剑贴着雪原表面而行，她负手站在剑上，衣衫飘飘，仿佛仙人，只是她的眉眼太漠然，杀意太足，更像一个魔女。

没过多久，弗思剑停了下来。前方是一道深不见底的深渊，从远处无法看到，站在近处向下望去却很是可怕。积雪覆在崖壁的黑石上，就像是残破的墙面。

赵腊月没有犹豫，驭剑而下，破开从地底涌出来的罡风，来到距地面数十丈的一个崖洞里。崖洞石壁上有些地方极其光滑，明显被某种硬物磨过，角落里还残留着某种浆状物。只有极高阶的雪虫才能拥有这样的力量与侵蚀性。

她知道自己找对了地方，向崖洞里走去，没走多长时间，终于看到了崖壁上被剑火燎过的痕迹。剑火痕迹里残留的气息，她非常熟悉。

赵腊月伸出手指摸了摸剑火留下的焦痕，接着有些意外地看到石缝里挂着的几根天蚕丝。

百余年时间，竟然还没能掩盖掉所有的过去，这是当年井九与白早被困六年的崖洞，这里发生过很多故事。

她想了想当年井九应该是坐在哪里，便在那里坐了下去，闭上眼睛开始调息。进入雪原七十余天，她杀了七百六十二只雪怪，除了有只王阶雪虫比较麻烦，品阶都不是太高，但她难免还是会觉得累。

洞外传来呼啸的声音，风雪渐大，洞底也传来了呼啸声。

当年顾清等人为了救井九与白早，直接挖进了地底，后来又用巨石堵上，石间有缝隙，自然有风。风声渐大渐小，带着某种冷厉，却令赵腊月习惯甚至喜欢的韵味，让她渐渐进入了空明状态。

数日后，她睁开眼睛醒来，眼神有些冷淡与不悦。洞外传来了人族修行者的声音，那些人应该是在谈论她。

“不知道是哪家大宗派的前辈高人在这里杀怪证道。”

“教主说过，我们若遇着这位一定要礼敬有加，千万不可得罪了对方，我想可能是果成寺的高僧。”

“如此说来，我们一路收雪怪尸骸会不会不妥？”

“前辈高人岂会在意这些身外物，也算是我们发笔小财。”

“是谁？”

“大家快散开！”

那些修行者的对话忽然变成了惊呼，紧接着便是无数声沉闷的撞击声响起，就像是无数块沉重的岩石从天空砸向了地面。

一道苍老的声音响起：“这里是我们昆仑派的地盘，你们这些宵小之辈居然敢来偷抢宝物，还不给我滚！”

那些人族修行者自然不服气，却又不敢与这名昆仑派强者如何。

忽然破空声响起，紧接着便是一声闷哼，以及数声惊呼。

“容道友！容道友你没事吧！”

“阁下身为昆仑派长老，居然下此毒手！难道你打算把我们全都杀了灭口！”

那名昆仑派强者寒声说道：“这个风刀教的庸人，居然胆敢向老夫出手，死也活该，今日只是断了他一臂，聊作教训而已，便是刀圣来了，又能说出什么别的道理？”

洞外顿时变得鸦雀无声。

如果刀圣还能出手，昆仑派还敢如此嚣张吗？

那些修道者为了些雪虫尸骸都能大打出手，赵腊月根本不想理会，但当她听到后来的那个人自称此地是昆仑派的地盘，立刻改变了主意。她起身向洞底走去，挥了挥手，无数道剑意凌厉而出，瞬间便把顾清等人当年堵死的巨石斩成了碎屑，她走了出去。

那些修行者正在对峙之中，忽然发现雪崖间走出来了一个女子，不由惊呆了，心想这是怎么回事？

雪地上到处是深约半丈的坑，露出里面被冻得极硬实的地底，想来是那位昆仑派高手的手段。那些修道者都带着伤，其中一人伤得极重，右臂已断，坐在雪地里，极为硬气地没有发出声音，应该是那名风刀教教徒。

赵腊月看了两眼，望向那名白发苍苍的昆仑派高手，问道：“你的名字？”

能够深入到雪原腹部的修行者，实力境界必然不凡，更没有人是蠢货。尤其在看到赵腊月从雪崖里走出来的画面，所有人都知道，她必然不是个普通修行者，只怕大有来历。

那名昆仑派高手微微眯眼，注意到雪崖破口里残留的剑意，心神微凛，表情却没有任何变化，问道："青山宗的道友？"

赵腊月没有回答他的问题，看着他再次说道："你的名字。"

那名昆仑派高手的眼睛眯得更加厉害，视线落在她如野草般的短发上，有些吃惊地问道："敢问可是神末峰峰主当面？老夫乃是昆仑长老彭思，有礼了。"

听到这句话，那些修行者很是吃惊，纷纷望向赵腊月，心想这位百年前极有名气的天才人物，不是一直在闭关吗？为何会忽然出现在雪原里？

彭思从震惊的情绪里摆脱出来，心神微定，说道："既然是神末峰峰主出面，今日之事就此罢了。"

他最开始发现这个女子是青山宗强者时，最担心对方是清容峰峰主南忘，此时知道对方是赵腊月，惧意便尽数消失。赵腊月闭关之前是游野上境，天赋确实惊人，但就算闭关百年，又能修到哪一步，依然远远不如自己。当然，他也不想得罪青山宗，交代完这句场面话，便踏剑而起，准备离开。

忽然，嚓的一声轻响。无数飞雪狂舞而起，其间出现一道鲜艳至极的红色，就像缎带一般飘舞着，是弗思剑的剑光，也是鲜血。

彭思的右臂离开身体，向天空飞去。他惨叫一声，根本顾不得还击，向高空逃走。

赵腊月伸手一指，无数道凌厉的剑意破空而去。

彭思摇晃了两下，从飞剑上跌落，重重地摔在雪地上，就此没了气息。他的身体上出现无数个洞口，鲜血从洞里不停地溢出，还有些极幽暗的光点，想来应该是剑鬼的碎片。

呼啸的风雪声里夹杂着嗤嗤的轻微声响，是血水从洞里挤出的声音。

那些修道者们都惊呆了，完全说不出话来。彭思乃是昆仑派掌门何渭极其器重的臂膀，境界实力极高，就这么被她杀了？而且她居然杀得如此轻松随意！这名百年前的剑道天才，现在究竟是什么境界？

众人用了很长时间才回过神来，赶紧给那位风刀教教徒救治。

"那可是昆仑派的长老，赵峰主居然就这么一剑杀了，难道不怕两派之间发生大事？"

看着向深渊而去的剑光，一名修行者余悸未消地问道。

那名风刀教徒脸色苍白，看着渐要消失在风雪那头的弗思剑，带着感激与敬畏说道："你们可能都忘了，前辈当年第一次下山的时候是凭什么出名的。"

修道者们还真不知道百年前的事情，纷纷出言询问。

那名风刀教徒满脸崇拜地说道：“就是杀人。”

当年赵腊月跟着井九第一次离开青山宗游历修行，确实杀了很多人与妖。正是在那趟旅程里她展现出来的手段与心性让清天司官员施丰臣生出极大惧意，继而引发了诸多事情。

事实上她跟着井九这么多年，早已有了很多改变，虽然手段与心性依然可怕，但却懒了很多。如果今天遇到的不是昆仑派的人，她可能不会出手。

当年井九去云集镇景园隐居，柳十岁来寻他的路上遇到了昆仑派的人，双方起了争执，柳十岁受了些伤。当时井九对柳十岁说了一句话：“如果遇着了，我给你打回来。”

现在井九还在朝歌城里沉睡不醒，这件事情自然只能由她来办。巧的是，彭思正是当年打伤柳十岁的人。如果是别的昆仑派长老，赵腊月可能只会断对方一臂，既然遇着了正主，那还有什么好说的？

这件事情只是件小插曲，没有影响赵腊月的心情，更无法改变她的行程。她驭剑越过那道深渊，来到了真正的雪原深处。渐往北去，风雪渐疾，寒意渐深，落在脸上竟有了几分罡风的感觉。

只有像她这样的破海上境强者，才能够在这样严酷的环境里长时间停留，境界稍低些的修行者只怕会被直接冻死，更不要说杀怪。可修道者若是到了破海上境，必然会留在山里，绝对不会四处招摇，更不会来到雪原这般危险的地方。破海上境离通天只有一线之隔，若能平安越过去，寿元便能增加近一倍，谁愿意在这种时候冒险？

这片雪原现在只有赵腊月一个人，白茫茫一片真干净，真清净，她喜欢这种感觉。她往北去的速度不快，经常会落在雪原里，杀些雪怪，歇息一两天，看看与人间完全不同的风景。

某天她杀了一只看着有些可爱的毛茸茸的雪怪，忽然来了兴趣，提剑去了皮毛，把雪怪尸体穿在弗思剑上，催动剑火，准备烤熟来吃。以她现在的境界，用剑火烤肉，自然是相当完美。可是那只雪怪竟没有什么脂肪，怎么烤也不出油，很快便成了焦黑一团，如煤一般。这种事物不要说香气扑鼻，便是看着也无法产生食欲，她只能有些遗憾地扔了。

杀杀怪，看看风景，散散心，对不怎么喜欢，也已经不大习惯与人打交道的赵腊月来说，真是极美好的生活。

只可惜这种情形没有持续多久，在她驭剑越过一片泛着淡蓝色的冰川时，一道极其寒冷而强大的气息扑面而至。赵腊月身形微动，在天空里带出无数道剑意，避开那道比朝歌城神弩更凌厉的攻击。数道剑鸣响起，蓝色冰川表面出现了数道裂痕，深入数十丈里，阳光在裂痕处折射，看着异常美丽而奇特。

在裂缝汇聚的地方，站着一个雪国怪物，像人一样站立。单从形状来看，这个雪国怪物与人类没有太多区别，只是浑身长着银白色的长毫，有些像人一般立着的熊。银白长毫在寒风里微微飘动，带起极其锋利的痕迹，可以想象，哪怕是普通的法宝，也会被其切断。

雪国怪物分为很多等级，人族经常能够看到的雪甲虫、白兽都像野兽一般爬行或奔跑，雪虫则无论是王阶还是初生，都像蚕虫一般，能够以人形站立的雪国怪物，必然极其强大。

赵腊月没有见过这种雪国怪物，但看过相关的典籍，知道这是雪国女王的亲卫，有个极好听的名字，叫作雪魅。

雪魅的速度快若闪电，天生气息极寒，力量惊人，若单纯以战力论，可以等若一名破海境强者。按照往年记载，雪魅一般都只在极北处活动，蓝色冰川这一带并不是它们惯常的活动区域。

看来何霑说的没有错，女王也在养伤，不想被打扰，于是把亲卫驱到了更南些的地方。

一只雪魅，有何可怕？要不要烤来吃吃，或者涮火锅？

只是雪魅的模样有些像人，虽然高约三丈，要烤来吃确实恶心。赵腊月心想算了，最多割下一只脚掌试试。

鲜艳的血光照亮淡蓝色的冰川，极为美丽，确实相合，自古如此。冰川表面没有再出现裂缝，哪怕浅浅的一道都没有，因为所有的剑意都被锁在弗思剑的剑身上。

弗思剑破空而去，如一道血线，绕着雪魅高速穿梭。嚓嚓嚓嚓，无数声令人牙酸的摩擦声响起，那只雪魅发出一声愤怒的低吼，变成了十余团碎块，散落在冰川表面。

赵腊月微微挑眉，寒风拂动凌乱的发。

雪魅不愧是女王的亲卫，看似不通道法，攻击手段有限，然而身体的坚固程度竟是远超普通法宝。她那一剑看似简单，实则带着无形剑意，杀伤力极强，对剑元的损耗也极大，她不能连续施出。如此威力巨大的一剑，居然也要费这么多事才能杀死一只雪魅，如果雪魅的数量再多些，那她应该如何应对？

世间万事都禁不住想。

五只雪魅从冰川各处走来，巨大的身躯在冰川表面投射出极长的影子。一只雪魅确实不可怕，五只就有些麻烦。

赵腊月居高临下看着冰川，面无表情地想着这些，隔空遥遥一指点出。弗思剑再次化作一道红线，瞬间来到冰川上，连续穿过五只雪魅的身躯。五只雪魅依次定住身形，身躯裂开，变成一堆晶石。

弗思剑回到她的身前，变得黯淡了很多，就像她此时的眼神。她的脸色更是苍白，连续隔空杀死六名堪比破海境强者的雪魅，即便是她，也感到了些疲惫与吃力。

事情还没有完，仿佛凭空冒出来一般，二十余只雪魅出现在蓝色冰川上。这些雪魅的眼珠仿佛晶石一般，没有瞳孔，也没有任何属于智慧生命的情绪。

她可以选择驭剑离开，想来这些雪魅就算有办法来到天空里，也很难跟上弗思剑的速度，但她这次深入雪原，除了想一偿所愿，更重要的便是以战养剑，如此凶险的完美机会怎能错过?

伴着一声清亮至极的剑鸣，她与弗思剑化作两道笔直的线条，来到淡蓝色的冰川里。冰川表面依然没有出现裂痕，卷起的雪粒里却有着无数道凌厉至极的剑意。数息之间，赵腊月便穿过了二十几只雪魅组成的包围圈，杀死了其中一只，自己也受了些不轻的伤。

她看了眼左袖的破口与溢出的血迹，脸上的表情没有什么变化，在天空里转身再回，带着弗思剑重新杀至雪魅当中。

如此重复往返，一白一红两道剑光在蓝色冰川上不停穿梭着，偶尔会落在冰川上，发出沉重的撞击声。不知道过了多长时间，又有七只雪魅被她斩成碎块，而她的身上也染满了鲜血，红色的鲜血与蓝色的冰川配在一起，真的很搭，很美。

赵腊月的伤势已经很重，眼神却依然平静，甚至有些喜悦。生死间的压力变成实质的养分，源源不断地滋养她的道树，锻炼她的心志。经过今日，养好伤势，她才算是真正的破海巅峰。目的既然已经达到，她转身向着天空而去。

那些雪魅忽然聚到了一处，只听得呼啸破空声响起，它们竟是抓了几个同伴向天空里砸过去。轰轰！几只雪魅像攻城机投出的巨石，以难以想象的速度来到天空里，轰向赵腊月。

赵腊月脚尖轻点弗思剑，飘至更高处的天空里，凌乱的短发在刺眼的阳光下，是如此清晰。弗思剑展现出最大威力，如一道红色的缎带，系住几只雪魅的身体，用力一束，将其斩成两截，飞回她的脚下。

她的脚踩在弗思剑上，身体微微摇晃，脸色更加苍白。就在这个时候，刺眼的阳光里忽然出现一道阴影，从上而下直袭她的头顶。偷袭之人在极高的天空里挡住太阳，形成了这道阴影，阴影里隐藏着一道飞剑。偷袭之人境界强大至极，绝对不在她之下，剑招之老辣幽冷更是难以想象！

赵腊月双掌一翻，带着十余道无形剑意毅然向天空迎去，将那道飞剑夹在了手掌里。极其刺耳的金属摩擦声里，那道飞剑破开了她的手掌，深深地刺进了她的身体！

她从弗思剑上跌落，重重地摔落在冰川上。砰的一声沉重闷响，淡蓝色的冰川上出现无数道裂痕，就像蛛网一般，赵腊月就躺在蛛网中央，鲜血渐渐溢出，美而惨烈。

她没有看到百年之前的朝歌城一役，不然就会知道，不管她自己愿不愿意，在某些时刻她与连三月真的很像。

遮住阳光的阴影消失了，那个偷袭的高手通过虚境离开了雪原。在偷袭之人看来，赵腊月受了他真性一剑，身受重伤，必死无疑。就算她是天生道种，身怀异宝，侥幸不死，在这么多雪魅围攻下也没有幸存的道理。

这里已经是雪原深处，离那座孤高冰峰不远，偷袭之人不想在这里停留太长时间，更不想惊动雪国女王，故而一击便走。偷袭之人究竟是谁？

赵腊月已经有了答案，是昆仑派掌门何渭。何渭的境界与她差不多，修行生涯却要漫长很多，在剑道经验各方面都比她强，更何况今天趁着她与雪魅苦战之际偷袭，她自然防不住。

冰川上响起沉重的脚步声，雪魅看似缓慢、实则奇快无比地向她这边靠拢。

赵腊月剑心微转，确定自己伤势太重，无法踏着弗思剑离开，艰难地从地上站起身来，右手重重落在胸口，无形剑意顺着手指进入身躯，以极快的速度在经脉里穿行，将何渭残留的阴森剑意暂时镇压下来。然后她伸手握住弗思剑，衣衫无风而动，如烟一般轻掠而前，杀向最近的雪魅。

咔嚓咔嚓无数声裂响，无数冰碴儿冲天而起，像风沙一般遮蔽住视线。赵腊月向后斜飞，撞破冰碴儿，落向冰川下方。

一声闷响，冰川下方的雪崖被撞出了一个大坑。赵腊月躺在坑底，身上到处都是鲜血，脸上依然没有表情，心想这就要死了吗？别人在雪原里遇到危险的时候，都能遇着你，为何这时候你不能出现呢？

好吧，你在朝歌城睡觉。

鲜血不停地淌落，遮住了她的眼睛，在她的视线里，天地都是艳红一片。她抬起袖子，擦掉脸上的血，心想如果你在的话，我不会遇到这样的事吧？

在她想着这些事情的时候，雪魅群正从冰川上向地面跳来，正在天空里飘着，越来越近，越来越大。她的视线越过雪魅群，投向北方，在极远处有座孤绝的冰峰隐隐可见。

她为什么来雪原?

因为她需要战斗，因为井九曾经来过，因为连三月曾经想做的那件事，但其实这些都不重要，真正的原因很简单——她只是想着来人间一趟，总要去看看那座山。

可惜了。

深冬时节，青山依旧草长莺飞。南忘这些年好像是真的在闭关，已经很久没有提出让青山大阵开口放风雪进来的要求。当然也可能是因为柳词死了，元骑鲸还在朝歌城。

缺少了四季变化的青山宗确实有些乏味，所以当人们听到天光峰峰顶的巨响时，都纷纷驭剑而起，前去查看。不管发生了什么事，都可以聊解修道生涯之无趣，也可以为明年青山大会同门相聚之时增些谈资。

墨池长老与过南山等人第一时间走出了洞府，带着惊喜望了过去。

洞府的石门已经被轰烂，满地的野草都伏在了地面，庐下的椅子被风吹倒在地，看着极为不敬。天空里有道飞剑正在飞舞，闪着无趣的灰色，与灰暗的天空仿佛要融为一体。那道飞剑气息澄静至极，境界极高，速度却极慢。看到这幕画面，别的天光峰弟子有些茫然，过南山则是笑了起来，笑容里有着怀念与淡淡伤感，轻声说道:“这家伙果然最像师父啊。”

前任掌门真人的关门弟子卓如岁，在一次漫长闭关之后，终于成功地晋入破海上境。根据广元真人对他那日剑迹的观察，他的境界甚至不止于此，已经抵达破海巅峰。

整个青山宗都知道了这件事情，各峰弟子来到天光峰，一方面是恭贺，另一方面自然也是好奇。数百名各峰弟子站在峰顶，看着正在与广元真人交谈的卓如岁，眼里满是羡慕与向往。听说过卓如岁过往事迹的清容峰女弟子们，更是一脸仰慕。

“卓师叔修道不到二百年，居然便修至破海巅峰，真不愧是天生道种!”

“这应该是有史以来最年轻的破海巅峰吧?”

各峰弟子们议论纷纷，就在这个时候，忽然一道声音响了起来:“他比掌门真人慢了一年，当然不算。”

弟子们转身望去，发现并不认识说话的人，不知道是哪座峰的同门。说话的人是元曲，他说的掌门真人自然说的不是柳词，而是景阳真人。听着这话，年轻弟子们有些不相信，心想难道这是真的?

在庐下与广元真人说话的卓如岁看到了元曲，也听到了他的话，直接走过来，带着些不确定问道:“你没算错?”

元曲说道:“所有档案我都做了备份，你要不要自己去查查?”

卓如岁有些恼火说道:“这么认真做什么？再说比师叔祖只慢一年，我还是很了不起啊。”

元曲看着他微笑说道:“不好意思，你比我师父慢了三年。”

卓如岁顿时愣住了，半晌后忽然大怒说道:“她人呢?”

元曲说道:“师父出去了。”

卓如岁有些尴尬地笑了笑，说道:“当年我出关就胜了她，看来她没有自信，这是在避我啊!”

元曲微嘲说道:“有本事你当着她面再说一遍。”

卓如岁恼火说道:“我以前是给掌门面子。”

听着两人对话，不认识元曲的年轻弟子们很是诧异，心想这人是谁，居然与卓师叔说话都这般不客气。

有人低声说道:“这位是神末峰的元曲师叔。”

年轻弟子们的不忿与恼怒在听到这句话后顿时消失无踪。“神末峰”这三个字在现在的青山宗里有着极特殊的意味，虽然传说中的掌门真人一直在朝歌城沉睡不醒。

“那你来干吗?”卓如岁连续听到两个不怎么好的消息，顿时觉得人生还是那样的无趣，重新变回从前恹恹的样子，没精打采说道,“见不得我开心，故意来闹我?”

元曲说道:“请你吃火锅。”

卓如岁耷拉着的眼皮顿时挑了起来，说道:“好。”

顾清不在，神末峰无人操持，那些猴子也不会做火锅，元曲带着卓如岁离开青山宗，去了云集镇。景园很长时间没有住人，顾家也换了家主，但该有的侍奉依然如故，当他们落在花溪畔时，火锅刚刚沸腾，散发着诱人的香味。

童颜坐在桌边，右手捏着长筷子的最高处，在白汤里慢慢划拉着，慢条斯理的样子，看着令人心烦。卓如岁很烦这种人，觉得这极不尊敬火锅，以前不敢说井九，难道还不敢说童颜?

“不喜欢吃火锅，你在里面划水做什么？还有，吃饭要等人齐了！当初你在中州派的时候，白真人就没有教你规矩？”

短短一句话时间，卓如岁已经调好了蘸料，夹起一块毛肚溺死在红汤里。童颜没有理他，收回筷子搁到瓷制的箸枕上，端起一杯清茶慢慢饮着。

他饮一口茶的时间里，卓如岁已经吃完毛肚，喝了一碗酒，看了他一眼，继续攻击道：“你现在境界不成啊……加把劲好吗？我以前还是很看好你的。”

童颜依然不理他，直到他又吃了两盘肉，才缓声说道：“明年春天方景天要做掌门，你愿意吗？”

卓如岁听到正事，手里的筷子静止在空中，说道：“我自然不愿意，顾清呢？”

如果青山宗掌门落在方景天手里，将来不管是他还是顾清想要继承掌门之位都会变得极其困难。

童颜问道：“那你准备怎么办？”

卓如岁用筷子夹起一半猪脑花扔进红汤里，耷拉着眼皮说道：“还能怎么办……那就弄一下呗。”

来到景园后，元曲就一直没有说过话，由着童颜与卓如岁打机锋，只管沉默地吃肉，直到这时候听到卓如岁的这句话，忍不住嘲弄说道：“现在的问题就是怎么弄！”

“弄，就是弄，直接弄。”卓如岁没好气说道。他越想越是恼火，心想自己熬了快一百年终于破海巅峰，结果还只能排到第三，而且立刻就要与通天中境的师叔找死，这算什么事儿？

“如果那个家伙还醒着，会有这些破事儿吗！”他愤怒地挥舞着左手，“现在连三月死了，他活着与死了也没什么区别，看到没，结什么道侣动什么情？你不要老去和玉山玩，会死的！”

元曲恼火说道：“这都是哪儿和哪儿啊？再说死又怎么了！你有本事你飞天去啊你！”

童颜忽然说道：“顾清与水月庵的甄桃，明年春天就会结成道侣。”

卓如岁怔住了，带着些复杂的情绪啧啧了两声，说道：“没看出来啊，他不是不会下棋吗？怎么也玩得这么脏？”

童颜不想再与他绕弯子，直接说道：“我们打算推赵腊月做掌门。”

卓如岁再次怔住，下意识便要反对，却忽然发现天光峰竟推举不出来更合适的人物，就算他现在的境界已经高得不像话，但辈分这边实在没办法。

“这个得容我想想，当年在神末峰吃火锅的时候，我跟着她学了些剑意入体的法门，能不能算作她的徒弟？”他拿起勺子把猪脑花盛到碗里，低着头，“如果她答应这么算的话，我就支持她做掌门。”

作为赵腊月唯一的徒弟，元曲感受到了强烈的威胁，恼火说道：“刚才谁说谁脏呢？”

东海畔风平浪静，青帘小轿的帘布上没有生出半点涟漪。幽暗无底的通天井井畔，黄色的符纸散发着强大的气息，偶尔散发出光芒，而更多的旧年符纸早已失去了作用，悬挂在崖壁上，无风亦动，发出哗哗的声音，如纸钱一般不吉利。

一道极大的阴影从崖壁下方缓缓爬了上来，阴秽而恐怖的气息同时而至。有果成寺与水月庵的阵图镇压，便是山鬼也无法靠近通天井上方，在离井口数十丈时便停了下来。隐约能够听到崖底有争执声响起，紧接着微风骤起，阵图没有生出任何反应，两道身影便出现在了崖上。

“我都说过了，我的速度绝对够快，你怎么就不相信我！”平咏佳觉得自己的剑道天赋受到了极大的侮辱，涨红着脸说道。

阿飘坐在他的肩头，哼了一声说道：“我是冥皇，本来就不能相信任何人！”

平咏佳说道：“你先给我下来。”

阿飘说道：“我又不重。”

平咏佳说道：“你现在不是小孩子了，一百多岁的人，怎么还喜欢坐人肩膀上？”

阿飘不服说道：“青天鉴灵都几万岁了，怎么就能坐先生肩上？”

两个人又争吵了几句，才渐渐冷静下来。

阿飘飘到高空，望向崖壁那边的青色山野，脸上忽然散出异光，不安说道：“都夏天了，我们是不是回来晚了？”

平咏佳吃了一惊，带着数道剑光踏空而起，望向四周，才放下心来，训道：“笨蛋！这里是南边，看着树木茂密，还是初春，来得及。”

阿飘没好气说道：“冥界又没四季，我怎么分得清楚？再说了，朕成日忙着国家大事，哪有精神理会这些小问题。”

当她说出朕这个字后，额上覆着的黑色刘海随风轻飘，衣袂亦是轻飘，自然流露出雍容威严的帝王风范。

平咏佳哪里会在意这个，嘲笑说道：“你先登基了再说。”

阿飘最听不得这话，嚷道：“这能怪我吗？先生说倒就倒！也不交代个遗言，至少先把遗产分了啊，我那份呢！”

这数十年，平咏佳与阿飘一直都在冥界。阿飘没有拿到冥皇之玺，自然无法正式登基，但在冥师的帮助下得到了大部分子民的认可，与大祭司那边一直争夺着冥皇之位。

青山宗不管是景阳这一脉还是太平真人那一脉，当然都会支持她，更不要说还有童颜这个对冥界极熟悉的军师，不出隐峰，依然远程操控着下界的局面。大祭司便是有中州派的暗中支援，也依然抵挡不住，这些年节节败退。

眼看着再过十几年，阿飘与冥师便能解决掉大祭司，成为下界的主人，却被召回了人间。她没有办法，因为青山宗才是她最重要的底气，冥皇之玺是她最需要的东西，青山宗掌门的归属，自然也会影响到冥界的归属。更重要的是，她有些想吃景园的火锅。

平咏佳与阿飘坐进青帘小轿，对视一眼，各哼一声，各占一边，看着轿外变成线条的景物，渐渐生出困意。当他们醒过来的时候，已经靠在了一起，睁开眼睛，对视一眼，再哼一声，转头望向外面。

阿飘忽然惊呼了一声，说道："这是怎么回事？"

青帘小轿停在了一条安静的巷子里，前方隐隐可以看到太常寺的黑檐。

童颜不是说要去景园商议掌门之事吗？他不是说要阿飘用冥界当作筹码与方景天谈判吗？为何青帘小轿会把他们送来了朝歌城？

平咏佳掀起帘布向外望去，也觉得有些奇怪，忽然听到了阿飘的哭声。

"你们青山宗的人怎么总这样呢？怎么这么脏呢？七百年前就来了一次，这次怎么还来？你这个没良心的，居然也骗我！"

阿飘缩在角落里，苍白的脸上满是泪水，瑟瑟发抖，显得极其害怕。

平咏佳怔了怔才明白，她说的是七百年前冥皇与太平真人游历人间，结果人族修行强者翻脸，将其关进镇魔狱的旧事，赶紧安慰道："不可能！不至于！没道理！"

阿飘哪里会信他，哭着说道："你们放了我好不好？我不要冥皇之玺了，我把自己逐出青山宗！我还不是冥皇呢，你们抓我有啥用啊！"

平咏佳被她的哭弄慌了，赶紧用袖子替她擦泪水，说道："误会！肯定是误会！你看没有仙箓，也没有中州派的人，再说咱们啥关系啊，我怎么能害你……"

被他安慰了半天，阿飘渐渐冷静下来，发现青帘小轿外确实一片安静，没有什么动静，有些嫌弃地看了一眼他湿了的衣袖，说道："就算下界水不多，你也不能总不洗啊？"

平咏佳叹道："咱们神末峰的人洗澡从来不用水，我每天都要洗两遍，怎么会有味道?”

阿飘说道:“我说的是人吗?我说的是你这身衣服!”

平咏佳无言以对，掀起轿帘走了下去。当阿飘紧张兮兮地走下来后，青帘小轿破空而起，飞回水月庵。

朝歌城看着一切如常，这条街巷清静无人，巷口外便是很多行人。阿飘低着头，让黑发掩着脸，任由平咏佳牵着手在人群里行走。

平咏佳看着她这副模样，忍不住笑了起来，说道:“既然无事，何必这么鬼鬼祟祟的?”

阿飘羞怒说道:“我本来就是鬼!”

果然没有什么阴谋，平咏佳与阿飘沿着太常寺走，便走到了井宅，没有遇到任何事情。两人还没有来得及敲门，井宅的门便开了，顾清微笑说道:“辛苦。”

平咏佳与阿飘与他数十年未见，很是欢喜，赶紧行礼。

“先去看看师父吧。”顾清说道。

平咏佳跟着他往院子里走，走了十几步后终于忍不住说道:“大师兄，您刚才那句话听着有些不妥。”

阿飘忍不住扑哧一声笑了出来。顾清怔了怔才明白怎么回事，笑着摸了摸他的头，没有说什么。

书房的摆设与几十年前没有任何区别，在榻上沉睡不醒的井九与几十年前也没有任何区别，眉眼依然完美，给人一种栩栩如生的感觉。平咏佳正想着，忽觉栩栩如生这个词很不好，赶紧转身对着地面呸了一口。

“您到底啥时候才能醒过来啊?”

阿飘看着榻上的井九，很是难过，原因多样。

平咏佳对顾清问道:“师兄，为何你要水月庵把我们送到朝歌城来?童颜不是说在景园会合，商议青山大会的事情吗?”

“我这边遇着些问题，不能回青山宗。”顾清沉默了会儿，继续说道，“我本不想扰了你们，但这件事情没你，只怕做不成。”

平咏佳问道:“什么事?”

顾清没有说话，对阿飘说道:“陛下在宫里等你。”

阿飘吹了吹额头上的黑发，翻了个白眼，散发出没好气的光线，说道:“我可是未来的冥皇，一喊就来，一喊就走，还要不要面子了?”

不管要不要面子，该走还是得走，书房地道开启，她气鼓鼓地走进去，走出来是鹿国公府的卧室。卧室花架上搁着件一看便知极贵重的瓷器，阿飘想着多年前的师门传闻，脸上投射出好奇与跃跃欲试的光线，心痒难耐，负在身后的右手悄悄伸出了一根指头。

白发苍苍的鹿国公走了进来，看她脸上的光线便知道她在想什么，赶紧说道："没必要！没必要！"

鹿国公带阿飘进了皇宫，自然小心遮掩，没让任何人发现。朝会还没有结束，他先把她带去了太后的寝宫。

胡太后看到阿飘，顿时从榻上爬起来，擦掉眼角的泪痕，把她抱进了怀里，心疼地说道："怎么去了这么多年才回来，瞅瞅，这脸白的，这身子瘦的，定是没有吃好。"

朝歌城一役后，阿飘在皇宫里住了好几年，胡太后一直想要个女儿，对她疼爱有加。阿飘对她很亲热，但听着这话还是忍不住说道："下面又没太阳，当然会更白。"

胡太后笑骂道："一开口就知道是神末峰的弟子，不会好好说话。"

景尧回殿里取件重要事物，听母后抱怨都没与阿飘说什么话，忍不住叹了口气，说道："母亲，她毕竟是未来的冥皇，您不能总把她当小孩子看，还是应该尊重些。"

胡太后听着便恼了，说道："我把你父皇送我的珠花都给了她，还要怎么尊重？"

景尧很是无奈，心想这就不是一回事，接着又想起某些传闻，犹豫片刻后说道："有件事情，我说了您别生气，只是师父他就要成亲了，您还是注意一下，不要总……"

胡太后面如冰霜，重重一拍案几，盯着他的眼睛说道："我为何时常召他进殿，你不清楚吗？还不都是为了你！至于避嫌，我都和他隔着十几丈，眼睛眉毛都看不清楚，你还要我怎么避嫌？我搬去棋盘山，还是要我回老家的山洞？你给我说清楚！"

景尧哪里还敢说什么，赶紧上前跪着，哄了半天才总算把她哄好，然后逃一般地离了寝宫。待他离开之后，胡太后的怒意顿时消失无踪，变得异常平静，只是下一刻又忽然抬起双手捂住脸，无声地哭起来。

井宅里，平咏佳看着空空的庭院，说道："师兄，什么时候再种棵树吧，难道师叔还没消气？"

顾清微笑说道："转话题也这般生硬，看来在冥界这些年，小师妹把你照看得不错。”

平咏佳有些尴尬地挠了挠头，说道：“总觉得师兄郑重其事要我回来，必然不是小事，有些紧张。”

“确实不是小事，甚至可以说比较危险。”顾清说道，“当年朝歌城一役，不老林也算是出了些力，所以朝廷事后没有追缉得太紧，却没想到让他们在朝歌城渐渐生根，这些年弄出了些事端，不过这样一来，不老林也露出了更多面目，去年秋天的时候让我找到一条线索，大致确认了太平真人的位置，我这次请你回来便是想让你助我把他抓住，或者直接杀死。”

平咏佳很是吃惊，说道：“我？就我？就凭我？”

顾清说道：“没人知道不老林在朝廷与各宗派里到底有谁，我只能信任自己人。”

听到“自己人”三个字，平咏佳再没有任何畏惧，但还是有些疑虑，说道：“我和你加起来也打不过他啊。”

“我现在有皇城大阵，如果太平真人进了朝歌城，可以暂时把他控制在某个地方。”顾清看着他的眼睛说道，“而你要做的事情，就是像一百年前那样，把剑意激发出来，杀死他。”

平咏佳挠了挠头，说道：“你说的是诛仙剑阵？”

“不错，当时你的剑意被师父用来布阵，朝天大陆现在只有你知道诛仙剑阵是如何施展的。”顾清不等他说话，继续说道，“你那时候会在皇宫里，隔空布阵就好。”

平咏佳有些紧张说道：“诛仙剑阵倒确实经常出现在我梦里，可是我没有自信。”

顾清说道：“我最近这些年一直在研究承天剑法的隐三式，我们可以参讨一下。”

当顾清与平咏佳这对师兄弟头对着头低声商量着大事的时候，他们的师父就躺在不远处的榻上，闭着眼睛，依旧美不堪言，莲花不曾蒙尘。井九沉睡了百年时间，朝天大陆还有很多人记得他，青山宗弟子更不会忘记这位老祖。

但记得与想念是两回事，世间的人们忙着高歌生命的多彩，哪里会想他呢？

也就是神末峰的这些人和别处的传人们会经常想念他，希望他能尽早醒来。现在这些人正面临着人世间最麻烦、最危险的境况，自然更加想念他，心想如果他在，这些事情会发生吗？问题是，就算井九这时候真的醒来，难道就能解决这一切？

赵腊月的视线落在北方遥远的冰峰上，带着些血色。她也在想这个问题，很快便得出了结论。

——我为什么要指望你？

哪怕你是井九，既然你没有陪我进雪原，没有陪我六年，那我就要一个人走出去。

弗思剑无风而动，割裂衣袖与裙摆，如针线般把割裂出的布带紧紧地缠绕在她的双臂与大腿上。飘然的仙家意味，顿时变成了铁血的战场味道。

赵腊月闭上眼睛，深深地吸了口气，双手握住弗思剑的剑柄，低喝一声，踏碎冰雪，向天空里的雪魅群迎了上去。

嚓，一道血色的剑光斩开了蓝色的冰川，划破了更蓝的天空。无数的晶屑满天飞舞，比寒冷更寒，如箭雨一般射向四周，然后在地面弹起，被呼啸的风再次卷起。十余道寒冷而可怕的气息，如冷酷的野兽般扑向她，撕咬着她的身体，磋磨着她的精神。

冰川前不停响起轰击的声音。她不停地落下飞起，鲜血就像冰屑一般到处喷洒。她身上的伤口越来越多，脸色越来越苍白，握着剑柄的双手却还是那样稳定，眼神还是那样冷漠。

天光渐渐暗了，马上要入夜了。不知是逃遁还是追杀，她与雪魅群从冰川处来到了雪原上。在满天繁星的照耀下，那些雪国女王的亲卫，看着就像神话里的怪物一般可怕。这些怪物似乎根本不会疲惫，从始至终都没有降低过攻击的力度与频率。

她的白衣破了很多道口子，只靠系在手臂与大腿上的布带维系着，看着就像准备去溪里摸鱼的小丫头。鲜血不再喷溅，不是因为雪魅无法再伤到她，而是因为她的血已经快要流光了。被雪魅利爪撕开的血肉，泛着令人心悸的淡粉色。

清晨的雪原上到处都是裂口，就像她的身体一样。

雪魅死了很多只，到处都能看到尸骸的碎片，还有五只雪魅没有死，也没有受重伤，围住了她。

她的呼吸沉重，胸膛微微起伏，身上到处都是破布以及像破布一样的被撕烂的皮肉，有好几处甚至能够看到玉一般的骨头。

繁星不忍看此画面，渐渐隐于夜色，很快便被晨光代替。

她不行了，事实上，从被昆仑派掌门何渭偷袭，落到冰川表面的那一刻，她就已经不行了，但她还是继续战斗了一天一夜。

微风拂动野草般的短发，拂过她血肉模糊的身躯，带来不亚于凌迟般的痛苦，却无法让她的浓眉颤抖一丝。她缓缓松开左手，只用右手提着弗思剑，就像提着刚从溪里摸出来的一尾鱼。她低头看着脚前被自己汗水滴穿的雪面，没有说话。她疲惫到了极点，但没有坐下，因为她知道如果自己坐下，便再也无法站起。

五只雪魅看着她，如晶石般的眼眸仿佛变幻出了某种情绪。情绪对高阶雪国怪物来说，本就是极罕见的事情，更何况它们此时的情绪是尊敬。

雪国的规则非常简单，尊敬是低阶生命给予高阶生命的礼赞。它们是雪国女王的亲卫，过往无数年里，这种尊敬只会给予女王陛下。只是尊敬不代表就此别过，它们向赵腊月走过去，高大的身影带出的阴影，如山一般渐渐合拢。

赵腊月很擅长推演计算，知道下一刻便是死亡，不会有任何意外。在长夜即将到来的这一刻，她想起很多事情，又想了很多事情，气息渐渐平静下来。大道在上，没有修道者可以温和而平静地接受长夜，但当长夜真的来临时，能平静些也是好事。

就在这个时候，按道理没有可能发生的意外却忽然发生了。五只雪魅停下脚步，深深地看了她一眼，转身向北方走去，很快便消失在冰川那头。

赵腊月抬起头，看着远方的孤峰，隐约猜到了些什么，并没有劫后余生的庆幸，反而更加警惕。

一道极其强大，甚至应该称之为宏大的神识从遥远的孤峰而来，落进她的识海。嗡的一声响，仿佛无数道古钟同时被敲响，赵腊月脸色苍白，喷出一口泛着金色的精血。好在下一刻，那道神识便离开了她的识海，回到了那座孤峰。

只是一瞬，她便感受到了很多对方想要传达的极其丰富而且复杂的信息，而其中最为清晰明了的是四条。

——我们很相似。

——我们都不是替代品。

——我们会在更加强大后真正战胜造就我们的人。

——希望你能活着离开，虽然这很难。

第十四章
不过梦一场

CHAPTER 14

初春时节的白城，依然寒雪纷飞，雪原渐厚，冰溪冻到最底，看着像是水晶艺术品。

何霑琴棋书画都很擅长，最擅长的还是烤鱼，被很多人评为堪称艺术的存在。但这些天他烤的鱼一天比一天难吃，德瑟瑟却很罕见地没有发脾气，因为她知道何霑在担心，根本没有心情做这些事情。

赵腊月进入雪原已经很长时间，却还没有回来。前些天，有些修行者自雪原归来，带来了最新的消息，说曾经在某处见过她，却有些语焉不详，尤其是那名受了伤的风刀教徒一直盯着那些同伴，似乎怕他们说漏了嘴。

曹园是上一任果成寺蹈红尘传人，何霑是这一代的蹈红尘传人，他与风刀教的关系自然不同，在他的逼问下，那名风刀教徒最终还是说出了当时发生的事情。

知道赵腊月杀死了那名叫做彭思的昆仑派长老，何霑并不怎么担心，只要别人不知道就好。问题在于，现在已经是初春时节，青山大会就要召开，为什么赵腊月还没有回来？

“我当初就觉得赵姐姐去雪原绝对不是为了以战养剑。”德瑟瑟说道，“以她的性情，肯定想去那座冰峰看看。”

就算赵腊月天赋再高，境界再高，若真去那座冰峰见雪国女王，也必然是死路一条。

何霑沉默了会儿，把手里的烤鱼交给德瑟瑟，说道：“我去看看。”

德瑟瑟知道他拿定主意便不会反悔，没有劝他，只是提醒道：“小心些。”

何霑说道：“放心，我不会进去太深，只是担心她需要接应。”

既然做了决定，便不再耽搁，德瑟瑟从屋里取出一个箱子扔给他。这一百多年里，何霑不知道进了多少次雪原，杀了多少雪国怪物，经验丰富至极，箱子里放着需要的事物，根本不用临时再整理。

他接过箱子，便踏空而起，向雪原方向而去，走得随意自然，就像每天去白城买鱼一样，实则心情有些沉重。刚到天空里，他忽然听到军营与别的庭院里发出数声惊呼，紧接着有十余名修行者或驭剑或驭器向雪原而去。何霑有些吃惊，向雪原望去，神情微凛，身影骤虚，化作一道轻烟从天空里消失。

现在的朝天大陆修行界，单以身法论，除了井九便以他的速度最快，即便是中州派的天地遁法也及不上他在青天鉴幻境里随洪老公公学的身法。他轻而易举地超过了那些修行者，只用了数十息时间便来到那座黑石山前。

山谷外围的积雪极厚，表面只残留着几片落下的枯叶。咯吱声响，枯叶骤碎，雪面塌陷，一只满是污垢与干涸血渍的脚落下来，过了会儿，另一只脚也落了下来。伴着雪地被踏破的声音，一个衣衫破烂的短发少女从山谷里走了出来。少女行走的速度非常慢，每移动一次脚步仿佛都要用上全部的气力。

寒风骤破，何霑如一道轻烟来到她的身前，看到她的模样，震惊无比，伸手想要去扶，却不知道能在何处着手。

她的衣衫破烂不堪，更可怕的是浑身都是血与伤口，找不到一处完好的地方，右脚的小脚趾竟也断了！

"这……这是怎么回事？"何霑声音微颤地说道。

赵腊月看着他面无表情地说道："我和你不熟，所以你不是幻觉。"

那道神识落下之后，再没有雪国怪物出来找她的麻烦，但就像雪国女王传递的信息那样，身受重伤、濒临死亡的她，想要活着离开雪原，本就是近乎不可能的事情。

剑元消耗一空，身体与经脉千疮百孔，根本无法靠冥想恢复，她无法驭剑，只能走。于是她从遥远的雪原深处走了出来，直至靴子被磨成碎片，至于在战斗里失去的小脚趾，在寒冷的雪地里反而感受不到疼痛。

走出雪原最大的困难，不是伤口与疼痛，而是意识涣散时出现的幻觉。在漫长的风雪旅程里，她看到过井九、父母、阿大、元曲、卓如岁、柳十岁、白早，甚至还有一个容貌模糊的女子，不是过冬的脸，应该是她想象出来的连三月的脸。

在极度虚弱的状态下，很少有人能够战胜这些，他们会失去方向，就此迷失在风雪里。

但她没有，她知道这一切都是幻觉。平时的她心中只有大道，就连井九也是隔几年才想起来一次，那张漂亮的脸怎么可能出现得如此频繁？

就这样走着，走着……她的伤势没有变重，也没有变轻。她就在生与死之间行走，走了不知道多少天，终于走出了雪原，看到了何霑。

这时候，就算是一粒雪花都可以轻松地击倒她，但她依然保持着足够的冷静，没有失去推演计算的能力，平静地判断出对方是真实的存在，并非幻觉，那么这时候应该可以倒下了吧？赵腊月在心里对自己说道。

于是，她倒了下去。

安静的庭院里，不该在初春生出青叶的梨树，忽然一夜之间开出了花，是庭院里摆了一个聚灵阵，吸收了很多天地元气的缘故。

风刀教教主有些疲惫地从房间里走出来，与何霑说了几句话，便告辞而去。院外到处是修行者与神卫军将领，风刀教教主微微皱眉，看在这些人还算安静的份上，没有说什么。

所有人都知道了赵腊月身受重伤，还有些人目睹了她可怕的伤势，整座白城都震动了，都想知道雪原里到底发生了什么事情。天地元气如丝般聚于庭院里，顺着阵法进入室内，如春雨般向着榻上洒落。

德瑟瑟见到何霑回来，抹掉眼角的泪痕，问道："怎么说？"

"只能暂时维持着，能不能有效，关键还是要看她的意志。不过放心吧，她的意志之强……"何霑看着榻上的赵腊月，沉默了会儿继续说道，"天下无双。"

德瑟瑟有些恼火地说道："就算风刀教想不出什么法子，那刀圣呢？"

何霑摇了摇头，说道："刀圣说了，就连他也没见过这么重的伤。"

曹园的原话还有一句，以赵腊月的境界，受了这么重的伤，应该必死无疑，她是怎么活下来的，谁也说不清楚。

德瑟瑟转过身去，用指尖取了些膏药，小心翼翼地抹在赵腊月的伤口上。她非常用心，手法非常轻，如春风一般，但昏迷中的赵腊月依然皱了皱眉，似乎感受到了剧烈的疼痛。

德瑟瑟的手指忍不住颤抖起来，再也撑不住了，哭着说道："她这一路上得多痛啊？"

何霑看着榻上的赵腊月，眼里满是敬佩的神情，叹道："受了这么重的伤，居然还能从雪原里走出来，真是了不起。"

就在这时，赵腊月睁开了眼睛，缓慢转头看了看何霑与德瑟瑟，确认了自己现在的情形。

德瑟瑟抽泣着说道："姐姐对不起，我把你弄痛了吧？"

"我不喜欢痛，但也不怕。"赵腊月对她说道，望向何霑，"我答应过他要活着，要永远活着，也许将来我与他的道路不同，但目的一样，所以只要能活着，什么我都可以承受。"

这就是答案。

寒风呼啸，吹散了庭院间的残雪，也吹落了庭院里的梨树白花。一艘巨大的青山剑舟降落在雪原，广元真人脸色沉凝，带着几名适越峰长老踩着一地梨花，走进房间。

前些天卓如岁出关后，元曲的话已经传遍了青山宗九峰。直到那时候，青山宗里的人们才知道赵腊月已经走到了哪一步。

史上最年轻的破海巅峰，连当初的景阳真人也被她超越了！就算在青山宗，她也是独一无二的瑰宝。

得知赵腊月在雪原里受了重伤，青山宗自然震动，连夜派出了剑舟，更由广元真人这位通天大物亲自带队。

不知道过了多长时间，广元真人与几名适越峰长老走出了庭院。看到他们的神情，风刀教教主与那些修行者纷纷松了一口气。青山宗不愧是底蕴最深厚的正道大派，适越峰上的奇珍仙药难以计数，这次整整搬了一船过来，如果还治不好赵腊月，那真是没天理。

夜色极深时，一道极淡的身影借着星光被云遮住的一瞬，落在了庭院里，地面的梨花纹丝不动。推开房门，那人掀下帷帽，露出了一张稚嫩的脸与极具特色的两道淡眉。

何霑看到多年未见的老友，有些激动，上前与他抱了抱，问道："你一直就藏在青山宗里？"

童颜微微一笑，说道："还能藏在哪里？稍后再叙，我去看看她。"

来到榻前，赵腊月睁着眼睛，黑白分明的眸子里满是不悦，说道："你为何要冒险出来？"

她用了好些适越峰的珍药，广元真人又用剑元替她通脉净意了一番，虽然伤势还是极然恐怖，精神却是好了不少，至少已经没有生命危险。

"首先是确认你的伤势，再就是有件事情需要告诉你。"童颜不在意她的态度，平静说道，"朝歌城好像出了什么事。"

听到朝歌城三字，赵腊月自然想到井九，剑眉微挑，说道："禅子不是在那里坐镇吗？"

童颜有些意味难明地摸了摸自己的眉，说道："不是井九，是顾清。"

赵腊月重新躺好，平静说道："什么事？"

童颜说道："他把平咏佳与阿飘召去了朝歌城，没有提前通知我，我传讯问他，他也没有说。"

赵腊月说道："然后？"

童颜说道："如果你伤势好些，能不能走一趟朝歌城？"

德瑟瑟端着一碗红油脑花小心翼翼地走了进来，听着这话险些直接连碗泼到童颜的脸上，喊道：“你有病啊？”

何霑知道童颜不是不知轻重的人，明知道赵腊月身受重伤，还要请她去朝歌城，必然是顾清那边出了大事。何霑赶紧接过那碗脑花放到桌上，抱着德瑟瑟出了屋子。

童颜平静说道：“那件事他不告诉我们，却喊了平咏佳，绝不是因为只有他们两个是井九的在册弟子，而是因为他需要平咏佳，平咏佳能有什么独特之处？只可能是他的剑意曾经在百年前为井九所用，施展出了诛仙剑阵，顾清想要重摆诛仙剑阵，那便是要杀太平真人，可是……为什么他不对我们说？”

“现在朝歌城里有初子、不二、宇宙锋，还差弗思。”赵腊月算了算，“我会把剑捎给他。”

童颜有些意外，问道：“你真不去朝歌城？”

赵腊月说道：“我回青山宗杀方景天，他在朝歌城杀太平，很合适。”

童颜更是意外，心想青山大会很快便会召开，你现在伤成这样还要与人动剑？就算你没有受伤，又如何能够越境挑战一位通天大物？而且你还要把弗思剑给顾清，那你准备用什么？他知道赵腊月是无法被说服的，说道：“难道你就不想知道，顾清为何要自己杀太平？”

“我能猜到。”赵腊月面无表情，“井九以前说过，选择这种事情，只要能承受后果，那就无关对错，这是他自己惹的事，那就自己解决。”

童颜盯着她的眼睛说道：“如果他解决不了呢？”

赵腊月说道：“那他就自杀好了。”

童颜微微一笑，说道：“其实我也不想你去朝歌城，今天来只是想确认一下你的想法。”

赵腊月微微挑眉，说道：“说。”

童颜不喜欢她挑眉，漠然说道：“我想知道你对青山宗掌门之位有多大兴趣，现在看来你是志在必得，那我就放心了。”

赵腊月有些奇怪，问道：“你在说什么？”

童颜不解地问道：“你不想当掌门，为何要挑战方景天？”

赵腊月说道：“他没死，青山宗就不能有新掌门。”

井九确实没有死，但他睡了一百零一年，没有醒来的征兆，与死人有什么分别？在很多人看来他已经死了，或者说是个活死人。如果他始终无法醒来，他的弟子们能够搞定现在面临的艰难局面吗？

朝歌城的春天往往伴随着柳絮，春意越深，柳絮越多，负责打扫庭院的仆妇的怨气便越深重，街头卖吃食的铺子，对此也是怨声载道。除此之外，别的倒没什么问题，民众们安静喜乐地生活着，偶尔还会去城外踏踏青，赏一赏春光。他们并不知道今天青山宗便会选出新的掌门，朝歌城也会发生一件大事，而那些看似遥不可及的事情，必然会影响到他们——如果他们都死了，春光再美又有什么意义？

“这些年我一直在想这个问题，如果修道无法走到最后，通天境与无彰境又有什么区别？五十步与九十九步，只不过是稍远些罢了，本质都是一样的。”顾清规规矩矩地坐在榻边的凳子上，看着沉睡中的师父低声说道，“师叔与卓如岁都破海巅峰了，我差得越来越远，信心也越来越不足，可能正是因为如此，我才会想到去寻求别的道路，道心不宁，继而发生这么多事情。我在朝歌城的日子早就超过了百年，想要维持朝堂的局面，想要做些事情，确实不容易，有时候难免会做些违逆本心的事情，在他们看来，我可能改变了很多，变成了一个心机极深的人物，但其实您知道的，我当年就是这样的人。”

春天已经到了，青山大会要开始了，他要去做事了，在这种时候，他越发需要师父的认同。只可惜井九还在沉睡，无法给出任何评价，无论支持还是反对。

“不过有件事情您都不知道，我小时候的性情也很跳脱，只不过从小生活在幽暗的小院子里，要看族中长辈的眼色，甚至还要学会讨好管事嬷嬷，到两忘峰后更是紧张，所以才会活得越来越谨小慎微，直到去了神末峰后才真正放松下来。但想着您对我寄予厚望，我总不能像师弟、卓如岁他们那样胡闹，于是刻意拘着性子。”

顾清犹豫了会儿，看窗外无人，伸出手指轻轻戳了一下井九的脸，开心地笑起来。很久以前，顾清就想做这样的事，包括但不限于看看师父这张漂亮至极的脸到底是不是真的，想去竹椅上躺躺，想把白鬼大人抱起来揉揉。可最终都只停留在想上，甚至没有人知道他这样想过。

这些事情看着有些大逆不道，但元曲偷偷做过，卓如岁厚着脸皮做过，平咏佳傻不拉叽地做过，就他没有做过。他变成了沉稳谨慎、冷静细心的神末峰大师兄，直到今天才终于露出了孩子气的一面。

之所以会变得如此胆大，自然是因为他今天要去做那件大事，无论成败，他都会死。长夜在前，哪还有什么畏惧，哪还需要继续掩饰，别说是师父的脸，就算是师叔的酒窝他也敢摸一摸。

想着这些事情，他整理了一下井九身上的薄被，细心地掖好，哪怕明知道这没有什么意义。仪式感在某些极重要的时刻，能够让当事者静心，获得勇气与力量。走出书房，来到安静的庭院里，站在那棵海棠树原本在的地方，他抬头望向天空里的柳絮。

经过青山宗、果成寺、水月庵与一茅斋多年的阵法加持，井宅现在可以说是与世隔绝的禁地，就连无孔不入的柳絮都无法钻进来，在阵法上落了浅浅的一层，看着就像是一层雾气，让碧蓝的天空与明亮的太阳变得有些模糊，多了些朦胧的美感，像人世间的很多事情一样无法看清楚。

朝歌城里只有三把剑，无法布出完整的诛仙剑阵，只希望平咏佳与他配合能把承天剑法的隐三式发挥到极致。

天空里忽然出现一道极淡的剑光，这道剑光在高空时根本没有任何显现，直到来到井宅阵法之外，才散溢出气息与淡淡的血色，没被任何人看到。嚓的一声轻响，弗思剑无声而至，落在他的手腕上，变成一道剑镯。

看着剑镯，顾清微微动容，久久不语——赵腊月应该猜到自己遇到了什么问题，不顾重伤让弗思剑游至朝歌城。这等信任与爱护……自己还想去戳她的酒窝，真是太不应该了。

安静的大街上，百年前从净觉寺搬来的佛殿在阳光下泛着金光，院墙里的青树生出新鲜的绿叶随风招展。看着这幕画面，感受到手腕上的冰凉触感，顾清忽然放松了很多，双手抱在脑后，姿势有些怪异、却很舒服地向长街那头走去。

听到院门吱呀一声开启然后关闭，柳十岁端着饭碗从后园里走了出来。布秋霄带着一茅斋第一次在朝歌城轮值的时候他就来了，之后再也没有离开过，在这座宅院守了八十年。

他走到书房窗边看了眼井九，确认无事，不解地说道："这到底是怎么回事？"

小荷走了过来，问道："怎么了？"

柳十岁说道："这些天顾清在书房停留的时间太长，说的话太多，明显有问题，而且公子每天两次擦洗，白天是我，晚上是他，怎么今天他偏偏要白天做？"

小荷当年对顾清有种发自本能的警惕与不喜，这么多年过去，那些情绪早已淡了，担心问道："他不会有事吧？"

柳十岁把手里的饭碗递给小荷，说道："我去看看。"

小荷接着饭碗，看着里面还剩了一大半的饭菜，说道："我就吃这些好了。"

柳十岁说道："锅里那半碗甜烧白，你给我留几块。"

小荷说道："好。"

平咏佳被顾清安排在了皇宫里，他不清楚原因，只知道顾清要他闭着眼睛，像一百多年前那样把剑意从身体里逼出来。他开始回忆，模仿一百多年前感受到的一切。一百多年后，他的剑意比当初更加可怕，不再是仿佛实质，而是真的实质，在广场的地面上留下了无数道清楚的痕迹，如果从天空俯视，就像是有一颗巨大无比的水珠砸在了他的身上，四处飞溅开来。

皇宫里的侍卫、宫女与太监也像一百年前那样被驱到了宫墙边，广场上安静得令人心悸。

神皇景尧站在殿前，看着远处的平咏佳，心里的不安越来越重，问道："他到底想做什么？为什么要用朕的剑？"

阿飘站在他的身边，翻了个白眼，说道："算起来他是你小师叔，找你借把剑用又怎么了？"

景尧摸了摸鼻子，心想我还能怎样，再说了初子剑明显有些躁动不安，说不定下一刻便会离开剑鞘，我还能想怎样吗？

殿前响起一声清楚至极的剑鸣，初子剑离鞘而去，来到平咏佳的身前，静静悬停，就像一支随时可能射出的箭。景尧还是很不安，说道："如果真是什么大事，是不是应该先和朕说说？"

阿飘语重心长教导道："我们这些做皇帝的管管大事就好，这种小事和细节不要操心太过。"

顾清闻着前方隐隐传来的幽香，听着渐渐入耳的吵闹声，知道快要到地方了，停下脚步，取出宇宙锋以及数尺粗布，开始仔细包裹，然后系在背上，就像当年那样。

长街那头，柳十岁掀起笠帽，看着顾清，微黑的脸上满是疑惑，心想他来旧梅园做什么？

就在这个时候，手腕上的剑镯忽然振动起来，发出嗡嗡的声音。柳十岁看了一眼，不知道不二剑想要传达什么样的意思，心想你要随顾清一道去旧梅园？

剑镯振动更急，嗡嗡声更大，大概是想要说：你白痴啊？我是提醒你不要过去！不要过去！赶紧回家！你媳妇还在等你！锅里的那碗甜烧白也在等你！

梅花的幽香只有在远处才能闻到，隔得近了反而消失无踪，声音却是越近越是嘈杂。街道两边到处都摆着棋盘，朝歌城的闲杂人等与骗子们站在棋盘四周，或者大声争执或者小声抱怨，还有些可怜人输光了银钱，痛苦地号叫着。

一百多年的时间真的可以改变很多事情，因为童颜而绝迹的棋摊早已死灰复燃，甚至比当年更加热闹。看到这幕画面，顾清有些感慨，摇了摇头，挥手挡住骗子的拉扯，走进了安静无人的旧梅园里。

旧梅园变得更加陈旧，越来越少的人能记得七百多年前的第一次梅会是在这里举行的。走过湖上小桥，来到不怎么好看的稀疏梅林里，顾清抬头看到了一座小庵。当年天近人来朝歌城就是住在这里，井九与赵腊月第一次看到景辛与胡贵妃也是在这里。顾清没有直接进入那座小庵，在庵外的梅林里走了一圈才拾级而上，敲了敲门。

窗不明，几不净，青烟缭绕，光线昏暗。顾清想到了井宅的天空还有柳絮。

一名红衣少年坐在案几之后，眉清目秀，微微一笑，便把环境的浑浊感驱散无踪。

“见过师伯。”顾清认真行礼。

“不必多礼，你有没有想过，为何我会在这里？”阴三的声音就像他的笑容一样温和可亲，而且干净至极。

顾清说道：“当年青山宗伐西海，西海剑派的山门大阵忽然被破，师伯坐在少明岛上喝茶……现在想来，您应该是夺了天近人的神魂。”

阴三看着他欣赏地说道：“难怪那家伙会把你当作下一代的掌门培养，确实不错，我要你办的事如何了？”

顾清说道：“前些天信已经送出，应该不会有问题。”

按照童颜的计划，青山大会上，朝廷、果成寺、水月庵以及一茅斋这四家，会与阿飘一道向方景天施压。阴三要顾清做的第一件事，便是解决这个问题。

顾清说道：“我能影响朝歌城，能以陛下的名义说服那三家宗派，但我影响不了神末峰。”

不管他是帝师还是监国，在神末峰上依然只是个普通弟子，赵腊月当然不会听他的。

“你应该知道赵腊月在雪原里受了重伤，差点死去。”阴三想着当年那个从果成寺追杀自己至绝壁前的小姑娘，发出一声意味难明的叹息。

顾清沉默了会儿，问道：“师伯还有什么吩咐？”

前些天在酒楼里，阴三提出的条件是要他做三件事，现在已经做了一件，还有两件。

阴三从袖子里取出一个纸条递了过去，顾清拆开纸条看了两眼，摇头说道：

“不行。”

阴三看着他微笑说道：“与青山宗掌门相比，这两件只是极小的事，为何反而不行？”

顾清说道：“虽然是小事，但节奏不对，我如果接受了，便再也无法摆脱你，只会越陷越深，我无法想象自己日后会对元曲他们生出恶意。”

阴三说道：“现在我越发明白那个家伙为何会选你。”

顾清折好纸条，递回到他的身前。

“那等今天青山大会结束之后，我们再来说。”

阴三抬起左手伸向纸条，就在他的手指刚刚接触到纸条边缘的时候，庵里忽然响起一阵哗啦的声音，像监狱里铁链被拖拉的声音。

如血般的剑光生出，在烟雾里折射散开，显得极其诡异。顾清手腕上的剑镯，变成了剑索模样，一头系着他的右手，一头缚住了阴三的左手。

“弗思？”阴三神情微异，再抬头已经恢复了平静，看着顾清说道，“我是个很警惕的人，但你伸出来的是右手……如果你想缚住我，难道不应该是伸左手？”

到了他这种境界，左右区别不大，但再如何离尘绝世，终究也无法完全斩断最初时的习惯，右手自然比左手更重要。

顾清的左手已经举到了肩头，握住了被粗布缚住的宇宙锋剑柄，说道：“我的习惯手是右手，如果伸左手，担心师伯您会起疑心。”

不管是剑镯、剑索还是飞剑形态，终究都是弗思剑。纸条绽裂开来，化作无数碎片，像纸鹤般飞入红色的烟雾里。裹着宇宙锋的粗布也碎了，变成无数片蝴蝶，到处飞舞。

清寂而寒冷的剑意，笼罩庵堂。紧接着，无数道剑意从庵堂外传来，凝成一座无形的阵法。这些剑意来自顾清在梅林里，在湖畔行走时留下的脚印。

承天剑阵。

阴三忍不住笑了，他不是自嘲，而是觉得很有趣。世间万物都在掌控之中，那便会无趣，只有他都没想到的事情，才让他感觉到有趣。

他没想到今天会在朝歌城里看到弗思剑。赵腊月身受重伤，离死亡只有一步，这时候应该已经回了青山宗，谁想到她居然会把弗思剑送到这里。真正让他感觉到意外的，还是顾清的选择。

“你就不怕身败名裂吗？”他看着顾清微笑问道。

“我都要死了，还怕什么呢？”顾清看着他认真问道，“师伯，你说一个注定要死的人会怕什么？”

阴三微笑说道："如果你真的什么都不怕，今天来的就不会是你一个人，这说明你哪怕死，也不想让别人知道你与那只狐妖太后私通。"

顾清说道："是的，哪怕死我也不想她受到伤害，但如果我真的死了，自然管不了那么多。"

阴三感慨说道："没想到他的徒弟居然真的不怕死，而且还不止一个，真是想不明白，他这到底算是成功，还是失败呢？"

说来确实有些奇怪，井九作为世间最怕死的人，却收了一些不怕死的传人。柳十岁从小不怕死，赵腊月如果怕死，又怎么能走出茫茫雪原？现在，又多了一个顾清。

"不过我可以确定的是，你今天肯定会失败。"阴三笑着说道，"用青山的剑阵来杀我，这真的很有趣，又很无趣。"

他是青山宗真正的老祖宗，精通九峰真剑，更准确地说，九峰真剑里的好几种本就是他传下来的。很多人不知道，他最擅长的是神末峰的九死剑诀，这是井九都承认的事实。除此之外，他做了那么多年的青山宗掌门，承天剑法的造诣自然也极高，至于到底有多高……大概就像天光峰那么高。

想用承天剑阵把他困死在旧梅园里，怎么看都是很荒唐的事情，但顾清的神情依然平静，说道："师伯如果可以离开，那你走啊。"

阴三的笑容渐渐敛没，说道："你以为凭这道剑索便能留下我？"

剑索随意地搭在案几上，连着他们两个人的手。赵腊月把弗思剑送到朝歌城，是猜到了顾清想要做什么，却没想到顾清临时改变了主意。

一道剑索当然很难锁死太平真人，哪怕是弗思剑的剑索，如果到了最危险的时候，他甚至可以断臂而走。当然，他还有更好的选择，杀死顾清或者斩断顾清的手臂。

一支秀气的骨笛出现在阴三的手里，在剑光与红衣的映照下，骨笛上的血线愈发清楚，散发着极淡的杀意。风入笛孔便成声，笛声里生出一道无形小剑，刺向顾清的眉心。

平咏佳坐在皇宫广场正中央，如果再胖些再高些，真的很像一尊佛像。无数道剑意从他的身体里飘出来，在地面上切割着，在空气里放肆着，飘向天地各处。

这幕画面看着就像被石头惊了的水面。忽然，天地间的剑意仿佛寻找到了某个目标，无声而去。下一刻，清冷如水的初子剑从他的身前消失。

这些剑意离开皇城之后，便消散于天地之间，但只是隐去了痕迹，并没有真的化作虚无，如春风般拂过朝歌城的大街小巷，却连一丝柳絮都没有带动。

柳十岁来到旧梅园，站在湖边，感受到旧庵四周的阵意，微黑的脸上满是凝重。就在他准备过桥加入战局的时候，忽然有阵微风拂动衣衫，灌入衣袖，落在剑镯上。不二剑发出轻微嗡鸣，即便再不愿意，也自行变回银色的小飞剑，随风而去，瞬间便破开顾清布下的承天剑阵，进入庵堂。

铛的一声清响，宇宙锋宽大的剑面落在顾清身前，剑尖深入地板，挡住了无形小剑。一口鲜血从他的唇间喷出，浓稠的血水顺着宇宙锋光滑的表面淌落，在地板上形成一道笔直的线。

他双手握住宇宙锋，像块铁板一样，向着阴三的头顶拍落。几乎同时，初子剑与不二剑破窗而入，带着清冷的剑光刺向阴三。弗思剑锁住阴三手腕，其余三道绝世名剑则是杀着。四剑之间自然形成某种感应与联系，组成了一道极其可怕的剑阵，正是百年前仙人白刃遭遇过的诛仙剑阵。那一刻，阴三以为井九醒过来了，眼神微变。下一刻，他发现这座诛仙剑阵只是略有形意，但少了很多弑神戮仙的气魄。

骨笛逆风而起，借着空气，连续奏出数个极其明亮的音调，就如剑鸣一般。小剑无声而起，与不二剑缠斗在了一处。骨笛则是迎向了如山般拍过来的宇宙锋和清冷如水的初子剑。

无数道真实的剑鸣响起，旧庵里剑光不断，案几与香炉瞬间碎成粉末，梁上出现深约数尺的刻痕。

顾清站起来，双手握着宇宙锋，沉默而冷静地施展着自己最熟悉的剑诀——承天以及六龙。初子剑与不二剑各自妙招迭出，就连形为剑索的弗思剑也在以意相攻。最厉害的当然还是平咏佳以剑意拟成的诛仙剑阵，虽不及百年前井九施展出来的威力，可依然剑意森然，仿佛天地间的杀意尽在其间。

即便是方景天这样的通天境大物，如果同时面对神末峰的剑与人，也必须认真对待。阴三却平静地坐在椅子里，右手看似随意地挥动着骨笛，便把那些可怕的剑与意尽数挡在了外面。骨笛破风引剑，青山九峰的绝妙剑招在他的随意挥动之间如梅花般朵朵绽放。

不管这座诛仙剑阵、这些神末峰的年轻人施展出怎样厉害的剑招，都无法瞒过他的视线，更无法靠近他的身体。这些剑招都是井九教他们的，而井九的剑法是他教的。

剑鸣破壁而出，落下满地梅花。庵里的数道剑光不停相遇，亦如满地梅花一般，绽出或黄或红的色瓣。

阴三随手一扫骨笛，把不二剑震回去，对着顾清吹了口气，满地梅花骤散。宇宙锋疾收，却依然没有完全挡住这缕风，顾清的右肩出现一道贯穿的洞，鲜血涌流而出，血水却没有流到地上，而是如雾般飘在了空中。顾清闪电般伸出手指，蘸着血水在空中写了一个符。

啪啪啪啪，数十道如同空间破裂的声音响起，一道难以想象的巨大压力，从天空里落向旧梅园。只是瞬间，附着阵法的庵堂便开始咯吱作响，似乎将要倒塌。

"换作别的地方，我真的没办法杀死你，甚至想都不敢想，但你不该出现在朝歌城。"顾清左手握着某件无形的事物，盯着阴三的眼睛，"这是师父交给我的地方，皇城大阵就在我的手中，而你却始终没有做出决断。"

越强大的阵法启动需要的时间越长，如果一开始的时候，他就动用皇城大阵，必然会惊动阴三，就算皇城大阵这一百年里经过了数次加强，也无法困住一心想要脱困的阴三。

真正的关键在于弗思剑化作的剑索，顾清从来没有想过，用弗思剑去斩断阴三的手。首先是不见得能做到，更重要的原因在于：断就是离。

他不能让阴三离开，他把这个选择题交给了阴三自己。

果不其然，像阴三这样的人物很自然地选择了先杀死他，再离开。这就让他有了足够的时间启动皇城大阵。

无形的沉重压力从天空落下，笼罩住整座旧梅园，椅子无法承受这种压力，骤然碎裂。

阴三站起身来，看着顾清想要说些什么，最终却什么都没说，只是笑了笑。皇城大阵困不住他，只要他能断开剑索。

问题是，诛仙剑阵竟不是针对他的，而是用来护住顾清的！换作平时，他即便不能断掉顾清的手臂，也能带着顾清一道离开。然而不知何时，地板上的血线已经变成了真实的阵法，把顾清的脚绑在地面上！

喀喀巨响里，庵堂再也承受不住，垮塌下来，飞舞的烟尘，撒在二人身上。

阴三的红衣有些发白，脸色也有些苍白。顾清更惨，血水不停从眼睛、鼻子、耳朵里流淌出来，身体里发出咯吱的声音，骨头都快要断了。

他想与阴三同归于尽，至少也要废掉对方一只手。如果他的死亡能够换取这些，那便够了。

但凡修行宗派总要有些仙气，所谓仙气，具体用画面呈现出来，便是雾气。中州派便是以云雾出名，青山宗的云雾也不少，不然山外也不会出现一个云集镇。

群峰在云海之间若隐若现，看着就像海上的群岛。天光峰最高，说来有趣，这里的云海也随之而高，如果柳词还活着，坐在崖畔，一双大长腿能很轻松地踩到上面。

方景天没有去崖边试过，他的腿没那么长，他的性情也比柳词沉稳得多。清风拂动云海的最上层，带起了两道极长的银眉，冲淡了平日里的富家翁气息。他转身望向站在庐外的峰主，眼神沉静有所思。

三十年前，云行峰峰主伏望确认破境无望，最终选择进隐峰。现在的云行峰峰主叫作金思道，东易道人，出身昔来峰。

方景天用了一百多年的时间，在青山宗里树立了自己的权威，得到了三座半峰的支持。

昔来峰、云行峰、两忘峰以及半座天光峰。但依然不够，因为元骑鲸还活着，因为井九还没有死。

他的视线落在峰顶的另外一边，赵腊月静静站在那里，看着云海的北方，脸上映着云的颜色，有些苍白。她在雪原里受了极重的伤，没想到居然还是赶了回来。她现在已经是破海巅峰，成由天与金思道竟然都被她超了过去。

按照这种速度，所有青山宗弟子都认为她会在百年之内通天。这是什么概念？这意味着她说话的分量，要超过普通的峰主。而今天她会说什么话，谁都清楚。在赵腊月身后不远的地方，那座石碑非常醒目，元龟依然闭着眼睛。

方景天轻拂袍袖，碧蓝天空依旧，所有人却感觉到仿佛有什么东西被打开了——元骑鲸坐镇朝歌城的日子，青山大阵的控制权暂时由他保管。数十道光毫从天空各处而来，泛着不同的颜色，散发着不一样的气息。过南山、顾寒等人驭剑而起，前去接引各宗派的宾客。

鹿国公代表朝廷来了，果成寺来的是讲经大士，一茅斋、悬铃宗、镜宗、大泽、合益楼等宗派也来了很多长老与弟子，与百年前的青山掌门大典相比，场面稍有不如，也算是极盛。

当水月庵青帘小轿落下后，青山宗众人赶紧迎了上去，方景天则是微微挑眉——水月庵主数十年前破境成功，现在是修行界真正的大人物，而水月庵与神末峰的关系谁都清楚，如果顾清真的处理妥当，庵主没有道理亲自到场才是。

第十五章

天地生大物

CHAPTER 15

清脆的剑鸣，不安的云海，石柱上剥离的碎屑，剑光追逐，相遇然后分开，同时分出胜负。这时候进行的是青山试剑，来自各宗派的修行者们看着青山宗弟子们展现出来的剑道，低声议论着什么。青山宗九峰的长老们却有些心不在焉。

试剑很快便结束，选出了十名年轻弟子代表青山宗参加今年的梅会，接下来便轮到了正事。新任云行峰峰主金思道踏剑而起，来到天光峰的天空里，对着诸峰弟子以及各派代表行了一礼，说要推举昔来峰峰主方景天为新任掌门。

天光峰峰顶与崖间石台上一片安静。这是去年青山大会商议好的事情，青山宗没有掌门已经百余年，这种情形确实不能再继续下去了。

适越峰的何长老走到崖畔，清声说道："青山宗百年无首，确实需要一位新掌门，我推荐广元师兄。"

同样没有人表现出惊讶的情绪，因为这也是理所当然的事情。同为通天境大物，广元真人当然要出面。今天青山宗请了这么多宗派代表，本就有见证的意思。

方景天看着广元真人说道："师弟，请。"

话音方落，他便从崖畔消失，云海微动，天空里生出数道剑意，形成一幕若有梅枝的画面。广元真人衣衫微动，踏剑而起，平缓而稳定地向天空飞去，没多时也消失在人们的眼里。

天光峰峰外的云海再次生波，渐渐向别的山峰流去，视线变得一片清明，无论是峰顶的各峰长老、各派代表还是崖间石台上的弟子们，都能清楚地看到碧空。

天空里没有方景天与广元真人的身影，想来他们这时候已经到了虚境之上。两位通天境大物之间的剑争，如果就在天光峰峰顶进行，就算有青山大阵只怕也会打得飞沙走石，崖倒地裂。而且这毕竟是同门之争，不便落在别派修行者与晚辈弟子的眼中。除了青帘小轿里的水月庵庵主，没有任何人能够看到这场剑争，但他们依然抬头看着碧空。

忽然，极高远的天空里有电光出现，不停闪现，仿佛不会停止。隔了段时间，却没有轰隆的雷声落下。原来那不是真正的电光，是剑光。

没有过太长时间。天光峰峰畔的流云还没有完全流到上德峰，虚境里连绵的闪电便停止了。在高远的天空里，忽然出现一片明亮的光泽，就像一面数百里的镜子，是虚境与真实天空的分界线。

镜子里出现了两个小黑点，渐大。方景天与广元真人先后落到天光峰峰顶，身上看不到伤口，脸色也很正常。当年太平真人为了青山宗掌门之位直接杀得血流成河，屠了莫成峰，但那毕竟是特例，像今天这种情形不可能以生死论胜负，彼此清楚便好。

那么谁获得了最后的胜利？

广元真人走回适越峰，方景天留在原地。

峰间隐有骚动，适越峰的长老们发出有些遗憾的叹息。终究是晚了三十年，虽然都是通天境大物，还是有所区别。

方景天向庐下走去，银眉轻飘。那把椅子便在庐下，路过石碑的时候，他停下脚步，对元龟行了一礼。

元龟闭着眼睛，没有反应。

方景天走到庐下，转身准备坐下，忽然一阵清风拂过，椅子就这样倒了下去，摔碎成了一堆木条。

天光峰峰顶一片死寂。

那把椅子代表青山宗掌门之位，方景天还没有来得及坐上去便碎了，换作任何人遇到这样的事情，都会愤怒或者羞恼。

一名昔来峰长老厉声喝道："这是谁做的？好大的胆子！"

元曲站在赵腊月身边，低声说道："这要是坐上去才裂开，那才叫尴尬。"

此时的峰顶安静至极，他的声音再小，也清楚地落到了很多人的耳中。青山宗弟子们这时候正处于震惊与紧张的情绪里，没有什么反应，镜宗一名女弟子则是忍不住扑哧一声笑了出来。

那名昔来峰长老霍然转身，盯着那名女弟子问道："你笑什么？"

被如剑般的森然目光一盯，女弟子吓了一跳，脸色变得苍白起来。雀娘将她护到身后，看着那名昔来峰长老平静地说道："我徒儿自笑她的，与你有何干系？"

那名昔来峰长老知道她与井九之间的师生关系，更知道她是镜宗定好的下一代宗主，强行压抑住心头的怒意，望向青山宗弟子喝道："是谁做的？给我站出来！"

依然一片安静，青山宗弟子看着就像一片树林。忽然，树林里生出一根高枝儿，有人举起了手。人群骚动起来，无数道视线望向那处。

卓如岁耷拉着眼皮，右手则是举得很直，就像旗杆一样有精神。

那名昔来峰长老微怒说道："卓师侄，你刻意毁掉宗门圣物，意欲何为？"

"不就是把椅子？师父他老人家当年可没说过这是什么圣物。"卓如岁抬起头来，看着他面无表情说道，"我出关的时候太高兴，一不小心把这椅子弄坏了，很多人都亲眼看着的，有什么问题？"

那名昔来峰长老不由语塞，要知道卓如岁可不是普通的青山宗弟子，不说境界与天赋，只说他是前任掌门真人的关门弟子，这句话便极难应……

方景天淡然说道："说的不错，这就是把椅子，并不重要。"

今日广元真人败在他的手下，青山宗九峰再没有人够资格与他来争青山宗掌门之位，没有那把椅子，难道他就不是掌门了？

"有没有那把椅子都可以当掌门，但你连承天剑都没有，有什么资格做掌门？"

一道平静甚至漠然的声音在峰顶响了起来。

青山宗弟子一片哗然，纷纷望了过去。有些年轻的弟子经过指点，才知道说话的是神末峰峰主赵腊月。这些年轻人听说过神末峰的故事，却不知道她当年的风采，不由很是吃惊，心想她居然如此强硬！

各峰长老与各派代表倒是很平静，甚至有一种终于开始了的感觉。神末峰的人怎么可能让方景天做青山宗掌门。

方景天银眉微飘，看着她似笑非笑地说道："师妹不服？"

赵腊月说道："当然。"

方景天的视线在各峰长老与弟子们的身上拂过，缓声说道："那还有谁不服？"

"师叔……我这手都还没放下来呢。"卓如岁举着右手一脸无辜地说道。

赵腊月是神末峰峰主，景阳真人的隔世弟子。好吧，她和景阳真人的关系比较复杂。卓如岁是前任掌门真人柳词最疼爱的关门弟子。他们在青山宗九峰的地位本来就很特殊，现在成为破海巅峰的真正强者后，更加非凡。

而且他们很年轻，在青山宗的历史上，以修行破境的速度来算，他们能排进前三，还有一位是景阳真人。他们是青山宗的未来，也是现在。他们同时站出来反对方景天成为青山宗掌门，必然会影响很多青山宗弟子的态度，而且他们本身就有足够强大的力量。

天光峰峰顶一片安静。

广元真人不想青山宗纷争落在外人的眼里，对赵腊月与卓如岁认真说道："青山宗确实需要一位掌门。"

赵腊月面无表情说道："他还没死呢。"

卓如岁跟着说道："着什么急？"

所有人都知道他们说的是井九，问题是井九在朝歌城沉睡了一百多年，还要继续沉睡多少年？

那名昔来峰长老厉声说道："这是去年青山大会商议好的章程，你们这时候忽然反对，算什么？"

赵腊月面无表情说道："那时候我在闭关。"

卓如岁跟着说道："我也在闭关。"

赵腊月说道："你们商议好的事情，我自然不认。"

卓如岁跟着说道："我也不认。"

那名昔来峰长老忍不住了，说道："卓师侄，你又不能代表天光峰，你认不认并不重要。"

卓如岁耷拉着眼睛说道："我知道天光峰里有很多弟子都被你们收买了……但我想总有些人会支持我吧？"

听着这话，很多道视线落在天光峰众人身上。

过南山叹了口气，说道："都依你。"

墨池长老叹道："你……你……咋……说……咋是。"

卓如岁看着那名昔来峰长老无辜地说道："您看，我也没办法，声望就是这么高。"

就在这个时候，雀娘缓步向场间走了几步，对着方景天款款一礼，轻声说道："按理来说，这是青山宗的事情，我们这些外派之人不应说些什么，但整个修行界都知道，景阳真人是我的先生，我这个做学生的总要问一句，先生他为了青山宗殚精竭虑，独抗仙人，现在还在朝歌城养伤，结果青山宗便要选一位新的掌门，这把先生放在了哪里？"

这句话很难回答，元曲暗赞一声，不愧是棋道高手。

鹿国公也毫不犹豫地开口，用苍老的声音说道："此言不差。朝廷向来尊重青山宗，但天下皆知掌门真人是陛下的叔祖，按照先皇遗诏，尊他一声太上皇也不为过，青山宗如此行事，难道就没考虑过朝廷的颜面？不妨明说，陛下对此事非常不满，要我来问一声，你们到底在想什么？"

这个指责更麻烦，元曲暗赞一声，皇宫里的人果然更脏些。

紧接着，果成寺与悬铃宗也很自然地提出了自己的质疑，只有大泽与其余几个宗派保持着沉默。

方景天望向朝歌城方向，银眉微飘，默然想着顾清那边果然出问题了，希望师父不会有问题。他收回视线望向雀娘、鹿国公等人，平静地说道："这是青山宗的事，不管你们有什么身份，有什么道理，都没用。”

他望向青帘小轿，说道：“便是对庵主，我也是这句话，这是青山宗的事。”

声音落处，一道清冽的剑意从他的身体里散发出来，如梅枝般在天地之间蔓延，虽遇罡风而不折。这便是通天境大物的威严，这便是青山宗强者的魄力。这是青山宗之事，这是青山宗，只有青山宗人，可定青山宗事。

广元真人没有说话，成由天沉默不语。

远处的碧湖峰峰顶，刘阿大慢慢踱至最高的大树之巅，望向天光峰方向，竖瞳微眯，不知是阳光太烈，还是心思太乱。忽然，它冲着天光峰喵呜了一声。满天如梅枝的剑意来到极高的天穹处，把满天阳光切割开来。那声喵呜就像火种，点燃了阳光碎片，化作无数晚霞，落在天光峰峰顶。

卓如岁感慨说道：“真美。”

灰暗的吞舟剑不知何时出现在他身前，剑在夕阳里慢慢飘着，如秋日落叶一般，仿佛随时准备燃烧。

赵腊月说道：“是啊。”

朝天大陆无法同寒暑，但可以共夕照，虽然是假晚霞。

无数道剑意在皇城广场上飘舞着、穿行着，向城外而去，把天空里落下的春光切碎，折射成更加温暖的如火般的光线。假晚霞的正中央，平咏佳闭着眼睛坐在地面上，脸色苍白，身体的每一处都在不停颤抖，每次颤抖都有一道极其澄净、极其锋利的剑意飘出。

阿飘站在殿前，看着这幕画面，脸色比他还要苍白，额前的黑发随风轻飘，声音有些微颤：“你们到底是在弄什么？这是在拼命啊……”

皇城大阵已经启动，如一座真实的山压向了旧梅园。旧梅园外的街道上起了一阵狂风，棋摊主人哭喊着四处逃避，根本不知道发生了什么事。

柳十岁站在湖畔，看着桥那边的旧庵，身体微微颤抖，双脚陷入了土地里。不二剑离开他的手腕，化作一道银光投入庵里，但并没有与他断绝联系。他能够清楚地感知到不二剑在做什么，知道这是公子当年摆出的诛仙剑阵，只是顾清与平咏佳究竟想要杀谁？

想着这些事情，他双臂横错在脸前，往桥上走了一步。只是一步，这桥便垮了，然后无数道嚓嚓的声音响起，他的双臂上出现无数朵火花。诛仙剑阵散发出来的剑意太强，在皇城大阵的碾压下，如真实的飞剑一般，可以轻易斩碎闯进来的一切事物。只是瞬间，柳十岁双臂上的衣衫便被斩成碎片，紧接着，身上的衣服也多出了很多道裂口。

便在这时，他忽然听到天空里传来一声极其阴冷而暴戾的啸鸣，紧接着，看到了落在湖面的两片阴影。阴凤从高空落下，展开如夜色般的双翼，十余丈长的尾羽化作真剑，强行破开皇城大阵，向旧梅园疾飞而至。

柳十岁自然知道这位青山宗镇守的厉害，收回双臂，右手握住袖子里的管城笔，正准备挥出，又忽然感应到城西传来一道如岳如海的黑暗气息——玄阴老祖果然也来了朝歌城。

园外传来一阵诵经声，天空里出现无数瓣似真似幻的花瓣，花瓣雨里出现一道光柱。这道光柱实际上是由数十道光线组成，就像是一道樊笼，准确地把阴凤定在了天空里。

阴凤发出愤怒的厉啸，想要撞破光线，只听得嗤嗤响声，彩羽生出青烟，给它带去极致的痛苦。但痛苦如何能够阻止它！伴着愈发疯狂的啸声，阴凤不停向光线撞去！

轰轰轰轰！整座朝歌城都听到了它的声音，感受到了天空里传来的恐怖震动，人们惊恐地来到室外，看到在光柱里不停奔撞的巨鸟，不由发出惊恐的尖叫。

园外的人早就跑光了，无数张棋盘倒在地上，四分五裂，棋子散落一地。禅子站在黑白棋子中间，赤足踩着一个“帅”，右手握着一面光镜对准了天空。光镜表面有极繁复的花纹，还刻着很多经文，正在不停变亮，散发出无数道光线，落到天空中。

伴着阴凤疯狂的冲撞，光镜明暗不定，禅子的脸色微显苍白，无奈说道：“看着你不够，还要看着你家的小孩子，凭啥啊？”

阴凤被禅子的光镜定在了天空里，柳十岁自然知道该怎么选，毫不犹豫一拳向地面轰去，黑红两色驳杂的魔火升腾，遁地而去，很快便来到了城西。

玄阴老祖正在城西的离亭里喝酒，左手拿着的小瓷杯里绿浆轻漾，右手把玩着浑圆的还天珠，意态颇为闲适。作为邪道魔头老祖，进朝歌城有些不便，为了安全，他今天一直在城外守着。中州派肯定不会管今天的事，青山宗今天会有大事，修行界真正厉害的角色都不在，太平真人加阴凤加他，这样的阵容，打下朝歌城都有可能，哪有什么可担心的？

离亭不远处有条小河，河水忽然沸腾起来，柳十岁破水而出，落在岸边。玄阴老祖发现来人年纪很小，境界却是不凡，有些讶异，却毫不担心，放下左手的酒杯，随意一掌拍了过去，准备把他拍死。

狂风呼啸，离亭倒塌，满天阳光骤暗，一道如佛殿般大小的黑色掌印凭空而生，向着柳十岁的头顶拍落。

柳十岁来城西，自然做好了准备，不管是青山宗的剑法还是果成寺的佛法又或者血魔教的秘法一概没用，只是凭着胸中那口一茅斋的正气挥出了管城笔。

哗的一声，就像风拂过树林，又像是一张大纸被调皮的孩子拿着到处扇风，河水如倒瀑般飞起，一道彩虹从水珠里生出，向黑色巨掌迎了过去。黑色巨掌骤然碎裂，管城笔挥出的彩虹也碎于无形，只有巨风还在呼啸。

柳十岁的身体像断了线的风筝，向数里外的朝歌城飞去。数息时间后，他重重撞在城墙上，发出一声闷响，好在没有受什么不可挽回的伤势。但玄阴老祖是何等样人物，这看似随意的一掌，实则隐藏着无穷杀机，余威源源不断，无形之力顺风而去，继续拍向柳十岁的身体。

城墙上的柳树微暗，绿意却变得更深。一个人影从中闪出，抓住柳十岁的左臂，抢在无形之掌落下之前，横掠数十丈。

轰的一声巨响，纵使皇城大阵已启，朝歌城墙坚若金石，依然被印出了一个极深的掌印，方圆数十丈的砖石表面尽数变成齑粉。如果这一掌落实在柳十岁的身上，就算他不死，只怕也要身受重伤。

“居然没死？”

玄阴老祖有些意外，看了眼右手里的还天珠，想着真人的交代，重新吞入腹中，一踏步便来到城墙前。从绿柳里闪出来的那个人被掌风波及，笠帽骤碎，露出一张绿色的脸。

“真是孝子贤孙啊……”玄阴老祖看着苏子叶笑着说道。

苏子叶看着他露出谦卑的笑容，说道：“老祖威武，饶了小的吧。”

玄阴老祖冷哼一声，两道泛着白焰的魔火从他鼻孔里喷出，如利箭般射向柳十岁与苏子叶二人。

苏子叶怪叫一声，转身便逃。柳十岁登时从袖子里取出一把扇子，向白焰魔火扇去。

狂风大作，柳枝寸断，魔火竟被风势所阻，速度减缓了许多。紧接着，又是一道彩虹生出，在白焰魔火里生生破出一条通道，直指玄阴老祖。

玄阴老祖神情凝重一掌挥出，把彩虹击碎，说道：“你这小娃境界不差，宝贝怎么也这么多？”

柳十岁沉默不语，暗自调理气息，准备再次施出管城笔。百年苦功，他的君子正气养得极其精纯而强大，已经不像当年只能施出一记便要耗尽真元。

玄阴老祖眼前忽然飘落一根白毫，他反手一摸头顶稀疏的头发，大怒喝道：

"给我去死!"

伴着这声怒喝，他满头数十根头发如刺般竖起，一道阴秽却绝不幽冷的暴烈气息从衣服里散发出来，遇水而凝形，变成无数道鬼火，向柳十岁狂奔而去。每道鬼火的最前方，都有一张白骨脸，看着异常恐怖，正是玄阴宗失传多年的万魂噬骨之法。

柳十岁毫不犹豫，再次挥出管城笔。如果只是管城笔带出的正气之道，并不足以拦住如此多数量的鬼火，但令人感到惊讶的是，管城笔端写出来的笔直痕迹，竟在朝歌城前摆出了一座剑阵！他竟是用管城笔施展出了承天剑法！

看着这幕画面，玄阴老祖神情微异，说道:"不错啊。"

就算再不错，也只不过是不错而已。柳十岁的天赋再高、遭逢再离奇、宝物再多、师门再杂，也不可能是这位邪道宗师的对手。不过片刻时间，管城笔画出来的承天剑阵便要撑不住了，朝歌城前一片鬼泣，天地为之变色。看着越来越近的恐怖白骨脸，柳十岁的脸也越来越苍白，是真元消耗太多的缘故，并非恐惧。

"你怎么就不会逃呢!"

伴着一声极其恼火的喊叫，苏子叶重新回到城墙之前。追他而去的白焰魔火，竟不知被他用什么手段消除了去。这时，玄阴老祖的满天鬼火扑到了城墙前。

苏子叶发出一声闷哼，绿色的脸上泛出一道极其诡异的光泽，仿佛也变成了厉鬼，他向鬼火咬了下去！只是数息时间，便有几十道鬼火被他吞进腹中。

"不错不错，不愧是宗门复兴的希望。"玄阴老祖哈哈大笑道，袍袖轻拂，如果不看根根如刺的头发，还真有些仙家风范。

伴着袍袖轻拂，满天鬼火之势愈发可怕，眼看着便要把柳十岁与苏子叶吞噬。

柳十岁忽然说道:"放出你的火。"

玄阴宗的名字里虽然有个阴字，修行的却是火系功法，苏子叶出生便在烈阳峡里，乃是玄阴宗不世出的天才，自然极擅此道。他不明白柳十岁的意思，却是毫不犹豫点燃了自己的阴火。柳十岁再次取出扇子，向他燃烧的手掌扇去。

轰的一声，朝歌城前出现了两片火海。一片火海里满是白骨的脸，一片火海里满是阴冷的风。

庵堂已经粉碎，木桥已经粉碎，梅林已经粉碎。就连那片湖都浅了数尺，并非湖水泻入了地底，而是水被压缩成了比冰更沉重的事物。

皇城大阵经过数大宗派百年时间的强化，要比当年强大多了。

顾清跪坐在地上，浑身都是鲜血，骨头不知道断了多少根，已经快要承受不住皇城大阵的压力，随时可能死去。但他依然紧紧盯着阴三，右手握着弗思剑索，左手拿着宇宙锋，支撑着诛仙剑阵，不让阴三过来。

阴三感受到城西的动静，唇角微翘，露出一抹欣赏的笑容，说道："真是一群可爱的年轻人啊。"

欣赏是真的，可爱的评价也是真的，阴三很喜欢这样的年轻人。这些年轻人居然敢与如此强大的长辈对着干，即便最后他们还是会失败，但已经足够伟大。可惜的是，这些年轻人都是井九的弟子，不是他的。

阴三叹了口气，身体终于动了起来。残影无限，红衣如血，血影凝成一道剑影，悄无声息破开诛仙剑阵的防御，直刺顾清的眉心。

今天朝歌城与青山宗的晚霞都是假的，很难依靠天光确定时间。也许是赵腊月一指点向方景天的时候，也许是顾清断了第七根骨头的时候，也许是柳十岁喷出第三口鲜血的时候，也许是小荷刚把碗里剩的最后一口豆花饭刨完的时候。

井九睁开眼睛，醒了过来。无数道剑光在他的眼底深处出现，然后消散成点点金光，最后隐于平湖之中。

他翻身起床，向书房外走去，看了那棵海棠树应该在的地方一眼，问道："在哪里？"

所有的一切都是那样自然，就像他没有沉睡一百年，就像他早已经醒过来了。

檐上的青鸟口吐人言："旧梅园。"

他身后忽然响起一声惊呼，井九转身看到小荷，点了点头，便从原地消失。小荷双手一松，饭碗落到石阶上摔成粉碎，好在碗里的饭已经吃完了。

旧梅园里忽然响起一阵极其密集的噼啪声，就像是弓弦断了，又像是灌满了酒的皮囊破了。事实上是剑弦断了，诛仙剑阵破了。

被碾压至湖底的薄水坚硬得仿佛砖石，上面忽然出现一个脚印。

微风轻拂，白衣轻飘。井九出现在庵堂废墟上，站在顾清的身前，伸出一根手指，指向那道血影凝成的剑。这一刻，整个朝天大陆的时间都停止了，只有他的手指与那道血影凝成的剑还在向前。

啪的一声轻响，血影凝成实质，是阴三的手指。

两个人的手指。

两个人，终于相遇。

数量难以想象的精纯剑意，从两根手指相遇的地方喷薄而出，就像世间最壮观的瀑布，就像那年的暴雨，就像朝阳出东海。

宇宙锋、不二剑、初子剑感受到了笼罩在废墟上的无数剑意，避至空中。弗思剑化成的剑索更加红亮，像是地底的岩浆河流，脱离顾清的手，变成一条鞭子，抽向阴三的脸。

骨笛迎风而起，呜咽作响，鞭子像死蛇般垂落。

井九左手抓住顾清，把他掷向遥远的别处。呼啸破空声里，顾清变成了一个小黑点，落在十余里外的皇宫里，在广场上砸出了一个大坑。

平咏佳感受到诛仙剑阵被夺，有些茫然地睁开眼睛，喷出一口鲜血。顾清浑身是血，倒在坑底，皇城大阵已经被井九夺了过去。阿飘尖叫一声，从殿前的石阶上消失，瞬间来到广场中央，却不知道应该先去救谁。

天空里的阴凤感知到了天地间的气机变化，生出强烈的警惕，发出一声极其暴戾的尖啸，十余丈长的尾羽再次化剑而出，强行斩开禅子的光镜束缚，向旧梅园疾飞而去。

旧梅园废墟上，井九左手握着弗思剑索，阴三的右手握着骨笛，无形小剑在身周游动，灵动至极。

二人静静对视。对他们这种层次的强者而言，如果他们想要，一眼间便能交换无数信息。很多年前，井九在雪原与雪国女王便曾经有过这样的交流，南趋死前与他也曾经有过很长而且很重要的一番对话，今天他们会说些什么？

“你的运气真好。”

“是耐心，我等了你十七年。”

“难怪你会在这时候醒来，从推演来看这是没道理的事情。你或者早就醒来，或者醒不来。所以这次我才会来。”

“你总是喜欢算来算去，却算不到有很多事情是算不清楚的。”

“比如顾清不怕死，还是别的什么？”

“比如我飞升失败，但还活着。”

“但你确实是在沉睡，不然怎么能瞒得过我的眼睛？”

“是的，我确实继续睡了十七年，如果没有合适的时机，我可能会继续睡下去。”

“时机？”

“事件的触发点。”

“我很好奇。”

“当你准备施展出羽化的真本事时，真正来到这个人间时，我就会醒来。”

这番对话是在神识里进行的，与此同时，这场时隔数百年重新开始的战斗也在继续。一心二用乃至百用，对他们来说都不是难事。

井九动念，宇宙锋、初子剑、不二剑再次落下。

阴三动念，小剑破空而起，碎。

两根手指相遇的地方，落下一滴血，殷红至极，没有任何杂质，是阴三的血。骨笛破空而起，呜咽声起。阴三的左臂断脱，瞬间成灰。

井九手指再出。

红衣如蜕，阴三从原地消失，一只通体殷红的小鸟，从废墟上飞起，避开剑阵，飞向高空。红鸟表面的羽色有些驳杂，因为染着血。

井九也来到了天空里。

红鸟扇动翅膀，这便是朱雀振翅。无数道剑意破开云海，斩出无数滴雨来。皇城大阵骤然碎裂，朝歌城笼罩在雨中，红鸟消失无踪。

井九转身望向地面，再次消失。下一刻，他来到西城外。

城墙外一片鬼哭声，阴风俱散。柳十岁与苏子叶靠着城墙，凭着最后的真元抵挡满天鬼火。满天鬼火里忽然出现一张极恐怖的血盆大口，要把他们吞进去。

恰在此时，井九从天空来到这里，化作一道剑光进入大口，满天鬼火瞬间消失，绿柳重现生机。

玄阴老祖站在河面，神情骤变，厉啸一声，身体以难以想象的速度缩小，魔躯变得更加坚不可摧。啪的一声轻响，玄阴老祖的胸口微微突起，然后破开，溅出数道如墨般的浓血。

井九落到地面，手里拿着还天珠，珠子表面残着一些血迹。

满天雨丝里，阴凤厉啸而至，尾羽如剑，在地面画出一道笔直而深邃的痕迹。井九弹指向空，无数道剑意并着赶过来的宇宙锋三剑，破天而去。

嚓嚓数声响，阴凤身体表面出现数道伤口，不敢多作停留，伸出利爪抓住玄阴老祖双肩，带着他向远方飞去。朝歌城的上空，回荡着玄阴老祖愤怒而痛苦的声音。

“我要杀了他！我还能战！我是不小心吞了他！不然他怎么能是我的对手！”

看着消失在天际的阴凤，井九安静不语，没有追击。下一刻，他的身体微微摇晃了两下，白衣上出现数道裂口。

“公子！”柳十岁掠了过来，顾不得自己的伤势，赶紧扶住了他。

井九摆摆手，示意自己无事。一根数丈长的黑色细羽缓缓从天空飘落，落在他脚边，他挥手把黑羽收了进去。

看到这幕画面，柳十岁确认他真的没事，终于放下心来，再也压制不住伤势，直接跪坐到地上。

苏子叶对玄阴宗的功法极熟悉，境界不见得有柳十岁高，但受的伤要轻很多，走到井九身前长拜及地。这些年他一直在西海活动，靠着朝廷与青山宗某些势力的暗中支持，发展得颇为不错，虽然还不敢重新打出玄阴宗的旗子，却也收了不少门人。他不知道童颜为什么要自己来朝歌城，今天看到了这么多事情，更加不敢询问，行礼之后便准备离开。

“如果你猜到什么，也不准告诉童颜。”井九忽然说道。

苏子叶恭敬应下，直接地遁离开。

天空里的云本就极淡，只是被井九与阴三的不世剑意逼出了雨水，无根无源，此时自然渐渐停了。从皇城里散出来的剑意则是早就停了，满天阳光不再被切割，颜色渐明亦渐淡，不复晚霞之美，却多了些春日之好。

井九望向朝歌城，问道：“真的一百年了吗？”

柳十岁说道：“是的，公子。”

井九从袖子里取出一根骨笛，静静看了片刻，凑到唇边吹了一首曲子。骨笛中间有道殷红的血线，随着他的吹奏，血线颜色渐淡，直至全无，骨色如玉。朝歌城墙下忽然生出很多野花，先前落过一场春雨，天光如晨。碧空里出现无数道剑痕，向四面八方而去。

这是天地生大物的征兆。

“给你了。”井九把骨笛扔给柳十岁。

柳十岁接过骨笛细心藏好，心里很是震惊。令他震惊的事情不是太平真人的骨笛被公子所夺，也不是公子把骨笛给了自己，更不是公子沉睡百年，就此破境通天，而是公子什么时候学会了吹笛子？

天光峰峰顶很安静，飘向别峰的云重新聚拢回来，苍白得就像赵腊月的脸。她败在了方景天的剑下。准确来说，方景天没有出剑，她也没有出剑。

没有人觉得赵腊月不自量力，也没有人敢轻视她——就算弗思剑不在身边，她依然展现出极其强大，甚至可以说可怕的剑道修为，这就是后天无形体剑的可怕之处。换作任何一名破海巅峰的修行强者，都不见得是她的对手。问题在于方景天是通天境大物，已然超凡脱俗，凌驾于云海之上。

峰顶的血渍不多，因为前些天赵腊月已在雪原经流了太多的血，也因为方景天不可能全力出手。首先是身份地位使然，这是应该有的风度，其次更重要的是碧湖峰上一直有双眼睛在盯着他。那双眼睛很幽冷，但一旦疯狂起来，必然极其疯狂而嗜血。

事实上，地面的血渍大部分都是卓如岁的，在赵腊月之前，他便抢着出了剑。吞舟剑确实强大，他的境界实力确实傲视同代修行者，但他败得比赵腊月还干脆，或者说，他认输得更干脆。打不赢方景天，不丢人，他受的小伤不过是方景天施加的一些薄惩罢了。但他这时候表现的就像重伤将死一般，靠在过南山的怀里，不停哎哟哎哟地叫着，就连雀娘都有些看不下去。

这就结束了吗？

当然不。

元曲已经召出了他七转八折的、怪模怪样的、表面有反光晶石的灰色无名怪剑。他当然也会输，但接着还有玉山师妹，还有迟宴长老，还有雷一惊、幺松杉，还有无数依然记得井九的年轻弟子。想着接下来会发生的事情，他便觉得极美。

童颜说得没错，方景天其意不正，更在意服众二字，必不敢随意杀人。打不过你，难道还不能拖着你？只是有些可惜小师弟与阿飘不在，顾清师兄也不在，不然今天才叫热闹。

想着这些事情，元曲已经来到了场间，对着方景天恭恭敬敬行了一礼，说道："弟子……"

按照童颜的规划，他这时候应该说很长一段话，隐晦表明自己乐浪郡元家弟子的身份。却没有想到自己接下来的话根本没有被人听见，淹没在了一片惊呼里。元曲有些意外，顺着众人的视线向天空望去，也不禁吃了一惊。

青山宗九峰间的云海是平静的，如白色的羊毛毡，但在青山大阵外的真实世界里，还有随风流动的云层。那些云层正在逐渐分开，露出后面的天空，看着就像是十余道蓝色的车辙，要通往未知的地方。如此画面，必然不是天地自然造化，那是源自何处的伟力？

人们震惊地看着天空的异象，议论纷纷。

"这是怎么回事？"

"难道是哪家宗派的法舟经过？"

"不可能，世间哪有这么快的法舟。"

"难道这是什么征兆？"

方景天银眉微飘，广元真人有些困惑，青帘小轿的轿帘无风微动。

越来越多的人接近了真相，如此异象，极有可能是天地生大物的征兆。天地异兆发端于北方，难道是中州派哪位大人物进入了大乘期！

想到这种可能，青山宗弟子们神情有些凝重。

“不……不对，这……是剑……剑啊。”墨池长老忽然说道。

众人更是吃惊，心想西海剑派已灭，无恩门封山，世间用剑的宗派不多，能出通天大物的更少，青山宗有谁在北方？

“难道是顾清师兄?”有人不敢确信地问道。

“不可能。”卓如岁早就忘了呼痛，嘲笑道，“就他那天赋，再修三百年也没可能。”

众人议论纷纷的时候，云海里的车辙变得越来越宽，散发出的气息也越来越清楚。卓如岁神情微变，想到了某种可能，紧接着，越来越多人想到了。

忽然间，云行峰上终年不散的雾气消失无踪，无数道剑与剑胚自崖间现出身影，对着遥远的北方微微伏首行礼。百余年之前，青山宗宣读柳词遗诏的时候，曾经出现过类似的画面，但今天的盛景更胜当年。这幕画面证明了人们心里的猜想，所有人都震惊无比。

难道掌门真人醒了？

不，不只是醒了，而且他晋入了通天境界！

雷一惊、幺松杉等青山宗弟子惊喜异常，对着遥远的北方，朝歌城的方向跪拜行礼。紧接着，越来越多的青山宗弟子跪了下来。

云海里的车辙，原来是剑的痕迹。震惊没有就此结束，无数道更加细微，却同样高远的剑意从青山群峰之间生出，向天空而去。众人震惊回首，发现极细的剑意来自清容峰。

梅里师叔眼神明亮，脸色微红，很是激动，少女们更是高兴得跳了起来，不停地喊着什么。极细的剑意来到高空之上，与自北方而来的剑意相连，如一张大网，笼罩住了整座青山宗，这是无端剑法的剑弦。

方景天望向清容峰方向，神情有些复杂地说道：“恭喜师妹。”

剑弦微动，发出清脆如剑鸣般的动人声响，有人落在了上面。南忘从清容峰走过来，赤足踩着剑弦，银铃随之而鸣，没有什么出尘之意，更像贪玩的小女孩。剑弦动而无端，根本无法确认位置，她的身形也是如此，一时在十余里外的峰顶，一时在云头，如醉酒一般，这就是通天境界。

啪的一声轻响，她落在天光峰峰顶，微微仰起小脸，对方景天说道：“师兄，现在你还想争这个掌门之位吗？”

峰顶一片安静，所有人都在等方景天的回答，却已经猜到了他的答案。南忘刚刚破境，想来不是他的对手，问题是那个人已经醒了，而且一步便踩到了最高的天空上。

剑意组成的折梅再次出现在天空里，方景天回了昔来峰。

看着天空里残留的数十道剑光，南忘撇了撇嘴，转身望向赵腊月说道：“值得吗？为了这么个男人。”

卓如岁心想我才是第一个出手的人啊，他不知道赵腊月今天是存了必死的念头，也要阻止方景天成为青山宗掌门。南忘很清楚这点，才会提出这个问题。

赵腊月说道：“在你的眼里他是男人，在有些人的眼里他是一把剑，在我的眼里他就是他。”

卓如岁越发听不懂她们在说什么，对南忘说道：“师叔，你早些出来，我们也不用受这么重的伤。”

“你们倒是想把我用得如意。”

南忘冷哼一声，负手走到崖畔，望向云海远处的朝歌城。如果不是井九忽然醒来，一步登天，她不想低他一头，想要通天只怕还需要几十年的时间。

赵腊月大概明白这番因果，没有说什么。

天地生大物，自有异象生，再加上旧梅园、皇城、西城墙外的动静，整座朝歌城都被震动了，人们涌到街上，看着被整齐分开的云海，激动地议论着。

井九带着柳十岁走进朝歌城，出现在所有人的视线里。看到那张绝美不似人间能有的脸，朝歌城的民众很快便猜到他的身份，如潮水一般分开，让出街道，视线里充满了敬畏与好奇，还有很多人已经跪了下去，不停磕头。

人间不见井九百年，传说依然在。

柳十岁跟在他的身边，感受着无数道炙热的视线，隐约猜到了一些事情，难免有些紧张。

春雨洗去了朝歌城里的灰尘，乌黑的太常寺檐角终于恢复了些生气，更加醒目地指明了方向。看着太常寺而行，没用多长时间，二人便来到了井宅，现在这里是朝歌城的禁地，那些跟过来的百姓被阵法挡在了外面，街巷变得清静了很多。

井九望向街对面的佛殿，说道：“辛苦。”

禅子坐在佛殿深处，伸手抓起身前的木棍，吩咐僧人收拾好，说道：“赶紧去白城，我不想见他。”

第十六章

重回人间

CHAPTER 16

井九带着柳十岁走进宅院，来到本应有棵海棠树的庭院里。小荷正在扫地上的碎瓷，看到他们两个人，发出一声惊喜的轻呼，然后才醒过神来，赶紧拜倒行礼。柳十岁走过去，与她并排跪着，恭敬行礼。

“这算成亲？”井九问道。

柳十岁心想您要这么想，也成。

院门微动，井梨急步走来，啪的一声跪到地上，肩头微微抖动，哭不出声。井九看着这个鬓角花白、老态明显的男子，在心里叹了口气。

这一世，他叫井九。离太常寺不远的井宅，被他视为家。他沉睡之前让顾清把自己送回家，指的就是这里。

他确实把井梨当作自己的子侄，让青山宗镇守白鬼大人负责启蒙，顾清亲自传剑，就算井梨天赋再普通，也不至于到现在境界还如此之低，百多岁便已经苍老如斯。这说明井梨修行不用心，之所以不用心，自然是因为早已心丧若死。

井九没有说什么，静静看了他两眼便去了书房。

“井家老太爷很多年前便走了，井商夫妇三十年前也走了，井梨媳妇身体不好，两个人没有子女，前几年井梨媳妇走后，他便成了现在这副模样。”柳十岁感慨说道，“用情太深，确实不适合修道。”

井九问道：“你家里呢？”

柳十岁沉默不语，小荷有些不安地低声说道：“村子里的二位老人家很多年前就走了，后来生的子女也走了。”

说的是那个小山村里柳家的故事。百年时间，对井九这样的修行者来说不过是睡了一觉，对凡人来说却是生死之别。都说人生不过一场大梦，确实如此。这些年，柳十岁一直守在井宅里，是想要照顾他，也是因为人间再没有他系挂的事情了。

井九举起右手，柳十岁低下头，摸了摸。

小荷现在哪里还敢有什么嫉妒之类的情绪，乖乖巧巧地站在旁边。井九看了她一眼，想到皇宫里她的那名同类，眉头微微挑起。

当年在海州城外的海神庙里，小荷被不二剑贯胸而过，从那时起，她便极度畏惧井九，这时候见他眉头一挑，吓得双腿一软，直接跪了下去，虽然不知道为何要跪。

“与你无关。”

井九示意小荷站起来，对柳十岁说道：“布秋霄应该也快了，你得回去。”

柳十岁见多了生离死别，依然无法适应，对“快了”“要走了”这种话特别敏感，脸色顿时变得苍白起来。

井九说道：“不要担心，是好事。”

柳十岁明白了他的意思，不由很是惊喜，说道：“那我赶紧回。”

如果换作顾清、元曲或者卓如岁，井九刚醒，必然不会离开，但他做事向来干脆，既然公子要自己回一茅斋，他就立刻收拾了行李，带着小荷离开朝歌城。至于说需要时间相处来加深联系与感情，他与公子之间弄这些虚的干吗？

扑棱扑棱，青鸟落在窗台上，向庭院里望去，井九的视线随之而去，海棠树不知去了哪里。井梨还在喝酒，岑相爷还活着，只会泡冷茶的小姑娘却已经远走，这就是凡人的苦处。

井九来到街上，街上的景物与百年前已经截然不同，不说那座从净觉寺搬过来的佛殿，别的建筑也都是新的，当然，现在也是旧的。

物是人非这四个字，会对普通人带来极大的精神冲击，修道者却是习以为常。

走过无人的街道，拾级而上，他走进佛殿，在知客僧的恭敬指引下来到后殿，看到了禅子。

春风轻拂柳枝，带着柳絮，美则美矣，着实有些令人心烦。这大概便是禅子对井九的感觉。

钟声悠扬，风铃叮当。

两盏淡茶，两张蒲团。

禅子抠了抠脚丫，伸到鼻子前闻了闻，说道：“你的运气真好。”

在旧梅园里，阴三也说过一样的话。这句话说的是井九能够醒过来，也说的是他居然能够破境至通天。

要知道这一世他是借万物一剑转剑生，修的不是普通的道，前期破境奇快，然而越到后面越是艰难，首先便是进入游野境时会遇到的剑鬼问题，他潜入镇魔狱与冥皇研讨多年，终于靠幽冥仙剑解决了这个问题，到了破海境之后他又要面临更麻烦的问题，他比普通人类修行者需要更多的天地灵气。

这里说的更多不是普通的多，而是海量般的多。当初他在碧湖峰破境入破海，靠青山大阵引来的雷电才勉强足够，如果他要破境通天，只怕要深入雷域才能吸收到足够的能量，甚至还不见得能行。刘阿大当初就很担心这一点。

谁承想，朝歌城一役里，井九竟是杀了白刃仙人的分身，夺了仙箓的所有仙气，靠着仙气成功地晋入了通天境界。世间只有几张仙箓，而且都在中州派的控制下，他却先后用了两道，禅子与阴三说的没有错，这种运气真的极好。

但真的只是运气吗？

笼罩朝歌城的阴云、从天而降的数万把剑、泛着金光的仙人分身、三千院里的圆窗与湖，他拍向连三月的那一掌被挡住，在怀里如蝴蝶般散走的光点……

井九闭上眼睛，很长时间后才缓缓睁开，说道："也许。"

禅子知道他在想什么，沉默片刻后说道："接下来你要做什么？"

井九说道："我想解决元骑鲸的问题。"

禅子神情微变，说道："我之所以不想见你，便是知道你会说这个。我真的不行，没有人行，你不要太有执念。"

井九沉默了会儿，没有继续这个话题，说道："先解决太平，再解决中州派，然后就安心修行。"

这话说得寻常淡然，就像是中午先吃碗白米粥，晚上再吃顿火锅，然而这两个问题会这么容易解决？

禅子说道："不管太平还是中州派那都是你自己的问题，可修行怎么办？"

井九说道："到时间就出去。"

禅子说道："问题是你怎么出去？一张仙箓才能助你通天，想要飞升又需要多少天地灵气？就算中州派剩的最后两张都给你也没用，就算你真敢在雷域里待十年也没用。"

井九说道："只要时间够长，总能有用。"

禅子神情凝重地说道："现在我担心的是，一条完整的灵脉都不见得足够你飞升，你到底需要多少？如果世间的天地灵气都给了你，别的修行者怎么办？"

井九说道："到时候再说。"

禅子知道他不会关心这种事情，摸了摸头，说道："我要去白城，你要不要去看看？"

他希望井九能够离朝歌城远些。

井九想都未想，说道："不要。"

然后，他再次想起连三月，很多年前她问自己要不要跟她去雪原，自己当时说的是什么？"不要打扰我飞升"，其实打扰一下又何妨？可能是因为想到了这句话，他难得地解释了两句："我打不过雪国女王，你也不行，加上曹园也不行。"

禅子说道："曹园伤还没好，本来就不行。"

井九知道曹园心伤连三月之死，去雪原里发了一场疯，没有说什么。

当天禅子便离开了朝歌城，去白城坐镇。井九出城相送，看着莲云消失于天际，去了赵园。赵腊月的父母都还健在，他没有打扰他们，直接上了那艘小船，任船在湖面漂着。

白天的时候，他用笠帽盖着脸。夜晚的时候，他看着星星发呆。

皇宫里很安静，顾清躺在榻上，伤势已经渐好。平咏佳一直细心照顾，甄桃也每天进宫，阿飘确认他不会死，便在皇宫里到处乱飘，与景尧参详做皇帝的事。只有夜色极深的时候，胡太后才能悄悄去看他一眼。

满天星辰，看着像无数只呆怔的眼睛，为情所痴，不知道眨眼。她坐在榻边，看着他苍白的脸色，眼里流露出疼惜的神情，很快又转为难过，低声说道："你就这么……想死吗？"

没有人知道顾清为何能确定太平真人的行踪，更没有人知道他为何会忽然发起攻击，就连主持诛仙剑阵的平咏佳都不知道。

要知道那可是太平真人，更不用说还有阴凤与玄阴老祖这两个魔头。就算顾清有皇城大阵、诛仙大阵，有禅子的暗中帮助，这依然是极其冒险的事情，胜算极低。如果不是井九忽然醒来，展现出通天境剑仙的强大杀伤力，顾清肯定会死在旧梅园里。如此行事，实在不符合他谨慎的性格。

听到胡太后的话，顾清有些生硬地笑了笑，没有说什么。

她睫毛微颤，滴下一颗小泪珠，轻声说道："我以前说过，我要的不多，只求死的时候能握着你的手便好，然后你把我与先皇赐我的东西一道烧了……如果你先死了，我死的时候，谁来握我的手让我不害怕？谁来把我烧了呢？"

顾清握住她的手，看着她的眼睛说道："以后不要说这样的话，这会让我嫉妒陛下，而我知道这是不对的。"

胡太后破涕为笑，说道："陛下气量这么大，就算知道你嫉妒他，也不会生气。"

如果卓如岁这时候在场，听着这话肯定会连翻白眼，心想这都是什么乱七八糟的。

殿里很安静，满天星辰微微闪动，对着人间的痴情人不停地抛媚眼。

顾清与胡太后牵着手，两人很长时间都没有说话，这种时候也不需要说话。不知道过了多长时间，胡太后感到手心出汗，从宁静里醒过来，发现了他眉心有郁结之色，关心问道："怎么了？"

"师父没有回青山宗，应该还在朝歌城，但他怎么不进宫？我在想他是不是厌恶我了……"顾清有些难过。

胡太后闻言也很是紧张，喃喃说道："不会，掌门真人肯定有要事办，说不得明天便来了。"

顾清望向远方被寒意笼罩的宫殿，心想有什么事情会比宫殿里的事情还更重要呢？

不要说明天，直到明天之后，井九也没有来皇宫，直到春意渐深，暑意将至，某天清晨，神卫军统领顾盼在下属们的拱卫下结束了对皇城的巡视，接过下属递过来的梳子，把微微飘起的斑白发丝抿了下去，挥手示意开门。

皇城门缓缓开启，忽然传来一阵惊呼，顾盼微微皱眉，沉声喝道："出了什么事？"

晨光微乱，一个人落在皇城前，白衣飘飘，如画中仙人。顾盼神情微凛，赶紧拜了下去，说道："见过掌门真人。"

下属与侍卫们也猜到了来人的身份，紧张而又兴奋地跪了下去。井九没有理会这些人，向皇宫走去，数息间便来到广场中间。

有些青石板明显是最近新修复的，想来应该是顾清砸出来的深坑。百年之前被寇青童、谈真人、连三月、白刃与他轰击出来的痕迹，则是早就已经消失无踪。

站在晨光里，他回想起当日广场上的鲜血与满地尸体，还有插在尸体上与血泊里多如野草的剑，沉默了会儿。对世间来说，朝歌城之役已经过去了一百年，对他来说却是一年前的事，她离开的画面，更仿佛还在眼前。他静静看了一眼还落着风雪的偏殿，去了正殿。

景尧、平咏佳与阿飘听到动静，都来到殿里，对着他拜了下去。

"师父！"

"学生见过先生。"

"孩儿拜见叔祖。"

顾清也被搀扶着走进殿来，跪到井九的身前，低着头一言不发。井九挥手示意景尧三人避开，望向顾清说道："说话。"

顾清惭愧至极，颤声说道："徒儿对不起师父。"

井九问道："哪里对不起？"

"徒儿被美色……不对，徒儿道心不静，贪恋美色，勾引了太后娘娘，实在是罪不可恕。”

顾清此话出口，反而平静下来，把自己与胡太后是怎样开始的，仔细禀报给井九，除了隐去某些细节，没有任何隐瞒，当然也没忘记把责任往自己身上揽。

井九没有什么反应，说道：“还有吗？”

顾清怔了怔，心想是啊，除了这件事情自己还做了很多不干净的事，于是又把这一百年里朝堂上发生的大事说了一遍。在这些大事里，他都是隐藏在幕后的黑手，不知道弄了多少阴谋诡计，实在是谈不上光明正大。

没等他把这些事情说完，井九举起手来，示意他不用再说，说道：“这些你都对我说过了，不用再重复。”

顾清怔了怔才想明白是怎么回事，脸色不由更加苍白，羞愧之余多了很多尴尬。过去的这一百年里，他在朝堂上施尽手段，清洗了很多大臣，还有与胡太后之间的事，给他带来极大的压力。这些事情，他无法与任何人说，于是每天夜里回井宅后，都会对师父仔细说一遍。

“您一直是醒着的？”他吃惊问道。

井九说道：“没有醒，但能听到。”

顾清不懂那是怎样的一种状态，接着他难过地想到，师父知道自己做了这些事情，必然不喜自己心机深刻，不然为何这么多天才会进宫？

井九知道他在想什么，说道：“很多年前，你刚到神末峰的第一天，我就对你说过，你的心机较深，但我对此并无喜恶。”

顾清怔住了，心想这是什么意思？

井九接着说道：“但是你遇到这种小事便要去死，实在是有些愚蠢，死能解决问题吗？”

“我提前通知了禅子，也向元师伯做了禀报，如果太平师伯真如何，他……”

顾清说到一半忽然发现有些不对，师父刚才说什么？遇到这种小事？自己与太后的私情被太平师伯知晓，被他用作把柄逼自己祸害青山宗，难道这是小事？

他带着七分茫然、两分不解与一分期盼问道：“您……您不觉得这件事情弟子做得不对？”

“我说过，任何选择只要能承担其后果，便无关对错。”井九说道，“更何况男女情爱之事，哪有什么对错，我只是觉得麻烦，你学不了我，随心而行也是道。”

这话听着高妙，实际上非常简单。他想表达的意思就是，这是你自己的选择，你可以为之而死，我会认为你蠢，但不会认为你不对。而且喜欢就喜欢了，就算我认为你是错的，那又如何？就算全天下都认为你是错的，那又如何？你连死都不怕，还在意这个？这真的很蠢。

在神末峰里，顾清不是能最快明白井九意思的人，也不是与他最亲的人，却是最能准确、全面把握他意思的人。所以他把井九这句话里藏着的意思体会得清清楚楚，毫无遗漏，不由沉默了很长时间，虽然心生欢喜，却又觉得压力巨大。

“可这件事情如果让世人知晓，必然会引出很多事端。”

“还天珠在我这里。”

“师父……您没看吧？”

“嗯？”

顾清闻“嗯”明意，赶紧转了话题，说道：“但这件事情终究会传出去。”

井九说道：“有人猜到，那是你本事不够，本事不够，你还弄这些做什么？”

顾清觉得有些尴尬，还是必须说道：“就算我能瞒住天下人，但总不能一直瞒着甄桃，这件事情终是对不住她。”

“你不想麻烦，那就瞒着，能瞒到死或飞升最好。”井九面无表情，“如果你做不到，就直接对她说，让她选。”

让甄桃选，自然是让她选还要不要顾清，或者能不能接受。其实最后还是顾清做选择。

顾清沉默了很长时间，说道：“就算我选了这边，也没办法和她在一起。”

井九说道：“你们此时在哪里？”

顾清明白了他的意思，眼神渐渐平静，神情渐渐坚定。他与胡太后此时在皇宫里，已经在一起，那就是在一起。

把眼睛蒙上，让世人猜去，这就是井九的解决方法？

顾清想漏了一种可能，但胡太后不会忘记。井九来到皇宫的第一时间，她就把所有太监宫女赶了出去，跪在殿里，等着对方过来把自己杀死。

微风从窗外进来，拂动白衣的袂角，井九居高临下地看着她，说道：“你很聪明。”

胡太后低着头，没有说话。

井九坐到椅子上，看了眼软榻与这边的距离，微微挑眉，说道：“是的，杀了你是最简单的解决方法，但我不会这样做，因为陛下走之前就拜托过我。”

胡太后再也忍不住了，抬起头来看着他，一脸茫然说道：“您这句话是什么意思？难道您是说陛下走之前就判定我守不住？在他眼里我肯定会秽乱宫廷，所以才会求你饶我一命？”

她越想越难过，眼泪汪汪地说道：“我虽然是个狐狸精，但我才不是那样的人！陛下怎么能这么想我呢？”

井九沉默了会儿，说道：“是的，你不是那样的人，所以他也不是这个意思。”

胡太后睁着大而懵懂的眼睛，问道：“那陛下为何要提前拜托您？”

“狐妖多情而深，陛下担心的是他死后，你太过伤心，无法走出来，甚至会随他而去……”井九看着她平静说道，“这不是他希望看到的，他希望你能开心地活着。”

胡太后怔怔地看着他，不明白这是什么意思。一百多年前，神皇陛下离开世间的那天，她确实悲伤至极。没有人知道，就连景尧与顾清也不知道，好多个夜里，她差点随神皇而去。

井九说道：“很多年前，他让顾清进宫教景尧，便是在提前做准备，他知道你会喜欢哪样的男人，而要忘记他与伤痛，最好的方法不就是再喜欢一个人？”

胡太后脸色苍白，跌坐在了地上。

“所以不要辜负他的这番苦心，开心地活着吧。”

说完这句话，井九端起案上的茶杯饮了一口，便离开了宫殿。胡太后坐在地上，又是愧疚又是欢喜，又是想念又是难过，泪水不停地流淌。

处理完这些无趣的事情，井九才去了那座偏殿，不是因为这里的事情不重要，而是他不想来。

偏殿里的温度极低，廊柱与窗上满是冰霜，雕刻得再精美的纹饰被霜雪填平，也看不出美来。

一道风雪从殿间凭空生出，带着刺骨的寒意，向地面落下。元骑鲸穿着黑衣，盘膝坐在风雪下方，已经坐了一百年。风雪落到他的身上，瞬间消失无踪。他极为消瘦，不再像往年那般高大，破损严重的黑衣随风轻飘。

走进偏殿，井九觉得仿佛走进了上德峰的洞府。他在上德峰住了几百年，依然不喜欢这种寒冷潮湿的感觉，今天更是非常不喜欢这座偏殿。

“你变了。”元骑鲸睁开眼睛，神情漠然地看着他，“换作以前你肯定一剑就杀了那只狐妖，不管神皇以前对你说过什么。”

井九当年曾经说过赵腊月一剑杀之的行事风格很像自己。这是真的，元骑鲸与柳词看过太多这样的画面。当年做景阳真人的时候，他从来不理青山宗事务，因为不喜欢麻烦，杀人其实很痛快，因为这是解决麻烦最简单、最快速的方法。看来柳词与连三月的先后离开，终究还是给他带来了一些影响与改变。

“你也变了，变瘦以及变丑了。”井九在元骑鲸身前坐下，看着他枯瘦的脸颊，沉默片刻后说道，“辛苦。”

很多年前他便与赵腊月说过，元骑鲸与柳词的寿元都只剩下几十年，按照时间计算，元骑鲸应该早就已经离开了人世，之所以现在还活着，是他用了青山宗秘法强行续命。泰炉便是用这种秘法，在剑狱里苟延残喘到了一百年前。

这种续命并不是真正的延寿，因为动用这种秘法后，修行者会失去所有感受，却要承受神魂里的无数冲突，比活死人还要更加痛苦。如此活着要比死亡更加可怕，泰炉如果不是对太平及景阳的恨意太深，断不会用。

元骑鲸用这种秘法续命自然不是因为怕死，而是因为井九沉睡不醒，朝歌城需要他亲自坐镇。

“连这些苦都受不了，还修什么道?”元骑鲸面无表情地说道。

井九说道:“当年打麻将的时候，你好像不是这种说法，记得你说输赢无所谓，但过程开心比较重要。”

元骑鲸说道:“你我都不是柳词那种擅长闲聊的人，不如闭嘴。”

井九说道:“你想不想吃火锅?”

元骑鲸说道:“我还有一天才会走，你先忙你的去。”

井九说道:“该忙的已经忙完了。”

从春天到现在，已经过去了好些天，他在赵园里看星星看得眼睛都要直了，就是不肯进宫。与顾清没有关系，他不愿意进皇宫是因为他知道，自己一旦进来，元骑鲸就会醒来，然后离开。

“来两个会打麻将的。”他忽然回头对着殿外说道，“要打得好的。”

他的声音并不大，却像钟声一般在皇城里回荡，甚至传到了朝歌城里，不知惊着了多少百姓，引出多少误会。

井九喊了一声，于是整座朝歌城都乱了起来。朝廷很快便推举出胡大学士为首的数名代表，却被顾清毫不犹豫地否决掉。麻将牌打得好只是一方面，关键还要看打牌的人是谁，他很确定师父不想对着这些头发苍白的老头子，而且这种机会怎么能随便给普通人?

没过多长时间，胡太后有些羞涩地走进偏殿，对着井九与元骑鲸行了一礼，说道:“我打得还可以。”

紧接着，殿门处响起雀娘惊喜又有些惘然的喊声:“先生?原来您在这里。”

春天的时候，整个朝天大陆都看到了云海里的数十道车辙，知道井九醒来，赵腊月很平静，元曲只好被迫平静，雀娘则是直接来了朝歌城，却不知道他在哪里。今天她正在棋盘山重摆先生与童颜当年的棋局，忽然听着朝歌城里传来先生的声音，不由很是吃惊，赶紧来了皇宫。

看到来的是她，井九很满意，对元骑鲸介绍道："我的学生里她的棋力最强，打牌想来也不差。"

胡太后确实没有说谎，井九也没有看错，这两个女子的牌艺确实极好，而且两男两女的搭配也极好，翠绿的麻将牌在桌上不停滚动，发出的声音也很好听。

景尧站在胡太后身后给她壮胆，平咏佳站在井九身后时刻准备倒茶，阿飘坐在元骑鲸身边不停支着，有时候忍不住亲自动手去出牌，叽叽喳喳的，很是喜庆。顾清在不远处亲手做火锅，青鸟在窗台上看着远方。殿外则是站着无数大臣、太监以及宫女，时刻准备着伺候。

打打麻将、吃吃火锅，配合得挺好。胡太后与雀娘不再像最开始那般紧张，配合得更好，出牌的速度带着某种舒服的节奏，彼此之间的默契更是不需要眼神交汇，让元骑鲸输得自然，赢得惊喜，全然没有发现自己是牌桌上技术最烂的那个人。

这场牌局持续了整整一日一夜，直至晨光再次降临，元骑鲸忽然停下了砌牌的双手。

殿里的气氛顿时仿佛凝固了，殿外的人们更是紧张到了极点。

元骑鲸有些好笑地看了众人一眼，忽然说道："我这辈子都没做成过九莲宝灯。"

然后他望向井九说道："你们三个都做成过。"

这里说的三个自然不是井九与雀娘、胡太后，而是很多年前上德峰上的景阳、太平和柳词。听着这话，众人松了一口气，赶紧继续牌局。

说来也是巧，就在下一局，元骑鲸做成了一个九莲宝灯，他望向井九似笑非笑地说道："你们一直都在糊弄我。"

这说的仍然不是今天这场牌局，而是很多年前上德峰的牌局以及这几百年里发生的事。

井九说道："谁让你老实。"

"也对，不过这几百年也算开心。"

元骑鲸看着眼前整齐的麻将牌，大笑三声，起身走出殿门，在晨风里化作满天雪花。

入夏后的朝歌城，忽然落了一场大雪，这场雪持续了三天。温度骤降，湖面结出一些薄冰。井九去了赵园，白天，他用笠帽盖着脸，夜晚，他看着星星发呆。

雪停了，云也散了，满天星辰忽然被涂上了一抹血色，那并非不吉的象征，而是赵腊月到了。小船微沉，响起破冰之声，那是她刻意弄出的声响。

井九转头望去，说道："来了？"

赵腊月"嗯"了一声，在他身边坐下，牵起他的手放在自己的脸上。

夜空里出现数百道光线，不是流星，而是剑光。青山宗来了朝歌城，准备迎回他们的剑律大人。虽然人已经走了，风雪也停了，但那份肃杀与干净仍需要带回去。

井九收回望向夜空的视线，问道："南忘呢？"

"留在青山宗坐镇。"赵腊月放下他的手，轻声说道，"她好像很伤心。"

南忘是太平真人门下的小师妹，现在最疼她的两位师兄都走了，以后她该怎么办？她已经是通天境大物，放眼世间无人敢撩拨于她，可是她该怎么办呢？

井九与赵腊月离开了朝歌城，没有直接回青山宗，而是去了大原城外。走过满是莲花的山溪，穿过山间的石道，绕过伏于草间的石头，看到那座已经很古老的木桥，便来到了三千院里。

三千院的师太不知道是当年那位老太师的第几代传人，不认识井九，但他没有戴笠帽，师太看到他的脸与赵腊月乌黑的短发便猜到了他们的身份，赶紧恭敬地把他们迎了进去。

桥下有溪，溪畔曾经是舍屋的地方现在已经变成一片树林，树林里有座坟，看着有些孤单，却并不冷清。

那位师太知道井九与庵里的关系，也知道他与三千院的渊源，见他的视线落在坟上，担心他不喜，赶紧解释道："这是李大善人的坟，七年前……"

井九示意不用多言，带着赵腊月走到那座坟前，说道："这就是我与你说过的那位李公子。"

墓碑上没有写李公子的名讳，只有四个字——殊途同归。前面两个字说的是仙凡殊途，后面两个字是说我们最终仍将同归大道。

李公子吃过丹药，还是会死。连三月是朝天大陆的最强者，也会死。

赵腊月忽然说道："我觉得他家那幅画里的人是连三月。"

很多年前，李公子家道中落，有一幅珍藏多年的画被所谓的友人骗走，被顾清派人拿了回来，她在神末峰看过。画里有星夜老山崖雾，雾里有位撑伞的姑娘。姑娘眉眼如线，神情温婉，却又漠然至极。

井九没有说话，也没有去找那幅画。

那幅画是李家祖传的，如果画里的姑娘是数百年前的连三月，那么或者便能解释李公子为何一往而情深。当然，这种解释不见得对，也不见得需要。

这是赵腊月第一次来三千院。走过小桥，来到庵堂前，她看到圆窗，以及窗外的湖景，就像所有人一样，心情变得平静了很多，她的视线下移，落在庵堂的榻上。

白早还在榻上沉睡，不知道身体里的仙气何时才能被完全吸收。百年时间，让她身上的天蚕丝都残了很多，露出脸来。在睡梦里，她微微蹙着细眉，看着还是那样的惹人疼惜。

“就这么睡着挺好。”赵腊月说道。

井九说道：“是的，终究还是活着。”

赵腊月转身看着他问道：“她是在哪里走的？”

井九说道：“就在这里。”

屋檐下便是那些晨光的起处，是连三月离开的地方。

赵腊月上前抱住他，轻轻拍着他的背，说道：“没事，我不会走的。”

井九抬起右手，在她背上拍了拍。

接着他们去了白城，落在雪原边缘的庭院里，与何霑、德瑟瑟见了一面，赵腊月吃了两条烤鱼，井九看了几眼梨树。走出庭院，行走在满是泥水与残雪的原野上，赵腊月忽然说道：“顾清在大家族里长大，有些事情想不明白。”

何霑与德瑟瑟在一起已经几十年时间，柳十岁与应小荷在一起更是已经一百多年，没有成亲，也没有办任何仪式，不在意世人是怎么看的，反正世人也看不到，这样反而没有麻烦。

井九说道：“他想得比较多，所以容易把事情弄麻烦。”

这是他们第一次讨论顾清身上发生的事情，赵腊月有些不理解，说道：“这种事情就这么有意思吗？”

很多很多年前，他们在商州摘星楼上看着那幢楼时，她曾经问过相同的问题。

井九说道：“喜欢，不喜欢，都喜欢，不喜欢你喜欢，可以形成很多种组合，有时候还算有趣。”

赵腊月说道：“喜欢我懂，但书里的情爱经常会让人丧失理智，痛不欲生，我不明白这是为何。”

“所谓爱情，便是男女之间的吸引、亲密带来的平静以及承诺。”井九说道，“承诺便是镣铐，有仪式感，有压力，就像烹肉一样，味道反而容易浓郁。当然，打破承诺本身对人类也很有吸引力，总之还是像先前说的那样，各种组合，自有趣味。”

赵腊月飞了他一眼，说道："说得像是你多懂似的。"

井九说道："这种事情又不复杂，多想想便能明白。"

赵腊月想了想，说道："如此说来，岂不还是很没劲？"

井九说道："是啊。"

说话间，二人已经走到一座颇为简朴的佛寺前，禅子在白城便居住在此。

寺院门前很是清静，三两僧人沉默进出，忽然有名中年僧人停下脚步，望向井九。井九也觉得这名僧人有些眼熟，而且无来由地有些亲近。

中年僧人看着井九的脸，怔了片刻，醒过神来，眼里满是惊喜。井九也认出了对方是谁，正是与他有过数面之缘的那位年轻僧人，只不过一百多年时间过去，对方的脸上满是风霜，他竟是没能立刻认出来，而且那位老僧也不在旁边。

中年僧人刚想说话，却下意识捂住嘴巴，紧接着又想到师父已经死了，再没人要自己修闭口禅了，不由悲从心起，哭了出来。从始至终，他一句话都没有说，井九只是看着他的神情变化，便猜到发生了何事，伸手拍了拍他的肩膀，中年僧人哭得更加伤心。

不知为何，井九一直很喜欢这对师徒，知道那位老僧已然圆寂，看着他哭得如此难过，心头生出不忍，一掌便拍了下去。

赵腊月瞪圆眼睛，心想难道你觉得有生皆苦，把他打死，他就不会难过？

啪的一声轻响，井九的手掌落在中年僧人头顶，中年僧人直接跌坐在地，发出鼾声。

"多谢。"禅子从院门里走了出来，看了一眼那名中年僧人，心想福缘这种事情真是说不准，谁能想到这个天资普通的晚辈居然能得到景阳真人灌顶？

井九说道："不用谢我，与你们果成寺无关，只是我喜欢这个孩子。"

禅子问道："为何？"

井九想了想，说道："可能是因为他喜欢说话？"

禅子说道："你当年不是嫌我话多？"

井九说道："现在也一样。"

禅子叹道："男人啊。"

赵腊月说道："这话是不是应该由我来说？"

盛夏的白城恢复了不少人气，信徒的数量还是很少，但神卫北军与各派修行者需要的生活物资让城里挤满了南方来的行商，街道上看不到积雪，只有被踩得极其难看的泥泞。

井九与赵腊月穿城而过，沿着斜斜向上的石径走着，远方隐隐能够看到那片红崖，还有那间小庙的上半身。

“十七年前你真的醒了？”

“那是骗他的。”

“可你听到了顾清对你说的所有话。”

“听到不代表能够醒来，准确来说，我那时候的神魂在青天鉴里。”

“…… 原来如此，想来青天鉴里也发生了很多故事。”

“一百年确实很长，不过没有太多故事，绝大多数时间我都在修行，只是张家小子不时来打扰，令人心烦，就像顾清一样。”

“张大公子还没死？”

“别说，他身体还挺好，还琢磨着要去海上，去找金鱼怪。”

“说起来火鲤大王真没办法带回青山宗？”

“除非能把冷山地底的火脉带走。”

“何必如此麻烦，直接把冷山占了不就可以？”

说着这些闲话或是隐有深意的话，红崖的颜色越来越清楚，小庙也露出了全部的身姿。跨过门槛，走进庙里，井九看着胖乎乎、笑眯眯的佛像，安静地站了会儿。

金佛残破的地方就像是在流血，隔了这么多年，血渍的颜色早就淡了，佛前那柄十余丈长的铁刀依然布满了缺口，不知何时才能重现锋芒。

井九走到铁刀一头，右手落在刀尖上，向刀柄走去，火花在他的手掌与刀锋之间生出，一路溅射。

铁刀仿佛被重新开锋，很多细小的破损被抹掉，除了中间那处极大的缺损无法修复，其余的地方顿时变得明亮如新，一道极其清澈的刀意，像水般弥漫开来。

“多谢。”刀圣曹园说道。

井九说道：“不必客气，我这百年领悟了一些新的法门，你看看对你的伤势有没有帮助。”

话音方落，一道极其精纯却又凛冽至极的剑意从他的右手里生出，落在铁刀巨大的刀身上，与刀意交汇在一起。

嗡的一声响，小庙里起了一场风，金佛表面残破的漆皮簌簌颤抖，随时可能落下。这是世间最强大的剑意与刀意的切磋，赵腊月是破海巅峰强者，依然很难承受，数缕黑发断落，只得退出门槛。

啪的一声轻响，小庙的门被风关上。

过了很长时间，小庙的门才重新开启，井九走了出来，脸色有些苍白，破损的耳垂处隐隐可以看到血迹。

赵腊月有些奇怪地看了他一眼，不知道他们到底是在切磋，还是来真的。井九没有解答她的疑惑。如果这真的是一场切磋的话，不会有任何人知道胜负。

小庙门再次关闭，隐隐可以看到佛像表面的金漆大部分都已经剥落，但比先前反而显得精神了很多。

井九走到崖前，望向远处的雪原，问道："走出来很难吧？"

赵腊月走到他身边，说道："你会不会怪我？"

井九说道："如果你死在里面，我必然会生气。"

赵腊月说道："以后这样的事情也许还有很多，毕竟我是我自己。"

井九沉默了很长时间，说道："生死之间有大物，也许你是对的。"

在雪原里，她在生死之间行走了很长时间，再次确认她的道与井九不一样。他们也许会分道而行，但她不觉遗憾，很多年前她就对白早说过，大道漫漫，能够同行一段已是福分。而且就像井九对顾清说的那样，他们此时在一起，那还有什么不知足的呢？

不是凭吊，哪怕一路都在与逝者告别。也不是怀念，虽然路线与百年前他与连三月走的相同。这只是一趟简单的旅程而已，就像人的生命一样。

井九与赵腊月行走在居叶城的街道上，戴着笠帽，仿佛回到了很多年前。

无数的声音从四面八方涌来，进入他们的耳中，经过快速的梳理与处理，变成有用的信息。昆仑派与风刀教的较量早就结束了，五场对战里昆仑派胜了三场，获得了冷山的控制权，居叶城的局面都变得有些不稳。昆仑派掌门何渭出手极狠，最后两场重伤了风刀教教主，还斩了一名风刀教长老。

这是春天时候的事情，因为朝歌城的那件大事，没有引起太多人注意，而事实上这非常重要。经过朝廷与正道宗派百余年的搜刮，冷山看似没有留存什么邪道宝物，实则还藏着不少资源。只说地底的火系灵脉，便令很多人眼馋。昆仑派大举进驻冷山，在烈阳峡旧址重新布置阵法，背后明显有中州派的影子。

听完这些消息，赵腊月杀意渐盛，说道："我要吃火锅，全红汤。"

井九说道："居叶城涮肉多，红汤不见得好，不如吃手把肉。"

赵腊月盯着他的眼睛说道："我要吃红汤！"

井九伸手摸了摸她的头，说道："依你。"

进入酒楼，吃了顿并不怎么正宗的麻辣火锅，赵腊月满意地眯起了眼睛，唤出弗思剑给他削了一个果子。

青鸟落在窗台上，眼里毫无情绪地说道："何渭出来了，在烈阳峡。"

赵腊月看着她问道："你不打算变成人形了？"

青鸟说道："做人太苦。"

赵腊月说道："但可以吃火锅。"

青鸟说道："我吃素。"

赵腊月想了想，说道："那确实不需要火锅。"

第十七章
一盘散沙
CHAPTER 17

烈日当空，冷山却依然寒冷，看似荒芜的原野上，有道黑影正在高速前行，是天空里的寒号鸟。

昆仑派掌门何渭坐在寒号鸟上，面无表情地看着地面。群山与荒野上，有十几个昆仑派的附庸小派正在清理战场，还有两百余名昆仑派剑修在前方的烈阳峡遗址处重新布置阵法。虽然获得了与风刀教之间的胜利，还有中州派的暗中支持，他也没有胆量把整个冷山都划成昆仑派的地盘，朝廷与青山宗不会允许这样的事情发生。

事实上，如果不是因为那件事情，他也不会在春天的时候出手那般狠辣。唯有把自己的后路完全断掉，中州派才会相信他的诚意。他需要中州派相信自己的诚意，是因为赵腊月还活着。

赵腊月极有可能猜到是他动的手，如果青山宗来找麻烦，他自然会打死不认，但井九醒了，他不敢冒险。而且谁知道刀圣什么时候会养好伤。

在那之前，他必须把中州派交代的事情处理干净，这样才有机会得到云梦山后山的道法甚至是一缕仙气，看看有没有机会破境，成为真正的大物。

寒号鸟飞到烈阳峡遗址上空，昆仑派长老与弟子们看到掌门亲临，纷纷恭敬行礼。

看着横贯地面数百里，无比壮阔的大裂缝，何渭想起当年柳词的一剑之威，觉得有些心寒，沉声喝道：“动作都快些。”

昆仑派长老与弟子们赶紧应是。

忽然，何渭眼神微变，毫不犹豫召出飞剑，施展威力最大的剑招，向远方天空斩去！一道明亮至极又寒冷至极的剑光出现在天地之间，杀意十足，强大得难以想象！

荒原间的草屑被风卷起，石砾狂滚。昆仑派弟子们愕然向天空望去，心想难道是哪个漏网的邪道妖孽前来窥视？真是找死！

嚓的一声轻响，那道强大的剑光像遇着阳光的雪一般消融在天空里。有一抹极淡的剑光在何渭身边闪过，拖出 道如残雪般的白色痕迹。他的右臂离开身体，向地面坠落，鲜血狂喷。

剑光与白色痕迹敛没于一点，显出身形，井九站在数里外的天空中。

白衣轻飘。

何渭这时候才感觉到痛楚，发出一声含着愤怒与恐惧的惨叫。昆仑派弟子们这才知道发生了什么事情，慌忙驭剑而起，想要布起剑阵把来人困住。

井九从原地消失，那抹极淡的剑光与白影再次从何渭身边掠过。

何渭又发出一声惨叫，左臂再断，鲜血不停流淌而下，打湿了寒号鸟的羽毛。

寒号鸟感受到天空里森然而无所不在的剑意，眼神里满是恐惧，根本不敢飞走。何渭忍住痛苦，从寒号鸟身上翻落，踩着飞剑向天边逃去。

嚓的一声轻响，飞剑断成两截，他从天空重重地摔落到地面，伴着剑光一闪，双腿也离开了身体。

剑光再敛，井九出现在他身边。

远处的昆仑派弟子们看到这幕画面，猜到了他的身份，惊骇难言，心想景阳真人这么恐怖吗?!

何渭苍白的脸上满是绝望的神情，看着他嘶声说道:“不……”

他还有很多话要说，但没有机会了，头颅一歪，滚落到地面上。一缕极淡的光丝从断颈处飘出，化作人形，仓皇地向荒山掠去。

井九没有理会，转身望向昆仑派弟子们布成的剑阵，挥了挥手。数十道凌厉至极的剑意破空而去，如摧枯拉朽一般破掉了昆仑派的剑阵，同时切断了十余名昆仑派强者的身躯。

何渭的剑鬼掠到了荒山边，赵腊月就等在此处，她凌空一指点出，十余道剑光缥缈而去，把剑鬼切成了碎片。

昆仑派的人们如鸟兽般散去，寒号鸟却是惊恐得不敢飞走，直到井九看了它一眼，才敢离开。

苏子叶从草地里站起身来，对着赵腊月与井九恭敬行礼。

赵腊月说道:“接下来的事情，你自己好生处理。”

当年井九曾经答应过苏子叶，帮他新立宗门，那就需要灵脉。冷山地底的火脉以前便有一支是属于玄阴宗的，现在不过是物归原主，当然更好的灵脉在昆仑山里。就凭苏子叶与他在西海收的散修、弟子，自然做不成这件事，但风刀教会参与进来，朝廷也会给予暗中的支持，想来用不了几十年时间，便能对昆仑派产生真正的威胁。当然前提是青山宗必须保持住在朝天大陆独一无二的地位，依然能够震慑住中州派。

井九与赵腊月办完这件事后，没有立刻离开冷山，而是通过大裂缝潜入地底去看了看火鲤。当他们从大裂缝里飞出来时，等的人已经到了。

谈真人站在满山野草间，是那样的自然，似乎就是天地的一部分。他看着井九叹了口气，说道：“杀了何渭，还想骗走我派的神兽，真人这样做会不会太过分了些？”

井九说道：“势在青山，自然要行。”

谈真人说道：“你我皆是修道者，当知大道无形，哪有什么势在必行？”

井九说道：“元骑鲸最想做的事情，就是把你们打掉，我这个做师叔的，总要帮他完成。”

谈真人闻言没有动怒，平静说道：“你我两家争了数千年，哪能真正分出胜负？难道你们还能把云梦山给毁了？”

随着井九与南忘先后晋入通天境界，即便不算阴三那边，现在的青山宗也已经有了四位大物，还有三位镇守，再加上天才弟子辈出，如今破海上境已有十一人，破海境强者的数量更多。

相较之下，中州派这一百多年则没有出现什么了不起的人物，双方的实力差距非常明显。但谈真人说的没有错，像青山宗与中州派这种底蕴深厚的正道大派，不知道隐藏着多少手段，想要彻底战胜对方，毁掉对方的山门基本上是不可能的事情。而且强者从来不行险，以现在修行界的局势，就算要行险招，也应该是中州派方面该考虑的问题。

微寒的山风拂着盛夏的野草，二人隔着十余丈的距离静静对视着。

没有人知道井九与谈真人在冷山的这次会面。在青山宗众人的眼里中州派已然入秋，如果不是还有谈、白二位真人和麒麟共三位巅峰战力以及两张仙箓，只怕早就投降了。

当然青山宗也有自己的问题，而且是极大的问题。就像很多俗语说的那样，最大的问题往往都是出自内部。景阳真人与太平真人两脉之争已经持续了四百多年时间，死了一些人，更重要的是内耗严重，青山宗的脚步始终无法稳定向前。

方景天一直想迎回太平真人，就连广元真人也支持此议，如果不是考虑到果成寺、一茅斋等正道修行宗派的态度，还有青山宗内部同样强大的反对势力，他们早就这样做了。

神末峰、碧湖峰以及天光峰绝对不会接受太平真人归山。两忘峰的年轻弟子们很尊重方景天，但也不会同意这个提议，因为这干系到他们最看重的理念，是非善恶。

如果春天的时候，方景天能够成为青山宗的新掌门，或者他能用数十年的时间改变青山宗九峰的看法，可惜的是他没有机会。

井九醒了，而且一步通天。他在朝歌城重伤太平真人，逐走阴凤与玄阴老祖。接着他去了冷山，当着昆仑派长老、弟子以及某些小宗派修行者的面，轻描淡写地杀死了昆仑派掌门何渭。

整个朝天大陆都被震撼了，井九现在到底有多强？难道他已经到了谈、白二位真人，或者当年柳词真人的程度？还是说他已经恢复到了景阳真人的水准？

这些猜想改变了很多事情，或者说改变了很多人的态度，比如在青山宗，已经没有几个人还同意方景天当年的说法，认为他是万物一剑剑妖。再比如云集镇忽然又变得热闹了起来。

云集镇一直是风景名胜地，加上青山宗就在不远处，每天都会有不少游客到访，但很少像最近这段时间这般热闹，街上到处都能看到修行者的身影。镇上有些老人还记得祖辈们讲述的故事，忍不住连连摇头，心想难道又要乱起来？好在元骑鲸虽然走了，但青山宗威名更胜当年，那些修行者活的时间长，记忆也更鲜活，知道这里不是可以放肆的地方，还算老实。

井九在朝歌城沉睡的百年时间里，景园无人居住，自然也无人前来探看，冷清了很多，现在则又变回当年的菜市场模样。有的修行者在溪边静坐，有的在演练自家剑诀，有的在不停叩首，他们还记得当年某个惨死在闪电下的同道下场，没有谁敢剑行险招。

某天清晨，忽然有几道剑光照亮天光，紧接着笼罩景园的雾气消散了些，里面生出一道青烟。

有修行者惊喜喊道：“快看！景阳老祖显灵了！”

话刚说完，此人便被拖到了外围一通痛揍，众人心想你会说话吗！

青烟并非真的烟，同样是水雾，只不过雾气里夹杂着毛肚、香菜、辣椒之类食物煮出来的气味，自然与众不同。

除了顾清与柳十岁，该到的人都到了。大家都围坐在火锅边，并不其乐融融，反而有些剑拔弩张，尤其是卓如岁今天不知道受了什么刺激，竟然几次抢在赵腊月之前把肉夹了起来，惹得元曲非常生气。

阿飘与平咏佳把冥间的事情简略地说了说，便发现顾家备好的菜少了一大半，赶紧闭嘴不言，拿起碗筷专心捞肉。童颜随意吃了些，便把位置让出来，走到溪边开始与自己下棋。

井九躺在竹椅上，看着天空里的流云不知道在想什么，忽然，他站起身来。

嗡的一声轻响，清风缭绕，拂得雾气大乱。他飞到天空里，穿过流云，变成极小的一个黑点，消失在众人的视线中。

卓如岁与元曲端着碗，张着嘴，看着天上，不知道发生了什么事。

赵腊月低着头继续捞肉，阿飘在旁边不停出主意："肚仁儿熟了！先捞这个！"

平咏佳又是紧张又是兴奋，喊道："师父又飞升啦！"

咔嚓一声响，天空里落下数道闪电，绵延不知多少里，就像一道夸张至极的剑光。这些闪电极其明亮，照在棋盘上，就连黑色的棋子仿佛都变成了白色。

童颜用三根手指捉着一颗棋子正准备放上去，忽然停在了半空中，半晌后淡淡说道："确实没用啊。"

在明亮的光线之前，黑白的分野并不重要，在强大的实力面前，阴谋与推演计算能力毫无用处。他把棋子放回瓮中，慢慢收了棋盘上的棋子，起身对众人说道："我要出去走走。"

卓如岁等人盯着高空里的闪电，不以为意地摆了摆手。直到童颜离开景园一段时间后，他们才醒过神来，面面相觑，心想就这么走了？

高空的闪电渐渐平息，轰隆的雷鸣被溪水里的蛙鸣替代。井九回到庭院里，身体表面缭绕着蓝色的电光。

没有人知道他去做什么了，也没人敢管。就在这个时候，景园外忽然响起敲门声，声声如雷，震得溪水微乱，蛙鸣骤断。

这样的阵势，这般的不见外，很容易便能猜到来人是谁，赵腊月与卓如岁很有默契地对视一眼，放下碗筷便从庭间离开。

阿飘落在元曲肩上，拍了一下他的脑袋，元曲醒过神来，赶紧向外走，却被平咏佳抓住了衣袖，后者看着元曲可怜兮兮说道："师兄，你去开门呗？"

元曲大怒说道："我学的是昔来峰的七梅剑诀，若是方景天来了，自然是我去，但你学的才是清容峰的无端剑法，你凭什么逃！"

平咏佳再如何听话，听着这话也满心不服，心想自己虽然姓平，但凭什么去冒这种凶险？

怎奈何他是神末峰排名最末的关门弟子，开门这种事情怎么也逃不掉。他垂头丧气地离了庭院，去了景园正门，不多时便牵着南忘的手走了回来。

准确来说那不是牵手，他微弓着身子，举着右手，恭恭敬敬虚举着南忘的手腕。这些年他不是在朝歌城皇宫就是在冥界皇城，见惯了某些人物的做派，今日因着惧意，下意识学了起来。

南忘神情漠然，昂首挺胸，目不斜视，也确实像极了一位太后。来到庭院间，她收回右手，有些嫌弃地摆了摆。

平咏佳如蒙大赦，哪里还会停留，嗖的一声，化作一道剑光便消失了。

井九看着她说道："应该再晚几年，稍微稳当些。"

南忘微微挑眉，说道："凭什么？"

井九有些不解地"嗯"了一声。

南忘走到他身边，坐到檐下的地板上，说道："你从头来过，我没道理比你还慢，凭什么？"

井九微微一笑，说道："不与你吵。"

南忘有些吃惊地看着他的脸，心想性情怎么变了这么多？难道大师兄的离开对你影响如此之大？

井九举起右手伸到她的面前。南忘自然不会像柳十岁那样低头，也不会把可爱的小脸搁到他的掌心，冷哼一声，从怀里取出一个小酒壶重重地放上去，发出啪的一声轻响。

小酒壶不知是何材质所制，明显不凡，透着淡淡青光，瓶口处竟似还附着某种法阵。井九却是很轻易地打开了酒壶，显得格外熟悉，想来几百年前曾经开过很多次。

小酒壶里的酒不知有多少数量，他喝了很长时间也没有喝完，心想南忘肯定重新炼制过，便是鲸饮也……嗯，不应该用鲸这个字。他放下酒壶，擦了擦并没有酒渍的嘴唇，把小酒壶递还回去。

南忘接过酒壶，随意饮了口，面无表情地说道："她都走了这么久，你还要喝酒？"

很多很多年前，连三月去白城做正事，景阳便会去清容峰找她要酒喝。她当时不知道他喝酒的原因，误会了，便误了终生。

现在连三月真的去了别的地方，无法再回来，当年的嫉妒与愤怒，又还有什么意义呢？

"对我来说，她走了没多久。"井九说道。

"也对。"南忘沉默了很长时间，"她对你终究是不一样的。"

井九望向天空里现在还看不到的繁星，说道："每颗星星都不一样。"

南忘说道："不是这种不一样。"

井九问道："那是怎样？"

南忘看了他一眼，说道："你现在说话的语气真的有些怪异，你确定没有被白刃的仙箓夺体？”

井九说道：“你想多了。”

南忘盯着他的脸看了很长时间，确认没有什么问题，这才继续先前的话题：“很多年前，她还是过冬的时候，你的境界也很低微，就在西海为了救她差点死掉。后来你为了她去中州派参加问道大会，拿了长生仙箓，为了炼化白刃的仙识又差点死掉，再加上朝歌城这次。”

井九问道：“所以？”

南忘说道：“像你这么懒且怕死的家伙，居然也会为人拼命，而且是好几次，说明你喜欢的原来还是她。”

井九说道：“我说过，我都喜欢。”

一百多年前，就在景园，就在这里，南忘得到的就是这个答复。

山川河流，宇宙万物，我喜欢很多，当然也有你。

当时南忘泪流满面，打了他一记耳光，捶了他一记胸口，毁了一片庭院。今天她没有哭，也没有动手，只是神情漠然地看着他，说道：“你能为我拼命？”

“不确定，就像我也不曾想过为她冒险，但看着她出事，还是去做了。”井九盯着她的眼睛，“但你不要尝试，因为我不想你出事。”

南忘微微挑眉，问道：“这话是跟谁学的？”

井九想了想，说道：“好像是顾清？”

南忘嘲弄地看了他一眼，又问道：“那你当年为何不让我喜欢你？”

井九认真解释道：“因为我都喜欢，所以你们不要喜欢我，那样太麻烦。”

南忘无言以对，举起酒壶喝了一口，又递到他身前。二人就这么沉默地喝酒，不知道过了多长时间，小酒壶终于空了。

“谢谢你陪我喝酒。”井九说道。

这样的场面真的很多年没有发生过了。

南忘想着当年的事情，忍不住扑哧一声笑了出来，说道：“大师兄最讨厌你去清容峰和我喝酒。”

井九说道：“他拿你没办法，便把怨气都给了我。”

南忘挺起胸膛，骄傲说道：“师兄都疼我。”

那是，柳词能把碧湖峰的禁地划给她当澡堂，最严肃的元骑鲸几百年里仿佛都没看到过清容峰的夜夜笙歌，青山大阵每年都会准时开启，迎来春雨秋风与初雪，方便她赏景。

要说疼与宠，她真是集万千宠爱于一身，谁让她是小师妹呢？

“听说……你们最后打了麻将?”

“是的。”

南忘举起小酒壶到眼前，看着壶口处的天空，说道:“这样挺好，大师兄走的时候痛苦吗?”

井九想着那几声大笑，那场风雪，说道:“他说这几百年很开心。”

“那就好。”南忘站起身看着他，“既然难得大家都开心，那就不要再弄什么了?”

井九明白她的意思，说的是太平真人。就像平咏佳与阿飘一样，她是太平真人最小的徒弟。柳词、元骑鲸的宠爱最开始时源自怎样的习惯？方景天、广元真人对她的忌惮又是来自何处？那些宠爱又是从哪里来的?

“我进青山宗的时候，与他一道研习烟消云散阵，阵法是假的，被他动了手脚。”井九说道，“从一开始，他就没想我飞升。”

对修道者来说，这就是最大的恶意。

南忘不解说道:“师父当年待你极好，没道理做这样的事情，会不会是有别的想法?”

井九说道:“我大概明白他的想法，但我的修行是我的事，他不能这样做。”

“你们的事我不会管，也无法管，但师兄们走了，我便要看着青山宗，你们都别太过分。”

说完这句话，南忘轻挥手臂，银铃响起，无数道剑弦起于虚空，变作一道无形的桥梁，带着她凌空而起，很快便回了远处的青山宗。

看着渐要消失在云雾里的娇小身影，井九唇角微翘，露出一抹欣慰的笑容。用的时间虽然稍微长了些，小姑娘还是长大了。

南忘走了，刚才离开的那些家伙自然要回来。平咏佳的速度最快，一闪便回了庭院，但脚刚落到地上，又听到天空里传来的银铃声，脸色不由变得苍白一片，心想这就叫回身剑吗?

伴着清脆的铃声，一只通体雪白的长毛猫落在溪边，虎视龙步，气度不凡。平咏佳看到是这位，顿时松了口气，时隔百余年，再次熟悉地一把抓住它的尾巴，拎到井九身前，说道:“师父，白鬼大人来了。”

刘阿大的眼里没有任何愤怒，只有无辜与无奈，与井九对视一眼，大概意思是说——你这徒弟怎么回事？明知道自己是谁，还这般心大?

井九笑了笑，把它抱进怀里，同样很熟练地从头到尾撸了一遍。刘阿大知道他现在的境界，更加不敢怠慢，赶紧眯起眼睛露出享受的神情，同时不忘发出轰隆如雷的呼噜声。

卓如岁等人还没落到庭院里，听到雷声，生出与平咏佳相同的误会，以为南忘再次折回，赶紧转身跑掉，只有赵腊月对这呼噜声最熟悉，轻轻落在檐下。

刘阿大讨好地蹭了蹭井九的下巴，井九手掌一翻，取出雪白的寒蝉放在它头顶。刘阿大满意地摆了摆尾巴，从他怀里跳下，走进了赵腊月的怀里。

赵腊月注意到寒蝉散发出来的气息比当年更加阴寒，有些感兴趣地用手指戳了戳，寒蝉赶紧在刘阿大头顶翻身露出肚皮。

“接下来怎么做?”她一边戳着寒蝉的肚皮，一边问道，就在前些天，禅子曾经问过井九相同的问题。

“他想得再多，也不及这一世我算得多。”井九取出多年未见的瓷盘与细沙，平静说道。

赵腊月没有再说话，刘阿大也不再呼噜。平咏佳不知道要发生什么事情，但下意识感觉有件大事将要发生，变得紧张至极，无助地望向溪边，却没看到卓如岁等人的身影。

井九拈起一颗细沙，看似随意地放入瓷盘里。一盘散沙，顿时变成了一幅画，画的是天地。

从很多很多年前开始，井九便喜欢躺在竹椅上，在这个瓷盘里玩堆沙游戏。那时候不管是柳十岁还是赵腊月都不知道这种游戏是什么，直到后来朝歌城梅会，他在与童颜的惊世一局棋后，说了几句话，才隐约明白这是一种推演计算的手段。

时间又过去了很多年，井九渐渐不再玩这种游戏，神末峰上的人们也很少能够看到这个瓷盘与细沙，直至今日。

一粒细沙落下，便成图画，起伏的江山图表面光滑无比，看不到任何缝隙。所有沙粒都按照他的想法紧密而有秩序地排列起来，这需要难以想象的空间构造能力与计算能力，非人类所能为。

景园里一片安静，风拂过溪水以及溪畔的花树，都不敢发出任何声音。

平咏佳瞪圆眼睛看着瓷盘里的沙图，嘴巴张得极大，心想师父真是太厉害了，这可是比飞升还要更困难的事情吧?

刘阿大不知道什么时候离开了赵腊月的怀抱，乖巧老实地趴在井九对面，屁股撅得老高，显得极为恭敬。

赵腊月的反应最为寻常自然，可能是因为她看井九玩沙子的次数最多。她抱着双膝，侧脸看着瓷盘里的沙，微风拂动凌乱的发丝，掠过她的眼前，把黑白分明的眸子切割成无数世界。她的眼睛忽然变得明亮了些，不是从这些沙子里看到了什么大道真义，而是渐有泪水盈于其间，不知道她想到了什么，竟是那样难过。

当年朝歌城梅会，听到连三月的琴声后，井九说了四个字——不懂最好。当时她只觉得那一刻他变得好远，现在她已经是破海巅峰的大强者，世间万物很少有她不懂的事情，自然明白所谓远是什么意思。

他现在只需要足够的时间，便能离开足够远。

“还早。”

井九知道她在想什么，伸手揉了揉她的脑袋，表示安慰，赵腊月的短发在他的手掌下变得更加凌乱。井九取出一根辫子，递到她眼前。这是一百年前，赵腊月离开朝歌城井宅时割下来的，顾清办事稳妥细致，一直都放在井九的枕头下。

“真脏。”赵腊月有些嫌弃地看了一眼，没有去接，直接指尖燃起剑火，把那根辫子烧成了青烟。

不管是剪落的发，还是水月庵门口的桃花又或者是那棵海棠，都可以不要，但青山宗还是要回的。一行人离开景园，去了云集镇。

那家传承两百多年的酒家，早已不做别的菜式，只做各种火锅。有着顾家庇护，还有各地游客，甚至是修行者的捧场，酒家的生意好得难以想象，但今天不再接任何生意。遗憾的是，景园众人今天刚吃了一顿火锅，掌柜只能跪在地上，极度失望地看着那些身影从眼前消失。

来到某座宅子外，井九隔着院墙看了一眼里面的马车，继续前行。没有驭剑，只依双脚而行，以众人现在的境界修为，只用了不长的一段时间，便穿越了漫漫山道，来到南山门外。

浓雾无风而散，简单甚至有些简陋的石门出现在众人身前，门下有名青山宗执事坐在桌后打盹，却已经不是当年的那位。井九没有惊动那人，自石门下走过，山风拂动白衣微飘，就像是云雾一般。赵腊月抱着刘阿大走过山门，众人跟着走进去。

离南山门不远便是南松亭，当年井九就是在这里进行的外门修行——如果睡觉也能算作修行的话。崖坪间到处都是如伞如盖的青松，松下坐着勤勉的外门弟子，头顶冒着白色的热雾，松林深处偶尔还能听到呼喝之类的练拳声。

他没有与那些年轻的外门弟子相见，更没有兴趣指点他们的修行，直接穿过松林，去了那座小楼。多年前，他有次回到青山宗也是这般行走，就像雄狮视察自己的领地，今天他又是准备做什么？

卓如岁与元曲对视一眼，都有些紧张。

守着小楼的是一位适越峰长老，看到闯入楼来的众人，他正准备喝问几句，忽然看着井九的脸，下意识揉了揉眼睛，叫了一声，便拜了下去。

井九摆手示意他起来，背起双手开始观看楼里的画像。从青山宗开派祖师开始，一直看到师祖道缘真人、师父沉舟真人，接着便是太平真人和他自己，柳词的画像摆在最后面。

井九在柳词画像前站了会儿，忽然指着前面两幅画像说道：“都摘下来。”

适越峰长老闻言震骇，却不敢反对，颤着双手摘下画像，然后问道：“掌门真人，那这……”

井九说道：“过些天我和他之间谁死了，再挂上去。”

商州城外有座山，没什么名气，也没什么风景，就是十几家寻常农户，各自围着院子，颇有些老死不相往来的劲儿。最幽静偏僻的一座农家院子里，有个年久失修的石磨，阴凤站在石磨上，颇有威势，只是尾羽残了一根，看着有些可怜。

“凭什么！凭什么他的运气就这么好！凭什么这次又是他赢了！”阴凤开始在石磨上踱步，显得颇为焦虑，像是被困在笼中多年的老虎，声音也越发尖锐刺耳，“明明真人什么都算清楚了，让小四成为掌门，只需要十余年时间，我们便能重回青山宗，暗中重掌大权，北荡中州，南平果成，再把朝歌城控在手中，朝天大陆便是我们的……可是凭什么他在这时候醒了过来！而且还这么厉害！”

“呸！”玄阴老祖往地上吐了口浓痰，又清了清嗓子，继续抱着一个油乎乎的肉骨啃。

阴凤有些厌憎地看了他一眼，说道：“这种肉你怎么也下得了嘴？真是恶心！你自己吃得也辛苦，难道就不能扔了？”

玄阴老祖把手里的肉骨放到石磨上，喘了两口粗气，说道：“我现在牙口不好，才会胃口不好，不然怎么会吃不下去？”

阴凤嘲讽说道：“就没见过你这么蠢的邪道魔头，那可是万物一剑！你居然都敢吞，肚子上破了这么大个洞，胃怎么好得了？”

玄阴老祖认真说道：“我与你不同，不是伤势带来的影响，只是有些老了。”

听到“老了”这两个字，阴凤陷入沉默，看着他的视线里多了些怜悯。它是青山宗镇守，寿元绵长，还有很多年好活，但玄阴老祖真的已经很老了。

农家院子里变得异常安静，风从西边缓缓吹来，把暮色拂淡，让满天星辰开始变亮。

玄阴老祖望向院子外的大槐树，用苍老的声音叹道：“真人，我也没有几年了，跟着你在世间飘了这么久，什么时候才是个头呢？”

大槐树树梢上坐着一位红衣少年，在残存的暮色里格外醒目，像是要燃烧起来一般。他的左臂已经复原如初，只是看着异常白嫩，像是新生的婴儿，又像是刚从泥里挖出来的莲藕。不知道这是不是羽化带来的神通，竟连万物一剑造成的伤势都能治好。

“是啊，这日子什么时候才是个头呢？”

阴三蹲在树梢上，手里拿起一颗石子，向田地里的一只老鼠砸了过去。看着这幕画面，玄阴老祖与阴凤对视一眼，感觉到极度的不解与担忧。

从今天清晨开始，阴三便蹲在树梢上打老鼠，红衣兜着的满满一堆碎石，现在只剩下了一小半。他没有用什么神通，也没有用什么剑法，只是单纯地扔石头。纵使砸中，也不会让老鼠真的受什么伤，他却会很开心地笑起来，如果砸不中，他的脸上却绝对不会有什么败亦欣然的神情，而是恼怒，甚至还会骂脏话。

玄阴老祖与阴凤甚至有些担心，他是不是因为朝歌城受挫而心神错乱。好在他这时候接了玄阴老祖的话，看来“老了”这两个字不只对阴凤，对他也有所触动。

阴三站起身来，抖了抖衣裳，把剩的碎石子尽数撒到槐树下，纵身飞到夜空里。啪啪啪啪，数十声石子落地的声音响起，他已经在夜空里飞行了数百个来回。

红衣飞舞，如舞动的双翅，在黑色的夜空上画出了数百道意味难明的线条，最终叠加组合成了一个极其复杂的图案。以玄阴老祖之能与阴凤的见识，也看不出这个图案有何意味。

“我也想不明白为何我会一直败，一败再败。”阴三落在农家小院里，接过老祖端过来的绿色酒浆，缓缓抿了一口，清秀而干净的脸上露出满足的神情，“总不可能是因为我贪酒误事吧？”

这笑话并不好笑，但玄阴老祖与阴凤都很捧场地干笑了几声。

“不管是西海之局，还是朝歌城前后两局，都是我与萧皇帝共同商定的，无论从大略还是细节来说都没有任何问题。”阴三微笑说道，“然而我们只在云台一役里拣了些小便宜，其余都是输家，为什么？因为我们在西海之局遇到了童颜小朋友，朝歌城又遇到连三月醒来，再接着便是他自己醒了。”

玄阴老祖说道：“运气，我坚持认为这是运气。”

阴三又喝了口酒，说道：“如果这一世他的运气还能持续这么长时间，那就是气运，我们还争什么呢？”

阴风发出一声不服气的低啸，说道："现在局面并不差，青山宗里还有那么多支持真人的晚辈，真要是双方真来一场，我们也占优势。"

阴三把杯中残酒一饮而尽，望向夜色里的南方，淡然说道："可如果这一世的所有事情，都已经是他提前算好了的，你确定我们还占优势？"

玄阴老祖摇头说道："柳词与元骑鲸先后离开，就算此事不可逆，那连三月呢？如果他什么都能算到，难道就眼睁睁看着这一切发生，却任何事情都不做？如此绝情灭性，岂不是比我们这些邪道恶人还要可怕？"

阴三说道："绝情灭性这四个字岂不是最适合他？他当年就是极自私的修道者，只求大道，不念其余……当然这些只是猜测。"

玄阴老祖说道："真人究竟想说什么？"

阴三微笑说道："我想知道他这一世是怎么过的，为何会比前一世的气运还要好。"

想要知道一个人的一生是怎样过的，最好的方法不是去看他的传记，也不是去听见过他的人的叙说，而是去他出生成长的地方亲自看看。

时隔多年，阴三再次回到离青山宗不远的云集镇，这次他是一个人。他在那家著名的酒楼很认真地吃了顿火锅，发现已经不是当年的味道，然后才想起来自己也不是当年的自己，口味已经变化了很多。

当年就在这个包厢里，他附身的冥界妖人被赵腊月用剑索缚住，被一道飞剑杀死。想起这件往事，他有些郁闷地把筷子扔到桌上，卷起袖子，看了看自己的左手。

当时的剑索就是弗思剑，在朝歌城旧梅园里的剑索还是弗思剑。人无法踏进同一条河流里，却能被同一道剑索绑两次，难道同样的事情还会再次发生？

离开酒楼，他准备去镇外的景园，当然没有给火锅钱。景园外的雾气非常浓重，修行者们还在外面等着，他直接破雾而入，落在溪畔的花树上，没有惊动阵法。

闻着依然残余的淡淡的火锅味道，他有些可爱地皱了皱鼻尖，喃喃自语道："你一个不爱吃东西的人，怎么教出了这么多爱吃火锅的徒弟？"

下一刻他冷笑说道："终究还是要学我。"

离开景园，他又去了顾家，偷了马车，惬意地靠在软垫上，看着天窗透下来的光，不停饮着夹壁里隔段时间便会换的美酒。

车轮碾压过青石板，一路前行，竟是深入大山，来到一座很偏僻的山村里。按道理来说，如此偏僻的山村，断没有道理会修建如此平直宽敞的道路，但这座山村是极特殊的。

站在村外的山崖上，阴三眯着眼睛看下方的田野，只见稻田金黄成片，到了要收获的季节。山村里有好些大宅院，不时能够看到壮武的家丁出没，明显不是普通人家，必然非富即贵，根本不像深山里可能有的。

信步来到村子里，在田间寻了个矮瘦的老农夫，他凭着可亲无害的脸，很简单地便了解了很多情况。

大概一百五十年前，这座小山村里来了一位仙师，带走了两名天赋极佳的孩童。后来的事情，村子里的人不是很清楚，只知道其中一名孩童成了某家修行大宗里极厉害的人物。

这位孩童姓柳，柳姓孩童的父母得仙师照拂，享寿百余年，生下很多子女。看在仙师的份上，无论是朝廷还是别的大户人家，对柳氏子女都极为尊敬，更不敢得罪。如此这般，现在柳家已然成为州府里首屈一指的大户，这座山村更是成了柳家的私产，原先的人家或者搬走，或者成了柳家的下人。

“这柳家真这般厉害？”阴三问道。

矮瘦老汉拿起布巾，擦拭掉黝黑脸庞上的汗水，指着眼前的稻田说道：“所有的田产都是柳家的，你说厉害不厉害？”

阴三说道：“这等大户人家，想来也做过很多腌臜事……”

不待他把话说完，矮瘦老汉的眼里满流露出惊恐的神情，连连摆手说道：“我可什么都不知道！”

阴三笑着说道：“就是随便聊聊，老丈何必如此小心。”

矮瘦老汉哪里敢接他的话，挥手示意他赶紧离开。

阴三正准备离开，忽然想到修行界里的传闻，问道：“老丈，种田这种事情很难学吗？”

矮瘦老汉不明白他的意思，说道：“种田有甚难的？”

阴三来了兴致，说道：“那能不能麻烦您教我种田？”

矮瘦老汉更加糊涂，看着他身上的红衣裳，说道：“你不是唱戏的？”

阴三忍不住笑了起来，说道：“也可以这么说，唱戏是假把式，我想学学真把式。”

矮瘦老汉的眼神忽然变得有些浑浊，下一刻重新清醒过来，完全忘了为何要教他这些，问道：“你想学什么？”

阴三说道：“什么都可以。”

矮瘦老汉问道：“你会什么？”

阴三认真说道：“什么都不会。”

在阳光的照耀下，洗剑溪像是一条金鞭被群峰握在手里，此时平静至极，又仿佛随时可能破空而起。溪面上忽然出现无数道光点，是天空里的无数道剑光的投影。无数道剑光自诸峰而起，来到洗剑溪上空，然后快速落下，场面极其震撼，吓得洗剑阁里的年轻弟子脸色苍白，根本不敢言语。

井九与赵腊月等人的身影出现在溪水下游。

“恭迎掌门真人归山！”

洗剑溪畔、两岸崖间到处都是人。声音回荡在青山宗群峰之间，久久没有消失，惊得云行峰上的铁鹰破空而起，适越峰的猴子们开始大呼小叫。

井九望向远方的适越峰，微微挑眉，猴子聒噪的叫声戛然而止。

广元真人苦笑想着一切都是真的，小师叔果然不喜欢自家的猴子，对着井九行礼道：“陆广元见过师叔。”

赵腊月微微挑眉，说道：“师兄？”

广元真人怔了怔才明白她的意思，再次苦笑，郑重行礼道：“拜见掌门真人。”

紧接着，碧湖峰峰主成由天、代表天光峰的墨池与过南山，还有各峰的长老都纷纷上前行礼。不是所有人都来迎接他的归来，比如南忘，比如方景天。修道者最重要的事情就是修道，往往一闭关便是十余年甚至更长时间，谁也无法对此指责什么。同样，也不是所有人都欢迎井九的归来，比如新任云行峰峰主，虽然随着众人行礼，神情却很冷淡。

平咏佳百年未回青山宗，低声问元曲道：“师兄，这人是谁？”

元曲说道：“金思道，伏望死后，他现在是剑峰峰主。”

平咏佳对云行峰有特殊的好感，对新任云行峰峰主本也很好奇，看到对方的神情与气度，不禁有些失望，低声说道：“就这样啊……还不如我呢。”

他的声音真的极低，只有元曲等人能够听到，险些失笑。谁也没有想到，井九忽然开口说道：“那就你来好了。”

洗剑溪畔鸦雀无声，清风吹拂水面，波光微乱。各峰长老与弟子们以为自己听错了，接着才醒过神来，不由震惊无语。

金思道的脸色变得很难看。

好在井九只是随意地说了这句话，并没有真的做什么。接下来，他没有回神末峰去看自家的猴子，也没有急着去天光峰修椅子，而是直接去了昔来峰。

看着向昔来峰而去的身影，人们更加慌乱，心想掌门真人刚回来，难道两边便要开战？

无数道剑光随之而去。

广元真人担心至极，想要与井九说几句，却发现以自己的速度竟是无法追上他，不禁心生骇然。

嗡的一声轻响，井九落在昔来峰前的广场上。清风自白衣间散出，向四面八方拂去，把青石板缝隙里的经年尘埃尽数吹出，如气浪般卷向远方，广场四周的青松随之而动，如浪花一般，久久无法平静。

方景天从幽暗的大殿里缓步走出，两道极长的银眉被清风拂动，他没有闭关，也没有假装闭关，一直在这里等着。

“已经很久了。”井九看着他说道。

一百五十年前，他再次回到青山宗，与赵腊月一道登上神末峰。从那之后，方景天就一直想要杀他。

景阳真人假洞府开启的时候，方景天便动了杀心，只是禅子莲驾刚好路过。云台之役，青山宗强者尽出，方景天坐镇青山宗，也曾经想过要杀死神末峰上的所有人，只是刘阿大刚好在场。

井九是个看到死亡阴影便会转身离开的人，这一世他经历过的数次生死危机都是他自己的选择，做过仔细的准备，唯有方景天的数次杀机让他真切地感受到过威胁。

因为那时候的他还很弱小。更不要说百年前的青山宗掌门大典，在世人眼里，他终究是被方景天逼了出去。

火焰骤敛，剑光亦收，广元真人落在井九身边，反手便是一袖拂出。无数道极其精纯的剑意破空而去，在昔来峰大殿前形成一道屏障，把所有三代弟子都拦在外面。只有各峰峰主及二代长老，还有已经破海成功的天才弟子，比如卓如岁等人才能进来。

广元真人劝说道：“师叔还请息怒，数年前新立掌门之议并非师兄贪权，而是您当时在朝歌城沉睡不醒，九峰无主……”

墨池长老这时候也赶了过来，顾不得调息平静，赶紧上前苦苦劝说道：“师……师……师……”

紧接着，成由天与越来越多的长老都来到昔来峰前，大多数人不敢上前，只有地位最高、资历最老的那几位围着井九不停劝说。他们说的话当然有道理，现在元骑鲸刚离开不久，青山宗如果便陷于内乱，如何说得过去？更重要的是，现在青山宗气势正盛，如果受此重挫，岂不是会给中州派喘息之机？但不管广元真人等人说什么，井九始终没有任何反应，只是静静看着远处的方景天。

渐渐地，劝说的声音小了下去，憨厚老实的墨池长老依然不甘心，急得红了脸，口齿不清说道："师叔……叔……"

忽然，卓如岁上前扶住墨池长老，笑眯眯地把他搀着向外走了几步。墨池长老更是着急，朝他头上打了一巴掌，说道："大……事，这是……大事，别闹！"

卓如岁哎哟一声，直接倒在墨池长老怀里，痛声说道："师叔，你下手太重了，我要不行了……"

墨池长老吓了一跳，心想这是怎么回事，赶紧扶着他坐下来。

一道冷漠的声音打破了广场上尴尬紧张的安静。

"今天都在喊师叔，可是那年呢？那年掌门大典，哪怕他拿着柳词真人的遗诏，哪怕剑律大人亲口说了，你们依然不承认他是师叔，为什么？因为他那时候刚刚破海，在你们看来不够打，那为什么现在你们不再怀疑？是因为禅子的态度还是连三月前辈？都不是，是因为他现在能打。"

无数道视线落在赵腊月的身上，带着强烈的不安等待着她接下来的话。

她看着方景天面无表情地说道："既然如此，今天怎能不打？"

昔来峰前的广场变得更加安静。

方景天银眉微飘，看着赵腊月欣赏道："不愧是我青山宗开派以来最快破海巅峰的天才人物，青山剑道就在于敢争，怎能不打？"然后他望向井九说道，"其实我已经等你很久了。"

听到这话，场间一片哗然，广元真人想再说些什么，方景天举起右手，说道："诸位师弟，此事与尔等无关。"

话音方落，他的身影便消失了。井九摸了摸赵腊月抱着的白猫，随风而去。

上德峰终年积雪不化，行走在峰间，除了青松崖柏便只能看到单调的白色与黑岩，让人仿佛置身北方雪原。微风忽作，井九与方景天落在洞府外，带起些雪粒。很多年前，他们都曾在这里生活修行过，现在再次回来，不知有何感慨。

"我在这里住的时间不长，师妹他们的时间更短，入门没多长时间，师父便被你们害了，说起来我们与师父相处的时间并不是太长。"方景天站在崖畔，看着雪雾外的莽莽群山，面无表情地说道，"但是一日为师，终身为父。"

井九没有理他，转身向洞府里走去。方景天银眉微飘，就像是雪一般，唇角微翘，露出一抹嘲弄的笑容，随之转身而去。

通往地底剑狱的井依然冒着淡淡寒意，往年经常站在井边向下望着的老人却已经不在人世。

"大师兄走的时候如何？"方景天问道。

井九不想与此人多说话，但关于元骑鲸或者柳词的问题还是愿意多说几句，说道:“他说他很开心。”

“那就好。”方景天飘然而起，向着井底落下。

伴着仿佛亘古不变的天光，两道身影飘落到井底，地面一片干燥，没有雪花也没有潮湿的积水。如黑山的尸狗缓缓睁开眼睛，眼神还是那般深邃，却又是那样的平静温和。

第十八章
大戏开场
CHAPTER 18

落下的天光，照亮舞台般的地面。方景天向尸狗认真行礼——不管尸狗对太平真人究竟是何态度，他当初能够离开剑狱，明显是得到了对方的许可。

尸狗的眼里流露出一抹笑意，然后望向井九，用眼神问道：你确定要这样？

井九说道："简单些。"

尸狗沉默了会儿，重新闭上眼睛，没有发出任何声音，幽静的地下空间里却仿佛响起了一声叹息。

剑狱里很安静，空气仿佛凝固成了岩石——比上德峰还要坚硬的岩石。两位通天大物缓步走过，给两侧囚室里的大妖、邪修们带去了极大的精神压力，他们明明听不到脚步声，心里却仿佛有战鼓声响着，咚咚作响，一声重过一声。

来到剑狱深处，方景天停下脚步，望向幽静通道尽头的囚室，问道："当年师父就是被你们关在这里？"

井九"嗯"了一声。

方景天问道："现在里面关着的究竟是谁？"

井九说道："你不是掌门，没有资格知道。"

方景天收回视线，继续向前行走。

剑狱里除了这条孤单而狭窄的死路，便只有一条通道，想要进出隐峰，只能从这条路走，再没有别的可能，据说这就是当年青山宗前代祖师设置隐峰的用意。

置之死地，方能后生。

只有处于真正绝望的环境，才能在艰难的修行道路上打破看似不可能被打破的屏障。

整个修行界，知道隐峰还有别的出路的只有四个人。柳词与元骑鲸已死，而井九与太平绝对不会对任何人说这个秘密。

隐峰里的风景很美，美得不像真实的世界，然而有趣的是，在真实的世界——准确来说是在天光峰峰顶——却能看到这里。

方景天曾经在隐峰里生活了很多年，也是在这里成功破掉元骑鲸设下的死关，在满山野花里一步通天。美丽的青色山峰高速后掠，迎面是他最熟悉的一座山峰，满山的野花还在盛放。

方景天落在山间，走到野花深处，低身拾起一根竹笛。竹笛离开地面，野花渐渐凋零，萎作碎屑，混入黑色的泥土，就此消失不见。他转身看着井九说道："说来有趣，当年不知道你身份的时候，我还曾经想过收你做徒弟。"

山风微作，穿过竹笛孔洞，发出好听的声音。

这说的是一百五十年前，井九重回青山宗，在洗剑溪畔参与承剑大会的事情。

井九说道："快点。"

接下来的这场战斗事关道统，会影响青山宗未来数百年甚至更多年的传承，也必然会影响到整个朝天大陆。在此之前，可以有些漫长的回忆，可以有些感慨，可以咏叹，可以有些长篇大论。

但没必要。

数百年的情绪终于有了抒发的机会，却被如此生硬地打断，方景天不怎么生气，只是叹道："如果你真是师叔，像你这般无趣的人……师父当年怎么会愿意教你？"

井九说道："我天赋好。"

方景天沉默了会儿，说道："怎么打？"

井九说道："输了的人，就别出来了。"

这本来就是青山宗隐峰的规矩，只要进来的人，想出去只有一种方法，或是破境通天，或是像童颜等人那样，被井九与元骑鲸无视规矩。当然，方景天就算输了这场，被囚禁在隐峰里，也还有一个离开的方法，那就是飞升。

方景天银眉微飘，感慨说道："你自信而讨厌的样子，真和师叔有些像。"

井九说道："连你师父现在都不再怀疑我的身份，你却依然不信。小时候怎么没看出来你是这么执拗的孩子？"

方景天说道："我那时候在你眼里还是小孩子，在旁边看到了很多东西，不得不执拗。"

井九说道："既然是小孩子，又如何能够辨清真假，又怎能知道什么是真相？"

方景天说道："我只知道除了小师妹，师父最疼的就是你和两位师兄，结果你们做了些什么？"

井九说道："我们做了该做的事，不，我们做了自己想做的事。"

方景天看着他的眼睛说道："我想你死。"

话音方落，隐峰碧蓝如瓷的天空里，忽然出现了十余道白色的痕迹，组合在一起便是一枝梅。不是梅花，就是一枝梅，光秃秃的，没有一个花骨朵。

这些痕迹都是剑意，贯穿天地。

青山宗的人们站在昔来峰大殿前的广场上，听着四周的松涛声，茫然地看着天空，不知道井九与方景天去了何处。

赵腊月感觉到怀里一轻，发现刘阿大不见了，下意识望向远处的上德峰。

广元真人早就已经发现了动静，眼底闪过一丝忧虑。井九与方景天去了上德峰，自然是要去隐峰，去隐峰表明这一战与当初他与师兄的剑争完全不同，是真正的死战。

清容峰峰顶，南忘难得没有喝酒，也穿着鞋，站在花树下，看着上德峰的方向，小脸上满是恼怒与无奈。

井九等人回到青山宗，她一直没有露面，便是准备暗中打断这场剑争。她有自知之明，知道她的境界实力不及方景天与井九，但想要打断这场剑争有的是方法。现在看来，井九与方景天明显猜到她会做什么，直接去了隐峰。隐峰只有一条通道，有尸狗镇守，她无法进去，也就没有办法阻止这场剑争。

花树微动，黑石上出现无数道细密的剑痕，剑痕浮空而起，变成剑弦，组成一道无形的桥。她衣衫微飘，银铃微动，踏桥而去，落在天光峰峰顶。

昔来峰前的人们感受到天空里的剑弦，醒过神来，纷纷取剑而起，向天光峰而去。数千里青山，只有在天光峰峰顶能够看到隐峰的一角。

无数道剑光照亮天空，敛于天光峰。众人顾不得向站在崖畔的南忘行礼，纷纷望向隐峰。确实只能隐隐看到一角，只能看到云海里的无数座青丘，哪里能看到井九与方景天的身影。

轰的一声闷响，众人很是吃惊，转身望向声音起处，发现元龟驮着的石碑上簌簌落下了一些微尘，震惊地想着这是怎么回事？隐峰里的通天之战应该已经开始了，问题是为何看不到任何画面，石碑却反而生出了动静？有些入门时间尚短的弟子不禁惊骇想着，难道是青山宗的列祖列宗看不得这等内斗，显灵动怒？

“你们说谁会赢？”

崖畔忽然传来南忘的声音。众人面面相觑，心想就算自己有想法，在这种时候哪里敢说出来。

“那两个家伙光顾着自己痛快，却不想想会给青山宗惹来多少麻烦，真是令人头痛。”南忘说道，“谁知道他们要打多长时间？难道我们就在这里看着？不如下些赌注，看戏也热闹些。”

她的声音很平静，没有任何情绪，但谁都听得出来她的心情非常不好，充满了挫败之后的垂头丧气，破罐破摔。

崖边依然很安静，没有人敢迎合她的话。

片刻后，赵腊月走到南忘身边，唤出弗思剑放到地上。

谁也没有想到，赵腊月竟把弗思剑当作赌注。至于她押谁会胜，这个问题根本不需要想便知道答案。

紧接着，元曲与平咏佳也走了过去。元曲拿出来的是那把还没有名字的灰色怪剑，平咏剑在身上摸了半天，最终很不好意思地拿出阿飘给自己的一个饼。

卓如岁咳了两声，装模作样地摸了半天，最终掏出了一片金叶子，这真是寒酸至极的赌注，都不如平咏佳的饼。

天光峰峰顶，清风不断，脚步声也不断，有了赵腊月开头，越来越多的人放下了自己的赌注。各峰长老都很稳重，自然不会随他们胡闹，哪怕南忘发了话，参加赌局的绝大多数都是三代弟子。

令人吃惊的是所有人居然都押的井九，竟没有一个人看好方景天！

昔来峰的长老们沉默不语，就算想要挣些面子，但又能拿出什么来与弗思剑这样的仙剑对峙？

看看南忘堆满了剑、饼与一片金叶子的左手边，再看看她空无一物的右手边，广元真人不由叹了口气。就算井九已经在朝歌城里踏入通天境，毕竟时间还短，如何能是方景天这名通天中境强者的对手？

所有人都信任他的道理很简单，景阳真人没有输过，井九也没有输过。

过去的一百多年里，井九参加了不少战斗。从在承剑大会对上顾清，在试剑大会对上马华、顾寒，在梅会道战对上修行界的年轻俊彦，再到问道大会，直至后来的强者之战。这些战斗开始的时候，都没有人看好他，但他都赢了。他很早便在修行界有了“同境无敌”的称号。

想到他是景阳真人转世，更给人一种不可战胜的感觉。现在，只要他参加的战斗，没有人会看好他的对手，哪怕他今天的对手是方景天。

方景天与广元真人争夺掌门之位的那一战，打的是心平气和，毫无烟火气，很快便结束，因为他们争的不是生死，只要分出境界修为高低便好。但今天隐峰里的这场通天之战，争的是生死，就算境界有高下，修为有强弱，谁又会认输呢？

南忘说得没有错，不知道还要持续多长时间才会结束。

人们站在天光峰峰顶看着隐峰方向，明明什么都看不到，却还是紧张。石碑处不停发出沉闷的声音，就像战鼓一般，灰尘簌簌落下，更加令人感到不安。

暮色渐浓，夜色又至，星光渐盛，如水般缓缓洗着群峰以及峰间的流云。峰顶没有人说话，渐渐有人收回视线看看景物或者自己的手，出神地想着什么。赵腊月抬头看向满天星辰，忽然发现星光变淡了一瞬，下意识回头望向石碑。

元龟不知道什么时候睁开了眼睛，嘴角撕扯着一片星光，正在缓慢地吞咽。待吃完这片星光后，它缓缓转首望向隐峰，苍老而沉静的眼眸里出现一抹恼火，还有一抹痛意。

可能是心疼那两个家伙把青山宗的家业糟蹋得太厉害？

隐峰里的星空更加美丽，群星不闪，仿佛永恒，就这样静静悬在夜色里。夜空里出现了无数道痕迹，有的曲折，有的笔直，深刻入天，却没有破裂的征兆。

比星光更明亮的是剑光，在黑色的大幕前不停地穿梭着、撞击着、闪避着，时而迸出耀眼的花火，时而擦肩而过，像两颗无知无识无情的流星，只想着摧毁对方。这画面无比神奇，而且炫目，在真实的人间根本没有什么机会能够看到，自然也无法落在画家的笔端。

刘阿大眨了眨眼睛，那些美妙神奇的剑光与痕迹，尽数被眨碎，然后再次显现在妖异的猫瞳里。对这样美的画面，它没有欣赏的兴趣，只是一个冷酷无情的观战者。

如梅枝般绽放的剑光，还是那般凶猛，不比它的全力一爪弱。笔直、无趣、枯燥、快而无能的剑光，就只是在无趣地到处乱飞，也不知道他怎么就敢和方景天战。

刘阿大想着这些事情，眼瞳里忽然绽放出了一朵极大的火花，两道剑光再次相遇。

嗯，他的情形好像稍微差了些。不管事后他承不承认，反正我就说你那时候看着不行了，我不出手怎么办？你这个青山宗掌门必须要领我的情。

出手吧，刘阿大！

想到青山宗的历史上，必然会留下自己这个镇守大人浓墨重彩的一笔，刘阿大整只猫都幸福得快要昏过去，随风摆首，便要跃至夜空里偷袭方景天。

忽然，一只软软的掌落在它的脑袋上，把它压在原地，无法动弹。那只掌很软很温暖，落在头顶很舒服，刘阿大却感到极大恐惧，眼瞳急缩成豆，白毛奓开，发出一声凄冷而警惕至极的低呼。

你不是在几百里外吗？怎么会忽然来到了这里！几百年过去，你怎么变得这么厉害了！

比星辰明亮无数倍的剑光，照亮了隐峰。与天空里隐而未裂的痕迹相比，隐峰地面要显得惨淡无数倍，到处都是深数十丈、长十余里的沟壑，真可谓是满地疮痍。

数十座山峰已经被完全摧毁，当然那些山峰里的洞府外亮着的都是绿灯。如果天空里的两个人再打下去，生死关头必然不会再顾忌这么多，到时候天崩地裂，还在洞府里闭死关的前代长老怎么办？

尸狗一直在隐峰观战，就是为了防止这样的事情发生。刘阿大刚鬼鬼祟祟地来到隐峰，它就知道了。很多年前，刘阿大便经常来隐峰胡闹，对这里很熟悉，但哪里有它熟悉？更不要说这些年为了防猫，它做了很多准备。

所以，当刘阿大准备跳上夜空向方景天发起最无耻也是最强大的偷袭时，尸狗直接抬起右前爪，便把它按了下去。

如同黑山般的巨狗，如同蒲公英般的小猫。这样的体形对比，这样的画面很有意思。

尸狗按住了刘阿大，便没有再理会它，静静看着夜空里的两道剑光。那道笔直的剑光真的很快，它在青山宗这么多年时间，竟没有见过更快的。但那道曲折如梅的剑光也很不错，剑意周折而不定，不管笔直的剑光再快，也很难确定它的位置，反而有几次险些被其所困。

“喵？”峰里传来一声极其微弱的猫叫声。

尸狗低头望向掌下的白猫，眼神沉静而温暖，意志却极为坚决——我知道井九是掌门，但这场争斗我不能插手，你也不能。

刘阿大知道尸狗没有随太平真人学会两心通，在心里再次骂了好几声娘，暗想当初你和妖鸡随那对师兄弟杀的青山宗弟子还少了？

它再次理直气壮地、极其响亮地喵了一声。

尸狗微微偏头，带起一阵夜风，有些讶异地看着它，心想居然饿了？

刘阿大喵喵了两声，表示自己饿得不行了。

尸狗想了想，低下头把它咬在嘴里，踏夜风而起，悄无声息去了极远处的一座山前。

这座山与隐峰里别的山都不一样，没有野草，没有树木，只是一座光秃秃的石山。山崖间有很多洞，每个洞里都有一座石像，每座石像都是一个在隐峰里破境失败、身死道消的青山宗强者。

啪的一声轻响，刘阿大落到地上，跷起右后腿，细细嗅了嗅身上，确认没有口水的味道才安心了些。

待它抬起头来看到石山时，不禁吓了一跳。当年它来隐峰玩的时候，在这座石山里翻拣过好多次，但你啥时候换了食谱？

这些青山宗强者的尸体没有天地元气，但血肉筋骨皆有剑意留存，想来大补，可是这违反青山宗门规啊！

它幽幽看了尸狗一眼，心想元骑鲸死了，你就这么乱来吗？

尸狗确实不会两心通，不知道这只猫在想什么，走到石山侧方，伸出前爪一刨，刨出一个深坑，坑里埋着一只雪国怪兽的尸体，单看外表便知道层阶极高。

刘阿大踱到坑边看了一眼，有些厌恶地喵了一声。

尸狗眼神微异，心想这是自己留着的好东西，这也嫌弃？想了想，走到另外一个地方，又刨出一具尸体。这是一具冥部强者的尸体，魂火尽数化为碎晶，不知味道如何，但必然对修行极有帮助。

刘阿大望向尸狗的眼神里充满了同情与怜悯。

哥在神末峰吃香的，喝辣的，还能踩……啧啧，你这日子过得……居然还在吃这些东西？

尸狗有些不解地看了它一眼，刘阿大喵了一声，表示自己忽然又不饿了。

尸狗没有多想，低头把冥部强者的尸体吃了一半，然后细心地重新埋回去，当然也没有忘记把雪国怪兽的尸体重新埋好。

天亮了，然后黑了。天亮了，然后又黑了。

剑光停了。

坑被刨开，然后填平。再次刨开，再次填平。

吃没了。

天光峰峰顶的石碑不停簌簌落着尘，只是间隔越来越长。

有些青山宗弟子离开了，然后再次回来，给师长们带来果子，师长们不怕饥饿，但怕无聊。

刘阿大趴在尸狗嘴里，隔着如石柱般的犬牙看着远处的天空，心想既然胜负已分，为何你还不放我出去？

白衣轻轻飘着，比天空里的浮云要生动很多。井九落在山间，低身把手里的竹笛重新插回土中。细细的青枝从竹笛孔中钻出，迎风招摇生长，很快便蔓延开来，有三三两两的小白花开放，紧接着便是漫山遍野的花海。

方景天躺在花海里，沉重地喘息着，再没有半点仙风道骨的模样，看着就像一个重病的老人。

在青山宗的这些强者里，广元真人以木讷低调著称，真正最不像仙人的却是他。从很多年前开始，他就像个寻常富家翁，不管两道细长的银眉如何飘拂，都拂不走他身上的俗气。

这里的俗气当然不是寻常意思，而是指家常意味，是与人间有关的鲜活味道。从这个角度来说，太平真人收了这么多徒弟，他才是和太平最像的那个。和与广元、南忘等后入门的弟子相比，他在上德峰的时间更长，对师父的印象极深。可能正是因为这些原因，他对太平真人的忠心要远超其余人，对井九等人的恨意更是深刻至极。

方景天看着井九，骂了句粗话。

井九说道："剑丸虽碎不代表不能重修，我在雪原上见过有人金丹碎裂重修，应该是一样的法子，你要不要学？"

方景天不回答，又骂了句粗话。

井九像是没有听见，继续平静说道："当然你的剑鬼也出了问题，有涣散的征兆，如果想要复原，可能需要两百多年的时间，你应该能熬到那天。"

方景天不想说话了。

"以后就在这里好好治伤吧，争取活着，死总是不好的。"井九看了眼天空，"过不了多久，我们应该会再见面。"

方景天喘息了两声，说道："我去你的。"

井九说道："不行。"

说完这句话，他便离开了隐峰，来到剑狱通道里，他望向左手边幽静通道尽头的囚室，忽然盘膝坐了下来。

通道里隐藏着无数凌厉至极的剑意，是他很多年前布下的，便是他自己都没办法承受，但现在情形有所变化。

囚室里，雪姬蹲在竹椅上，看着那片虚假的冰峰与雪原，知道他的到来，却没有转身的意思。不知道过了多长时间，她似乎感觉到了些什么，乌黑的眼瞳里闪过一抹亮光，缓缓转身望向囚室石门。

隔着囚室石门，他们的视线在空中相遇，生出无数道无形的湍流。井九与囚室里的那位曾经这样静坐相对无语数次，他一直都处于绝对弱势，今天稍有不同。

这应该是在冷山遇到她之后，他第一次能够以平等的姿态与她对话。当然只是平等的姿态，并不代表他拥有了与她相等的能力。

雪姬忽然嘤嘤了两声——百年时间过去，你变得强了些，我会给予你足够的尊重，既然你要换，那便换吧。

井九说道："竹椅过了百年，早已朽烂，凭什么换我身体里的仙气？"

雪姬不再说话，转身望向毫无变化的冰峰雪原。

井九说道:“过些天帮我一个忙，也是帮你自己。”

雪姬缓缓抬头望向石壁。

石壁上面是上德峰，上德峰上面是天空，天空上面是哪里?

她嘤嘤了两声。

第十九章

不要走进那条河

CHAPTER 19

借天光而上，出井。踏风雪而起，离峰。

天光峰顶到处都是人，无数道视线落在他的身上。

他一个人出了隐峰，胜负自然清楚。

昔来峰的长老与弟子们脸色苍白，其余诸峰支持方景天的人们的神情也是难看至极。广元真人的心情很复杂，但还没有来得及问，便被南忘抢了先。

“你不会真把他杀了吧？”她盯着井九问道。

广元真人赶紧对南忘说道：“既然天地无感应，师兄自然性命无忧。”

南忘说道：“当初他在隐峰里破境通天，天地亦无感应，你凭何确信？”

井九心想真烦，说道：“他没死。”

方景天伤势奇重，离死只差一步，非数百年不能复原，而且除了飞升再无法离开隐峰一步，这与死也没有太多区别。

听到这句话，南忘没有再说什么。

“拜见掌门真人！”

天光峰峰顶的所有人拜了下去，包括昔来峰的长老与弟子。

井九对赵腊月说了句话，踏空而起，向神末峰飞去。元曲在旁听到这句话，不由很是吃惊，心想难道真要如此处理？

不管如何震惊，事情总是要办的，谁让他是赵腊月的弟子。正所谓师长有事，弟子背。

元曲走到云行峰主金思道身前，认真说道：“师兄，准备一下吧。”

金思道这时候正因为方景天败在掌门真人剑下而不安，忽听着这话，皱眉问道：“什么？”

“掌门真人在洗剑溪畔说过了，云行峰峰主由平咏佳师弟接任。”元曲清了清嗓子，“依照门规，您需要做一下交接。”

这话一出，场间一片哗然，金思道的脸色无比难看。

轰的一声，从远处的神末峰传来。井九回到了那座孤清的山峰，隔绝外界的剑阵骤然消散，无数道剑意与天地元气相合，变成仿佛真实的雾箭，向四面八方而去。这时候的神末峰，像在燃放无数道烟火，向整个世界炫耀着自己的了不起。

听到元曲的话，金思道的脸色很难看，支持方景天的长老弟子们的脸色也很难看，脸色最难看的却是平咏佳本人。

他当然记得在洗剑溪畔师父说的话，问题是，他从来没有把这句话当成真的。

剑峰之主必然是青山宗的大人物，自己怎么有资格去做？不要说在青山宗九峰里的资历辈分，自己只是神末峰的关门弟子，忽然一下成为峰主，师叔会怎么看？顾清师兄怎么看？元曲怎么看？卓如岁师兄肯定会很生气，还有阿飘发脾气怎么办？

他又是紧张，又是茫然无措，根本不知道该说什么，想拒绝又不敢。

“如果是你，我也就认了。”金思道看着赵腊月说道，“但凭什么要我把峰主之位让给他？就因为他是掌门真人的关门弟子？柳词师兄当年在的时候，再如何宠爱卓如岁，也没做过……”

卓如岁没等他把话说完，耷拉着眼皮说道：“别拿我说事儿，不然我就要请师叔你赐教了。”

金思道冷哼一声，没有再就此发作。他的辈分虽然不低，破海中境的修为也很高，却不是卓如岁的对手。

“总之他凭什么？”他看着赵腊月继续说道，“我是不会服气的。”

井九一句话便要让剑峰易主，不要说金思道本人和支持他的长老弟子，就连墨池、梅里、迟宴等人也觉得不妥。平咏佳在青山宗停留的时间太短，虽然百年前有过两次惊艳的表现，终究境界不足，资历太浅，怎么能做峰主？

云行峰的长老弟子要奉这样一个人为主，自然更是不服，看着他的视线颇为不善。在那些视线的注视下，平咏佳有些紧张，有些可怜地望向赵腊月，却没有得到任何支持，不由生出极大悔意，心想自己怎么就偏偏姓了平呢？谁都要来问自己一句凭什么。

“那……那……要不然咱们打一场？”他看着金思道试着问道。

金思道听到这句话不由怔住了，心想神末峰的年轻人都如此狂妄吗？就算我不是赵腊月与卓如岁的对手，收拾你们这些还不是随意至极？

“你确定？”

“嗯。”

场间一片哗然。

即便得到确认，金思道还是有些不相信此事能如此轻易地解决，望向赵腊月。

赵腊月说道：“我是神末峰峰主。”

这句话的意思很清楚了，反正她不会管。在金思道等人看来，你不管，掌门真人又懒，应该也不会管。

金思道深深地吸了口气，说道："好。"

话音方落，他的身前便出现了一个人。

风拂松涛，哗哗作响，昔来峰殿前，安静异常。人们看到这幕画面，眼里满是不可思议。

平咏佳的右手落在他的颈上，带着些不确信与疑惑说道："这算你输了吗？"

金思道的脸色变得异常苍白，然后迅速变成紫红色，颤声说道："你这是偷袭。"

平咏佳有些不好意思地说道："抱歉，有些紧张。"

说完这句话，不见他如何动作，便退回到赵腊月身边，数十丈的距离竟是瞬间而过，没有留下任何残影，也没有带起一缕风声，就像是没有动过一般。

看到这幕画面，人们再次震惊，心想这是什么身法？

百余年前，曾经看过平咏佳在试剑大会与梅会上表现的人们，自然知道这就是传说中的无形剑体。整座青山宗乃至整个修行界，也只有井九、赵腊月与平咏佳三人练成了这种本事。

金思道再次深吸一口气，压下心头的愤怒、紧张与挫败，不敢怠慢，召唤出自己的飞剑，准备施出云行峰苍鸟剑法里威力最大的那一招。飞剑在天空下颜色极淡，就像冰块一般，随时可能隐于无形，正是青山宗名剑——皆空。

平咏佳心想既然这次对方做好了准备，自己肯定没办法像先前那般轻易近身，不由更加紧张。

嚓的一声轻响，松涛仿佛被某种无形的屏障斩断，皆空剑破风而起，带起十余道灵动至极的剑光，向平咏佳斩过来。

平咏佳完全是下意识地身体前倾，冲了过去，只听得嗡的一声闷响，地面尘埃微作。下一刻，他再次来到金思道的身前，右手放在他的颈间，衣袂与黑发间带出道道剑光，手指也散溢着淡淡的森然剑意。

皆空剑还在天空里，苍鸟剑法还未成形，更不要说扑击。

场间变得更加安静，人们完全无法相信自己眼睛看到的画面。金思道的脸上满是震愕与羞愤，嘴唇微微颤动，根本说不出话来。

"这算我赢了吧？"平咏佳看着他认真问道。

金思道伸手召回皆空剑，塞进他空着的左手里，转身向广场外走去，无论云行峰的长老弟子如何呼喊，都没有回头。一位破海中境的峰主，居然被一名入门百余年的年轻弟子羞辱成这样，他哪里还有颜面继续留在场间，受了此等刺激，更是想去隐峰里与方景天作伴。

平咏佳心想这不算偷袭了吧，为何他还是如此生气？有些畏怯地回头望向赵腊月，不知道自己做错了什么。赵腊月看着他，眼里满是自己年轻时在剑峰里的影子，眼眸里流露出一丝欣赏的意味，说道："你很不错。"

远处的剑峰里忽然飞起几只铁鹰，极其罕见地发出啸鸣，云雾微散，有数十道剑意颇为雀跃地扬起，似在欢迎什么。

元曲走到他身边，有些羡慕地看了看他手里的皆空剑，问道："你可以啊，现在什么境界？"

"不知道啊。"平咏佳一脸懵懂。他是真不知道自己现在是何境界，原先想着与对方战一场，必然会输，到时候师父就会责怪自己，不用去做什么剑峰之主，谁能想到自己居然赢了。

听到这个回答，想到先前看到的画面，人们再次震惊无语，心想神末峰究竟是个什么鬼地方？

平咏佳与金思道的这一战只用了很短的时间，没有任何炫目的画面，但青山宗弟子修的都是剑道，自然明白平咏佳的两次接近意味着什么。

至于更加重要的那场干系到青山宗掌门归属的剑争，则没有任何旁观者。赵腊月总觉得井九是借着这场战斗熟悉通天境的自己，别人却觉得那是因为这场战斗极为激烈，才会用了好几天的时间。

好几天的时间足够尸狗吃完珍藏多年的美味食物，足够刘阿大在心里骂它三千句坏话，也足够顾清从朝歌城赶回来。

小炭炉重新点燃，银炭渐渐变成真正的银色，铁壶里的水渐渐沸腾，到了该放茶叶的时间，他讲述的内容也终于从朝廷回到了青山宗内部。

"中州派对朝廷的分配有怨言，但没办法，山里的具体分配还是按旧例由天光峰来做，适越峰执行，不过弟子有些疑虑的是，过南山现在把两忘峰转给了顾寒等人打理，行事也算公正，只是手里的权力有些过大……"

井九躺在竹椅上晒着舒服的秋阳，举起手来，表示自己对这些事情没有任何兴趣。

顾清会意，没有再说什么，端起茶壶开始分茶。茶盘里的杯子有三个，他把第一杯给了自己，因为有些偏生，第二杯给了师父，因为恰到好处，第三杯给了赵腊月，因为她的口味有些重。

此时崖畔只有他们三个人，元曲与平咏佳、阿飘在道殿里不知道在说些什么，吵得热闹。

井九接过茶杯饮了口，问道："你那边的事情平了没有？"

井九问得很随意，顾清的心里却响起了一道惊雷。他端着茶杯的手顿时僵住了，低声说道："我还没对甄桃说，我说不出口。"

赵腊月看了井九一眼，心想你现在怎么对这种男女私情如此关心？井九没有注意到她的视线，继续说道："那就瞒着，一直瞒到她死或者你死。"

赵腊月又看了他一眼，心想这是什么乱七八糟的，但忍着没有说什么。

井九接着说道："这次让你回来是要准备掌门就位大典的事情，办完了你再回朝歌城。"

顾清对师父的事情最为上心，一百年前便与元曲把掌门大典的事情理了个清清楚楚，只是有件极麻烦的事情需要提前处理。

"按照门规，到时候师父您得把承天剑拿出来……"他注意到井九的神情没有什么变化，继续说道，"依我看来，应该提前修改门规。"

对井九来说，承天剑是最有威胁的存在，当年他就是因为不肯拿出来，才会被方景天等人逼出青山宗。

井九说道："无妨，剑鞘在我手里，难道还有人能夺了去？"

顾清心想也对，师父现在已经是通天大物，便是方景天都不是他的对手，加上手握青山剑阵，放眼世间有谁能从他的手里把承天剑拿走？

既然要做事，那就赶紧做，他喝尽杯中茶，便去了道殿找元曲商量。不多时，平咏佳从道殿里走出来，从他不时回头的模样来看，像是被赶出来的。

"师父……"他走到竹椅旁，摸了摸头，一脸的紧张，终于鼓起勇气，"您真准备让我去剑峰啊？"

井九没有说话，赵腊月说道："他做了掌门也没去天光峰。"

平咏佳听明白了意思，不由大喜，赶紧提起铁壶斟满二人的杯子，说道："可是，我什么都不懂，真不会做峰主啊。"

赵腊月说道："我也不会，而且你以为他就会做掌门？"

井九看了她一眼，知道这是因为先前与顾清的那番对话带来的因果。

平咏佳哪里明白两位师长之间的暗流涌动，挠着头苦恼说道："但我连苍鸟剑法都不会，他们怎么会……"

话音方落，井九从怀里取出一本小册子扔给他，问道："还有事吗？"

平咏佳拿出皆空剑，有些不舍又有些无奈说道："我不用剑，那这剑怎么办？"

井九说道："随便。"

平咏佳看了赵腊月一眼，终于明白了些什么，赶紧行礼告辞，跑回道殿里。不多时，道殿里传出"眼力见儿""不懂事"之类的嘲笑声，神末峰的空气都变得松快起来。

赵腊月端着茶杯坐到竹椅尾端，看着他问道："两件事情先办哪件？"

井九说道："中州派经历了这么多事情，想来会变得聪明些，不等我与他分出生死不会动手，那我只能先办他。"

宁静的小山村里满是稻草被割断后散发出来的味道。散落在各处的宅院，还有高高挂着的红灯笼却又冲淡了山居的意味，透着股富贵而腐朽的气息。

阴三在山溪里冲了个澡，回到农居，与矮瘦的老汉笑着说了两句话，便回到了自己的小屋。小屋里的陈设很简陋，点着一盏油灯，因为要省钱，灯绳被剪得极短，火苗如豆，十分昏暗。玄阴老祖坐在床上，眼里的幽焰也如豆子般，一脸唏嘘。

"真人就算是想重蹈红尘，感悟真义，何至于过得这么苦？"

"我在果成寺听了很多年的经，对蹈红尘这种事情却没什么兴趣，这方面我们师兄弟确实有些像。"阴三把湿毛巾搭在椅背上，笑着说道，"我只是想知道他这一世是怎么过的。"

玄阴老祖摸了摸自己稀疏的头发，难得带着嘲弄意味地说道："传闻里他只用了九天便学会了所有事情，您这停留的时间是不是太长了些？"

"你是说我的天赋悟性不如他？"阴三推过去一碗清水便作了茶待客，"不管是劈柴烧火，还是割稻打粮，我以前都做过，只不过后来忙着修行，做大事，济苍生，渐渐忘了而已，难道你以为我真是要学这些？"

玄阴老祖端起清水喝了口，有些不知滋味地咂巴了一下嘴，说道："那您留在这里究竟是做什么？做这些便能知道他这一世到底是怎么回事？"

阴三指着自己的眉心说道："我刚才在溪里的时候，忽然想明白了一件事情。"

玄阴老祖把水碗放回破桌上，盯着他神情凝重问道："何事？"

阴三说道："他从小生活在皇宫，被祖师带回青山宗后也只知道修行，从来没有做过这些事情，为何他要做？除了适应身体之外，更重要的是他想走另外一条道路。"

玄阴老祖想着这一百多年里关于井九的传闻，摇头说道："怎么也看不出与以前的景阳有何区别。"

“这便是破而后立，哪怕看着没有什么改变，终究是另一层了。”阴三似笑非笑，“或者说是第二条河流。”

玄阴老祖说道：“真人的意思是？”

“他在第二条河里随波逐流，我却不该随之而动，忘了自己的河。”阴三笑着说道，“他修他的道，我灭我的世，如此才对。”

玄阴老祖忽然觉得房间里多了些血腥的味道，抽了抽鼻子，又揉了揉鼻子，说道：“道不同，只怕会有阻碍。”

为何当年景阳带着元骑鲸与柳词在太平真人的身后捅了那一剑？再如何不理世事，再如何懒，遇着灭世这种事情，总要出剑。

“我第一次下冥是七百多年前的事。”阴三说道，“我准备了这么多年，我不相信他能真的算尽所有事，如果能，也不见得能破，因为这是我的河。”

玄阴老祖自然知道他们这些年看似丧家之犬，在世间流离失所，实则在朝歌城、青山宗和各大宗派内部都还隐藏着很多太平真人的追随者。问题是就算那些人同时发难，又如何能够把朝天大陆毁掉？

屋外忽然传来扑棱的声音以及数道夜风，阴凤踱着愤怒的步子进到屋里，用微尖的声音说道：“方小四这个蠢货，一点都不懂忍辱负重，居然又被他关进了隐峰！”

阴三起身走到屋外，望向远方的青山群峰，沉默了很长时间。

矮瘦老汉早已沉沉睡去，发着幸福而无知的鼾声。忽然，山村里某处传来喧哗声，隐隐还有骂声与哭声传来。

阴三没有理会那些，依然看着夜空沉默不语。

阴凤飞到墙头，望向远处的祠堂，知道发生了什么事情，长长的尾羽有些无趣地摆动了两下。今夜柳族的老爷们抓着了一个与佃工通奸的寡妇，这时候正在祠堂用刑，想来夜色再深些，那对奸夫淫妇便会被沉进塘底。

“得道者多助，失道者寡助，当年我曾经想过，我算得道者还是迷途者呢？”

阴三忽然说了一句与方景天无关，与柳族祠堂更没关系的话。阴凤回头望向他，不明白他想说什么。

“其实站在修道者的角度来看，我的想法没有什么问题，但为什么支持我的人还是不多？因为他们畏惧未知？不，是因为他们有太多的已知。”阴三收回视线，望向远处的柳族祠堂，“不能飞升的修道者，往往都会留下自己的血脉，便是我的两个好徒儿也不能免俗，他们怎么可能眼睁睁看着这些族人与后代都被我杀死？”

玄阴老祖摸了摸头，说道:“很正常。”

阴三看了他一眼，问道:“那你呢?”

玄阴老祖还剩下数十年的寿元，却没有留下血脉后代的意思，说道:“听说苏子叶那个家伙在西边弄得不错。”

阴凤嘲弄说道:“你居然把希望寄托在一个敢背叛你的弟子身上?”

玄阴老祖冷笑一声，说道:“你这只鸟哪里懂人的传承是何意思。”

阴三笑了笑，继续说道:“柳家祖上是柳词的幼弟，柳词为了让后人避祸，安排在这个小山村里，只想他们能活下去就好，谁承想出了一个柳十岁。柳词死后，无人看管，这里就成了现在这副模样，比乐浪郡元家不知道差到哪里去。”

阴凤听着祠堂传来的声音，有些厌憎地摆了摆头，说道:“都不知道他们这么活着有啥意思。”

阴三说道:“似这样浑浑噩噩度日的凡人，活着确实无甚意思，也无甚用处。”

说完这句话，他低身在地上捡起一颗小石子弹了出去。

农舍的门是关着的，小石子落在门上，发出啪的一声轻响。门板开了一朵花，是溅射而起的木刺。小石子破门而出，在夜空里继续向前，撞到池塘旁的那棵树，很多年前，井九曾经在这里躺过，在这里教过柳十岁青山宗的心法。又是啪的一声轻响，树皮绽裂，木屑横飞，出现一个被穿透的小洞。

小石子继续向前飞行，飞过被割得如玄阴老祖头顶般的稻田，飞过如阴凤尾羽般杂乱的树林，在祠堂匾额上击出一个小洞。

小石子穿破祠堂里的光线，穿过衣衫破烂不堪、露出赤裸身体的寡妇的哭声，穿过盯着她身体的满是虚伪正义与恶意的视线，穿过倒在血泊里、已经奄奄一息的佃工微弱的呼吸，来到了祠堂的最深处也是最高处。

祠堂里有一张太师椅，椅上坐着柳族的老太爷。

又是啪的一声轻响，柳老太爷的眉心出现一个血洞，一道鲜血缓缓流出，他缓缓向后倒去。

在商州的槐树上，阴三揣着半兜衣服的小石子，砸了一天的老鼠，一个都没能砸死，那是因为他不愿意。杀人这种事情他很擅长，至于愿不愿意，要看当时的心情。

啪啪啪啪！小石子不停地飞着，在门板上留下无数个小洞，在夜色下的村子里留下无数道白色线条。

没有惨叫声，但有惊呼声，还有奔逃声，直至渐渐低沉，然后消失。柳氏祠堂与各座宅院里倒了无数人，倒在血泊里。

阴三拍拍手，再次望向夜色里的远方，青山宗九峰就在那里。

上德峰是第三峰，所以我叫阴三。神末峰是第九峰，所以你叫井九。

这是新的一世，你踏进了一条新的河流。

我却不应该这样做。

我不是阴三，我还是那条大河，奔流向东，浩浩荡荡，顺我逆我，都要亡。

“走吧。”他轻声说道。

阴凤不敢在青山宗近处飞行，落到地面，就像蜥蜴一样，快速向前方奔掠。玄阴老祖蹲下身，把他背起来。青山宗还在夜色那边，他们向着另一边而去。

他再没有回头。从这一刻开始，他不再是阴三，他就是太平真人。

柳十岁收到消息赶回来时，已经是几天后的事情。

锃的一声，不二剑化作一道亮光，收回他的腕间，变成剑镯，兀自微微颤动，表达着自己的不安。

已经过了几天时间，山村里依然弥漫着血腥的味道，好在青山宗弟子及时赶到，尸体还没有腐烂。

数百具尸体被堆放在稻田里，有男有女，有老有少，眉心都有一个血洞，画面看着极其恐怖。不管是青山宗弟子还是府州的衙役又或者清天司的官员，都被清了出去。

赵腊月一个人蹲在尸体前查看，柳十岁走到她身后，双拳微微握紧，问道：“还能追上他们吗？”

自从父母死后，他再没有回过小山村，没有见过这些亲人，也许其中某些人有取死之道，但那些孩子又有什么罪过呢？

“追上也没有用。”赵腊月站起身，“三个通天同行……除非动用青山剑阵，不然没有人能杀死他们。”

柳十岁沉默了会儿，说道：“希望他们不要老得太快，死得太早。”

赵腊月说道：“我不明白他们为何会在青山宗附近暴露行踪，是因为方景天的事情发泄？还是说他就这么恨柳词真人？”

“都不是。”柳十岁看着稻田里的那些尸体，“这是一封给公子的战书。”

秋风起，先清后寒，朝天大陆渐要迎来又一个冬天。

青山宗发生的事情很快便传遍大陆，人们知道了方景天败在井九剑下，也知道了那个山村的血案。直到这个时候，修行界以及青山宗的年轻弟子们才终于明白，为何他们的师长提到太平真人时会那般警惕，只想着把对方杀死——这位祖师爷真是疯的。

接下来的这些天没有类似的事情发生，太平真人与玄阴老祖、阴风再次消失无踪，整个大陆都变得平静下来，但无论是朝歌城还是各宗派山门，都嗅到了秋风里不祥的味道，就连冷山底的火鲤大王也生出了强烈的警兆，向岩浆河流深处游去，直到来到隔绝人间与冥界的透明巨墙之前，才稍微安心了些。

这些不祥的味道与警兆源自平静里隐藏着的极大杀机，就像暴风雨前，就像黎明前，就像世界毁灭之前。

谁都知道太平真人肯定要做些什么，问题是他如今在哪里，在做什么呢？

青山宗派出了很多两忘峰弟子，沿着浊水两岸搜索，不到破海不能出山的规定被顾寒强行无视，井九不知道什么原因，也选择了无视。

百年前的朝歌城之役，朝廷的卷帘人与不老林曾经并非本意地合作了一次，在那之后双方保持着表面的平静，这一次平静也被撕破了。

卷帘人已经在顾清的示意下暗中搜集了百余年的资料，此番配合清天司开始进行再一次的围剿，很多隐藏在各宗派与部堂里的不老林余孽被揭穿了身份。

从朝歌城到果成寺，从千里风廊到益州，无数场隐藏在夜色里的战斗几乎同时开始，不知道有多少人悄无声息地死去。但没有人能找到太平真人，甚至连一点痕迹都没有，他仿佛凭空消失了一般。

冬天过后自然就是春天，千里风廊起了一场大风。与往年世人避风不及不同，这一次很多宗派以及朝廷的代表却是逆风而至，纷纷前往一茅斋。

井九在朝歌城对柳十岁说过，布秋霄那边有事，而且是好事，这件事情便是成圣。

第二十章

一朝入魂

CHAPTER 20

一茅斋书生成圣比青山宗通天与中州派大乘更重要，天地提前便显现出了各种征兆。这场大风便是其中一种，今年的荷花居然在初春便提前盛开又是一种。

小荷摘了一片荷叶，又用荷花揉出汁液来，仔细忙了半宿，终于蒸好了香甜的荷叶饭，开心地端到柳十岁身前。

因为山村血案的事情，柳十岁这些天的心情一直有些低落，她不知如何开解，只能在吃食方面格外用心。好在柳十岁不像井九，对吃东西还留着几分兴趣，总算是没有让她的心意白费。

看柳十岁吃得香甜，小荷觉得好生满足，收拾了一下书桌上的纸墨，走到窗边去检查符纸还能维持多长时间。最近这段时间的风太大，必须用符纸摆出避风阵，才能不被侵扰。至于她开的这间客栈当然没有什么生意，顾清当年替她挑的地方再好，也禁不住天地的打扰。

她来到窗边，见前方山里生出数道清光，紧接着看到了几名修道者，神情微异道:“中州派居然也来人了?”

柳十岁走到窗边望过去，视线落在一名瘦高老者的脸上，与当年在云台里背下来的卷宗一对照，便确定了对方的身份，说道:“任千竹，当年是化神境巅峰，但这百年里不知因何晚来发枝，竟是连破三境，已经是炼虚上境。”

小荷听着对方竟是炼虚上境的大强者，紧张说道:“那岂不是中州派的大人物?”

柳十岁说道:“以前谈真人不喜欢他，这些年才算是得了些权柄，越千门死后，他在云梦山的地位更高。”

一百多年前，井九与布秋霄在旧梅园达成协议，一茅斋不再干涉皇位之事，在中州派看来这便是背弃盟友的行为。那之后，一茅斋与中州派的关系自然不复当年亲近，后来布秋霄在朝歌城亲自守了井九十年，双方更是快要撕破脸。

今次中州派让任千竹来庆贺布秋霄成圣，明显是想要修复两家宗派之间的关系。青山宗现在给中州派的压力太大，井九又回到青山宗干脆利落地击败方景天，没有让青山宗内耗得太严重。

想到这件事情，柳十岁的心情稍微松快了些，说道："中州派再如何挣扎也没意义，终究都不是公子的对手。"

小荷心想谈、白二位真人可是朝天大陆最顶尖的人物……好吧，她已经习惯了柳十岁对井九的盲目信任或者说崇拜，眨了眨眼睛，问道："那你和这个任千竹比呢？"

柳十岁说道："他是中州派的资深长老，我自然远不如他，不过有不二剑与管城笔，我应该能杀了他。"

这里是千里风廊的入口，但没有森严的看守，山色河景寻常美丽，只是新生的青草都被风压平了，看着有些可怜，想来这里平时风小的时候，说不定还有很多游客。

任千竹轻拂衣袖，把扑面而至的大风驱散，看着那座客栈以及紧闭着门的商铺，在心里想着这些。

走过客栈，沿河而行，没有多长时间便来到了湖畔。湖面生着无数波涛，一道一道地横亘而至，看着颇有威势，浪声惊人。湖边的柳树更是被吹得不停狂舞，叶子尽数落光，就连柳枝的皮都剥离了不少。

"千里风廊果然名不虚传，据闻到了风廊深处，风势更疾，有着下界的阴气，刺骨寒魂，如罡风一般，在此处修行，磨炼心志的效果同青山宗剑峰比也差不到哪里去。"任千竹对随行的弟子们说道，"我已传书入斋，应该还需要段时间，你们在此间各自修行，感悟一番。"

弟子们领命应下，自去树林里静坐养神。

扑棱扑棱，一只红鸟逆风而至，落在一棵柳树上，低头梳理了一下自己的羽毛。任千竹站在树下，看着湖上的巨浪，仿佛无所察觉。

红鸟抬起头来，乌溜溜的黑眼珠轻轻一转，口吐人言："冷山地底那边如何？"

任千竹依然对着湖面，神情却恭谨了很多，应道："当年安排的那名散修莫名死了，那件用鳞片制的法宝也应是毁了，无法确定火鲤的位置。"

红鸟说道："即便找到火鲤，也需要找到控制它的方法，不然那道屏障极难摧毁。"

任千竹神情凝重说道："越千门死后，白真人更加信任我，但控制火鲤的方法只有她知道，连谈真人都不知道，她不可能告诉我。"

"那就算了。"

红鸟从枝头飞起，顺风而去，很快便变成一个小黑点，消失在风廊入口处。

任千竹依然没有动，静静看着湖面巨浪，很久才收回视线。原来他也是不老林的人。难怪去年越千门在朝歌城拿还天珠的时候，会被太平真人掌握行踪，继而杀死。

小红鸟飞到了千里风廊入口处，落在那间客栈的檐上。狂风吹得它羽毛乱翻，朱色浓浅不定，很是可爱。它缓缓转首望向风廊深处。

一茅斋就在那里。

再过些天，布秋霄便会成圣，在那之前，这里的天地气息会发生剧烈的变化。他只需要选择任意一刻，伤到布秋霄的本体，取到他的圣人之气，破掉一茅斋镇压冥界通道的阵法，便能把这场大风送到冥界。

风是气的流动，没有任何杀伤力，哪怕是带着阴寒意味的罡风，对冥界也不会造成任何伤害。

他要借的是风势，只有这场大风才能把冥河里的火焰尽数点燃。狂暴燃烧的冥河如果遇到东海的无尽海水与通天杀阵里的满天血雾，会发生怎样的事情？

他想着那个画面，感到有些喜悦。

他首先要解决的问题是怎样才能靠近布秋霄。如果他跟着任千竹进一茅斋，应该能瞒过那些书生的眼睛，问题在于任千竹无法靠近布秋霄。

想着这些事情，小红鸟在檐上不停地踱步，发出啪啪的轻响。

啪啪，啪啪。

小荷抬头望向屋顶，说道："往年也没这么大的风，石子都被卷了起来，你听，打得真厉害。"

"是挺厉害的。"柳十岁右手握着管城笔，左手握着微微颤抖的不二剑，看着桌上的那张纸说道。

小荷不知道发生了什么事，有些奇怪地看了他一眼。柳十岁保持着这个姿势，沉默了很长时间，最终他还是选择放下了手里的笔与剑。

那张纸上是他抄写的一篇前人古赋，说的是正气入星汉，国士本无双。然而在这一刻，他心里想的是另外一句话——恨不能孤家寡人。如果他只是一个人，绝对不会放下管城笔与不二剑，就算稍后会战死，至少能通知一茅斋里的同窗们，警告先生一声。

屋顶的石子撞击声与滚动声忽然停了，小荷看了眼窗外，发现风还在继续，不禁有些疑惑。又是啪的一声轻响，屋顶一片瓦片破掉，狂风与天光一道灌入，发出凄厉的啸鸣。小红鸟飞了进来，挥动翅膀，风声顿时消失。伴着一道清光，红鸟落在地上，变成了一个红衣少年。

小荷猜到对方的身份，脸色变得异常苍白，下意识向后退了几步，站到柳十岁身旁。

太平真人对她笑着说道："那年烦你带我去摘了些莲花，还没有谢你。"

小荷紧张到了极点，哪里说得出话来，只知道不停地摇头，也不知道是说不用谢，还是说我根本没想帮你，是被你逼的。

柳十岁把她护到身后，看着太平真人说道："说吧。"

太平真人走到书桌前，拉开椅子坐下，看着他似笑非笑地说道："你难道不应该喊我一声师祖？"

柳十岁说道："我早已从白如镜门下离开，与你更无任何关系。"

太平真人说道："那从景阳那边论呢？"

柳十岁说道："他是我家公子，与你何干？"

太平真人看着他微笑说道："没有一见面便喊打喊杀，看来这么多年过去，你还是成熟稳重了不少。"

"我打不过你。"柳十岁给出了一个最简洁明快的解释。

太平真人看了他两眼，说道："你体内异种真气的问题已经完全解决，境界不在赵腊月与卓如岁之下，已经算是修行界里的真正强者，难道就不想尝试一下？"

很多很多年前，柳十岁与小荷寓居在果成寺寺外的菜园里，按照井九的吩咐修行佛法，以求镇压住体内的异种真气。就是在那个时候，他第一次认识了太平真人，并且从对方那里得到了很多指点。当然，这并不影响后来他跟着赵腊月，从果成寺一路追杀太平真人到大泽。

"公子在朝歌城都没能杀死你，我当然远不如你。"

柳十岁的解释依然是那样的简单，而且明确，非常有说服力。

太平真人忽然说道："我们先吃饭？"

当年在果成寺寺外的菜园里，他去给柳十岁解经的时候，每次都要吃一顿饭，酒也要喝佳酿。

小荷有些害怕地看了柳十岁一眼。柳十岁盯着太平真人，点了点头。小荷鼓起勇气从他身后出来，远远绕开太平真人坐的地方，向楼下走去。

太平真人说道："如果还有跳水泡菜，不妨多夹些。"

就是这么简单的一句话险些把小荷吓哭了，她双腿有些发软，扶着墙壁才艰难地走下楼。

"你就不担心我缠着你，她跑了出去？"柳十岁盯着太平真人的眼睛说道。

“狐妖至情至性，你为了她能活着，大逆本性不向我出手，她又怎么舍得丢下你让你一个人死？”

太平真人看着他的眼神里满是对世情人心的洞悉与同情。

柳十岁看着古赋，没有说话。

太平真人微笑说道：“你是景阳这一世第一个带在身边的人，但说起来我一直觉得你和我更像。”

柳十岁说道：“公子说过。”

太平真人继续说道：“从浊水除妖，到叛门别投，再到回归青山，如是种种，我也曾经历过。”

柳十岁说道：“公子也说过。”

太平真人说道：“那我想做的事情，他有没有详细对你说过？”

柳十岁抬起头来看着他说道：“如果你想通过类似的经历，告诉我人心的险恶，说服我赞同你的理念……你就不该杀了村子里的所有人。”

太平真人笑了笑，说道：“你觉得那些人不该死？”

柳十岁盯着他的眼睛说道：“不可能是所有人，更不可能是那些什么都不懂的孩子。”

太平真人说道：“你说得对，所以我不应该说该不该死，而是应该说，他们死不死对这天地有何意义？”

柳十岁双拳微微握紧，说道：“你是有大智慧的人，应该知道对我说这些也没有意义。”

太平真人看着他平静地说道：“我当年经受那些劫难的时候，是一个人。我没有师父，没有同伴，没有帮手，景阳他们都还不够强大。而你今天能在这里对我说这样的话，只不过是因为你的运气比我好，当你经受这些劫难的时候，景阳都帮你顶了下来，不然你觉得你还会是现在的你吗？”

如果柳十岁在浊水底吃了妖丹、被关进剑狱之后，没有顾清让猴子去搬救兵。如果他回到青山宗之后，没有井九带着神末峰顶住方景天的压力。如果他再次被关进剑狱之后，没有井九帮他从隐峰逃走。如果没有井九，就没有后来的果成寺与一茅斋……那么他会吃多少苦？这些苦处合在一起再乘上十倍，大概就是太平真人当年吃过的苦。

柳十岁沉默了会儿，说道：“我知道你一直想让我变成你这样的人。”

很多年前他叛出青山宗，便得到了西王孙的信任，直接领入云台重地，这便是太平真人的意思。

太平真人说道："因为我很想看到，他最看重的传人变成了我这样的人，他会有怎样的感受。"

柳十岁说道："你还想杀了赵腊月。"

太平真人说道："不错，因为赵腊月就像是第二个他。"

柳十岁有些不解问道："扮演这种神明一般的角色，暗中影响我们这些人的人生，你觉得很有趣吗？"

太平真人说道："你为何不去问他？"

柳十岁说道："公子从来不会要求我做什么，只会告诉我可能会发生什么，让我自己做选择，不管是当年还是现在。"

太平真人微笑说道："可最终你们还是无法摆脱我们两个人的影响，不管是当年还是现在。"

"不，你们都影响不了我。"柳十岁说道，"公子曾经说过我比你们两个都要强，虽然我不知道自己强在哪里，但我相信他。"

不管遇着什么事，听到什么话，太平真人的脸上始终都带着亲切干净的笑容，直到这时候，他终于忍不住挑了挑眉，准备说些什么。就在这个时候，楼梯处传来小荷怯生生的声音："要不然吃完饭了再聊？"

今夜的菜很丰盛，仅次于井九与赵腊月去果成寺菜园的那一次，跳水泡菜更是装了足足三大碗，看着便让人垂涎欲滴。

太平真人竖起筷尖，在鱼腹上划下一整条肉送进唇里，美美地吃了下去，有些含混不清说道："你知道当年浊水里的鬼目鲮是从哪里来的吗？"

柳十岁抱着饭碗，骤然警觉，说道："听说是被冥界的人驱游过来的。"

太平真人用勺子盛了些青菜煎蛋汤，呼噜噜地吃了，又问道："妖丹旁边的血魔教秘法呢？"

柳十岁放下饭碗，盯着他的眼睛说道："那是西王孙用来诱叛青山宗弟子的手段。"

太平真人又夹了一块腊肉，送进嘴里嘎吱嘎吱地嚼了，说道："南趋老儿一脉常年躲在雾岛上，哪里找得到血魔教的秘法？至于这种诱叛手段，难道你不觉得有些眼熟？噫，这腊肉不错，用的松柏枝极上等。"

柳十岁越来越心惊，说道："难道都是你的手段？那又能如何？"

"妖丹和血魔教的秘法，你觉得就这么简单？"太平真人放下饭碗，擦了擦嘴，又喝了口浓茶，看着他，"你应该知道我曾经在果成寺做过一任住持，略通佛法。"

略通佛法自然是自谦之词，佛法在很多时候，说的就是因果二字。而果成寺佛法里最玄妙难言的是两心通。

太平真人看着柳十岁笑了笑，说道："当年浊水底的妖丹与血魔教秘法是因，今天我便要来摘你这只果。"

可能是因为今天饭菜太过丰盛，小荷因为恐惧手抖得有些厉害，做饭用了些时间，再加上吃饭的时候不停说话又用了些时间，不知不觉间夜色已至，桌上的烛火早已点燃。千里风廊的风呼啸而出，即便窗上附着阵法，依然能够听到呜咽声，从木板缝隙里钻进来了一些气流，吹得火苗不停飘着，如鬼火一般。

小荷隐约听明白了太平真人与柳十岁的对话，脸色苍白至极，身体微微颤抖。柳十岁盯着太平真人的眼睛，管城笔已经落在手里，剑镯也不再颤抖，做好了战斗的准备。

"快走!"

小荷大喊一声，拦在了柳十岁的身前。数条散发着极浓妖气的尾巴破空而起，向太平真人轰去。

烛火摇动得更加厉害，空气仿佛要被撕扯开来。

她以前是不老林的厉害刺客，与柳十岁在一起生活了百余年，稍微有些怠于修行，但境界实力较诸多年前还是深厚了不知多少。这是她的搏命一击，即便是中州派的那些长老应付起来也极为困难。

太平真人却是看都没看她一眼，只是静静看着柳十岁。

嚓！一根殷红色的羽毛凭空而生，穿过挟着极强威力的狐尾，轻而易举地穿透小荷的身体，把她钉到墙壁上，发出一声闷响。很多年前在海州城外的海神庙里，不二剑刺穿她的身体时，也是相同的位置。

太平真人与井九是朝天大陆剑道修为最高的两个人，最为清楚一个人或者妖物最薄弱、最致命的地方。小荷被红色羽毛钉在墙上，不停地吐血，眼看着便要不行了。

柳十岁沉声说道："放开她。"

忽然，他发现了问题，他竟然无法抬起自己的右手，就连管城笔都快要握不住了。

太平真人静静看着他的眼睛，眼神里充满了宁静。柳十岁的眼里则出现了一抹坚毅，咬破舌尖，喷出一道血花。书桌上的古赋随风而起，迎在血花上。心血为书，挡住了太平真人的视线。

嗡的一声，太平真人从原地消失。殷红色的小鸟出现在空中，向古赋飞去。哗哗，古赋燃烧起来，瞬间成灰。

得此一阻，柳十岁终于恢复了一些对身体的操控，提起管城笔向小红鸟挥去。一道彩虹碾压烛火，照亮室间，便要破窗而去。就算无法拦住对方，但至少可以示警！

朱雀振翅！两道仿佛火焰般的巨翼，出现在房间里，却没有真实的温度，把管城笔带起的彩虹尽数吸了进去！

柳十岁调起身体里所有的浩然正气，啪的一声打开折扇，挥向两道火翼。风势骤疾，火翼非但未散，反而更加势盛。两道火翼的中间，小红鸟用乌溜溜的黑眼珠静静地看着他，没有任何情绪。

柳十岁知道现已到了最后关头，毫不犹豫命令不二剑斩向自己！他不知道太平真人想做什么，但知道一定不能就这样继续下去。

轰的一声，火翼开始狂暴地燃烧，然后骤然敛灭，渐有极微弱的笛声响起。

天还没亮，柳十岁便带着小荷离了客栈，坐马车进了千里风廊。纵然是世代养在一茅斋的神符马，进了风廊深处，迎着呼啸的大风，想要前行也极为困难。柳十岁与小荷却没有下车的意思，更没有驭剑而行，显然是受了极重的伤。

不知道过了多长时间，终于到了传说中的蛟池，水面上的荷叶早就被大风掀翻过来，好在都是异种，不用担心会断折，只不过看着就像裙子飞到脸上的少女，荷花就像是快要掉落的首饰，未免有些狼狈。

一茅斋的书生们注意到这里的动静，纷纷赶了过来，看到车厢里脸色苍白、满身血渍的柳十岁与小荷，不由吃了一惊，唤道："师叔，这是怎么了？"

可怜的神符马终于不需要继续与狂风作战，被牵去了避风处歇息，柳十岁与小荷则是被书生们抬进了一茅斋。

斋里来了各宗派的不少客人，他们看到这个画面，很是震惊，纷纷站起身来。任千竹注意到了小荷耳垂上的耳坠，那颗耳坠应该是红宝石所制，殷红如血，很是美丽。

柳十岁与小荷的伤势极重，自然不会有任何耽搁，很快便被送到一茅斋深处，来到奚一云身前。如今的一茅斋，除了那些老先生，便是奚一云的地位最高。他神情骤变，以最快的速度给二人喂了草药丹，扶起柳十岁开始给他治伤。

没过多长时间，柳十岁便醒了过来，却没有说话，而是看了看四周。奚一云明白他的意思，挥手让斋里的书生们都离开，问道："发生了何事？"

"昨夜太平真人来了，看他想法应是准备用果成寺的两心通控制我的心神，就像我们当年所猜测的那样，是他控制天近人的法子。"想着昨夜的遭遇，柳十岁余悸未消，“我用了管城笔与不二剑都没有用，眼看着要不行的时候，公子给我的骨笛忽然飞了出来，不知为何，他竟表现得十分畏惧，就这样走了。”

奚一云很是吃惊，说道：“他来一茅斋做什么？”

柳十岁摇了摇头，说道：“不知道。”

顿了顿后，他接着低声说道：“我怀疑与先生成圣有关。”

听着这话，奚一云的神情更加凝重，看着他沉默了很长时间，说道：“再过些天青山宗掌门大典就要开始，你过去？”

这是一茅斋原先的计划，但现在太平真人忽然出现在千里风廊，柳十岁还受着伤，为何会急着让他离开？这里面隐藏了很多问题，柳十岁很快便想明白了，说道：“你担心？”

奚一云点了点头，说道：“这件事情要小心一些。”

柳十岁沉默了会儿，说道：“好。”

奚一云接着说道：“小荷留在斋里，我会照顾好她。”

这句话里依然隐藏着别的意思，柳十岁懂，而且接受，说道：“多谢师兄。”

小荷知道他要离开，有些不安，颤声说道：“怎么了？”

柳十岁安慰说道：“没事。”

奚一云说道：“我也希望没事。”

当小红鸟在千里风廊逆风飞行的时候，一个头发稀疏、鼻头糟红的老头子去了果成寺，或者说回了果成寺。

禅子在雪原，老住持已经圆寂，现在的果成寺真正能镇压邪派高手的是山门大阵。但不知为何，这座大阵像一百多年前那样对这个糟老头子没有任何用处。这个容貌丑陋、令人印象深刻的糟老头子，自然便是玄阴老祖。

老祖轻车熟路地从后门进了果成寺，找到曾经炒过好几年菜的厨房，掀开一个隐蔽的箱笼，端出犹有余温的焖猪蹄，美美地啃了一口，含糊不清地说道：“这么多年了，还是只会藏在这些地方。”

下一刻，他脸色骤变，眼里涌出悲伤的意味，慢慢吐出一颗断牙，再没了吃东西的心情，把焖猪蹄放了回去，对含笑看着自己的老僧说道：“不准笑。”

老僧微笑说道：“住持当年经常说，我们要笑看人间事，习惯了。”

“这样的事情虽然已经发生了好多次，但我还是不习惯。”玄阴老祖用油乎乎的手摸了摸自己的几十根头发，看着老僧，“你这个讲经堂首座也是他的人？”

这位老僧便是果成寺的讲经堂首座，禅子不在，他便是果成寺辈分最高、地位最高的那个人。

“我当年初入寺里，便随住持学经。”讲经堂首座微笑说道。

玄阴老祖干脆坐了下来，扳着指头数道：“你一个，以前的律堂首座一个，肯定还有很多个，这果成寺岂不就是他的？真人还弄这么麻烦做甚？”

讲经堂首座叹息说道：“弟子们无能，境界低微，帮不了住持什么。”

玄阴老祖不赞同地说道：“你的境界确实差了些，不及我百一，但放在果成寺也算是厉害人物。”

讲经堂首座说道：“总是不及禅子，更不如曹园远矣。”

玄阴老祖忽然转了话题，说道：“准备好了吗？”

“我这辈子佛法学得不好，境界也低微，全部时间用在研究咒阵上。”讲经堂首座微笑说道，“通天井井畔的咒阵，没有人比我更熟悉。”

“那还等什么？”玄阴老祖揉了揉红鼻子，“走吧。”

海风吹拂着稀疏的头发以及没有头发的头顶，两人来到东海畔，站在了阴森至极的通天井井畔。

玄阴老祖站在崖畔，低头看了眼幽暗的下方，面无表情地说道：“这里的咒阵如此强大，你确定能破掉？”

“我说过，用了一辈子的时间来研究如何破掉这座阵法。”讲经堂首座说道，“当然这座咒阵里还有很多是水月庵布置的，那就非我所能了。”

话音方落，一位水月庵师太从崖石间走出，看着玄阴老祖面无表情说道：“破掉这座咒阵之后，先生便要运集毕生魔功修为，从海底打破通天井里的三十三重天，到时候会发生什么事情您应该很清楚，您确定到时候不会手软？”

玄阴老祖大声笑道：“我就喜欢你们这些正派高人嘲讽我这个邪派老祖不够冷酷无情的样子。”

千里风廊的风，东海里的水。还需要什么？

二者都是朝天大陆通往冥界的重要通道。但要说到通道，最著名以及最大的却是在大海深处。海底有座极大的漩涡，号为鸣泉秘境，青山宗的雷魂木便是出自此间。

初冬的某天清晨，一声凄厉的鸣啸穿透轰隆的落水声，在海里传出去极远。不知道隔了多少时间，平静的海面忽然隆起，隐隐可以看到水下有巨大的黑影。紧接着，海面上出现了无数道白色的水线。

黑影与白线都是妖兽们的痕迹，过往无数年里，冥界为了祸乱朝天大陆，不知道暗中蓄养、驱使了多少妖兽来此。隐藏在浊水里的妖兽，在百余年前尽数死在柳词的剑下，但在苍茫无垠的大海里依然藏着数量极多的妖兽。

今天伴着那声厉啸，所有的妖兽都来到了大漩涡旁，缓缓现出身影，望向天空里的小黑点，表示出了绝对的臣服。

小黑点更像是一道细细的黑线，因为阴凤的尾羽实在是有些长。它飞在虚境与真实之间，居高临下看着海面上的妖兽，眼神漠然，仿佛君临天下。

即便它是通天境的青山宗镇守，也没有办法召唤和驭使这些实力恐怖的妖兽，更不要说它还要命令这些妖兽投身大漩涡以为血祭。之所以它能够把如此多的妖兽召唤至此，是因为它的啸声里有太平真人烙上去的神魂印记，更因为被罡风拂乱的斑斓羽毛里隐着无数道极小的光辉，正在不停地洒落。

极遥远的海的那边，有座极大的岛屿，岛屿朝东一面有座高山，那座高山是位巨人。

阴凤的啸鸣跨越无垠大海来到这边时已经微不可闻，就连纤细敏感的精灵都没有听到，依然在花里沉睡。

巨人睁开眼睛醒了过来，抬起手揉了揉眼睛，低声说了声“阿加”——这就是景阳说过的蚊子叫吗？确实有些烦人。

他没想到的是，自己随便的轻声自语，对树林里的精灵来说就像是雷鸣，也很烦人。半透明的花朵展开，精灵战士们举着长矛与弓箭飞出，对着高山般的巨人不停地训斥着，展现出勇气与无畏。

未完待续